KB252977

현대 문학비평의 계보와 서사의 지형학

현대 문학비평의 계보와 서사의 지형학

이도연 지음

한국학술정보(주)

|서 문|

‘문학은 무엇을 할 것인가’라는 실천적 물음은 당위론적 명제가 아니라 존재론적 명제로서 수행되어야 한다. 그것은 ‘문학은 무엇을 해야 한다’는 의무론의 실천 영역이 아니라 존재의 기투(企投)를 통해, ‘문학은 무엇을 할 수 있다’는 능동적 역능(力能)의 실현과정으로 이해될 수 있다. 그것은 지금―여기의 시대정신으로서 가장 절실한 문제가 무엇인지를 포착하여, 이에 대한 실존적 응답의 목소리로 주체의 내부에서 어쩔 수 없이 터져 나오는 울음의 형식이 되어야 한다. 요즈음 대학생들이 예전에 비해 정치문제에 무관심하다는 불만이 종종 제기된다. 대학이 직업양성소로 변질된 지는 이미 오래전 일이 되어 버렸고, 이른바 ‘88만 원 세대’로 불리는 대학생들은 학점의 노예로 길들여지고 있다. 그들의 머릿속을 지배하고 있는 것은 오로지 취업 문제이다. 그렇다고 그들을 비난하는 것이 온당한 일인가. 나는 그렇지 않다고 생각한다. 그들이 학점의 노예로 전락해 버린 것은 경제논리에 기초한 사회 전 부문에서의 실용주의의 득세에 기인한다. 2000년대 한국사회는 실용주의라는 단일한 가치에 붙들려 있다. 따라서 작금의 정치적 실천이나 문학의 사회적 기능의 회복의 문제는 이러한 실용주의에 대한 전면적인 저항의 성격을 띠어야 한다. 한국문학의 화려했던 과거를 탈역사화하거나 추상적으로 이상화하는 것은 정치적 나르시시즘의 혐의로부터 자유롭지 않고 문제의 해결에도 별로 도움이 되지 않는다.

　　본질적인 의미에서 문학은 '쓸모없는' 것이다. 문학이 구체적 현실에 직접적인 변화를 가져오기를 기대하기란 어렵다. 문학의 정치적 기능을 회복하기 위해서는 역설적으로 문학이 지닌 '무용지용(無用之用)', '쓸모없음의 쓸모'를 철저히 자각하는 데서 출발하는 것이 다른 미래를 향한 첫걸음이 될 수 있다고 나는 믿는다. 문학은 현실을 모방하지 않음으로써만 현실을 모방할 수 있다. 한편으로 문학은 자동화되고 관습화된 우리의 일상과 의식에 균열을 내고 지각의 쇄신에 기여할 수 있다. 문학은 언제나 주체화의 과정을 동반한다. 정치 문제에 대한 문학적 발언이 자신의 실존과 결부된 절박한 문제로 파악되지 않을 때, 그것은 무병신음(無病呻吟)하는 과장된 몸짓으로 그칠 가능성이 크다. 한국문학사에서 과거 김남천이 '일신상(一身上)의 진리'라는 개념을 통해, 창작과정에 있어 주체화의 문제에 대한 고심을 거듭하였으며 끊임없는 자기갱신의 길로 나아갔던 것을 우리는 기억할 필요가 있다. 시인 김해자는 「쓰고 싶은 글, 써야만 하는 글」에서, 쓰고 싶은 글을 '안에서 솟구쳐 올라오는 글'이라 칭한 바 있다. 이러한 "내면의 소리가 세상의 신음과 일치할 때, 밀실의 심장이 거대한 광장의 울음소리와 만날 때, 우리는 더 자유롭게" 될 것이라고 그는 믿는다. 우리 시대의 불행은 여전히 '쓰고 싶은 글'과 '써야만 하는 글'이 불일치하거나 '살아야만 하는 삶'과 '살아지는 삶'이 분리되어 있다는 데 있는지도 모른다. 그것은 작가들에게 자유와 책임감 사이의 괴리와 분열을 경험하게 한다. 써야만 하는 글을 애써 외면하거나 살아야만 하는 삶에 충실하지 못할 때, 우리는 정작 쓰고 싶은 글을 쓰지 못하게 되거나 살아지는 삶마저 상실하는 사태에 직면하게 될지 모른다. 문학의 윤리학은 타인의 고통스러운 얼굴을 외면하지 않는 것에서 출발한다.

이 책에 실린 글들은 지난 몇 년간 필자가 발표했던 논문들과 비평을 근간으로 이루어졌다. 책의 1부는 한국 현대문학비평사 서술을 위한 기초 작업으로 수행된 것으로, 한국 현대문학비평에서 주요한 위치를 차지하고 있는 비평가들의 문제의식과 그 계보적 영향관계, 그리고 그들의 비평관과 역사적 전개 양상을 살펴본 글들로 이루어져 있다. 아직 체계직인 비평사연구의 꼴을 갖추고 있지는 못하지만 한국 현대문학 비평의 중요한 인식소(認識素)와 문제틀(the problematic)로 보고 있는 대강의 윤곽을 제시해 보고자 하였다. 문학사적 체계와 방법론을 구비한 한국 현대문학비평사는 아직까지 제출되지 않았다. 이 글의 1부에서 제기했던 문제의식들을 심화하여 가까운 시일 내에 완성된 비평사를 출간할 것을 독자들과 스스로에게 다짐하는 바이다. 이 책의 2부는 한국 현대소설의 주요한 몇 가지 모티프와 계보를 정리하고, 서사(敍事) 장르에 대한 이론적 탐색을 시도한 글들로 이루어져 있다. 특히 희극적 소설의 계보를 작성하고 웃음의 윤리학을 위한 미학적 정초를 마련해 보고자 한 첫 번째 글은 이에 대한 구체적인 성과이다. 앞으로 한국 현대소설의 갈래를 세분하여 그 계보를 사적(史的)으로 추적해 보는 작업을 해보고 싶은 마음이 있다. 책의 3부는 문학비평의 이론과 현상 분석에 관한 글들로, 이성복 시에 나타난 시적 사유에 대한 고찰을 담은 시론(詩論)과 확장된 서사의 개념으로서 홍상수 영화의 문법을 분석하였다. 그리고 함께 실린 영문 논문은 정신분석이론의 문학텍스트에의 적용을 보여 주는 실제비평 사례의 하나로 이해하면 될 것이다. 사족일 수도 있는 영문 논문을 덧붙이는 것은, 외국어를 습득하는 일은 하나의 세계를 얻는 것과 같다는 믿음 때문이다. 한편으로 외국어의 훈련은 우리말의 미세한 결에 대한 지각과 감각을 가다듬는 데 도움을 줄 수 있다고 필자는 생각한다. 이 작은 책이 문학의 역사적 실천에 조금이나마 기여할 수 있기를 희망한다.

2011년 가을 이도연

| 차 례 |

CHAPTER 3. 현대 문학비평의 이론과 현상 분석

CHAPTER 1.

현대 문학비평의
계보와
전개 양상

Ⅰ. 팔봉 김기진 비평 연구

1. 들어가는 말

팔봉 김기진은 카프 문학운동기에 있어 가장 주요한 이론가이자 비평가 중 한 명이었다. 1920년대 초기 바르뷔스의 '클라르테' 운동의 소개, 박영희와 벌인 내용·형식 논쟁을 위시하여 카프 문학의 대중화론, 염상섭·양주동 등의 민족주의 논자들과의 논쟁, 카프 해산기의 사회주의 리얼리즘 논쟁 등 그는 1920~1930년대 한국문학의 장(場)에서 중심에 서 있었던 인물이다. 그리고 그의 벗이자 문학적 라이벌이었던 회월 박영희가 1934년, 카프 퇴맹과 전향을 전격 선언했던 반면에 팔봉은 일관되게 마르크스주의 문학관을 견지했다. 이 논문은 팔봉 김기진 비평의 핵심적 사유와 성격에 대해 논구함으로써 그의 문학을 재조명하고 그 문학사적 위상을 새롭게 정립하고자 한다.

팔봉 김기진에 대한 연구는 1970년대 이후 한국 프로문학에 관한 연구가 본격회되기 시작하면서 주로 학위논문을 통해서 이루어졌다.

힘'을 존중하고 이에 합당한 고려를 충분히 배분하는 곳에서 출발한다는 것을 의미한다. 그런 의미에서 그는 본질적으로 리얼리스트이다. 그의 이러한 태도는 그의 문학관을 형성하는 데 주요한 역할을 하며 그의 문학을 일관되게 지탱해 주는 논리적 지지대로서 기능한다. 그는 화려한 수사로 무장된 논리나 한국의 경험적 현실을 무시한 서구 이론의 직접적 대입을 경계한다.

> ……사실적 태도에 있어서는 일언일구가 사실이어야 하겠다는 씨의 이론이 아무리 공식적으로는 정당하나 우리들의 이론은 다만 이론을 세우기 위한 이론이 아니요 실지에 있어서 완전한 효과를 얻기 위한 이론인고로 공식적으로는 가지 않는다. 즉 구체적 정세에 입각하여서 우리들의 이론은 형성되는 것이다(그리하여 그 정세가 실증되는 때에는 우리의 이론도 수정 혹은 재립하지 않으면 안 될 것은 물론이다).[12]

위 인용의 핵심은, 프로문학 이론의 정립에 있어 리얼리즘의 공식적 정당성은 인정되지만, 그것은 반드시 현실로부터 귀납된 것이어야 하며, 선수립된 명제에 의해 현실을 재단하는 연역의 논리이어서는 안 된다는 것이다. 그것은 '이론을 세우기 위한 이론이 아니요', 현실의 구체적 실천을 통해 부단히 갱신되는 열린 체계이다. 식민지 조선의 경험적 구체성을 소중히 여기는 김기진의 이러한 태도는 그의 비평을 속류 마르크스주의의 그것과 구별 짓게 하는 한 요소이다. 프로문학 이론의 맹점으로 지적되는 것이, 공식주의에서 비롯하는 이론적 경직성과 기계적 도식성, 그리고 구체적 현실을 충분히 고려하지 않는 데서 기인하는 추상적 관념성 등이라 할 때, 김기진의 이와 같은

---

12) 김기진, 「사실주의 문제」, 『조선일보』, 1928. 6. 13~6. 25, 『전집』 1권, 85쪽.

태도는 뚜렷이 부각되는 것이다. 이는 카프 문학의 가장 우수한 성과
들이 이념적 헤게모니 투쟁에 경도되었던 이론가들이 아니라 식민지
현실에 밀착해서 작품을 창작했던 작가들에게서 나왔던 것과 그 맥
을 같이한다. 그 구체적 사례로 우리는 이기영의 『고향』과 같은 작품
을 들 수 있을 것이다. 경험적 현실을 중시하는 김기진의 태도는 실
제 비평을 통해서도 드러난다. 그 예로 김남천의 「물」에 대한 평가를
볼 수 있다. 주지하듯 이 작품은 김남천과 임화 간의 이른바, 유명한
'물 논쟁'을 일으켰던 소설이다. 김기진은 이 작품에 대해 다음과 같
이 평한다. 그 논의의 골자를 먼저 말하자면 거기에는 '산 인간'이 있
다는 것이다.

> 극도로 부자연한 환경과 거기서 당하는 비XX적 대우 중에서 변태
> 적으로 일어나는 강렬한 물의 욕구와, 일단 이 비상한 욕망이 달성
> 되는 순간의 이루 다 말할 수 없는 환희의 표현은 조금도 거짓없이
> 또는 조금도 과장이 없이 묘사되어 있다. 그런고로 이 작품에 대해
> 서 그 욕망이 변태적이라든가 그 환희가 과장이라든가 환경이 부
> 자연하다든가 하는 유의 비난과 공격은 부당한 말이다. 주인공이
> 설사를 하는 것까지도 이 소설에 있어서는 조금도 부자연하지 않
> 다. 일본 사람을 시켜서 물을 얻게 하는 것도 비굴하다고 책할 것
> 이 아니라 그 진실인 것을 시인하여야 가하다.13)

그는 「물」에 대해 "인간의 본능적인 욕망만을 고조하는 일체 다른
것을 들여다보려고 하지 않은 것은 이 작품을 계급적인 생산품으로
갖기에 부족을 느끼게 한다"고 하면서 유보적 태도를 보이지만 동시
에 "염열 백도에 달하는 시절에 2평 7합 속에서 12명과 한가지로 볶
이고 있는 한 사람의 '산 인간'은 있다고" 평가하는 데 주저하지 않는

---

13) 김기진, 「1933년도 단편 창작 76편」, 『신동아』 26호, 1933. 12, 『전집』 1권, 366쪽.

다. 임화는 「6월 중의 창작」에서 이 작품을 두고 '침후(沈厚)한 경험주의', '심각한 생물학적 심리주의'라고 비판한 바 있다. 그것은 정치와 당파성에 입각한 계급적 인간 대신, 생리적 욕망에 매달린 '구체적 인간―계급적 입장이 없기 때문에 실은 전혀 구체적이지 않은―'을 그리고 있기 때문이다. 이 작품은 단지 '현실'을 그리기만 하는, 당파성을 제거해 버린 부르주아 리얼리즘의 작품에 불과하다는 것이다.[14] 임화의 비평에 대해 김남천은 「임화적 창작평과 자기비판」(『조선일보』, 1933. 7. 29~8. 4.)에서 작가의 실천을 염두에 두지 않고 작품을 평하는 것은 이론과 실천을 분리하는 오류를 범하고 있는 것이라고 비판하였다. 그가 말하는 실천이란 작가의 체험을 말하고, 김남천 자신에게는 무엇보다도 '옥중체험'을 뜻한다. 그의 옥중체험에 대한 자부심은 그의 작품이나 임화에 대한 항의에서 드러났던 것이다.[15] 김기진은 「물」에 등장하는 '산 인간'을 강조함으로써, 이 논쟁에서 간접적으로 김남천의 입장을 지지했던 셈이다. 그리고 이는 식민지 조선의 경험적 구체성을 강조하는 그의 일관된 태도와 관련된 것으로 평가할 수 있다.

김기진은 프롤레타리아 계급의 국제적 연대를 강조하면서도 일본의 노동자와 조선의 노동자 사이에는 '특수한 차이가 있음을 발견'한

---

14) 「공장신문」의 작가 김남천의 이러한 변화는 임화에게 큰 충격이었던 것으로, 그의 견해로는, 프로 문예에서 정치와 당파성을 탈색해 버린다는 것은 있을 수 없는 일이다. 그에게 있어 문예 운동이란 정치 투쟁이며, 그 둘을 나눌 수 없는 것이다. 그 둘을 구분 짓는 것은 '문학성은 없지만 정치적이다', '정치성은 없어도 문학적으로는 뛰어나다'라는, 부르주아 비평 속으로 빠져든다는 얘기가 된다. 2차에 걸친 KAPF의 방향전환은 문학과 정치를 이원적으로 보는 견해를 물리치고, 문학과 정치는 하나라는 노선을 확정하기 위한 몸짓이었다고 보아도 좋을 것이다. 그 결과 프로 문학은 임화가 시인한 것처럼 '공식화 ―樣化'되었고, 예술문학을 예술적으로 다양화하려는 움직임이 일어나고 있었다. 그러나 임화로서는 아무리 그렇다고 해도 정치와 당파성을 포기해서는 안 되는 것이었다.
15) '카프 1차 검거'(1931)에서 70여 명의 맹원들이 검거되었지만, 김남천과 고경흠만이 기소되고 나머지는 모두 기소 유예로 풀려나왔던 바 있다.

다. 프로 예술의 대중화에 있어서도 관건이 되는 것은, 조선적 특수 현실을 고려한 프로 의식의 고취, 다시 말해 특수와 보편의 변증법적 통일을 통한 '구체적 보편성'의 획득이다.

> ……우리는 조선의 노동자와 농민에게 읽히고, 들리고, 보일 것을 제작함에 있어서 외국의 예술을 참고는 할지언정 결코 그것을 그대로 이용한다든지 혹은 그와 같은 형식까지 모방하여서는 소기의 효과를 수확할 수 없다는 점이다. 외국의 프롤레타리아 예술은 이만큼 훌륭하다 그러나 이것을 조선의 노동자와 농민에게 보여주지 아니하고서 그것을 번역한다든지 상영한다든지 한대야 대개는 우리의 노동자와 농민은 그것을 이해하지 못하는 것이 보통이다. 무슨 까닭이냐 하면 이해력이 없는 까닭이다. 그러므로 우리는 전(全)주의(注意)를 금일의 대중의 생활 조건과 그들의 교양 정도 여하에 집중해야 한다. 그리하여 이와 같은 주의하에서 제작한 작품을 그들에게 시험하여보고서 항상 그들의 교양의 수준을 높이도록 하여야 할 것은 물론이다. 그리고 또 프롤레타리아는 고사하고 일본에 가 있는 노동자와 조선 내지에 있는 노동자 사이에도 그 생활 조건과 교양 정도에 있어서 특수한 차이가 있음을 발견한다.[16]

식민지 조선의 사회적 성격을 두고, 민족모순과 계급모순 중 어떤 것이 핵심적 모순인가를 규정하는 문제는 프로문학 이론가들 사이에서도 중요한 사안의 하나였다. 김기진은 계급모순을 우선순위에 놓으면서도, 이처럼 민족 문제를 배제하지 않음으로써 카프문학의 이론가들 중에서도 비교적 유연한 시각을 확보할 수 있었다. 이와 관련하여, "그는 자기 시대의 한계를 극복하기 위해 '이중의 적'이라는 표현을 사용하고 있는데, 이 말 속에는 계급적 투쟁과 민족적 투쟁의 의지가 함께 수용되고 있다"[17]는 한 연구자의 지적은, 팔봉이 그의 문학 이

---

16) 김기진, 「예술의 대중화에 대하여」, 『조선일보』, 1930. 1. 1~1. 14, 『전집』 1권, 173-174쪽.
17) 김시태, 「김기진의 비평활동」, 『한국학논집』 6집, 한양대학교 한국학연구소, 1984, 223쪽.

론을 형성함에 있어 민족주의가 그 한 축을 담당했다는 사실을 시사해 주는 것이라 하겠다.[18)

1934년, 소련작가동맹에 의해 사회주의 리얼리즘이 공식적 문예이론으로 채택되고,[19)] 카프 내에서 사회주의 리얼리즘 논쟁이 벌어졌을 때에도 김기진은 신중함을 잃지 않는 성숙한 모습을 보여 준다. 이즈음 카프의 다수 이론가가 유물변증법적 창작방법의 오류를 지적하고 사회주의 리얼리즘의 적극적 수용을 주창하였을 때, 김기진은 과거 카프 작가들의 방법적 실패의 원인[20)]을 논리적으로 규명하면서도 그것이 조선의 구체적 현실을 무시한, 사회주의 리얼리즘의 즉각적 도입으로 귀결되어서는 안 된다고 주장하였다. 다음 예문은 김기진의 이러한 입장을 잘 보여 준다.

> 우리는 킬포친이나, 루나차르스키나, 킬손이나, 그론스키나가 모두 다 전부 그들의 문학상 문제를 취급함에 있어서 제일 먼저 그들의 현실에서부터 문제를 출발시키고 있는 방법을 배워야 한다. 문학의 권내에서부터 출발하는 것이 아니고 현실의 광야에서 출발하고 있는 것을 보아야 한다. 작가적 인테리겐챠의 기본적 대중이 어느 쪽

---

18) 다음과 같은 구절은 이러한 견해를 직접적으로 뒷받침해 준다. "거짓말이다. 그것이 거짓말이다. 천박한 정신주의를 버려라. 우리들의 생활 의식은 우리의 정신에 있는 것으로 결정되는 것이 아니다. 생활 상태가 우리의 생활 의식을 결정하여 주는 것이다. 고금의 문학자들이나 예술가들이 얼마나 시대를 초월한다고 뒤떠들어댔느냐? 민족성을 벗어나려고 허우적거리던 사람이 한둘이 아니다. 그러나 지금에 와서 우리는 무엇을 보고 있느냐? 그네들이 몇 페이지 되지 않는 문학사 중에서 허우적거리고 벗어나지 못하는 것을 어떻게 하냐. X X X 현실을 초월한다는 것이 거짓말이다. 민족성을 망각했다는 것이 거짓말이다. 영국의 문학은 영국의 문학. 러시아의 문학은 러시아의 문학으로 연구되어 내려오고 내려간다. 모든 것이 그 안에 있는 것이다."(김기진, 「프로므나드 상티망탈」, 『개벽』 37호, 1923. 7, 『전집』 1권, 413쪽)

19) 소련작가동맹의 제1회 총회는 1934년 8월. 창작의 지도원리로서 사회주의 리얼리즘을 채택하였다. 그것은 혁명적인 진전에 있어서의 진실한, 정확하고도 사적 구체성을 갖는 표현이 아니어서는 안 되며, 사회주의정신에 따른 이데올로기의 개조와 노동자의 교육에 유용할 것이 요구된다는 주지(主旨)이다. 소련에서 전개되고 있는 유물변증법적 오류를 자체 비판하게 된 것이다. 따라서 소련작가동맹은 사회주의 리얼리즘을 새로운 창작방법의 슬로건으로 제창하였다.

20) 김기진은 그 실패의 원인으로 도식주의를 들면서, '제제의 고정화', '작품의 유형화', '창작의 도식화'를 그 구체적인 세목으로 제시한다. 김기진, 「문예시평 – 박군은 무엇을 말했나?」, 『동아일보』, 1934. 1. 27~2. 6, 『전집』 1권, 189쪽 참고.

으로 가담하였다는 그곳의 현실, 5개년 계획이 제2차로 여하히 진
전되고 있다는 그곳의 현실로부터 그들의 이론은 출발하고 있다.
또 한가지 주의할 것은 그들의 현실은 사(社)…… 건설의 현실이요,
우리들의 현실은 자(資)…… 현실이라는 상위가 큰 것이다. (중 략)
이 같은 조자(調子)로 아침에 조선 문학을 구하고 낮에는 유물변증
적 창작방법을 들고 다니고 저녁엔 소시얼리스틱 리얼리즘의 광고
지를 뿌리기를 즐겨하므로 많은 사람이 이 같은 걸음걸이를 걸음
으로 비평은 위기에 있다고 한다. 모방에 철저한 조선의 저널리즘
위에 스텝조차 서투른 댄스를 비평가・이론가들은 하고 있는 것이
아닐까?21)

다시 말해 혁명적 낭만주의에 기반을 둔, "사회주의 리얼리즘은 현
실을 그 혁명적 발전에 있어서 올바르게 역사적 구체성을 가지고 묘
사할 것을 예술가에게 요구한다. 그때 예술적 묘사의 진실성과 역사
적 구체성은 노동자를 사회주의정신에 있어서 사상적으로 개조하고
교육시키는 과제와 결부되지 않으면 안 된다"는 소련작가동맹의 공
리(公理)는 사회주의 혁명 이후 소련의 구체적 역사발전과정을 토대
로 한 것이기 때문에, 식민지근대화 과정에 있는 조선의 경험적 현실
과는 맞지 않는다는 것이다. 이는 김남천이 「창작방법에 있어서의 전
환의 문제」(『형상』, 1934. 3)에서, 사회주의 리얼리즘 수용 주장에 대
해 제일 먼저 반대 의사를 표명하고, 창작방법론에 대해 구체적인 검
증을 거치지 못한 상태에서 외국의 새로운 이론을 무조건 추종하는
것은 잘못된 태도라고 지적한 것과 그 맥을 같이한다.

이상의 논의에서 본 것처럼, 팔봉은 경험적 현실의 구체성을 무엇
보다 소중히 여겼다. 그리고 이러한 그의 태도는 이후 리얼리즘론, 내
용・형식 논쟁, 예술 대중화론 등의 논의를 통해 본격적으로 전개되

---

21) 김기진, 「문예시평 – 박군은 무엇을 말했나?」, 194–97쪽.

는 그의 비평과 문학의 근본적 '인식소(認識素)'로 작용하게 된다. 모더니즘과 리얼리즘을 위시한 한국근대문학사의 전개에 있어, 다수의 근대주의자들과 그들의 문학이 경험적 현실 속에서 내면적 고투를 통해 육화된, 체화된 근대주의에 이르지 못했었다는 사실을 감안할 때, 김기진의 이와 같은 관점과 문학적 태도는 주목할 만한 것이라 할 수 있을 것이다.

3. 예술의 특수성에 대한 인식[22]

다음 예문을 먼저 보기로 하자.

> 생활은 감각하는 것과 의욕하는 것의 통칭이요 문예는 이 생명의 실재인 생활 위에 기초를 두고 발생하는 것이다. 그런고로 문예상에 있어 '감각'의 위치는 중대하다. 나의 입론은 실로 이곳에 섰다.// 거듭 말하는 것 같지만 생활한다-는 것은 감각한다, 의욕한다는 것의 별명이 아니냐. 감각은 생존하여 있는 동물 이외에는 하지 못하는 것이다. 그리고 의욕은 감각 현상이 있은 후에 일어나는 심리 현상이다. 생명의 제일의적인 본능인 '생활'이라는 것을 구성하여주는 것은 실로 이 '감각한다'는 것이다. 그리하여 감각되었던 것이 문자로 표현되면 그것은 문예라는 것이 된다.[23]

위 글의 핵심적 논지는 '문학은 감각의 논리에 입각한다'라는 명제로 줄일 수 있을 것이다. 김기진은 "나의 입론은 실로 이곳에 섰다"는

---

22) 김기진의 토대-상부구조 일원론은 단순한 일원론이 아니었다. 이는 일찍이 마르크스조차, 그리스 예술을 논하면서 인정할 수밖에 없었던 부분이었다. 예술은 고유한 자율성의 영역을 구유(具有)하면서도 동시에 '발화행위의 집합적 배치(collective assemblage of enunciation)'로서 존재한다. 예술의 자율성은, 토대와의 '중층결정(overdetermination)'을 통해 구성되는 '상대적 자율성'으로 이해하는 것이 보다 신축적인 견해라 하겠다.
23) 김기진, 「감각의 변혁」, 『생장』 2호, 1925. 2, 『전집』 1권, 36-37쪽.

강조의 말로 문학에서 '감각'의 중요성을 환기한다. 프로문학의 이론 가이기 전에, '의욕'이나 의식이라는 심리현상이 일어나기 전에 선행하는 것은 살아 있는 동물인 인간이 느끼고 '감각한다'는 사실이다. 그의 문학론의 무의식적 지반을 형성하는 것은 민족주의나 마르크스주의보다도 바로 살아 있는 인간이 감각한다는 '감각의 논리'인 것이다. 그의 예술론은 실로 여기에서 출발한다. 따라서 이성의 저편에 있는 감각의 논리에 입각해 있는 팔봉의 문학관과 예술론이 문학의 자율성에 대한 인정, 예술의 특수성에 고려로 연결된다는 것은 어찌 보면 너무나 당연한 논리적 귀결이 아닌가 생각된다. 김기진은 예술적 형상화를 통해 창조된 작품 행동이 결코 정치 투쟁과 동일한 것으로 여겨져서는 안 된다고 생각했다. 그는 말한다. "그러나 나는 단언한다. 절망의 폭발이 골자로 된 소설 또는 복수가 곧 투쟁으로 된 소설 등은 진정한 프롤레타리아의 문학은 아니라고."[24] 그는 말한다. "예술 투쟁을 전혀 정치 투쟁과 동일한 물건으로 사료한다든지 혹은 무용한 물건으로 평가하는 사람은 한 가지로 색맹이다"[25] 또는 "마지막 내가 문학이 단지 선전문으로만의 작용을 슬퍼하는 정도로, 그 슬퍼하는 정도는 예술지상주의자가 슬퍼하는 정도보다 못하지 않다는 말을 하여 둔다. 정말로 슬퍼할 일이다"[26]라고. 위 논의를 종합해 볼 때, 회월과의 내용·형식 논쟁 중에 팔봉이, "소설이란 한 개의 건축이다. 기둥도 없이, 서까래도 없이, 붉은 지붕만 입히어 놓은 건축이 있는가?"[27]라고 물었을 때 그것은 정당하고 진정한 것이었다. 그렇다

---

24) 김기진, 「무산 문예 작품과 무산 문예 비평」, 『조선문단』 19호, 1927. 2, 『전집』 1권, 108쪽.
25) 김기진, 「예술 운동에 대하여」, 『동아일보』, 1929. 9. 20~9. 22, 『전집』 1권, 349쪽.
26) 김기진, 「금일의 문학, 명일의 문학」, 『개벽』 44호, 1924. 2, 『전집』 1권, 26쪽.
27) 김기진, 「문예월평」, 『조선지광』, 1926. 12, 『전집』 1권, 270쪽.

면 '감각의 논리'에 입각한 팔봉 비평의 구체적 방법론은 무엇인가.

> 예술적 작품의 구성 요소를 분해하며, 그 결합을 조사하며, 조화의
> 유무를 지적하며, 내용과 기교의 관계를 분석·주석하는 비평은 문
> 학사적 비평이고, 예술적 작품을 일개의 사회 현상으로서, 나타난
> 예술가를 일개의 사회적 존재로서, 그 현상 그 존재의 사회적 의의
> 를 결정하는 비평은 문화사적 비평이라고 한 청야(靑野)씨의 분류
> 는 타당하다. 소위 내재적 비평이라 함은 문학 전문가적 비평이요,
> 소위 외재적 비평이라 함은 문화사적 비평이다. 그리하여 나는 나
> 의 결론을 말하면 우리 문예 비평가는 소위 내재적 비평을 취입한
> 외재적 비평이어야만 한다는 것이다.…… 내재적 비평을 취입한 외
> 재적 비평은 '내재'도 아니고 '외재'도 아니다. 이것은 둘이 아니고
> 온전한 하나다. 이것이 내가 말하는 마르크스주의 문예 비평의 방
> 법이다.28)

팔봉은 마르크스주의 문예 비평을 "'내재'도 아니고 '외재'도 아니
다. 이것은 둘이 아니고 온전한 하나다"라고 주장한다. 팔봉의 방법
론을 요즘 말로 풀어 본다면, '꼼꼼히 읽기(close leading)'에 기반을
둔 신비평의 방법론과 문학작품의 정치적·사회적 맥락을 중시하는
문학사회학의 종합과 조화 정도로 볼 수 있을 것이다. 그러나 팔봉에
의하면 그것은 기계적 의미의 중립성이나 평균적 절충주의 등과는
별개의 것이다. 그러한 것은 "통일된 현상을 '분립된 별개의 조화'로
문제를 파악 해결코자 하는 방법"29)이다. 그가 주장하는 것은 내용과
형식의 변증법적 지양과 유기적 통일이다. 따라서 그것은 이원론이
아니라 일원론이고 절충주의가 아니라 절대주의라 일컬을 만하다. 팔
봉이 지향하고자 했던 방법론을 현재의 비평 용어로 바꾸어 본다면,

---

28) 김기진, 「무산 문예 작품과 무산 문예 비평」, 106–107쪽.
29) 김기진, 「문예적 평론의 평론」, 『중외일보』, 1928. 10, 『전집』 1권, 158쪽.

그것은 '문학텍스트의 사회학'에 근접해 있는 것으로 평가할 수 있을 것이다.

한편으로 팔봉은 문학과 예술의 효용론에 있어서 의의로 소극적이다. 작품 행동과 정치 투쟁은 별개의 것이지만, 그렇다고 예술 작품의 위의(威儀)가 '절대적 현존'으로까지 고양되는 것은 아니다. 효용론적 관점에서 볼 때, 그의 문학론은 쓸모없음의 쓸모, '무용지용(無用之用)'의 존재론에 가깝다. 그는 프로 예술 작품이 대중의 계급의식을 일시적으로 고취시킬 수는 있지만 대중의 의식에 비약적 단절을 가져올 수 있다고 기대하지는 않는다. 그것은 경제적·정치적 투쟁의 실제적 경험을 통해 획득될 수 있는 것이다.

> 뿐만 아니라 우리 계급의 목적의식을 주입하기 위하여서 전력을 작품 제작에 경주하고 십분의 효과를 작품에 기대한다는 것은 근본적으로부터 오류가 아니면 안 된다. 일련의 소설과 수장의 시에서 진정한 의식을 파악하고 그 의식이 투쟁에까지 연소(燃燒)될 줄로 안다는 것은 얼마나 예술의 과대 평가이냐. 대중은 그 진정한 의식을 시나 소설이나 연극이나 음악이나 회화로부터 얻는 것이 아니라 그의 생활의 물질적 조건에 따라서 그것으로 말미암아 생기는 자연 생활 의식의 발전과 오랫동안의 조직-XX-과정을 거침에 의하여서만 비로소 철과 같은 의식을 얻을 수 있는 것이다.30)

팔봉의 정의에 따르면, "대중소설이란 단순히 대중의 향락적 요구를 일시적으로 만족시키기 위한 것이 결코 아니요, 그들의 향락적 요구에 응하면서도 그들을 모든 마취제로부터 구출하고 그들로 하여금 세계사의 현 단계의 주인공의 임무를 다하도록 끌어올리고 결정하게 하는 작용을 하는 소설이다."31) 따라서 프롤레타리아 소설이, 봉건적·퇴영

---

30) 김기진, 「문예시대관 단편」, 『조선일보』 1928. 11. 9~11. 20, 『전집』 1권, 102-121쪽.

적 취미와 숙명론적 사상과 지배자에 대한 봉사의 정신과 몽환의 향락에 젖어 있는 대중의 기호에 영합하는 것은 타락이다. 그것은 '대중 기만'으로서의 예술이다. 진정한 예술작품은 체제 내에서의 '행복에의 기약(a promise of happiness)'이 거짓임을 폭로하고, 지배질서에 의해 코드화되고 자동화된 의식에 균열을 낸다. 그러나 한편으로 예술작품은 '제한적 부정(definitive negation)'의 기능만을 수행한다. 그것은 현실의 객관적 규정력을 직접적으로 변화시킬 수 있는 힘을 갖지 않는다. 팔봉은 '무기'로서의 예술이라는 개념을 끝까지 포기하지 않으면서 동시에 그것을 '무용지용'의 존재론에까지 심화시킴으로써 그의 비평이 논리적 일관성을 유지하면서도 천박한 기능주의적 관점으로 떨어지는 것을 방지할 수 있었다.

감각의 논리에 기초한 예술의 특수성에 대한 팔봉의 인식은, '예술작품은 현실을 모방하지 않음으로써만 현실을 모방할 수 있다'는 역설적 명제로 집약될 수 있을 듯하다. 그것은 예술가의 창조적 변용에 의해 탄생한 예술을 정치투쟁과 동일시하지 않고 그 상대적 자율성의 영역을 존중한다. 그러나 예술작품이 언제나 '발화행위의 집합적 배치'로서만 존재하며, 예술 작품에서 말하는 것은 언제나 '나'가 아니라 '우리'라는 점에서, 그것은 예술지상주의와도 결별한다. 팔봉의 비평과 문학은 이 지점에서 하나의 특이점을 형성하며, 이상의 관점은 그의 예술 대중화론에서도 여실히 드러난다.

---

31) 김기진, 「대중소설론」, 『동아일보』, 1929. 4. 14~4. 20, 『전집』 1권, 130쪽.

4. 예술의 대중화에 대한 인식[32]

1930년 1월, 팔봉은 다음과 같이 회고하고 있다.

> 1928년부터 이론 투쟁 과정을 거쳐서 실천적 방법은 토의되기 시작하였었다. 당시의 "작품 행동의 빈약을 극복하라" "우리의 작품을 공장으로! 농촌으로!" 등의 슬로건은 두말할 것 없이 예술의 대중화의 문제이었던 것이다. …… 예술의 대중화의 문제는 1928년 이래로 현안(懸案)만 된 문제로 남아 있다는 것이다.[33]

식민지 조선의 경험적 현실로부터 이론을 귀납하고, 그 이론은 현실의 구체적 실천을 통해 부단히 갱신되는 열린 체계이어야 한다고 믿었던 팔봉이 자신의 프로문학 이론을 대중적 실천을 통해 검증하려고 했던 것은 어떤 면에서 당연한 논리적 귀결이었다고 할 수 있다. 다시 말해 팔봉 비평의 논리적 흐름도는 '현실→이론→현실'이라는 선순환적 구조를 지닌다. 팔봉의 예술 대중화론은 무엇보다 이런 맥락에서 이해될 필요가 있다. 팔봉의 대표적인 대중화론은, 「문예시대관 단편－통속소설 소고」(『조선일보』, 1928. 11. 9~11. 20.), 「농민 문

---

32) 이 '문제틀'과 관련하여 다음과 같은 최근의 견해를 참고할 수 있다. 박영희를 위시해서, "근대 초기 지식인들은 전근대 소설이 보유한 대중성을 바탕으로 소설에 근대적인 가치를 주입하고 이를 근대적인 방식으로 형상화내면 일반 독자들을 쉽게 포섭할 수 있을 것이라고 생각했다. 그들에게 소설 자체의 대중성은 실제 대중들의 욕망이 얽혀 있는 영역이 아니라 대중들에게 다가갈 수 있는 도구였을 뿐이다. 대중성을 도구적 관점에서만 파악했기 때문에 계몽적인 지식인들은 다양한 욕망을 가지고 현실에서 살아가는 대중의 실체를 파악하지 못했다. 그들에게 대중은 교화를 위해 상상적으로 상정된 대상이자 추상적으로 구축된 개념이었을 뿐이다. 여기에서 근대문학의 역설이 발생한다. 근대문학의 시작은 전근대문학에서 형성되었던 대중적 호응을 바탕으로 이루어졌으나 실제적으로는 그 대중성을 부정하며 도구화하는 방식으로 전개되었던 것이다. 문학의 대중성은 이렇게 근대문학의 시작부터 그 본질을 부정당하며 문학사에서 배제된다." 이상. 이주라. 「1910~1920년대 대중문학론의 전개와 대중소설의 형성」, 고려대 박사학위논문. 2011, 4-6쪽 참조. 이와 같은 견해를 참고할 때, 실체적 독자로서 대중의 존재와 위상을 새롭게 정립하고자 했던 팔봉의 시도는 주목할 만한 것이었다.
33) 김기진. 「예술의 대중화에 대하여－신년은 이 문제의 해결을 요구」, 『조선일보』. 1930. 1. 1~1. 14. 『전집』 1권. 161쪽.

예에 대한 초안」(『조선농민』, 1929. 3.), 「대중소설론」(『동아일보』, 1929. 4. 14~4. 20.) 「단편 서사시의 길로」(『조선문예』 창간호, 1929. 5.), 「프로 시가의 대중화」(『문예공론』 2호, 1929. 6.), 「예술의 대중화에 대하여」(『조선일보』, 1930. 1. 1~1. 14.) 등이다. 한편으로 그것은 식민지 체제하의 가혹한 검열을 통과하기 위한 전략적 선택이라는, 지극히 현실적인 문제로부터 출발하는 것이기도 하였다.

> 우리들의 문학은 사람이 보도록 알아보기 쉽게 만들어야 한다. 더구나 작금 1년 이래로 극도로 재미 없는 정세에 있어서 우리들의 '연장으로서의 문학'은 그 정도를 수그려야 한다. 조선에 있어서의 정치 형태는 (중략) 지배형태이다. 조선의 (중략) 행동할 필요에 처하였다. 그러면 지금 문제되는 것은 무엇인가. 우리들에게 있어서 지금 문제되는 것은 이 극도로 재미없는 정세는 어디로부터 오는 작용인가? 이때에 있어서 우리의 덩어리의 일은 어떻게 확대하여야 하며, 우리의 문학은 어떻게 만들어야 할 것인가. 이 두 가지가 문제이니, 이것이 작년말부터 예술 운동의 각 부문을 통하여서 기술 문제가 문제되기 시작한 원인이다. 그리하여 이곳으로부터 전문적·형식적 문제는 출발하게 되는 것이다. 내가 이곳에서 소설의 양식 문제를 문제로 하는 이유가 여기에 있다.[34]

위 인용문에 대해, 임화는 「탁류에 항(抗)하여」(『조선지광』 86호, 1929. 8.)에서, "혁명적 원칙의 무장해제적 오류를 발견하게" 된다고 지적하면서, 그것은 "싸움에 임하는 우리들의 작품의 수준을 현행검열제도하로 다시 말하면 합법성의 추수를 말한 것이다"라고 항의하였으나, 이는 작가의 기술 문제를 예술 대중화의 문제 속에서 동시적으로 파악하려고 했던 팔봉의 진의를 오해한 것에서 비롯된 것이었다. 즉 임화의 견해에 대해, 팔봉은 "작품 행동은 작품의 발표가 없이

---

34) 김기진, 「변증적 사실주의-양식 문제에 대한 초고」, 『동아일보』, 1929. 2. 25~3. 7, 『전집』 1권, 62-63쪽.

는 되지 않는다. 그러자면 불가피적으로 검열의 난관을 통해야 한다. 그러므로 이 난관을 통할 수 있도록 용력(用力)해야 하겠으니 표현 기교에 있어서 어세(語勢)나 문맥 등의 강도를 낮추는 수밖에 없다"35) 며 자신의 본뜻을 헤아려 줄 것을 당부한다. 임화, 김두용36) 등 카프 내부의 비판이 없지 않았으나, 팔봉은 자신의 대중화론을 본격적으로 전개해 나간다. 팔봉이 보기에 예술의 대중화 문제는 다음과 같은 세부 사항들을 포함한다.

> 그러나 이 '대중화'의 문제에는 적지 아니한 어려운 문제가 포함되어 있는 것을 우리는 볼 수 있다. 첫째, '대중화'되려면 대중에게 접근되어야 한다. 둘째, 그렇게 하려면 접근할 수 있는 기회와 그 접근하는 형식이 있어야 한다. 셋째, 대중이 친할 수 있도록 지어야 한다. 넷째, 외부의 난관을 교묘히 통과하되 우리의 목적을 달할 수 있도록 만드는 재주가 필요하다. 즉 1. 작가의 의식 문제와 기술 문제 2. 대중의 교양 정도 문제 3. 발표 기관과 기회의 문제 4. 검열 제도의 문제 등이 이 문제 속에는 내포되어 있다.37)

이상의 인식을 토대로 팔봉은 자신의 대중화론을 전개하였는데, 이는 예술 텍스트가 놓여 있는 텍스트 내부와 외부의 물리적 조건들을 아우르는 것이었다. 다시 말해 팔봉의 대중화론은 '언어의 물질성'38)에 대한 진지한 성찰의 결과라는 것이다. 이 글에서는 그 핵심

---

35) 김기진, 「예술 운동의 일년간」, 『조선지광』, 1930. 1, 『전집』 1권, 179쪽.

36) 김두용, 「우리는 어떻게 싸울 것인가」, 『무산자』 제3권 2호, 1929. 7.

37) 김기진, 「예술의 대중화에 대하여」, 『조선일보』, 1930. 1. 1~1. 14, 『전집』 1권, 161-162쪽. 또한 팔봉은 대중화 문제에 대해 세부적으로 예술의 각 장르별로 살펴본 후에, 그 '선전성'의 중요도에 따라 우선순위를 다음과 같이 매긴다. "이상에서 우리의 시·소설·연극·영화·음악·미술 등에 대하여 우리는 약간의 고찰을 마치었다. 그런데 이 여러 가지 부문 중에서 어느 것이 더 급하고 급하지 아니한 것을 구별하기는 곤란하나 '아지' '프로'의 기구로서 가장 중요성을 가진 것은 금일의 대중의 교양 정도에 의하건대 영화·연극·음악·시가·소설·미술의 순차가 되리라고 생각한다. …… 이 의미에 있어서 가장 통속성을 가진 영화가 가장 중요성을 획득하게 된다."(같은 글, 171쪽)

38) '언어의 물질성'은 푸코의 용어로, 언어를 둘러싼 '비언어적 토대'를 가리키는 말이다. "언어는 순수하게

적 논의를 담고 있는, 「대중소설론」을 중심으로 살펴보고자 한다. 「대
중소설론」에서 팔봉은 먼저 통속소설과 대중소설을 구분 짓는다. "통
속소설이란 문예적 취미가 고급으로 진보된 특수한 독자를 제(除)한
보통인에게 읽히기 위한 소설인데 현재까지는 중류 이상의 가정부인
·남학생·여학생이 독자의 전부인 관계로 통속소설은 가정소설의
별명에 지나지 않는다고 나는 해석한다. 사실 이때까지의 통속소설은
신문소설인데…… 그러나 이곳에서 말한 대중소설이란 전혀 노동자
와 농민을 독자로 하는 안목으로 하는 소설을 가리키는 말이다. 이만
큼만 분간하여 두면 이행의 혼란은 일으키지 않으리라 믿는다."39) 이
어서 가장 곤란한 문제는 '대중의 흥미 문제'라고 지적하고 이를 해
결하기 위해서는 '이야기책'을 사 보는 독자의 '심리'를 분석해야 한
다고 말한다. 여기에서 조선에서 가장 많이 팔리는 이야기책은, '『춘
향전』·『심청전』·『조웅전』·『홍길동전』·『옥루몽』·『구운몽』·『
추월색』·『월하가인』·『재봉춘』' 등의 구소설을 의미한다. 이 이야
기책의 주 독자인 농민과 노동자들이 책을 사 가는 심리를 팔봉은 다
음과 같이 구체적으로 열거한다.

> 1) 울긋불긋한 그림 표지에 호기심과 구매욕의 자극을 받고; 2) 호
> 롱불 밑에서 목침 베고 드러누워서 보기에도 눈이 아프지 않을 만
> 큼 큰 활자로 인쇄된 까닭으로 호감을 갖고; 3) 정가가 싸서 그들
> 의 경제력으로도 능히 1, 2권쯤은 일시에 사볼 수 있다는 것이 다
> 시 구매욕을 자극하므로 드디어 그들은 그 책을 사가는 것이오 사

언어적 차원에서만 기능할 수 없다. 그것이 사용되기 위해서는 많은 비언어적 토대들이 사용되어야 한다. 예컨대 저작들은 책을 생산해 내는 산업을 통해 형성되며 연극적인 언어는 무대의 장치들을 통해 형성된 다. 롤랑 바르트는 언어의 이러한 측면을 표현하기 위해 '언어의 두께'라는 용어를 사용한다. 푸코의 '언 어의 물질성'이라는 용어도 바로 바르트적인 의미의 '언어의 두께'를 말한다."(미셀 푸코, 『담론의 질서』, 이정우 역, 서강대출판부, 1998, 15쪽, 역주 5) 참고)
39) 김기진, 「대중소설론」, 『전집』 1권, 138쪽.

가지고 가서는; 4) 문장이 쉽고 고성대독하기에 적당함으로-소위 그들의 '운치'가 있는 글이 그들을 매혹하는 까닭으로 애독하고; 5) 소위 재자가인(才子佳人)의 박명애화가 그들의 눈물을 자아애고 부귀공명의 성공담이 그들로 하여금 참담한 그들의 현실로부터 그들을 우화등선하게 하고 호색남녀를 중심으로 한 음담패설이 그들에게 성적 쾌감을 환기케 하여 책을 버릴래야 버리지 못하게 하므로 그들은 혼자서만이 책을 보지 않고 이웃사촌까지 청하여다가 듣게 하면서 굽이굽이 꺾어가며 고성대독하는 것이다.40)

이 지점에서 팔봉의 비평은 독자반응 비평, 수용 비평의 양상을 띠게 된다. 수용 비평의 기본적 전제는 문학 텍스트의 미학적 구현이 발신자인 작가의 창작행위를 통해서가 아니라 수신자인 독자의 창조적인 독서행위를 통해서 완성된다는 것이다. 앞서 팔봉은 대중소설이 대중의 기호에 영합하는 것은 타락이라고 지적한 바 있다. 그러나 이어지는 위 인용 부분에 이르러서는 실체적 독자로서 대중의 취향과 향락적 요구에 부응할 필요성과 오락으로서의 대중소설의 현실적 위상을 인정하고 있다. 여기에서 우리는 현실주의자로서 팔봉의 면모를 다시금 발견하게 되는 것이다. 대중소설의 통속화 경향에는 반대하지만 실체적 존재로서 대중소설의 통속적 요소는 무시하지 않겠다는 뜻이다. 프로 문학의 이념적 지향성은 선명한 것이지만 그것이 실제 독자인 노동자, 농민에게 읽히지 않는다면 무용한 것이 되고 만다. 팔봉은 이 지점에 대해서 이야기하고 있는 것이다. 대중의 교양 수준과 심리를 분석하고 있는 인용문은 팔봉의 비평이 어디로부터 기원하고 있는지를 분명히 말해 준다. 팔봉은 이어서 구체적인 창작의 지침으로 '무엇을', '어떻게' 써야 하는지, 즉 대중소설의 내용과 형식에 대

---

40) 김기진, 「대중소설론」, 135쪽.

해 언급한다.

A. 무엇을 써야 할 것인가?
그들의 흥미를 다소 맞추어가면서 그들을 비열한 향락 취미와 충효의 관념과 노예적 봉사정신과 숙명론적 사상으로부터 구출하여 오자면
1. 제재를 노동자와 농민들의 일상 견문의 범위 내에서 취할 일 2. 물질생활의 불공평과 제도의 불합리로 말미암아 생기는 비극을 주요소로 하고서 원인을 명백히 인식하게 할 일 3. 미신과 노예적 정신, 숙명론적 사상을 가진 까닭으로 현실에서 참패하는 비극을 보이는 동시에 새로운 희망과 용기에 빛나는 씩씩한 인생의 기대를 보여줄 일 4. 남녀·고부·부자간의 신구 도덕관 내지 인생관의 충돌로 일어나는 가정적 풍파는 좋은 제목이로되 반드시 신사상의 승리로 만들 일 5. 빈과 부의 갈등으로 말미암아 일어나는 사회적 사건도 좋은 제목이로되 정의로써 최후에 문제를 해결할 일 6. 남녀간의 연애 관계도 물론 좋은 제목이나, 그러나 정사 장면의 빈번한 묘사는 피할 것이고 될 수 있는 대로 그 연애관계는 배경이 되든지, 혹은 중심 골자가 되든지 하고서, 다른 사건을 보다 더 많이 취급하도록 만들어야 한다. (중 략)

B. 어떻게 써야 할 것인가?
그리하여 이와 같은 용의와 준비를 가지고서 드디어 붓을 든 때에 작가가 주의할 것은 이것이 노동자와 농민에게 읽혀지도록 써야 할 것이다. 즉, 1. 문장은 평이하여 누구든지 이해할 수 있도록 되어야 한다. 난삽한 문자나 술어의 사용은 피하여야 한다. 2. 그리고 한 구절이 너무 길어도 안 된다. 그렇다고 토막토막 끊어져서 호흡이 동강동강 끊어져서도 안 된다. 비유를 써가면서 말을 둘러다가 붙이는 것도 정도 문제이나 그러나 될 수 있는 대로 피하여야 한다. 3. 그리고 따라서 문장은 운문적으로 되어야 한다. 다시 말하면 즉 낭독할 때에 호흡에 편하도록 되어야 한다. 무슨 까닭이냐 하면 우리의 노동자와 농민은 반드시 눈으로 소설을 보지 않고 흔히 귀로 보는 까닭이다. 4. 따라서 문장은 화려한 것이 좋다. 5. 묘사와 설명은 간결히 하여야 한다. 6. 성격 묘사보다는 인물이 처한 경우를, 심리 묘사보다도 사건의 기복을 뚜렷하게 드러내야 한다. 7. 최후로 전체의 사상과 표현 수법은 객관적·현실적·실재적·구체적

인 변증적 사실주의의 태도를 요구한다. 무슨 까닭이냐 하면 이렇게 하는 것이 무산 계급적 유일한 태도인 까닭이다. 그리고 이와 같이 만드는 동시에 우리는 이렇게 된 소설을 현재 시장에 있는 이야기책과 한 모양으로 보통 백면 내외의 책자가 되도록 4호 활자로 인쇄하여가지고 표장도 그것들과 같이 꾸며서 정가도 많아야 2, 30전 되게 하여 널리 대중에게 전파되기를 꾀하여야 한다.41)

내용과 형식의 문제, 보다 구체적으로 내용과 형식의 유기적 통일이라는 문제는 팔봉 비평의 궁극적 과제의 하나였다. 회월과의 내용·형식 논쟁은 표면적으로는 팔봉의 사과로 끝을 맺었지만 그렇다고 팔봉이 예술작품의 형식문제를 포기한 것은 아니었다. 그는 일관되게 형식의 문제를 거론하였다. 팔봉이 양주동과의 논쟁 중에, "이 사과가 금년에 와서 특히 양주동 씨에게 가서 필자의 자설 취소로 기록된 것이요 이것이 소위 '춘추필법'이라는 것으로 되었다. 나는 작품을 사회적으로 평가하지 못하였다 하면 그것을 사과한다 하였을 뿐이요 형식적 비평은 이것을 버려야 한다고 자설을 취소하지 아니하였다"42)고 밝히고 있다는 점은 이를 뒷받침해 준다. 인용문에서 팔봉은 먼저 대중소설의 내용에 대해 언급하는데, 그 요점을 간추리면 다음과 같다. 소설의 제재를 대중의 일상에서 구하고, 제도적 차원에서 계급 갈등 등 구조적 모순에서 파생되는 사회문제를 중심으로 다루되, 그 논리적 인과관계를 명확히 하고 프롤레타리아 계급의 승리로 이끌 것, 의식의 차원에서 봉건의식과 근대의식의 대결을 그리되 근대의식의 승리로 끝맺을 것, 연애소설의 경우 노골적 묘사는 가급적 줄이고 다른 사건들과의 유기적 관련 속에서 다룰 것 등이다. 그것은

---

41) 김기진, 「대중소설론」, 136–138쪽.
42) 김기진, 「문예적 평론의 평론 – 소위 춘추 필법과 기타」, 『중외일보』, 1928. 10, 『전집』 1권, 151쪽.

결국 대중의 일상을 진보적 세계관 속에서 유기적으로 재구성하는 것을 말한다. 다음으로 대중소설의 형식에 대한 팔봉의 발언을 간추리면 다음과 같다. 평이한 문체를 사용하고 비유를 피하며, 문장은 화려하되 호흡의 리듬을 고려하여 맺고 끊는 운문 형태이어야 한다. 묘사와 설명은 간결하게 하고, 성격·심리 묘사보다는 인물이 처한 상황과 사건의 전개에 주력해야 한다. 그리고 궁극적 방법론으로 무산계급의 유일한 태도인 변증적 사실주의에 입각하여 객관적·현실적·실재적·구체적 표현에 힘써야 한다. 또한 이야기책의 유통형식을 감안하여 대중소설의 접근성을 높여야 한다. 정리하자면 화려한 운문 문장을 간결하고 평이한 문체에 실어 표현하고, 변증적 사실주의에 입각해 사건을 전개해야 한다는 것이다.

이상 팔봉의 예술 대중화론에 대한 논의는 먼저 자신의 프로문학 이론을 구체적 현실 속에서 검증하려 했다는 점, 다시 말해 '현실→이론→현실'이라는 팔봉 비평의 논리적 흐름도의 전형적 패턴을 보여 준다는 점, 그리고 대중소설의 유통 상황이나 발표 지면의 문제, 검열의 문제 등 '언어의 물질성'이라는 언어의 비언어적 토대들을 광범위하게 포괄하고 있다는 점, 수용이론의 관점에서 실제적 독자로서 대중의 실체를 인정했다는 점, 대중의 향락적 도구로서 대중소설의 현실적 위상을 인정했다는 점, 창작의 지침으로서 대중소설의 내용과 형식에 대해 구체적으로 명시하려 했다는 점 등에서 팔봉 비평의 한 진경을 보여 준다고 하겠다. 특히 내용과 형식에 대한 팔봉의 지속적이고도 일관된 관심은 팔봉 비평의 전형을 이룬다 할 것이다.

5. 변증법적 리얼리스트로서 팔봉 김기진의 초상

헤겔에 의하면 변증법은 '즉자적(卽自的) 단계'와, 즉자적 단계에서 이미 잠재적으로 포함되어 있던 모순이 노정된, '대자적(對自的) 단계'라는 대립물 사이의 '지양(aufheben)'을 통해 더 높은 단계인 '즉자 및 대자'의 단계로 상승하여 통일되는 운동 과정으로 정의된다. 라프(RAPF)의 변증법적 리얼리즘은 이러한 헤겔의 관념적 변증법을 기초로 한 변증법적 유물론의 세계관에 의거하여 현실을 인식·표현하고자 한다. 라프(RAPF)와 나프(NAPF)의 논의에 영향을 받은 김기진은, 「변증적 사실주의」[43)]에서 김동인의 「감자」과 염상섭의 「윤전기」을 검토한 후, 근대 부르주아지의 개인주의 리얼리즘의 한계 극복과 '프롤레타리아 철학에 입각한 변증적 사실주의'를 주창한다.

그는 우선 '극도로 재미없는 정세'에 임해서 '연장으로서의 문학'은 그 정도를 수그려야 한다고 주장하면서 여기에서 기술 문제, 소설의 양식 문제가 출발한다고 본다. 즉 프롤레타리아 문학의 '형식'이 요구된다는 것이다. 팔봉이 규정한 '변증적 사실주의'의 내용을 간추리면 다음과 같다. 먼저 "프로작가는 현실 사물을 있는 그대로 객관적으로 현실적으로 보는 태도를 가져야 한다. 둘째 "프로 작가는 사건의 발단과 또는 귀결을 추상적 원인에서 끌어오지 않아야 하며, 추상적 존재로 끌어다 붙이지 않아야 한다. 또는 "추상적 인간성의 묘사에 중심을 두지 않고 물질적 사회생활의 분석·대조·비판에 중심을 두어야 한다. 셋째, 프로 작가의 묘사는 '주관적·공상적·관념적·추상적'이 아니라 '객관적·현실적·실재적·구체적'이어야 한다. 넷

---

43) 김기진, 「변증적 사실주의-양식 문제에 대한 초고」, 『동아일보』, 1929. 2. 25〜3. 7, 『전집』 1권, 62-72쪽.

째, 프로 작가는 '온갖 사물을 그 정지 상태에서 보지 않고 그 운동 상태에서 보아야 하며, 그 부분에서만 있지 않고 전체 중에서 보아야 하며, 그 고립 상태에서 보지 않고, 전체와의 불가분의 관계에서 보아야' 한다. 다섯째, 프로 작가는 객관적 태도라야 한대서 초계급적 냉정한 태도를 가한다 함은 아니다. 초계급의 태도가 아니라 프롤레타리아의 전위의 태도이어야 한다. ……초계급적 태도란 있을 수 없고 현재에 있어 프롤레타리아 전위만이 현실을 객관적으로 정확하게 그 전체 중에서, 그 발전상에서, 전체와의 불가분의 관계에 있어서 파악하는 유일한 계급인 까닭이다." 팔봉이 주장한 변증적 사실주의의 가장 핵심적인 내용은 다섯 번째 것에 집약되어 있는 것으로 보인다. 다시 말해 프롤레타리아 전위의 눈으로 세계를 바라보고 변증법적으로 사물을 인식하라는 것이다.

이와 같은 변증법적 사실주의를 바탕으로, 팔봉은 내용과 형식의 일원론적 파악, 마르크주의 이론과 경험적 현실에 대한 변증법적 인식, 비평과 창작의 유기적 통일을 지향하는 문학론을 전개하였던 것이다. 카프문학의 가장 큰 맹점으로 지적되는 것이 이른바, 현실과 유리된 이론의 전개와 이념의 과잉, 이른바 '창작 무관사'라는 점을 감안할 때 자신의 이론을 구체적 현실 속에서 정련하고자 했던 팔봉의 비평적 노력은 값진 것이었다. 그는 "이데올로기는 독자의 마음 가운데 정서 가운데에서 물이 번지듯이, 와사(瓦斯)가 충만하듯이 삼투되어야 할 것이다"44)라고 적은 바 있다. 마르크스주의에 입각하면서도 미(美)의 형식적 요건을 존중하는 팔봉의 균형감각은 지속적이고 일관된 것이었는데, 카프 해산기 박영희가 "얻은 것은 이데올로기며 상

---

44) 김기진, 「문예시평 ― 박군은 무엇을 말했나?」, 189쪽.

실한 것은 예술 자신이었다"(박영희, 「최근 문예 이론의 신전개와 그 경향」, 『동아일보』, 1934. 1. 4.)라며 카프 탈퇴를 선언하였을 때,[45] 가장 적극적으로 이를 비판한 사람이 팔봉이었다는 사실은 그의 이러한 태도와 이론적 일관성을 가장 잘 설명해 준다.

팔봉은 카프문학의 반성적 고찰(「문예시평 ─ 박군은 무엇을 말했나」, 『동아일보』, 1934. 1. 27~2. 6, 181-197쪽)을 통해, 작가들의 실패 원인으로 '도식주의'를 먼저 꼽는다. 도식주의는 '제제의 고정화, 작품의 유형화, 창작의 도식화'[46]를 불러왔다는 것이다. 한편으로 그는 프로문학의 성격에 대해 분석하면서 "이데올로기는 교란자이었던가?"라고 묻는다. 그러나 그의 대답은 한결같다. "부(否)다 ─ 모두 다 부(否)다." 카프 문학의 실패의 원인은 결코 이데올로기에 있지 않고, "이데올로기를 예술적으로 소화하는 방법을 습득하지 못하였던 곳에 책임"이 있다. 따라서 "마르크스주의의 세계관에 죄는 없다. 세계관은 교란자가 아니다." "그리하여 지금 공연히 또 은연히 예술적·특수적·개별적 연구의 이름 아래에서 진실한 발전을 해야 할 문학을 위한다는 명분 아래에서 기계적·공식적·도식적·대도연설적 창작의 배격의 문학 옹호의 정당한 주장을 일종의 구실로 하여 세계관의 이데올로기의 문학에서 이탈의 기도가 일본에서 또는 조선에서 행하여지려 하는 것은 프롤레타리아 문학의 중대한 성격을 말살하려 하는 의도의 표현이요, '비상시 풍경의 하나'에 더 지나지 아니한다." 따라서 팔봉 자신이나 회월을 포함하여 1934년 카프가 당면한 문제는, 이

---

45) 박영희는 자신의 전향선언에 팔봉이 가장 먼저 동조할 줄 알았는데, 팔봉이 직접적으로 그를 비판하고 나섰다는 사실에 적잖이 당황했었다고 회고한 바 있다. 박영희, 「초창기의 문단측면사」, 『현대문학』 65호, 1960. 5.
46) 김기진, 「문예시평 ─ 박군은 무엇을 말했나?」, 189쪽.

데올로기의 폐기가 아니라 "창작 방법의 문제, 문학 유산의 문제, 동반자 작가에 대한 태도 문제 등에 관한 지표적 이론의 수립과 카프의 재조직"이다. 이 글에서, 팔봉은 끝으로 당시 논의되고 있던 사회주의 리얼리즘의 문제를 위시하여 이론의 재정립을 위해서는 다시 조선의 현실이라는 '광야(廣野)'로 되돌아갈 것을 주문하고 있다. 이처럼 팔봉은 카프 해산기에 임박해서도 자신의 이념을 끝까지 포기하지 않았다. 동시에 그 이념이 경험적 현실 속에서 연숙(鍊熟)되기를 그는 희망했다. 우리는 이 지점에서 변증법적 리얼리스트로서 팔봉 김기진의 초상과 대면하게 되는 것이다.

II. 창작과정에 있어 '주체화'의 문제
─김남천의 '일신상(一身上)의 진리' 개념을 중심으로

1. 세계관과 창작방법의 문제

지금까지 김남천의 창작 활동에 관한 연구[47]는 그의 창작방법론에 대한 특별한 관심과 이에 따른 문학이론을 창작을 통해 실천에 옮겼다는 점에 초점을 맞추어 논의되어 왔다. 즉 그의 창작 방법론의 전개 과정과 이에 따른 그의 문학관이 무엇인가를 밝히는 데 중점을 두고 진행되었던 것이다. 그리고 처음에는 작품보다는 문학론에 비중을 둔 연구[48]가 주를 이루었으나, 1980년대 중반부터 작품을 중심으로 한 연구[49]가 본격화되었다. 김남천의 창작방법론에 대한 연구는 주로 당

---

47) 본고의 김남천의 창작방법론과 관련한 연구사 검토에는, 홍원경, 「김남천의 창작방법론 변모과정」, 『어문논집』 31집, 중앙어문학회, 2003, 190-191쪽의 정리에서 많은 도움을 얻었다.

48) 김미란, 「김남천 연구」, 고려대 석사학위논문, 1987.
　　김윤식, 「김남천, 물논쟁, 논리적 대결의식」, 『임화연구』, 문학사상사, 1989.
　　유문선, 「1930년대 창작방법논쟁 연구」, 서울대 석사학위논문, 1986.
　　채호석, 「김남천 창작방법론 연구」, 서울대 석사학위논문, 1987.

49) 권혁순, 「김남천 소설연구」, 성균관대 석사학위논문, 1989.

대 리얼리즘과의 상관 속에서 그의 리얼리즘에 대한 인식의 내용을 다루고자 했다. 김남천의 문학론은 카프 해산을 전후로 한 시대적 변화와 맞물리면서 지속적인 변모의 과정을 겪게 된다. 그의 창작방법론은 특히 임화와의 '물 논쟁' 이후 많은 변화를 맞이하게 된다. 본고는 김남천의 창작방법론의 변모과정을 통시적으로 개괄하는 것을 목표로 하지 않는다. 창작방법론에 대한 김남천 스스로의 명명과 설명에 집중하는 대신, 본고는 일련의 창작방법론을 통해 표명되고 있는 김남천의 문학적 사유의 핵심들을 몇 가지의 '문제틀(the problematic)'로 나누어서 접근하고자 한다. 그리고 그 구체적인 논의의 대상으로는, 카프 해산 이후 김남천의 창작방법론 중에서 그 핵심에 있다고 판단되는 '모랄론'을, 그의 '일신상의 진리'라는 개념을 중심으로 살펴보고자 한다. 그리고 이하의 논의에서 직접적으로는, 창작 과정에 있어서의 '주체화'의 문제를 본격적인 분석의 대상으로 삼는다.

칸트의 『순수이성비판』이 진리와 인식론의 영역, 다시 말해 '인간은 무엇을 인식할 수 있는가?'의 문제를 다룬다면, 『실천이성비판』은 인식된 진리를 바탕으로 '인간은 어떻게 윤리적 행동을 실천할 수 있는가?'의 문제, 다시 말해 선(善)과 윤리학의 영역을 다루고 있다. 칸트의 3대 비판서가 각각 다루고 있는 영역의 문제를, 창작 과정의 문제로 바꾸어 말해 본다면, 세계관은 작가의 '세계 직관'으로 종국적으로는 인식론의 문제로 귀착되는 것이며, 창작방법이란 결국 작품 행동으로, 즉 작가의 예술적 실천의 문제로 귀결되는 것이라 하겠다. 한편으로 세계관과 창작방법의 문제 혹은 인식과 실천의 문제는, 작가

김동환, 「1930년대 전향소설연구」, 서울대 석사학위논문, 1986.
문영진, 「김남천의 해방전 소설 연구」, 서울대 석사학위논문, 1989.

의 세계관이 예술적 형상을 통해 표현됨으로써 그 구체적 언어를 얻고, 세계관은 작가적 실천이라는 검증을 통한 반작용에 의해 수정·변화할 수 있다는 점에서 그것은 따로 분리된 별개의 문제가 아니라 상호 침투하며 유기적 관련을 맺는 것으로 이해할 수 있다.

카프 문학 운동 내부에서 창작방법 문제에 대한 논의는 아이러니컬하게도 카프 해산기에 이르러 비로소 본격화되고 구체화되었는데, 이는 사회주의 리얼리즘의 수용문제,50) 보다 직접적으로는 공식적 창작 노선으로 채택된 유물변증법적 창작방법의 오류와 작품의 도식화를 반성적으로 극복하기 위해 제출된 것이다. 즉 마르크스-레닌주의와 프롤레타리아 계급의식이라는 세계관을 예술적으로 형상화하는 데 카프 작가들이 실패했다는 문제의식과 공감대를 배경으로 이루어진 것이다. 따라서 여기에서는 작가의 이데올로기적 선명성이 아니라 예술적 형상화의 문제, 즉 창작방법의 문제가 보다 중요한 문제로서 대두된다. 이는 회월과 팔봉 간의 내용-형식 논쟁의 공과를 계승하는 것이면서도 보다 실제적으로 작가의 내밀한 창작의 과정을 직접적으로 겨냥하고 있다는 점에서 카프 내의 이론적 심화의 과정으로도 볼 수 있다. 이러한 문제의식은 박영희에게서 "얻은 것은 이

---

50) 김남천은 이와 관련하여 크게 두 가지로 문제 제기를 한다. "① 논쟁의 토대를 조선의 작가와 작품과 조선의 문학적 현실에 두지 않은 것. 평론가들은 각 신창작방법의 가마냐 부좀냐를 토론함에 지도적 현실(사회주의적 현실)과 조선적 현실(자본주의적 현실)을 일반적으로 운위함에 그쳤을 뿐으로, 조선의 문학적 현실에서 토론의 자료와 물질적 기초를 구하기에 인색하였다. …… ② 리얼리즘 위에 붙은 「소셜리스틱 Socialistic」이란 말이 조선에서는 구체적으로 무엇을 가르침인가가 불문에 붙여 있었다. 다시 말하면, 이 창작이론이 조선에서는 구체적으로 여하히 발전되어야 할 것인가를 문학적 정세의 긴밀한 분석 속에서 규정하지 못하고 사회정세 일반에서 기계적으로 추출되었기 때문에 「유물변증법적 창작방법」 당시에 「유물변증법」에 손을 다친 작가들은 다시금 신창작이론에 대해서도 그것이 그들을 삼켜 버리려는 마귀라도 되는 듯 두려움을 느꼈던 것이다. 그들은 그것이 리얼리즘을 구체화하는 길, 이외에 아무것도 아니라는 것을 명백히 알지 못하였다."(김남천, 「고발의 정신과 작가-신창작 이론의 구체화를 위하여」, 『조선일보』, 1937. 5. 30~6. 5. 여기에서는 신상성 편, 『김남천 연구』上, 경운출판사, 1990, 174쪽에서 인용. 이하 김남천 글의 인용은 이 책, 『김남천 연구』上·下의 것이며, 필요한 경우 본문에서 책의 페이지 수만 밝히기로 하겠다)

데올로기며 상실한 것은 예술 자신이었다"51)라는 전향선언에서 가장 극적인 표현을 얻고 있지만, 소장파 이론가 김남천에게 있어서는 창작방법의 논의가 즉각적인 세계관의 포기나 이념적 무장해제로 연결되지 않는다.52) 오히려 그는 킬포친의 '진실을 그려라'는 명제를 예로 들면서 당파성의 강조53)로 나아갔던 것이다. 김남천은 프로문학운동에서 조직의 중요성을 누구보다 강조했던 이론가였다.54) 그렇다면 전형기(轉形期)의 김남천에게 있어 사유의 핵심은, 세계관과 창작방법의 유기적 통일과 변증법적 지양의 문제가 될 것이다. 그는 이 문제를 어떻게 해결하려 했던 것일까. 그에 대한 일단을 우리는 「소설의 운명」에서 찾아볼 수 있다. 김남천은 「소설의 운명」에 대한 주석에서, "소설의 장래를 말하려고 하면서 내가 이곳에 운명이란 말을 사용하는 것은 소설의 당면한 문제가 주체를 초월하여 외부적으로 부여된 문제이면서 동시에 내재적 요구에 의하여 주체에 부여된 문제인 것은 진심으로 자각하고자 생각한 때문이었다. 소설의 장래를

---

51) 박영희, 「최근문예이론의 신전개와 그 경향」, 『동아일보』, 1934. 1. 2~1. 11.

52) 예술의 정치성과 관련하여 김남천은 다음과 같이 언급한다. "농민에게도, 문학자에게도, 시인에게도 정치라는 것을 떠나서 생활이란 것이 영위된 적은 없었다. 이씨는 씨의 사색을 「예술은 자유의 산물」이라고 기록하였지만, 실상은 예술은 '자유를 위한 길항(拮抗)의 산물'이라고 표현하는 것이 더욱 정당할 것이라고 나는 생각한다. ……「밥짓는 식모까지 정치는 알아야 한다」는 유명한 말이 있거니와, 사상 생활을 영위하는 문화인이 이에 대하여 부닥치기를 주저한다면 그 자성이 어떠한 것이 될는지는 명백하지 않은가"(김남천, 「최근 평단에서 느낀 바 몇 가지」, 『조선일보』, 1937. 9. 11~9. 16, 위의 책, 195쪽).

53) "킬포친의 진실을 그려라 혹은 「예술은 객관적 현실의 내용을 형상화하는 것이다」라는 것은 예술의 정치로부터의 이탈을 의미함이 아니고 그의 정치적 당파적 입장을 더욱 명확히 표현하는 것이란 점이다. 최근 한설야, 임화 더구나 백철 등에 있어서는 「킬포친」의 슬로건이 왜곡화되어 「진실을 그려라」가 일종의 유행으로 되었으며 이 슬로건은 이제껏의 O의 문제를 그려라와 대립하는 것으로 오해되기 쉬운 형세에 이르렀다."(김남천, 「창작방법에 있어서 전환의 문제-추백萩白 안막安漠의 제의를 중심으로」, 『형상』, 1934. 3, 위의 책, 139쪽)

54) 대표적인 글로, 다음과 같은 부분을 볼 수 있다. "훌륭한 작가를 그의 재능으로 돌리지 말라……. 카프 작가의 진정한 전지 그것은 「카프」라는 그것의 진정한 발판을 떠나서 있을 수는 없는 것이다. (중략) 작가들과 조직과는 떼어서 생각할 수는 없다. 동반자 작가의 비약은 그의 생활을 조직 속에서 훈련받고 그 곤란한 일 속에서 제련되는 데 의해서만 비로소 있을 수 있는 것이다."(김남천, 「문학시평-문화적 공작工作에 관한 약간의 시감」, 『신계단』, 1933. 5, 위의 책, 116-121쪽)

자기 자신의 문제로서, 운명으로서 초극하려는 데 의하여서만 문학은
그의 정신을 유지 신장할 수 있으리라고 생각하기 때문이었다"55)라
는 의미심장한 발언을 하고 있다. 여기에서 김남천이 문제 삼고 있는
것을 단도직입적으로 말한다면, 창작 과정에 있어서의 '주체화'의 문
제이다. 작가의 세계관이나 이념형이 생경한 이데올로기의 표출로 나
타났던 것이 카프 작가들의 작품이 지녔던 공통된 결함이었다. 그리
고 그것은 거꾸로 선 이데올로기, 즉 이념이 경험적 현실로부터 도출
된 것이 아니라 이념에 의해 현실을 재단하려는 태도에서 기인하는
것이었다. 문제는 이념을 자신의 경험적 현실 속에서 녹여내고 육화
(肉化)하는 것, 다시 말해 이데올로기의 체득(體得)의 문제로 집약될
수 있는 것이다. 그것은 이념을 자신의 '문제의식'으로 체화하는 것이
고, 구체적인 '몸의 언어'를 얻는 과정으로 말해질 수 있다. 김남천은
창작 방법의 문제를 다음과 같이 인식하고 있었다.

> ……창작방법은 창작에 있어서의 규범이라기보다는 차라리 창조적
> 부면에 있어서 작가의 능력과 사회적 투쟁을 인도할 수 있는 원칙
> 적인 것, 다시 말하면 예술적 창작의 기본적인 방법이라는 데서 우
> 리에게 요구되는 것이라 믿어진다는 것은 물론, 창작방법은 고래불
> 변인 것도 아니오 또 만인 공통도니 것도 아니다. (중 략) 그러면
> 세계관과 형식적으로 구별되는 창작방법이 그 내용으로 하는 기본
> 적 방향은 무엇이며 또 그것은 몇 개나 되는 것일까. 여기에서 나
> 는 창작방법의 기본적인 방향으로 리얼리즘과 아이데알리즘의 두
> 개만을 단정하고 싶다. 이 두 가지 외에 또 다른 기본적인 창작방
> 법은 있을 수 없는 것이다. 로맨티시즘은 그럼으로 이것과 병립될
> 수 있는 기본적인 창작방법이 아니라 특정한 역사적 시대의 나의
> 실제상의 유파이거나 또는 기본적 창작방법의 계기로서밖에는 불
> 리어질 수가 없는 것이다. 리얼리즘과 아이데알리즘의 분류는 객관

---

55) 김남천, 「소설의 운병」 註 1), 『인문병론』, 1940. 11, 위의 책, 406쪽.

적 현실과 주관적 개념이라고 하는 두 개의 양립하는 관계로서 성
립될 것이요 그러므로 이 양자는 단순한 도의 차이가 아니라 질적
인 원리적인 차이이기 때문이다. 이것은 혼란을 방지하기 위하여
꼭 필요한 개념규정이 아닐 수 없다. 그러면 리얼리즘이란 무엇이
며 아이데알리즘이란 무엇이냐. 리얼리즘은 객관적 현실을 주로 해
서 주관을 그에 객관적 현실에 종속시키는 것이라고 말할 수 있다.
아이데알리즘은 그 반대로 주관적 관념을 주로 해서 객관적 현실
을 이에 종속시키는 것이라고 말할 수 있다. 그러므로 창작방법의
기본방향은 둘 중의 하나일 수도 있으며 둘 이상이 될 수도 있을
것이다. 이때에 있어 주관이나 혹은 객관이라 하는 것은 상대적 의
미로서 사용되는 것이오 그러기 때문에 아무리 객관적이라 생각되
는 관념일지라도 그것이 만약 창조상 실제에 있어서 현실을 재단
하는 선입견으로 사용된다면 그것은 역시 주관적 관념으로 불리어
질 수 있는 것이다. 그러므로 오해되고 혼란스러워지기 쉬운 주관
객관의 용어를 피한다면 현실을 선입견을 가지지 않고 현실에 있
는 그대로를 그리려고 하는 태도가 리얼리즘이오 현실에 선입견을
가지고 임하여 그것으로써 현실을 재단하려는 창작태도가 즉 아이
데알리즘이라고 말할 수 있을까 한다.56)

김남천은 창작방법의 기본적인 방향으로 '리얼리즘'과 '아이디얼
리즘'이라는 두 개만을 단정하고 있다. 그리고 카프 작가의 실패는
리얼리즘에의 철저하지 못함, 다시 말해 유물변증법적 세계관을 가졌
지만 그것이 현실을 재단하는 이데올로기와 선입견으로 작용해 아이
디얼리즘으로 흐르는 우를 범했으며 결과적으로 현실을 왜곡했다는
것이다. 그러한 사정은 또한 이른 바 '리얼리즘의 승리'라고 말해지
는, 즉 왕당파의 반동적 세계관을 가졌던 발자크가 리얼리스트인 덕
분에 도리어 자신의 세계관을 넘어설 수 있었던 사실에서도 입증될
수 있는 것이다. 따라서 카프 해산 이후, 김남천에게 있어 창작방법의
기본적인 방향 설정은 리얼리즘 정신으로의 복귀와 이의 재정립을

---

56) 김남천, 「새로운 창작방법에 관하여」, 『중앙신문』, 1946. 2. 13~2. 16, 위의 책, 465~467쪽.

통해서 이루어진다. 김남천 자신이 주창했던, "고발문학이란 리얼리즘 문학이라는 뜻이다"[57)라고 스스로도 밝히고 있다. 리얼리즘의 정신에 따라, "주인공이 진보적인 인간인가가 주제의 적극성을 결정하는 것이 아니라, 형상화된 전형이 이것을 결정하는 것이며 작품의 결말이 명랑하여 '해피Happy'로 맺어야 그것이 현실적인 것이 아니라, 그것에 그려져 있는 성격과 정황이 죽은 것이 아니고 펄펄 뛰는 산 인간의 구체적 정황이라야 비로소 그것을 건강한 작품이라고 말할 수 있는 것이다."[58) 이는 '물 논쟁' 이후 '주인공＝성격＝사상'의 노선을 주장했던 임화에 반하여 '세태＝사실＝생활'의 노선을 일관되게 주장했던[59) 김남천의 창작방법에 여실히 드러나 있는 것이다. 이러한 김남천의 입장을 우리는 '경험론적 현실주의'라고 명명할 수 있을 것이다. 그는 카프 해산 이후, 자신의 문학적 도정을 "자기 고발－모럴론－도덕론－풍속론－장편소설 개조론－관찰문학론"[60)으로 도식화하고 있거니와, 이는 리얼리즘 정신으로의 복귀로 요약될 수 있는 것이었다.

2. 창작 과정에 있어 '주체화'의 문제

김남천은 「발자크 연구노트 5」에서 다음과 같이 술회하고 있다.

이렇게 생각하여 보면 필자 왕년의 자기고발 문학은 일종의 체험

---

57) 김남천, 「최근 평단에서 느낀 바 몇 가지」, 위의 책, 197쪽.
58) 김남천, 「최근 평단에서 느낀 바 몇 가지」, 199쪽.
59) 김남천, 「관찰문학 소론－발자크 연구노트 5, 체험적인 것과 관찰적인 것」, 『인문평론』, 1940. 5, 『김남천 연구』下, 180쪽 참조.
60) 김남천, 「관찰문학 소론－발자크 연구노트 5」, 182쪽.

적인 문학이었다. 그것은 주체 재건(자기개조)을 꾀하는 내부 성찰의 문학이었으니까. 이러한 과정은 여하히 하여 나와 같은 작가에게는 필연적인 과정이었던가. 추상적으로 배운 이데-. 현실 속에서 배우지 않은 사상의 눈이 현실을 도식화하는 데 대하여, 자기 자신의 눈을 통하여 현실 속에서 사상을 배우고, 이것에 의하여 자기를 현실적인 것으로서 인식하자는 필요에 응해서였다. 자아와 자의식의 상실이 리얼리즘을 오히려 그 반대의 경향에 몰아넣어 돌아보지 않는 문학정신의 수락을 구求하기 위하여서였다.[61]

앞서 살펴본 바와 같이, 김남천의 창작방법론의 모색은 전형기의 '주조(主潮)' 탐색이라는 카프 해산 이후 문학적 환경의 변화를 직접적인 배경으로 하는 것이었지만, 세계관과 창작방법의 문제에서 제기되는 세계관의 체화과정, 이념의 자기의식화의 문제는 비단 카프 작가들에게만 해당되는 것이 아니라, 창작 과정에 있어서 '주체화'의 문제라는 보다 보편적이고 일반론적인 차원의 '문제틀(the problematic)'로서 사유될 수 있는 것이다. 본고의 문제의식은 여기에서 비로소 시작된다. 김남천에 따르면, "작가는 항상 문제를 주체성에 있어서 제출"[62]하는 자이다. 다시 밀해, "작가에게 있어서는 국가·사회·민족·계급·인류에 대한 사상과 신념이 여하한 것인가 하는 국면으로써 제출되는 것이 아니라 이러한 높은 문제가 얼마나 작가 자신의 문제로서 흡수되어 있고 그것이 어느 정도로 그 자신의 심명을 통과하여 작품으로서 제기되고 있는가 하는 문제"(230쪽)이다. 따라서 작가적 진정성에 대한 물음은, "작가 개인이 절실하다고 생각하고 그의 마음이 그것을 가운데 두고 호흡하는 문제가 역사나 국가나 계급으로서

---

61) 김남천, 「관찰문학 소론 – 발자크 연구노트 5」, 181쪽.
62) 김남천, 「유다적인 것과 문학 – 소시민 작가 출신의 최초 모랄」, 『조선일보』, 1937. 12. 14~12. 18, 『김남천 연구』 上, 230쪽.

도 역시 중요하고 절실한 문제"(230쪽)인가 하는 것으로 주어져야 한다. 여기에서 김남천은 과학적 개념과 문학적 표상을 대비시킨다. 이는 앞서 말한 세계관과 창작방법의 상호 침투의 문제와도 연결된다. 그 요지를 간추리면 다음과 같다. 먼저 과학은 개념에 의한 인식이고 문학은 표상에 의한 인식이다. 과학적 개념이 갖는 '합리적 핵심'은 "그것이 실재와 일치하는가 안 하는가의 여하에 의하여 결정된다."63) 과학의 보편화의 결과와 형식은 논리적 범주이다. 다시 말해 과학적 개념의 결합은 정식 혹은 공식을 산출한다는 의미이다. 공식이란 소여된 일정 조건이 존재하는 곳에선 어떠한 곳에서도 적용될 수 있는 정식, 보편성을 뜻한다. 그리고 그것은 구체적인 분석을 위한 보편자이다. 문학적 표상에 있어 성격적 묘사는 이러한 과학의 공식적 분석을 통과하여야만 정당한 것에 이르게 된다. 다시 말해 문학적 표상이 진리의 반영이 되기 위해서는 과학적 개념이 갖는 합리성을 갖지 않으면 안 되는 것이다. 그러나 과학적 개념이 구체적인 분석을 통해서 얻은 현실 세계에 대한 인식을, 공식에 의한 법칙 이상에까지 인식 목적을 연장할 때 그것은 과학의 성능이 아니다. 따라서 과학이 이 한계를 넘어서는 곳에서 문학의 권리는 시작되는 것이고, 그 과정이 바로 '주체화'의 과정이다. 그리고 과학적 진리가 작가라는 주체를 통과하는 과정에서 설정된 것이 모럴이다. 다시 말해 작가의 세계관이 창작방법을 통해 문학적 표상이라는 감각적 구상화에까지 이르는 과정의 중간 개념으로서 모럴이 설정되는 것이다. "진리의 탐구를 대상으로 한 과학의 성과를 지나서 과제를 일신상의 진리로 새롭게 한 것

---

63) 김남천, 「일신상―身上 진리와 모랄―자기의 성찰과 개념의 주체화」, 『조선일보』, 1938. 4. 17~4. 24, 위 책, 268쪽.

이 문학"64)이며, 이리하여 과학적 개념이 갖는 합리적 핵심을 지니지 않는 모럴은 진정한 모럴이 아니다. 이를 정리하면, 과학의 대상은 진리이고, 문학의 대상은 일신상의 진리이다. "일신상의 진리란 과학적 개념이 주체화된 것"65)을 말함이다. 그러므로 "어떤 예술가가 독자적이라든가 개성적이라든가 유니크하다든가 하는 것은 이러한 과학이 갖는 보편성이나 사회성을 일신상 각도로써 높이 획득했다는 것"(276쪽)을 말하는 것이다. 이와 같은 '주체화'의 문제를 특수와 보편이라는 관점에서 살펴보면 다음과 같다.

> 그러나 물론 이것만으로는 도덕이 문학의 점유물이라는 이유가 되지 않는다. 과학적 개념과 그의 공식으로서도 개인의 문제는 처리될 수 있기 때문이다. 예컨대 사회기구의 일반적 제 관계를 표시하는 과학적 공식은 각 개인의 경우에까지 특수화되는 것이며, 이리하여 개인은 문제없이 공식에 의하여 처단된다. 그러나 개인과 구별되는 자기라는 것을 생각하면 과학은 벌써 그의 기능을 상실한다. 「자기」는 결코 「개인」이 아니다. 「개인」은 아직도 일반적이고 「자기」「자아」에 이르러서 비로소 그것은 최후의 특수물이 된다. 예를 들면 김모와 이모는 동일한 「개인」이다. 그러나 김모 「자신」은 결코 이모 「자신」이 아니다. 이곳에서는 김모는 벌써 「개인」이 아니고 이모 「자신」과 구별되는 김모 「자신」, 다시 말하면 「자기」다.// 사회를 특수화하면 「개인」이 된다. 이곳까지는 확실히 과학의 영역이다. 그러나 「개인」을 아무리 특수화하여도 「자기」로는 안 된다. 이 「개인」이 자기로 되는 과정, 다시 말하면 과학적 개념의 기능이라 하여 문학적 표상 앞에 자리를 물려줄 때 모랄은 제기된다.66)

인용문에서 '사회'라는 보편자를 특수화하면 '개인'이라는 특수자가 도출된다. 그러나 특수자 혹은 특수성은 언제나 변증법적 지양을

---

64) 김남천, 「도적의 문학적 파악−과학·문학과 모랄 개념」, 『조선일보』, 1938. 3. 8~3. 12, 위의 책, 267쪽.
65) 김남천, 「일신상 진리와 모랄−자기의 성찰과 개념의 주체화」, 271쪽.
66) 김남천, 「도덕의 문학적 파악−과학·문학과 모랄 개념」, 267쪽.

통해 보편자 혹은 보편성으로 종합되어 통일되는 일반자로서의 성격을 여전히 갖는다. 특수자이자 일반자로서의 '개인'의 성격은 이와 같이 규정되는 것이다. 그러나 '자기' 혹은 '자신'은 '개인'을 아무리 특수화하여도 산출되지 않는 것이다. 여기에서 '자기'는 '개별자(singularity)' 혹은 '단독자'이다. 다시 말해서, 특수자로서의 '개인'이 개별자로서의 '자기'로 변환되는 과정이 바로 일신상의 진리가 산출되는 '주체화'의 과정이다. 따라서 주체화란 개별자의 산출과정이지만, 그 개별자는 과학적 개념이 갖는 '합리적 핵심'을 지닌다는 점에서 '보편적 개별자(universal singularity)'[67]이다. 다시 말해, 모럴은 일신상의 진리로서 '개별자'로서의 성격을 지니지만 동시에 그것은 "사회적 인식이나 그를 가능케 하는 전 인류의 실험이나 실천을 무시하는 개인주의적인 협의적 자아탐구에서는 생각할 수 없는 일종의 행동 시스템이다. 그것은 합리적 개념의 골격을 핵심으로 해야만 비로소 생겨날 수 있는 물건"[68]으로서 '보편자'로서의 성격을 갖는다. 그런 맥락에서, "일반적인 것, 원리적인 것을 가지고 개별적인 것, 구체적인 것을 그와의 관련 속에서 해결하는 것만이"(270쪽) '진리'이다.[69] 문학적 진리는 일신상의 진리로서 주체화의 과정 속에서 도래하는 것이고, 비자발적으로 주체의 신체에 기입되는 것이다. 그것은 '육체의 주체적 길'[70] 외에 다른 것이 아니다.

---

67) 이와 관련하여 바디우는 다음과 같이 언급하고 있다. "개별성은 보편성이 존재하는 한에서만 존재한다. 그렇지 않다면 진리를 벗어난 특수재[특수성]만이 존재할 수 있을 뿐이다."(알랭 바디우, 『사도 바울』, 현성환 역, 새물결, 2008, 187쪽)
68) 김남천, 「일신상 진리와 모랄 ― 자기의 성찰과 개념의 주체화」, 274쪽.
69) 이와 관련하여, '사건으로서의 진리'라는 개념을 정식화한 바디우는, 진리의 성격을 다음과 같이 규정하고 있다. "진리는 사건적인 것, 즉 도래하는 것에 속하는 것으로서, 이때 진리는 개별적이다. 그것은 구조적인 것도 아니요, 공리적인 것도, 법적인 것도 아니다."(알랭 바디우, 『사도 바울』, 32쪽)
70) 알랭 바디우, 『사도 바울』, 98쪽.

3. 일신상(一身上)의 진리로서 '모럴'의 문제

김남천에게 있어 모럴의 문제가 대두되는 것은 카프 해산 이후, 전형기라는 시대적 분위기 속에서 첨예화된 문학의식의 위기, 주체의 내면의 위기로부터 비롯된 것이었다.[71] 어떤 담론과 사유의 수준은 그것에 닥쳐오는 '근본개념의 위기'[72]를 감당하는 능력에 따라 결정된다고 볼 수 있다. 따라서 이러한 근본개념의 위기와 문학적 긴장을 어떻게 수용하고 처리하느냐가 결국 김남천 비평의 수준을 가늠하게 하는 바로미터가 될 수 있다. 김남천의 모럴론이 갖는 결정적인 중요성은 바로 여기에 있다. 모럴은 '주체화된 윤리'라는 점에서, 도덕이나 사회적 습속(習俗) 등과는 그 차원을 달리한다. 모럴에 있어 중요한 것은 '자기의식의 정립'이라는 문제이다. 따라서 김남천에게 있어 모럴의 문제가 주체의 재건과 결부되어 있다는 것은 어떤 면에서 당연한 논리적 귀결이었다. 카프라는 조직이 아직 건재해 있을 때에는, 집단과 개인의 문제나 조직의 이념과 작가의 윤리와의 괴리 혹은 그것들 사이의 심연이 충분히, 분명하게 인지되지 않는다. 아래 예문은 카프 해산을 전후로 한 프로 문학가들의 내면적 정황을 잘 설명해 주고 있다.

> 다시 말하면 자기의 운명을 집단의 거대한 운명에 종속시키고 자기의 표현을 이 속에서만 발견해 오던 시대에 있어서는 집단과 개

---

71) 다음과 같은 김남천의 진술은 이를 뒷받침해 준다. "객관세계의 모순을 극복하느라고 자기 자신을 돌보지 않았던 주체가 한번 뼈아프게 자신을 돌아보는 순간 비로소 자기의 속에서 분열과 모순을 발견하게 되었던 것이며 이것의 정립과 재건 없이는 객관세계와 호흡을 같이 할 수는 없으리라는 자각이 그의 마음을 혼란케 하는 과정으로 묵시되었다는 것이 보다 정확한 통찰일 것이다."(김남천, 「자기 분열의 초극－문학에 있어서의 주체와 객체」, 『조선일보』, 1938. 1. 26~2. 2. 위의 책, 250-251쪽)

72) 마르틴 하이데거, 『존재와 시간』, 이기상 역, 까치, 1998, 25쪽.

인과의 사이에 넘을 수 없는 문화사상상의 불일치는 표면화될 여유가 없었고, 각 개인은 근소한 불일치를 실천과정 속에서 해결하여 그곳에서 일정한 객관적 방향과 영향 밑에서 일치하여 자기를 이끌고 나가는 통일된 방침이라는 것이 있을 수 있었다. 작가는 이것으로부터의 일탈逸脫을 형성하면서 창작활동에 종사하였고, 예술가와 비평가는 이 통일된 방침의 엄정한 수립을 위하여 작가와 긴밀하게 협동하였다. 대개 이러한 작가와 비평가의 지도력이 어떠한 오류를 범하고 그 곳에서 아직도 근접하고 있는 위험한 상태를 노정하고 있을 때에도 이 예술가들의 방향의 과오를 시정하고 이것을 그릇된 길로부터 구출하여 줄 명확한 영향력이라는 것이 존재하여 있었다.// 그러나 하루아침 역사의 행정이 이러한 것의 일반적인 퇴조적 현상을 우리의 앞에 강조할 때에 집단성의 밑에 종속되었던 작가와 비평가는 자신의 출신 계급에 따라 일개의 독립된 작가로 귀환하고 말았다. 이들은 그 전날 집단성 밑에 종속되었던 것에 대하여 그것을 역사적으로 정당히 평가하는 대신 소시민적 자태 위에 눌려있던 제동력制動力을 일방적으로 그릇되게 회상하여 금일의 향유된 자유를 갈구하고 있다. 이렇게 하여 「저주할 만한 압제」로부터 해방된 작가와 비평가와 시인은 아무것에도 구속되지 않은 소위 「자유인」이 되어 일찍이 그들이 경멸하여 침뱉고 또한 저항의 대상으로 삼았던 「문단」이란 시민적 개념 밑에 자신을 종속시킴에 이른다. 상실된 자유탈환을 위하여 그들이 전개한 성전은 거룩한 「문단인」의 명패 획득에 의하여 낙원을 지으려고 하는 것이다.73)

예문에서 확인할 수 있는 것처럼, 카프는 일종의 '이데올로기 장치'74)의 기능을 수행했던 것이다.75) 다시 말해 카프라는 조직이 '명

---

73) 김남천, 「고발의 정신과 작가–신창작 이론의 구체화를 위하여」, 『조선일보』, 1937. 5. 30∼6. 5, 위의 책, 169–170쪽.

74) 루이 알튀세르, 「이데올로기와 이데올로기적 국가 장치」, 『아미엥에서의 주장』, 김동수 역, 솔, 1991, 88–89쪽.

75) 이와 관련하여 다음과 같은 언급을 참고할 수 있다. "카프가 이데올로기 장치로서 제 역할을 수행하고 있을 때 조직과 개인 사이에 어떠한 모순이 생길 여유가 없었다. 왜냐하면 조직의 일정한 방침에 따라 개인은 일방적으로 귀속되는 방식으로 모든 문제를 해결할 수 있었기 때문이다. 이른바 실제의 자기(소시민적 주체)와 가상의 자기(프롤레타리아적 주체) 사이에 모순이나 간격이 생길 틈이 없었던 것이다. 곧 카프의 구성원들은 카프라는 이데올로기 장치의 호명에 응하기만 하면 그러한 가상의 주체들이 될 수 있었던 것이다. 그러나 이데올로기 장치인 카프가 명확한 영향력을 상실할 때 사태는 달라진다. 실제의 주체와 가상의 주체 사이에 이전에는 누구노 감시할 수 없었넌 괴리 현상이 나타날 수밖에 없기 때분이다."(성병숭,

확한 영향력'을 행사하는 동안에는 자아의 문제는 집단의 문제에 종
속되었고, 당파적 이익과 개인적 이익 사이에 모순이 생겼을 때는 후
자는 전자에 따라서 당연히 귀속되는 것이어서 '생활의 일원화'76)가
가능하였다. 그러나 조직이 와해됐을 때, 집단과 개인 사이에는 거대
한 심연이 가로놓이게 되었고, 작가와 비평가는 자신의 '출신 계급'에
따라서 일개의 독립된 개인으로 돌아가게 되었다는 것이다. 이때부터
지금까지 표면화되지 않았던 주체의 모순과 자기분열이 비로소 자각
되고 수면 위로 부상하게 된다. 특히나 프로 문학가들의 대부분의 경
우 소시민 지식인 계급 출신이어서, 자신의 이상적 자아였던 프롤레
타리아적 주체와 현실적 자아인 소시민적 주체 사이에는 넘을 수 없
는 간극과 분열이 예각화되기 시작한다. 따라서 카프 해산 이후 주체
재건의 문제는 이러한 소시민적 주체에 대한 점검과 이를 통한 주체
의 재정립이 단연 긴박한 과제로 떠오르게 되는 것이다. 이 시기의
김남천이 소시민적 주체에 대한 '자기 고발'을 부르짖고 '모럴'의 문
제를 제기하게 된 것은 바로 이러한 정황과 맞물려 있는 것이다. 김
남천의 일련의 고발문학론과 모럴론은 다음 예문에서 가장 극명하게
그리고 극적으로 표출되고 있다.

> 이상 나는 비약한 성서의 지식을 기울여서 지나치게 장황한 독단
> 을 시험하였다. 그러나 위에서 본 세 장면, 다시 말하면 기독이 배
> 신자를 적발하는 곳과 베드로가 그의 선생을 부인하고 통곡하는
> 곳과 끝으로 유다가 선생을 판 것을 후회하고 스스로 제 목숨을 끊
> 어버리는 이 세 가지의 감격적인 장면에서 나는 유례없는 높은 문
> 학 정신을 파악해 보려고 한다.// 생각건대 이 세 개의 인간적 감정

「김남천 문학비평 연구」, 전남대 박사학위논문, 2002, 20쪽)
76) 김남천, 「비판하는 것과 합리화하는 것 - 박영희씨의 문장을 독讀함」, 『조선중앙일보』, 1936. 7. 26~8. 2.

이 한 층의 계단을 넘어서서 가장 전형적으로 종합된 것은 물론 유다에게 있었다. 그러나 은 30냥과 바꾸려는 제자를 무자비하게 적발하는 기독의 비타협성과 자신의 비겁에 가슴을 두드리며 통곡하는 베드로를 넘어서 그의 마음을 팔았던 유다가 은전을 뿌려던지고 목을 매어서, 자기승화를 단행하는 곳에 이르러 우리들이 결정적인 매혹을 느끼는 것은 무슨 까닭이런가?// 이 세 장면이 흔연히 합하여 하나의 높은 감동을 주어 이곳에서 현대문학 정신으로 직통하는 어떤 직감적인 것을 갖게 하는 대신 유다의 속에는 우리들 현대 소시민과 가장 육체적으로 근사한 곳이 있다. 다시 그의 죽음 속에서 소시민 출신 작가가 제출하여야 할 최초의 모랄을 발견하게 되는 때문은 아닐까하고 나는 지금 생각하고 있다.// 실로 모든 것을 고발하려는 높은 문학 정신의 최초의 과제로서 작가 자신 속에 있는 유다적인 것을 박탈하려고 그곳에 죽음에 가까운 타협없는 성전을 전개하는 마당에서 문학적 실천의 최초의 문제를 해결하는 작가의 모랄은 성서가 우리에게 주는 상술한 바와 같은 고귀한 감흥 이외의 것이 아니다. 이고에 유다를 성서에서 뺏어다가 우리들의 선조로 끌어 세우려는 가공할 만한 현실성이 있는 것이다. 실로 현대는 그가 날개를 뻗치고 있는 구석구석까지 유다적인 것을 안고 있다는 것으로 고유의 특징을 삼고 있다.77)

김남천은 예수가 배신자를 적발하는 장면과 베드로가 그의 선생을 부인하고 통곡하는 장면, 그리고 유다가 선생을 판 것을 후회하고 스스로 목숨을 끊어 버리는 세 가지 장면에서 높은 '문학 정신'을 발견한다. 그러나 이 중 우리들이 결정적인 매혹을 느끼는 것은, 마음을 팔았던 유다가 은전을 뿌려 던지고 목을 매어서, 자기승화를 단행하는 곳에 이르는 장면이라 할 것이다. 그리고 김남천은 그러한 유다의 죽음에서 소시민 출신 작가가 제출하여야 할 최초의 '모럴'을 발견하게 된다고 주장한다. 다시 말해 모든 것을 고발하려는 높은 문학 정신의 최초의 과제로서 작가 자신 속에 있는 '유다적인 것'을 박탈하

---

77) 김남천, 「유다적인 것과 문학—소시민 작가 출신의 최초 모랄」, 『조선일보』, 1937. 12. 14~12. 18, 위의 책, 229쪽.

려고 거기에 죽음에 가까운 타협 없는 성전을 전개하는 마당에서, 문
학적 실천의 최초의 문제를 해결하는 작가의 '모럴'은 현대문학 정신
으로 직통하는 어떤 직감적인 것을 느끼게 한다는 것이다. 이어지는
문장에서 그는 다음과 같이 언급한다.

> 시대는 정히 작가 자신이 자기의 문제를 해결하지 않고는 아무 것
> 도 할 수 없다는 것을 절실히 깨닫게 하는 데까지 발전되어 있다.
> 작가가 자신의 속에서 유다적인 것을 발견하려고 하고 이것과의
> 타협없는 싸움을 통과하는 가운데 창조적 실천의 최초 문제를 해
> 결해 보려고 하는 것이 현대 작가의 모랄이 되는 것도 이 때문이라
> 고 말할 수 있을 것이다. 그러므로 유다적인 것과의 항쟁, 그것이
> 옳건 그르건 하나의 결론을 보려고 할 때까지 작가는 자기 자신을
> 고발하고 박탈하고 끝까지 실랑이해 보려는 방향을 고집할는지도
> 알 수 없다. 이것이 또한 고발문학이 가지는 넓은 과제 중의 하나
> 로 소시민 출신 작가의 자기고발의 문학적 방향이 설정되는 소이
> 이다.// 그러면 우리들 내심에 있어서의 유다적인 것이란 대체 무엇
> 을 말함이런가? 그것은 결코 유다가 돈을 받고 그의 선생을 제거해
> 버렸다는 표면적 사실에서 제출되지는 않을 것이다. 그것은 그러므
> 로 소시민 지식인이 신봉하는 어떤 사상이나 주의에서 이탈하거나
> 배반한나는 등의 저급한 곳에서 제출될 상식직인 것이 아니라 자
> 기 자신의 매각이라는 고도의 성찰과 더불어 제출되는 문제일 것
> 이다.78)

그렇다면 우리 안의 '유다적인 것'이란 대체 무엇을 말하는 것인가.
그것은 일차적으로 작가들이 지니는 '소시민성'을 말한다. 그리고 이
를 앞 장의 논의와 연결시켜 본다면, '배반하지 말라'는 기독교의 계
율을 자기화하여, 다시 말해 '주체화'하여 자신의 절실한 '문제의식'
으로 승화시킨 유다의 삶이야말로, '일신상의 진리'로서 육체화된 '자

---

78) 김남천, 「유다적인 것과 문학—소시민 작가 출신의 최초 모랄」, 231쪽.

기 모럴'을 실천적으로 구현하는 길이라 할 수 있을 것이다. 따라서 우리들 내심의 '유다적인 것'이란 돈을 받고 선생을 팔아 버렸다는 '표면적 사실'에서 제출되는 것이 아니라, 어떤 사상이나 주의에서 이탈하거나 배반한다는 등의 '상식적인 것'에서 제출되는 것이 아니라, 바로 '자기 자신의 매각'이라는 개별적이고 심층적인 차원에서 제출되는 성질의 것인 것이다. 다시 말하지만 그것이 바로 체화된 '일신상의 진리'로서 '자기 모럴'이라는 것이다. 그러나 모럴은 '자기 고발'이라는 부정의 정신만으로는 정립되기 어렵다. 그것을 넘어서는 더 높은 긍정의 정신이 필요한 것이다. 김남천은 인간의 감정 속에서 전자를 '증(憎)'으로, 후자를 '애(愛)'로 파악한다. 애증은 인간의 '양가감정(amvibalance)'이다. 증오의 감정이 자기 안의 '이질성(heteronomy)'과 '차이(difference)'를 고발하고 적발해 내는 정신이라면, 사랑의 감정은 이러한 차이와 이질성을 가로질러 '궁극적 화해'를 가능하게 하는 '보편적' 힘이다.

이렇게 해서 유다적인 것과의 항쟁에서 발로되는 문학의 정신은 일찍이 고리끼가 사람이 가질 수 있는 최고의 선물이라고 말한「애와 증」의 두 감정의 극히 아름다운 통일 위에 건립된다. 고발의 대상은 증오에 대한 것 그것 이외에는 없다. 그러나 증오를 무찔러서 그칠 줄 모르는 타협없는 감정은 증오의 대상이 인간의 힘으로 소탕된다는 높은 긍정의 정신, 인류를 사랑하고 인간의 힘을 예찬하는 아름다운 정서 이외의 것도 아니다. 자기 속에 깃들이고 있는 유다적인 것의 적발은 물론 끊임없이 증오하는 감정에서 출발한다. 그러나 그것은 자기 자신의 인간적 개조가 가능하다는 높은 애愛의 정서가 없는 곳에는 있을 수 없는 감정이다.// 이것은 물론 소시민 지식인의 얼토당토 않은 자기 위안의 감정과는 전연 무관하다. 왜냐하면 소시민의 인간적 개조의 방향은 원칙적으로 자신의 역사적 지위의 과학적 인식이라는 이성적 지향과 일치하는 때문이다.[79]

그리하여 주체의 재건과 자기의식의 정립이라는 모럴의 과제는 '사랑'의 힘을 통해서만이 비로소 완성된다. "사랑은 율법의 완성이다"(「로마서」, 13장 10절)라는 성경의 가르침이 지시하고 있는 진의도 또한 그와 같다. 그러나 보편적 힘으로서 사랑은 '타자에 대한 헌신'을 통해 자기를 잊어버리는 헌신적 사랑의 이론과는 다르다. 그이전에 먼저 자신을 사랑할 수 있어야지 진정한 사랑도 있을 수 있다. 그것은 '자기 자신의 인간적 개조가 가능하다'는 믿음으로부터 출발한다. 사랑이란 정확히 믿음으로 가능한 것이다. 자기-사랑을 바탕으로 "말 건넴의 보편성을 내포하고 있는 사랑"[80]만이 '자신의 역사적 지위의 과학적 인식'이라는 '해방'을 실행할 수 있다. 그리하여 보편적 힘으로서 "사랑은…… '진리'와 함께 기뻐한다."(「고린도전서」, 13장 6절)

4. 유물론적 리얼리스트로서 김남천의 초상

김남천이 강조하는 리얼리스트란 다음과 같은 모습을 하고 있다. "그러므로 「사회주의자는 정당하다」는 가정의 공식적 개념에서가 아니라 사회주의자가 현실생활에 직접 파고 들어가서 그의 진정한 타입을 창조"[81]해야 한다고. "「노동은 신성하다」는 기정의 격언을 가지고서가 아니라 온몸으로 노동의 생활과 생활과정에 그것을 꿰뚫고 흐르는 법칙을 고발"[82]해야 한다고. 발자크를 따라 김남천은 "작가의

---

79) 김남천, 「유다적인 것과 문학—소시민 작가 출신의 최초 모랄」, 232쪽.
80) 알랭 바디우, 『사도 바울』, 176쪽.
81) 김남천, 「창작방법의 신국면―고발의 문학에 대한 재론」, 『조선일보』, 1937. 7. 10~7. 15, 위의 책, 188쪽.
82) 김남천, 「창작방법의 신국면―고발의 문학에 대한 재론」, 188쪽.

견해가 노출되어 있지 않으면 않은 만큼, 예술작품은 훌륭한 것이 됩니다. 나의 생각하고 있는 리얼리즘은 작자의 견해 여하에 불구하고 나타나는 것입니다"[83]라고 그는 적고 있다. 엥겔스는 그의 '발자크론'에서, 리얼리즘의 요건으로 "세부의 진실성, 전형적 상황에서 전형적 인물의 창조"[84]를 적시한 바 있다. 이와 같은 맥락, 김남천은 유물론이 아이디얼리즘의 공식주의로 함몰되는 것을 극도로 경계했다. 그는 어디까지나 '유물론적 리얼리스트'이고자 하였다. 그는 식민지 조선의 경험적 구체성을 소중히 여겨, 견고한 마르크스주의자이면서도 외국 이론의 기계적 도입에 반대했다. 그는 토로한다. "외국 동지들의 논의를 우리나라에로 이식하기에 가장 신속한 예민성을 가지고 있는 '계절조季節鳥'는 벌써 몇 번인가 창작방법에 대한 진정한 길을 지시하였다. 그러나 나의 생각 같아서는 이들이 지시하는 그들의 제안 속에는 그것 자신이 구할 수 없는 유형 속에 질식하고 있다고 생각한다"[85]라고. 새로운 외국 이론에 밝은 한국의 이론가들은 그가 보기에 사상적 '철새'나 다름없다. 그가 이해하는 한에서, 외국의 이론가들은 "창작방법의 문제를 한 번도 그 나라에 있어서의 근로대중의 당면한 과제와 분리하여 제기한 적이 없다."[86]

카프 해산 이후 전개된 모럴론에서 그가 강조했던 것은 창작 과정에 있어서 '주체화'의 문제, 즉 '일신상(一身上)의 진리'로서 갖게 되는 모럴의 성격이었다. 여기에서도 작가의 구체적인 육체의 물질성을 강조하는, 리얼리스트로서 김남천의 면모가 드러난다. 그것을 우리는

---

83) 김남천, 「관찰문학 소론-발자크 연구노트 4」, 『인문 평론』, 1940. 4, 『김남천 연구』 下, 166쪽에서 재인용.
84) 프리드리히 엥겔스, 「엥겔스가 런던의 마가렛 하크니스(Magaret Harkness)에게」(런던, 1888. 4.), 『맑스 · 엥겔스 문학예술론』, 만프레트 클림 편, 조만영 · 정재경 역, 돌베개, 1990, 162-166쪽.
85) 김남천, 「문학 시평-문화적 공작工作에 관한 약간의 시감」, 『신계단』, 1933. 5, 『김남천 연구』 上, 116쪽.
86) 김남천, 「문학 시평-문화적 공작工作에 관한 약간의 시감」, 117쪽.

‘마주침의 유물론’[87])이라 부를 수 있을 것이다. 일신상의 진리란 체화되고 육화된 진리로서, 개별자인 작가의 신체 위에 무의지적으로 기입되는 것이기 때문이다. 그것은 일반화된 특수성과 보편성을 넘어서는 ‘보편적 개별자(universal singularity)’로서의 위상을 점유한다. 그것은 예술 창작의 특수한 국면을 구체적으로 포함하는 것으로서, 동시에 그 특수성은 예술의 ‘절대적 현존’으로까지 비약되는 것이 아니라, 어디까지나 보편적 ‘진리’의 담지자로서 기능하는 것이다. 카프 해산 후 위기에 처한 마르크스주의와 주체의 내면성이라는 특정한 시대의 문제의식을 그 역사적 국면에만 한정하지 않고, 창작 과정에서의 ‘주체화’의 문제라는 보편적인 문제틀의 차원으로까지 끌어올리고 있는 것은 김남천 문학의 사유의 깊이를 여실히 보여 주는 것이라 하겠다. 그것은 마르크스주의라는 보편적이고 객관적인 이념을 개별자로서 창작의 주체인 작가의 주관성 속에서 용해시킴으로써, 프로 문학의 위기를 타개하려 했던 그의 정직한 ‘내면적 고투’를 통해 얻어진 것이다. 이상의 맥락에서, 우리는 그 내면적 고투의 흔적을 가리켜, ‘보편적 개별자를 향한 사유의 모험’이라 불러도 무방할 것이다.

---

87) 루이 알튀세르, 「마주침의 유물론이라는 은밀한 흐름」, 『철학과 맑스주의』, 서관모 외 편역, 새길, 1996.

III. 『신문학사』와 『한국문학사』의 서술 방법론 비교 연구

1. 들어가는 말

　문학사를 기술하는 것의 어려움은 역사소설의 난맥상과 닮아 있다. 그것은 역사의 사실적 요소와 문학의 허구적 요소가 공존함으로써 발생하는 문제라고 할 수 있다. 문학사는 '사실로서의 역사'를 '문학적 언어'로서 기술해야 한다는 이중의 요청을 충족시켜야 하는 것이다. 다시 말해 문학사가는 역사가로서의 실증 정신과 비평가로서의 미학적 감식안을 동시에 갖추어야 하는 것이다. 여기에서 '문학적 언어'란 일반적으로 객관적, 지시적인 '논리적 언어'와는 달리 형상성을 목적으로 하는 용법의 언어 사용을 지칭하는데, 문학사가의 언어를 '문학적 언어'라고 명명하는 것은 약간의 유보 조항이 필요하다. 문학사가의 언어란 명백하게 '논리적 언어'로 기술되기 때문이다. 따라서 문학사가에게 비평적 감식안이 요구된다는 진술은, 문학적 사실들에

김윤식은 주로 「신문학사의 방법」에 드러나고 있는 논리의 추상성과
여기에서 문학사방법론의 제3항으로 설정된, '환경'에 나타난 '무매
개성'을 문제 삼고 있다.94) 일본근대문학의 이식이라는 '비교문학적
인' 관점에서 종속적인 영향관계로만 우리의 근대문학을 재단하고
있다는 것이다. 임화에 입장에 서자면, 김윤식의 판단은 신문학사의
서설격인, 불과 14쪽의 개괄적인 방법론만을 근거로 한 다소 신중하
지 못한 결론일 수도 있다는 것이다. 방법론의 구체적인 적용인 「개
설 신문학사」나 「조선신문학사론 서설」을 함께 포괄적으로 검토한다
면, 그와 같은 결론은 수긍하기 어렵다. 그리고 신승엽이 밝히고 있듯
이,95) 김윤식의 그러한 판단은 명백히 원전의 오독에 근거하고 있다.
이를 먼저 검토하기로 한다.

> 한편 전통이란 무엇인가. 전통이란 환경 곧 비교문학을 설명하는
> 한갓 보조적인 관념에 지나지 않는다. '전통'이란 개념을 이끌어들
> 인 것은 환경에 대한 과도한 무게를 두었음에서 말미암았다.……
> 다시 말해 '환경'과 '전통'은 거의 같은 뜻으로 사용된 셈이다.96)

김윤식의 이러한 판단의 근거는 무엇이었는가. 그것은 다음과 같
은 대목으로, "새로운 정신문화나 문학이 생성·발전하는 데 여건의
하나로서 제출되는 유산이라는 것은 좀 더 객관적으로 생각하면 문
화적, 문학적인 환경의 하나로 생각할 수 있다. 즉 새로운 것의 형성

---

94) 임화는 여기에서 다음과 같이 언급하고 있다. "신문학이 서구적인 문학 장르(구체적으로는 자유시와 현대
　　소설)를 채용하면서부터 형성되고 문학사의 모든 시대가 외국문학의 자극과 영향과 모방으로 일관되었다
　　하여 과언이 아닐 만큼 신문학사란 이식문화의 역사다."(임화, 「신문학사의 방법」, 『동아일보』 1940. 1.
　　13~20. 여기에서의 인용은 임규찬·한진일 편, 『임화 신문학사』, 한길사, 1994. 378쪽에서 인용. 이하
　　임화, 『신문학사』의 인용은 이 책의 것이다.)
95) 신승엽, 「이식과 창조의 변증법 – 임화의 '이식문학론'의 정당한 이해를 위하여」, 『창작과 비평』 1991년
　　가을호.
96) 김윤식, 「이식문학론 비판」, 『한국근대리얼리즘비평선집』, 서울대출판부, 1988, 233쪽.

을 둘러싸고 있는 소여의 조건의 하나다. 그러한 의미에서 유산은 항상 객관적인 것이다"(임화, 「신문학사의 방법」, 380쪽)라는 진술이다. 여기에서 김윤식은 '전통'을 '유산'과 동일한 것으로 읽고, 임화가 '전통'을 한낱 '환경'에 불과한 것으로 처리하고 있다고 본다. 따라서 김윤식은 방법론의 제3항과 4항을 동일선상에서 파악하게 된다. 그러나 이것은 다음 인용문에서 드러나듯이 분명히 오독에 기초한 것이다.

> 유산은 그것이 새로운 창조가 대립물로서 취급할 때도 외래문화에 대하여 주관적으로 향한다. 그러한 때에 유산은 이미 객관적 성질을 상실한다. 즉 단순한 환경적인 여건의 하나가 아니라 그 가운데서 선발되며 환경적 여건과 교섭하고 상관한 주체가 된다. 이러한 것이 항상 한 문화, 혹은 문학이 외래의 문화를 이입하는 방식이며 새로운 문화의 창조는 좋은 의미이고 나쁜 의미이고 양자의 교섭의 결과로서의 제3의 자(者)를 산출하는 방향을 걷는다.97)

임화는 인용문에서 분명히 '유산'(전통)이 '단순한 환경적인 여건의 하나가 아니라', 다른 여건들과 교섭하는 '주체'가 된다고 언급하고 있다. 단순한 환경적인 여건의 하나가 되고 마는 것은 '전통'으로 부활하지 못하는 '유물'이다. 이어지는 인용문에서 그것은 좀 더 확실해 보인다.

> 여기에서 유산은 더욱이 외래문화와 마주서는 데서 표현되는 상대적인 주관성에서도 떠나 순전한 여건의 하나인 '유물'(Uberreste)로 돌아가고 과거의 고유의 문화는 다시 '전통'(Tradition)으로서 부활된다.…… 신문학사의 생성과 발전에 있어 조선 재래의 문화가 정히 이러한 형식으로 신문학의 창조와 관계한 것이다. 그것은 신문학을 외국문학으로부터 구별하는 형식이 되고 또한 내용이 되는

---

97) 임화, 「신문학사의 방법」, 『동아일보』, 1940. 1. 18, 위의 책, 380쪽.

것이다. 그런 의미에서 서구의 르네상스와 같이 우리 문학사는 자기의 상대에 부흥될 전범을 갖지 못했으나, 그러나 신문학은 그러면서 고유한 가치를 새로운 창조 가운데 부활시키는 문화사의 한 영역이다. 신문학이 한문으로부터의 해방에서 출발한 것은 동시에 언문문화의 복귀에서 출발했음을 의미한다. 그것은 단지 언어로서의 언문문화에 그치는 것이 아니라 정신으로서의 언문문화로 살아나는 데 신문학사가 전통을 간과할 수 없는 이유가 있다.[98]

과거의 정신적 '유산' 중에서 그 생명력을 소진하여 죽은 유산으로 남게 되는 '유물'이 있는가 하면, 변화하는 시대 속에서 새로운 창조적 동력으로 작용하는 '전통'이 존재한다. 그러나 김윤식은 '전통'을 죽은 '유물'과 동일시하고 이를 '환경'의 보조관념에 지나지 않는다고 해석했다. 이는 간과할 수 없는 오류가 아닐 수 없다. 제3항(환경)과 제4항(전통)을 동일선상에서 파악함으로써 결국 김윤식은 스스로의 함정에 빠진다. 즉 '토대와 상부구조'의 '매개항 없음'에 관한 논의이다. 김윤식은 토대와 상부구조 사이의 '매개항'을 임화가 설정하지 않음으로써 비변증법적인 유물론, 결국은 변증법으로부터 이탈하고 말았다고 주장한다. 그러한 논지는 이후 연구자들의 논의에서 중심을 이루게 된다. 그러면 김윤식과 임화의 글을 직접 비교해 보기로 한다.

(1) 그러니까 유물변증법에 따르면, 먼저 상부구조와 토대 사이의 매개항이 설정되어야 하고, 그 다음엔 상부구조(이데올로기)들 사이에 매개항이 논의되어야 한다. 이 두 매개항이 토대와 상부구조에 연쇄적으로 작용할 때 그것은 유물변증법에 합당할 것이다. 그런데 임화는 이 두 가지 매개항(토대와 상부구조 사이·상부구조 상호간의)에 대한 고려가 없고, 다만 그는 그가 독특하게 내세운

<hr>

98) 임화, 「신문학사의 방법」, 381-382쪽.

‘환경’과 ‘전통’ 사이에만 매개항을 인정하고 있었던 것이다. 그렇게 되니까 토대와 상부구조와는 아무런 관련 없이 환경과 전통이 따로따로 놀아나는 것으로 되고 말았다.99)
(2) 그런데 여기에서 우리가 주의할 것은 외래문화와 고유문화의 유산의 교섭이 인간을 매개체로 하고 있다는 점이다. 즉 행위에 의하여 매개된다. 그런데 행위자와 지향은 문화의향만이 아니다. 그들의 계층적 성질 혹은 그들의 실질적 기초가 제약한다. 다시 말하면 그들의 물질적 지향이 외래문화와 고유문화의 문화교류, 문화혼화에서 새로운 문화 창조의 형태와 본질을 안출한다. 그러므로 문화교섭의 결과로 생겨나는 제3의 자(者)라는 것은 기실 그때의 문화담당자의 물질적 의욕의 방향을 좇게 된다. 그 의욕은 곧 그 땅의 사회 경제적 풍토다.100)

두 글의 비교에서 보듯, 임화는 분명히 매개항으로 주체의 ‘행위’와 ‘의식지향’을 설정해 놓고, ‘토대’와 상부구조로서 ‘문학’ 사이의 연결고리를 설정하고 있다. 토대와 상부구조는 인간의 실천적 활동을 통해 형성된다는 점이 고려되어야 한다. 토대와 상부구조의 ‘변증법’은 인간의 ‘행위’ 속에서 실현된다.101) 그러나 김윤식은 ‘유산’과 ‘전통’을 동일시했기 때문에, 이 ‘매개항’을 달리 설명할 길이 없어지고, “환경과 전통이 따로따로 놀아나는 것”으로밖에 파악할 수 없었다. 이는 단순히 ‘외래문화’와 ‘고유문화’ 사이의 교섭을 매개한다는 의미가 아니라, 외래문화와 고유문화의 교섭을 통한 ‘새로운 문화의 창조’(상부구조로서의 예술과 정신문화)와 ‘물질적 토대’ 사이를 “인간의 ‘행위’와 ‘의식지향’”이 매개한다는 것으로 보아야 그 의미가 온전히 파악될 수 있다. 이로써 임화가 얻은 누명은 어느 정도 해소될 수 있을 것이다. 임화 신문학사의 의도가 단순하고 기계적인 이식문화론

---

99) 김윤식, 「이식문학론 비판」, 235쪽.
100) 임화, 「신문학사의 방법」, 381쪽.
101) 한국철학사상 연구회 편, 『철학대사전』, 동녘, 1989, 1304쪽.

이 아니었다는 점은 다른 곳에서도 누차 확인된다.[102] 우리가 조금 더 정직해진다면, 한국의 근대문학사가 서양문학의 압도적인 영향하에 형성·발전되었다는 사실을 인정하지 않을 수는 없다. 불가피하게 실증(實證)이 빈약할 수밖에 없는 내재적 발전론에 입각하는 것으로 진정한 의미의 주체적인 민족문학론이 도출되기는 어렵다. 우리에게는 먼저 사실을 사실로서 인정하는 것에서 출발하는 자세가 필요하다. 임화가 우리문학의 이식성을 강조했던 것은, 한국 근대문학의 형성에 있어 그 '특수성'을 강조하려는 의도였지, 그것이 민족의 주체적 역량을 무시하거나 김윤식의 지적대로, '식민사관과의 기묘한 유착'[103]은 더더욱 아니었다. 임화는 자신이 경험했던, 근대계몽기의 '시대정신(Zeit Geist)'과 당대의 한국문학에 정직하려 했을 뿐이다. 그것으로 임화를 단죄하기는 어렵다고 본다.

임화의 문학사가 받고 있는 또 다른 오해의 하나는 그의 경직된 기계론적 유물사관 혹은 예술상부 구조론에 대한 것이다. 그러나 이것 역시 오해로 판단된다. 임화 신문학사의 적극적인 비판자 김윤식의 글을 다시 검토하기로 한다.

> 이러한 문학사의 방법론의 결함은 과연 무엇인가. 한마디로 요약하면 유물사관에 입각하면서도 변증법적 방법을 일관하여 유지하지 못한 점이라 할 수 있다. 문학예술이 상부구조(이데올로기)에 속한다고 보고 이것과 토대와의 상호관계에서 문학사의 발전을 파악하고자 할 때에도 상부구조에 대한 근본적인 우위성을 인정하면서

---

102) "동양 제국과 서양의 문화교섭은 일견 그것이 순연한 이식문화사를 형성함으로 종결하는 것 같으나, 내재적으로는 또한 이식문화사를 해체하려는 과정이 진행되는 것이다. 즉 문화이식이 고도화되면 될수록 반대로 문화 창조가 내부로부터 성숙한다. 이것은 이식된 문화가 고유의 문화와 심각히 교섭하는 과정이요, 또한 고유의 문화가 이식된 문화를 섭취하는 과정이다."(임화, 「신문학사의 방법」, 381쪽)
103) 김윤식, 『林和研究』, 문학사상사, 1989, 509쪽.

경험적 사실로써 확인되는 상부구조의 상대적, 자율적 발전을 어떻게 논리화 할 것인가.104)

그의 주장대로 임화는 상부구조로서의 예술의 상대적 자율성을 인정하지 않고 있는 것일까. 그러나 이에 대한 판단은 다소 부정적이다. 「방법론」(1940)보다 먼저 쓰인 「조선신문학사론 서설」(1935)에는 다음과 같은 대목이 있고, 「방법론」과 같은 해에 쓰인 다음의 글, 즉 고전의 의미에 대해서 언급하고 있는 아래 예문은 예술의 특수성 내지 상대적 자율성에 대한 임화의 견해를 시사해 주기에 족하다.

> (1) 문화 및 예술사의 발전에는 원칙적으로 토대적인 것에 제약을 受하면서 一應 그것과는 구별되는 관념형태 그것이 갖는 고유의 객관적 법칙성을 갖는 것이다. (354쪽)// (2) 이것은 단순히 고전과 고전과의 사이를 매개하는 것도 아니요, 오히려 고전과의 단절과 독립해서 연속되어 있는 것이다. 이것은 고전의 특수적인 측면을 대표하는 것이다. 고전은 일정한 시대에만 아니라 특수한 풍토, 고유한 민족 가운데 나서 독자의 사고와 감수의 양식 가운데 안어 졌음에 불구하고 보편적인 것으로 세계와 영원 가운데 나아가서 독립한 것이다. 그러므로 전통이란 전승한 자에 의하여 소유된 고전들이다.105)

이것은 임화가 토대와 상부구조의 상호 모순적 작용을 변증법적으로 파악하고 있다는 증거가 된다. 김윤식의 견해는 이런 면에서 다소 거친 것이 사실이다. 이처럼, 임화의 문학사는 유물사관에 바탕하고 있지만, 예술작품의 상대적 자율성을 염두에 두고 있었다. 그의 토대－상부구조 일원론은 단순한 일원론이 아니었다. 이는 일찍이 마르크

---

104) 김윤식, 「이식문학론 비판」, 234쪽.
105) 임화, 「고전의 세계」, 『조광』, 1940. 12, 199쪽.

스조차, 그리스 예술을 논하면서 인정할 수밖에 없었던 부분이다. 임화의 문학사가 유물사관의 기계론적인 적용이 결코 아니었었다는 것은, 「개설 신문학사」에서도 여실히 드러나고 있다. 임화는 방대한 사료(史料)에 입각해서, 실증적 방법으로 문학사를 서술하였다. 이와 같은 태도는 「조선신문학사론 서설」에서 카프문학의 문학사적 의의를 밝히는 대목에서도 확연히 드러난다. 임화는 신경향파 문학과 카프문학의 역사적 한계를, 누구보다도 정당하게 인식하고 있었다.

> 그러나 신경향파 문학의 이 원칙적 욕구는 금일에 이르기까지 프로문학의 전 실천을 일관한 프린시플이었다. 하나 이 유소한 문학적 세대들은 이러한 원칙을 강조하는 나머지 문학상에 내용 편중주의라고 하는 한 개의 마이너스를 가졌었다. 그리하여 문학상에 있어 그 사상성과 예술성에 대한 통일된 과학적 견지를 가지는 대신 …… 공히 정치의 우위성이란 것을 곧 정치 및 사상에의 직접의 봉사주의라는 방향을 가지고 최근까지에 이르도록 지배적 원칙으로써 통용된 것이다. (323쪽) …… 주지하는 바와 같이 사적 유물론은 한 개 관념형태로서의 '자각의식'의 '초보성'을 '목적의식적 개조운동' 그 자체의 '초보성'으로부터 연역하고 후자가 가진 현실적 '초보성'의 정신적 반영으로 그것으로 말미암아 제약된 필연적 결과로서 파악하는 것이다. (325쪽) …… 이곳에는 낭만주의의 '악(惡)한 전통'의 하나인 구체적 현실에 안일한 관념적 이상화의 방법이 신경향파의 세계관적 또 예술적 미숙과 상반(相伴)하여 문학 가운데 나타난 세계관의 생경한 노출이란 결과를 초래하였다. (366쪽)

팔봉과 회월의 내용·형식 논쟁 이래, 문학작품의 내용과 형식을 일치시키는 노력은 프로문학가들이 사활을 걸 만큼 핵심적인 관건의 하나였다. 주지하듯 김남천은 작가적 경험을 중시하면서 '세태-사실-생활'의 노선을 고수한 반면, 안함광이나 임화 등은 일관되게 '주인공-성격-사상'의 노선을 견지했다. 1930년대 중반 카프조직의 와해 이후에도 임화는 「세태소설론」을 통해 '본격소설'의 가치를 옹호했다. 이와 같은 임화의 실증적 정신과 변증법적 사고는 상부구조로서 예술작품의 상대적 자율성을 의식하고 있었으며, 카프문학의 역사적 한계 또한 분명히 인식하고 있었다. 따라서 해방공간에서의 임화의 '인민민주주의문학론'은 세계관과 문학론의 '인식론적 단절'이나 변화라기보다는 일관된 논리 속에 지속성과 연속성을 내포하고 있는 것으로 파악되어야 한다. 임화의 문학사에 씌워졌던 유물사관의 기계론적 적용이라는 누명은 때문에 온당하지 않다. 이는 '프로문학의 고난에 찬 십 년'의 의미를 근대문학의 사적(史的) 전개를 통해 밝혀내고자 했던 임화의 신문학사 서술에 대한 정당한 평가로 보기 어렵다.

3. 『한국문학사』 서술의 방법론과 내재적 발전론

『한국문학사』는 "문학사는 실체가 아니라 형태이다"(13쪽)라는 명제로부터 출발한다. 그것은 다시 말해 문학사란 객관적으로 실재하는 '실체(substance)'가 아니라, 문학사가의 주관성을 포함하는, 즉 사관(史觀)이라는 선택과 배제의 논리를 통해 선별된 '문학사적 사건'들이 이루는 관계들의 의미망이라는 '형태(conformation)'이자 일종의 상상적 구축물에 가깝다는 진술이다. 저자들에 따르면 문학사의 일차적인 정의는 "과거의 문학적 집적물에 대한 사적 기록"(14쪽)이다. 이런 관점에서 문학사 기술에 있어 가장 중요한 것은, 문학적 집적물을 "부분과 부분의 상호관계로 이루어지는 전체"(18쪽)로 파악하려는 태도이다. 그렇지 않을 경우, 문학사는 모든 사실을 '등가화(等價化)'하는 지적 딜레탕티즘에 빠질 위험성이 높다. "부분은 그것 자체로서 가치

적지 않은 문제들을 안고 있다. 먼저 가장 큰 약점으로 지적되어야 할 것은, 그것은 사료에 근거한 구체적이고 실증적인 검증이 허술하다는 점일 것이다. 사료와 실증정신에 근거하지 않은 주장은, '내재적 발전론'을 학문의 차원이 아니라 신념의 차원으로 떨어뜨린다. 또한 그러한 논의들은 전적으로 가설에 근거하고 있다. 조선 후기에 자본주의의 싹이 트고 있었고, 그대로 시간이 경과했더라면 자주적이고 주체적인 근대화가 이루어졌을 터인데, 일제에 의해 그 기회를 박탈당했다는 것이다. 그러나 역사는 '사실'의 학문이지 '가정'과 '상상'의 산물이 아니다. 그러한 시도는 여전히 계속되고 있는데, 그와 같은 논의는 결국 감정적인 신념의 차원으로 귀결될 수밖에 없다.

> 자유사회에서 무슨 말을 해도 학문의 이름으로는 자유롭다 할지라도 일제 신식민주의자들과 신팽창주의자들의 주장에 부화뇌동하여 일제의 침략이나 식민지정책을 합리화하거나 미화하는 일은 하지 않도록 주의해야 할 것이다. 일본 신팽창주의의 파고가 아무리 우리나라에 높게 불어올지라도, 우리는 진실 그대로 민족의 역사를 굳게 지키고 진실을 밝혀야 할 것이다. 진실의 태양을 손바닥으로 가릴 수는 없는 것이다.[109]

우리가 위 글에서 읽을 수 있는 것은, 학자로서의 논리적 성실성이 아니라 정치적 격문의 선동성이다. 이와 같은 '내재적 발전론'은 민족이라는 절대적 이데올로기로 비약될 가능성이 크다. 민족주의는 분명 의미 있는 것이지만, 문제는 그것이 경직된 이데올로기로 화(化)되는 것은 바람직하지 않다는 것이다. 그것은 보편과 특수를 함께 고려하여, '특이성(singularity)'의 지점들을 구체화해 나가는 길이 아니라, 특

---

109) 신용하, 「식민지근대화론재정립 시도에 대한 비판」, 『창작과 비평』, 1997년 겨울호, 38쪽.

수를 '특권화'하는 논리일 뿐이다. 다음과 같은 '식민지 근대화론'의 문제점은 따로 지적되어야 하겠지만, 그 논리적 성실성은 보다 뚜렷해 보인다.

일제시대의 식민지사를 경제 성장사적 맥락에서 고찰하는 것은 '민족정기'를 크게 훼손하는 작업임에는 분명하지만, 한국근현대사가 '민족정기'라는 이데올로기로부터 해방되지 않는 한 과학으로서 성립할 수 없다는 것 또한 분명한 것이다. 한국근현대사에서 '순수한 것', '전통적인 것', '민족적인 것'만을 남기고 그 이외의 모든 것을 제거한다면 한국근대사는 아마 완전히 공중 분해되고 말 것이다. 그러므로 우리는 한국근현대사를 구성하는 요소들이 '한국적인 것'인가 '외래적인 것'인가를 문제 삼을 것이 아니라, '한국적인 것'으로써든 '외래적인 것'으로써든 우리가 우리의 근현대적 삶을 어떻게 개척하고 있는가를 고찰의 중심축으로 삼아야 할 것이다.110)

'내재적 발전론'은 민족의 주체적 역량이나 자생성 등의 특수성을 강조한다. 그러나 이 논리의 허구성은, 그것이 서구 중심의 보편주의라는 동전의 양면과 같다는 점에서 여실히 드러난다. 즉 주체적 역량이나 특수성을 강조하는 것 같지만, 그 논리의 저변에는 한국근대사를 소위 '세계사적 보편법칙'에 끼워 맞추어야 한다는 강박관념이 내재되어 있는 것이다. '내재적 발전론'이야말로 서구중심의 근대화 모델만이 유일한 것으로, 보편적인 것으로 파악하려는 사대주의적 사유의 전형이다. 그것은 '복수(複數)의 근대(several modern)'를 인정하지 않으려는 태도와 관련되어 있다.111) 이런 맥락에서 한국근대사의 압

---

110) 안병직, 「한국근현대사 연구의 새로운 패러다임」, 『창작과 비평』 1997년 겨울호, 54쪽.
111) 이와 관련하여 다음과 같은 최근의 논의를 참고할 수 있을 것이다. "20세기 한국문학에서 탈식민주의적 실천은 '복수(複數)의 근대'에 대한 탐색으로 구체화된다. 월러스틴이나 사이드에 따르면, 근대 서구 문명의 특징은 유럽중심주의에 바탕한 보편주의이다. 이 보편주의는 타민족에게 서구문명을 보편적인 것

도적 이식성을 정직하게 인정하는 태도가 오히려 한국근대사의 특수성을 총체적으로 파악할 수 있게 해 준다고 본다. 일련의 '이식문학론 비판'은 이와 같은 '내재적 발전론'에 입각해 있다. 그런 맥락에서 김현·김윤식의『한국문학사』는 임화의 '신문학사 서술'과 역설적이게도 동궤의 것이다. '내재적 발전론'에 입각한 문학사기술은 근대문학의 기점을 설정하는 문제가 핵심적인 과제로 떠오른다. 근대문학의 기점을 설정하는 일은 사회·경제적 근대화의 기점을 잡는 것과는 달리, '근대의식'을 문학적 언어로 표현하기 시작한 시점과 관련된다. 그리고 그 시점은 한두 작품의 선구적 출현으로 정초될 수 있는 것이 아니라, 근대적 경향성을 지닌 작품이 다수적인 형태로 집중적으로 산출되어야 한다. 근대문학의 기점의 문제는 어디까지나 구체적인 작품을 통해 논증되어야 한다. 그렇지 않고 연역적 논리에 의해, "근대문학의 기점을 끌어올리려는 부질없는 시도들"112)은 재고할 필요가 있다 하겠다. 근대 문학의 기점을 먼저 설정하고 여기에 작품을 꿰어 맞추는 시도는 결코 생산적인 논의를 끌어낼 수 없다. 섣불리 근대의

으로 강요하는 방식을 통해 궁극적으로 자본주의를 근대의 유일한 전범으로 내면화한다는 점에서 제국의적 이데올로기라 할 수 있다. 특수가 자신이 특수임을 인정하지 않을 때 보편주의가 발생한다. 서구문명 역시 다른 문명과 마찬가지로 특수한 문명의 하나일 뿐이다. 그러나 서구문명은 자신을 특수한 문명의 하나로 전 세계가 따라야 할 보편적 규범이라 주장한다. ……월러스틴은 이러한 문명을 '단수의 문명'이라 명명한다. 이에 반해 '복수의 문명'은 이러한 보편주의적 '단수의 문명'에 맞서 세계를 다양한 특수한 문명들의 총체로 이해한다. 필자가 제시한 '복수의 근대' 역시 이 연장선상에 놓여 있다. 제1세계는 제3세계에 대해 서구의 근대만이 유일한 보편규범이라고 설교하면서 서구의 근대화 경로를 따를 것을 강요해 왔다. 우리는 이러한 근대화론을 '단수의 근대'라 명명할 수 있을 것이다. '단수의 근대'는 결국 유럽중심주의에 바탕한 보편주의적 근대관으로 서구의 헤게모니 하에의 자본주의 세계 질서를 온존시키려는 의도의 표현이다. ……'복수의 근대'는 이러한 '단수의 근대'에 맞서 근대(화)의 특수성과 다양성을 강조하는 이념이다. '복수의 근대'의 관점에서 보면, 서구의 근대 역시 근대의 특수한 형식의 하나일 뿐이다. 서구 이외의 다른 지역과 민족들은 그들의 전통과 조건에 맞는 근대 기획을 실천할 권리를 갖고 있다. 실제로 근대 세계사 또한 다양한 근대 기획들이 때로는 경쟁하고 때로는 협력하면서 이루어낸, 상호작용의 총체이다. ……요컨대 '복수의 근대'란 비(非)자본주의적 근대 기획들의 총칭(總稱)인 셈이다."(김재용 외, 『한국문학의 이해』, 소명출판, 2000, 126-128쪽 참고)
112) 최원식, 「한국문학의 근대성을 다시 생각한다」, 『민족문학과 근대성』, 문학과지성사, 1995.

기점을 확정하기보다는 문학사가는 인내심과 끈기를 가지고, 작품에 대한 보다 심도 있는 논의를 통해 작품이 스스로 근대의 기점을 말할 수 있도록 기다릴 줄 아는 여유가 필요해 보인다.

4. 존재와 당위 사이에서

이상에서 살펴본 바와 같이, 임화의 신문학사 기술과 김윤식·김현의 한국문학사 서술은, 당대의 시대정신이 반영될 수밖에 없는, 당시 문학인들에게 주어진 문학적 과제를 수행하려고 했던 실천적 노력의 결과물들이었다. 임화는 문학사 서술을 통해 프로문학에 닥친 '근본개념의 위기'113)를 실천적으로 돌파하려 했던 것이며, 『한국문학사』의 저자들은 임화의 이식문학론과 1950년대의 전통단절론을 내재적 발전론에 입각하여 논리적으로 극복하고 이론적으로 설명하려 했던 것이다. 그러나 이미 살펴본 바와 같이 이식문학론과 내재적발전론은 그 표면적 이질성과는 달리 심층적으로 구조적 상동성을 지니는 쌍생아와 같은 것으로 평가할 수 있었다. 두 가지 담론은 모두 서구의 근대화 모델을 직접적으로든 간접적으로든 의식하고 있었던 것이며, 서구적 보편성과의 유사성을 통해 어떻게든 한국의 20세기 전반의 역사적 파행성과 한국적 근대화의 과정을 해명해 내려는 시도였던 것이다. 『한국문학사』가 1970년대의 의미인의 문학적 임무를 수행하려 했듯이, 2000년대의 의미인으로서 우리는 개화기 초의 역사적 사실들과 문학적 사건들에 대해 새로운 의미망을 부여하고, 또 다

---

113) 하이데거는 어떤 담론과 사유의 수준은 그것에 닥쳐오는 '근본개념의 위기'를 수용하고 처리하는 능력에 따라 판가름된다고 본다(마르틴 하이데거, 『존재와 시간』, 까치, 1998, 25쪽).

른 문학사적 관점을 제공할 수 있어야 한다. 이러한 시도의 성과의 하나로 우리는, 김영민의 『한국근대소설사』114)를 조심스럽게 그 한 예로 들 수 있을 것이다. 저자는 이 책에서 근대계몽기의 사료에 기초하여 이광수의 『무정』에 이르기까지의 한국근대소설의 형성사(形成史)를 새롭게 규명하고자 하였다. 이 저술의 가장 큰 미덕은 그 체계와 내용이 당위론적 명제로 수행되고 있는 것이 아니라, 구체적이고 실증적인 자료와 사실들에 의거해 한국근대소설의 형성과정을 귀납했다는 데 있을 것이다. 즉 근대소설의 완성된 형태에 선행하여 존재했던, '서사적 논설'과 '논설적 서사'라는 새로운 문학적 개념의 창출을 통해 한국근대소설사 서술에 있어 자생적 담론의 수립을 모색했다는 점이다. 그리고 그것은 기존의 문학사 서술의 관점이 가지고 있었던 한계와 문제점을 실증적으로 극복한 사례로 볼 수 있을 것이다. 물론 이 저술이 자생적 담론의 수립을 모색했다는 것으로 평가하는 문제에 대하여 이견이 전혀 없는 것은 아니다. 가령 한국문학사에서 '서사적 논설'과 '논설적 서사'를 문학사의 한 갈래로 정형화하여 아직 논하고 있지는 않으며, 이에 대해서는 여전히 논쟁의 여지가 남아 있기 때문이다. 이에 대한 이견(異見)으로, 그것은 일본 근대문학의 '정론적(政論的) 서사'를 따다 쓴 것으로 평가되기도 한다. 미래에 도래할 문학사에 대해 우리는 알 수 없기에 섣불리 단언할 수는 없지만, 앞으로 제출될 문학사의 기본적인 방법으로, 무엇보다 '사료(史料)'에 입각한 '실증(實證)'이 그 서술의 기초를 이루어야 할 것으로 본다. 그리고 그것은 서구의 근대성을 보편적인 것으로 상정하고 한국사의 특수성을 변증법적으로 해명하려는 태도보다는, '복수(複數)

---

114) 김영민, 『한국근대소설사』, 솔, 1997.

의 근대(several modern)'라는 개념을 전제로 하여, 한국문학사의 특이
성과 '보편적 개별성(universal singularity)'115)을 설명할 수 있는 차원
에서 접근되어야 할 것으로 판단된다.

115) '보편적 개별성(universal singularity)'이라는 개념과 관련하여, 알랭 바디우는 다음과 같이 언급한다. "개
별성은 보편성이 존재하는 한에서만 존재한다. 그렇지 않다면 진리를 벗어난 특수자[특수성]만이 존재할
수 있을 뿐이다."(알랭 바디우, 『사도 바울』, 현성환 역, 새물결, 2008, 187쪽)

IV. 눌인(訥人) 김환태 비평 연구

1. 비평의 기원으로서 '미적 취미판단'의 문제

칸트는 『판단력비판』에서 미적 취미판단의 제1조건으로 '현실적 이해관계로부터의 탈피'[116]를 강조했다. 다시 말해 현실적 '유용성(utility)'이라는 관점에서 초월해 있어야만 '자연미(自然美)'나 '예술미(藝術美)'에 대한 지각작용이 가능해진다는 점이다. 따라서 그것은 미

---

116) I. Kant, 『판단력비판』, 이석윤 역, 박영사, 1998(중판), 58~66쪽 참고; 제1편 제1장, 美의 分析論; 취미판단의 제1계기: 성질, 제2항 '취미판단을 규정하는 만족은 일체의 관심과 무관하다' – "쾌적한 것과 선한 것과는 양자가 모두 욕구능력에 관계하고 있으며, 그런 한에 있어서 만족을 수반하는데, 전자는 감수적(感受的)으로 제약된(자극된 stimulos에 의한) 만족을 수반하며, 후자는 순수한 실천적 만족을 수반한다. 그런데 이 실천적 만족은 대상의 표상에 의해서 규정될 뿐만 아니라, 또 동시에 주관이 대상의 현존과 결부되어 있다고 하는 표사에 의해서도 규정되는 것이다. 그러므로 대상뿐만이 아니라 대상의 현존도 또한 만족을 주는 것이다. 그에 반해서 취미판단은 단지 관조적이다. 다시 말하면 취미판단은 대상의 현존성에 관해서는 무관심하고, 오직 대상의 성질을 쾌 불쾌의 감정과 결부시키는 데 지나지 않는다. 그러나 이러한 관조 자체가 또한 개념을 목표로 하는 것도 아니다. 왜냐하면 취미판단은 인식판단이 아니요(이론적 판단도 실천적 판단도 아니요), 따라서 개념에 기초를 둔 것도 아니며, 개념을 목표로 삼고 있는 것도 아니기 때문이다. …… 쾌적하다고 함은 어떤 사람에게 쾌락을 주는 것을 말하며, 아름답다고 함은 그에게 만족을 주는 것을 말하고, 또 선하다고 함은 존중되고 시인되는 것, ……만족의 이러한 세 가지 종류 중에서 미에 관한 취미의 만족만이 유독 무관심적인 자유로운 만족이라고 말할 수 있겠는데, 그 까닭은 [이 취미의 만족에 있어서는] 어떠한 관심도, 즉 감관의 관심도 이성의 관심도 찬동을 강요하는 일이 없기 때문이다."

에 내재되어 있는 현실적 '쓸모없음의 쓸모(usefulness of uselessness)'를 승인하고 수용하는 태도를 가리키는 것이다. 칸트의 이러한 관점은 진리와 윤리의 영역에 종속되어 있었던 미의 고유한 영역을 별도로 설정함으로써 근대미학의 출발을 알렸다. 김환태가 직접적으로 칸트미학의 영향을 받은 것으로 판단할 수는 없지만, 그는 비평가의 첫 번째 자세로 무엇보다 '몰이해적 관심(沒利害的 關心, disinterestedness)'[117]을 유독 강조한다. 그것은 직접적으로는 그의 학위논문의 주제였던 매슈 아놀드의 영향으로 볼 수 있지만, 그가 학부 시절 독일 관념철학에 경도되어 있었다는 증언[118]은 김환태의 비평이 칸트미학의 영향권하에 있었다는 사실을 간접적으로나마 입증하고 있는 것이라 할 수 있겠다. 그 영향이 칸트에게서 직접적으로 받은 것인가 아니면 매슈 아놀드를 경유한 것인가의 문제는 비교문학의 관심의 대상이 되겠지만 본고는 영향관계의 대조표를 작성하는 것을 직접적인 목표로 삼고 있지 않기에, 그러한 관점이 김환태 비평의 성립과정에서 어떤 위상을 차지하고 있으며 어떻게 기능하고 있는가를 고찰하는 데 보다 큰 관심을 두고자 한다.[119] 본고는 칸트미학에서 '미적 취미판단'의 문제가 김환태 비평

---

117) 김환태, 「문예비평가의 태도에 대하여」, 『조선일보』, 1934. 4. 21~22, 『전집』, 17쪽; 「매슈 아놀드의 문예사상 일고」, 『조선중앙일보』, 1934. 8. 24~9. 2, 『전집』, 156쪽; 「페이터의 예술관―형식에의 통론자」, 『조선중앙일보』, 1935. 3. 30~4. 6, 『전집』, 165쪽 참고. (이하 김환태 글의 인용은, 문학사상자료조사연구실 편, 『김환태전집』(문학사상사, 1988), 104쪽에서 인용하기로 하며, 이하 『전집』으로 약칭하기로 한다. 필요한 경우 본문에서 이 책의 쪽수만을 명기하도록 하겠다.)

118) 김환태의 글 중에, 다음과 같은 구절을 볼 수 있다. "나에게 직접 표면으로 나타나는 영향이 있다면, 앞에 적은 그런 미학이나 예술철학 서적의 그것이겠다. 그리고 또 하나 내가 대학에 있는 동안 늘 독일철학 강의 듣기에 턱없이 부지런했으므로 독일 관념철학이 나의 사고방법 같은 데 어떤 영향을 미쳤을는지도 모른다."(김환태, 「외국문인의 제상―내가 영향받은 외국작가」, 『조광』, 1939. 1, 『전집』, 182쪽)

119) 지금까지의 김환태에 대한 연구는 크게 다음과 같이 대별될 수 있다. 첫째, 김환태의 비평이 예술을 순수하게 접근했다는 점에서 전환기의 순수비평을 대표한다고 평가한 윤수영의 연구(윤수영, 「전환기의 문학비평연구」, 이화여대 석사논문, 1968) 이래, 김윤식은 실증주의에 입각하여 김환태의 전기적 사실과 문학수업, 그리고 이에 토대한 그의 비평관을 규명하였다(김윤식, 「눌인 김환태 연구」, 『근대한국문학연구』(일지사, 1973); 『한국근대문예비평사연구』(일지사, 1976)). 둘째, 매슈 아놀드와 월터 페이터를 중심으로 한 서구이론의 수용양상을 비교문학의 관점에서 살핀 연구(이은애, 「김환태의 "인상주의 비평" 연

계 속에서 '과잉결정 · 중층결정(overdetermination)'되는 것이지 토대
나 하부구조에 무관하게 독립하여 존재하는 것이 결코 아니다. 김환
태에게 있어서, '미적 자율성'이라는 이념은 문학적 신념으로 존재하
는 것이었다. 20세기 전반 식민지 조선의 역사적 개별성 속에서, 그것
은 '사실 명제'로 수렴될 수 있는 성질의 것이 아니었다. 이런 맥락에
서 김환태 비평이 한국문학비평사에서 근대미학의 진정한 출발을 알
렸던 것만큼 그 한계 또한 뚜렷한 것이었다. 그러나 그가 1940년대
이후 친일보국문학이 문단을 휩쓸자, 절필을 선언하고, 고독하게 병
마와 싸우다 34세의 나이에 영면했다는 점 또한 우리 문학사가 기억
해 두어야 할 것이다.

V. 김기림 시론(詩論) 연구

1. 「詩論」의 역사적 위치

문학사 서술은 언제나 과거 문학작품에 대한 현재적 평가를 전제로 한다. 특정한 시기의 문학적 사건은 당대적 의미를 넘어서서 늘 현재의 관점으로 새롭게 해석되어야 하기 때문이다. 과거의 문학작품의 당대적 한계와 문제점은 현재적 관점에서 지적되고 비판되어야 하며 재해석되어야 한다. 그렇지 않다면 문학사서술은 새로운 서술을 통한 문학사의 갱신이 아니라, 과거의 집적물에 대한 기계적 나열에 불과한 것이 되고 말 것이다. 따라서 문학사는 언제나 다시 쓰여야 하고 늘 새롭게 갱신되어야 한다. 이처럼 문학사는 과거의 문학작품을 현재적 관점에서 재해석해야 한다는 요청에 항상 직면하게 된다. 한편으로 특정한 시기의 문학작품은 작가의 주관적 의도와 당대의 시대정신이 결합된 역사적 산물이다. 따라서 과거의 문학작품은 특정한 시기가 지니는 역사성과 특수성을 내포하고 있다고 할 수 있다.

여기에서 우리는 문학사 서술에 있어 당대적 관점과 현재적 관점의 조화와 균형의 필요성을 상기하게 된다. 현재의 관점만이 보편성을 담보할 수 있다는 믿음은 과거의 문학작품에 대한 편협한 이해를 가져온다. 문학사 서술은 언제나 현재의 관점을 전제로 하는 것이지만, 이는 과거의 특정한 시기의 문학작품에 대한 일방적이고 폭력적인 진술을 의미하지 않는다. 문학사 서술에 있어서 현재적 관점과 당대적 관점은 상호 침투와 '지평의 융합(fusion of horizons)'을 통해 지속적으로 보완되어야 한다.[145]

김기림 문학에 대한 연구는 주로 그의 시와 시론을 중심으로 전개되어 왔다.[146] 그의 문학적 전모를 파악하기 위해서는 그의 문학 전반에 대한 전체적인 접근이 필요하지만 그가 남긴 시와 시론이 그의 문학의 중심을 이룬다는 점은 부정할 수 없는 사실이다. 그리고 김기림 문학이 지니는 문학사적 의미를 찾는다면 그것은 그의 시론에 있다고 판단된다. 김기림의 문학에 대한 최초의 의미 있는 평가는 송욱

---

145) 예를 들어 80년대 문학을 평가할 때, 당시의 문학이 지니는 경직성과 도식성은 현재의 관점에서 비판되어야 하지만 동시에 그 시기의 문학이 지니는 역사적 특수성 또한 간과되어서는 안 된다. 즉 80년대 문학에 대한 비판적 반성과 함께 당시의 문학을 경직된 도식화의 논리에 갇히게 했던 사회적 역학관계 역시 충분히 고려되어야 한다.
146) 김기림에 대한 지금까지의 주목할 만한 연구 성과들은 다음과 같다.
　　김인환, 「김기림의 비평」, 『문학과 문학사상』, 열화당, 1978.
　　이남호, 「현실과 문학과 모더니즘」, 『세계의 문학』, 1988년 가을호.
　　정순진, 『김기림문학연구』, 국학자료원, 1991.
　　문혜원, 「김기림의 시론 연구」, 『한국현대시론사』, 모음사, 1992.
　　김인환, 「과학과 시」, 『상상력과 원근법』, 문학과지성사, 1993.
　　신범순, 「김기림의 근대성 추구에 있어서 '작은 자아', '군중' 그리고 '가슴'의 의미」, 『모더니즘연구』, 자유세계사, 1993.
　　김우창, 「모더니즘과 근대세계」, 『현대 한국문학 100년』, 민음사, 1999.
　　황종연, 「리얼리즘과 모더니즘의 재고를 위한 물음」, 『현대 한국문학 100년』, 민음사, 1999.
　　오형엽, 『한국근대시와 시론의 구조적 연구』, 태학사, 1999.
　　정순진 편, 『김기림』, 새미, 1999.
　　윤여탁, 『김기림 문학비평』, 푸른사상, 2002.
　　김윤정, 『김기림과 그의 세계』, 푸른사상, 2005.

에 의해서 이루어졌는데, 결론적으로 그는 외국문학에 대한 단편적 지식, 역사의식과 전통의식의 결여, 내면성의 결핍 등을 들어 김기림의 문학을 전체적으로 부정적으로 평가하였다.[147] 송욱과 비슷한 맥락에서 김기림의 문학을 부정적으로 평가한 논자는 문덕수이다. 그는 비교문학적 접근을 통해 김기림의 문학적 원천이 영미 모더니즘과 함께 일본의 모더니즘에도 있음을 지적하였다. 이들 논자들의 업적은 선구적이지만 한국적 모더니즘의 특이성을 고려하지 않고 있다는 문제점과 함께 후대 연구자의 지적 우월감에서 오는 현재적 관점의 폐해를 보여준다.

(1) 그는 <우리 신시에 결정적인 가치전환을 가져온 모더니즘의 역사적 성격과 위치를 규명>하려고 하는 만큼, 우리나라의 모더니즘에 관심을 두었으며 그 자신 모더니즘의 시 이론가 겸 시인이라고 생각하였을 것이다. 그러나 그는 영미 모더니즘의 조상인 T. S. 엘리어트의 걸작 <황무지>에 관하여 다음과 같은 그릇된 의견을 드러냄으로써 그가 영미 모더니즘의 절정의 하나를 이룬 이 작품조차 별로 이해하지 못하였음을 알려준다.[148]

(2) 주지주의의 발생은 현대문명의 불안, 위기와 깊은 관련이 있다. 곧, 그러한 불안과 위기를 극복하고 안정과 질서를 찾으려는 데에 주지주의의 역사적, 현실적 의의가 있다. 春山行夫가 현대 주지주의 문학을 제창하는 이유로서 든 5개항에는 '사상적으로는 새로운 합리성, 질서를 구한다'는 항목이 들어 있다. 안정과 질서의 추구는 영국 및 유럽의 합리주의 전설, Irving Babbitt의 네오 휴머니즘, 카톨리시즘 등과 관련된다. 김기림의 주지주의는 이 중의 어느 것과도 관련이 없다. 그가 만약 배비트의 저서 《루소와 낭만주의》(1912)를 읽었더라면, 전통을 동양문명의 맥락 속에 놓고 생각해 볼 수도 있었을 것이다.[149]

---

147) 송 욱, 「한국 모더니즘 비판」, 『시학평전』, 일조각, 1963.
148) 송 욱, 「한국 모더니즘 비판」, 184쪽.

김기림은 문학사 서술의 움직임을 개별적인 연구자의 우연적 사건
으로 보지 않고 한 시기의 문학인들의 시대적이고 의식적인 요청으
로 파악하고 있으며, 이것이 객관적인 문학사 서술에 한 시대의 주관
적 요구가 침투되는 과정으로 본다. 이는 문학을 언제나 사회성과의
역동적인 역학관계 속에서 파악하려는 김기림의 문학관을 잘 보여
주고 있다. 동시에 문학사가 '객관적 실체(Substance)'로서 존재하는
것이 아니라 어디까지나 특정 시기 동시대인들의 주관적 욕구의 상
호침투를 통해서만이 가능하다는 점을 김기림은 강조한다.152) 김기
림은 신시사(新詩史)에서 모더니즘의 등장을 역사의 합법칙성 속에서
필연적인 것으로 파악해야 한다고 주장한다. 그에 의하면, 우리 신시
의 역사는 '단순한 계기, 병존처럼 보이는 현상의 잡답 속에서도 분
명히 발전의 모양을 갖추었던 것'이고, '긍정과 부정과 그 종합에서
다시 새로운 부정으로, 그것은 내용이 다른 가치의 끊임없는 투쟁의
역사'였던 것이다. 모더니즘의 역사적 성격과 이해를 강조하고 있는
다음 인용문은 이와 같은 그의 입장을 잘 보여 준다.

---

152) 문학사 서술에 대한 김기림의 이와 같은 인식은 임화의 문학사 서술 작업에서 그 예를 찾을 수 있을 것
이다. 임화는 1930년대 후반 카프 해산 이후 문학사 서술 작업에 몰두한다. 이를 통해 임화는 카프문학
의 역사적 정당성을 확인하고자 했다. 카프해산 이후 존재론적 위기감을 느끼지 않을 수 없었던 임화의
의식 속에는 '자신의 계보를 정돈함으로써 거기 연결한 전통을 찾아서 그 앞길의 방향을 바로잡으려는
요구'가 있었다고 볼 수 있다.

데 주로 起한 것 같으며 또 자칫하면 모더니즘을 그 역사적 필연성
과 발전에서 보지 못하고 단순한 한 때의 사건으로 취급할 위험이
보이는 때문이다. 영구한 모더니즘이란 듣기만 해도 몸서리치는 말
이다. 다만 그것은 어떠한 역사적 계기에 피치 못할 필연으로 등장
했으며 또한 그 뒤의 시는 그것에 대한 일정한 관련 아래서 발전한
것이 아니면 안 된다는 결론을 가짐이 없이는 신시사를 바로 이해
했다고 할 수는 없다. 또 모더니즘의 역사성에 대한 파악이 없이는
그 뒤의 시는 참말로 정당한 역사적 <코스>를 찾았다고는 할 수
없다. (54쪽)

김기림이 보기에 모더니즘은 한때의 유행적 사조나 우연적인 사건
이 아니라 역사의 합법칙성 속에서 필연적으로 등장한 어디까지나
역사적인 산물이라는 것이다. 1930년대에 등장한 모더니즘은 '두 개
의 부정을 준비'했는데, 하나는 로맨티시즘과 세기말 문학의 말류인
센티멘탈 로맨티시즘을 위해서였고, 다른 하나는 당시의 편내용주의
의 경향을 위해서였다. 모더니즘은 '시가 우선 언어의 예술이라는 자
각과 시는 문명에 대한 일정한 감수를 기초로 한 다음 일정한 가치를
의식하고 쓰여야 된다는 주장'(55) 위에 섰던 것이다. 이와 같은 자각
을 바탕으로 하여 1930년대의 모더니즘은 전개되었는데 그 구체적
양상은 다음과 같은 것이었다.

(1) 모더니즘은 우선 오늘의 문명 속에서 나서 신선한 감각으로써
문명이 던지는 인상을 붙잡았다. 그것은 현대의 문명을 도피하려고
하는 모든 태도와는 달리 문명 그것 속에서 자라난 문명의 아들이
었다. 그 일은 바꾸어 말하면 신시상에 비로소 <도회의 아들>(강
조, 필자)이 탄생했던 것이다. 제재부터 우선 도회에서 구했고 문명
의 뭇면이 풍월 대신에 등장했다. 문명 속에서 형성되어가는 새로
운 감각, 정서, 사고가 나타났다. (56쪽)

(2) 말의 음으로서의 가치, 시각적 영상, 의미의 가치, 또 이 여러 가지 가치의 상호작용에 의한 전체적 효과를 의식하고 일종의 <건축학적 설계>(강조, 필자) 아래서 시를 썼다. 시에 있어서 말은 단순한 수단 이상의 것이다. 모더니즘은 이러하여 전대의 운문을 주로 한 작시법에 대항해서 그 자신의 어법을 지어냈다. 말의 함축이 달라졌고 문명의 속도에 해당하는 새 <리듬>을 물결과 범선의 행진과 기껏해야 기마행렬을 묘사할 정도를 넘지 못하던 전대의 리듬과는 딴판으로 기차와 비행기와 공장의 소음과 군중의 규환을 반사시킨 會話의 <내재적 리듬>(강조, 필자) 속에 발견하고 창조하려고 했다. (56쪽)

　　(1)에서 김기림은 근대화와 함께 형성된 도시문명이 모더니즘의 물적 토대를 이루며 동시에 그 시적 대상이 됨을 지적하고 있다. 그와 같은 사정은 '도회의 아들'이라는 말로 압축되고 있다. 여기에서 우리는 김기림이 인식하고 있는 근대성이 매우 추상적이었다는 점과 1930년대 모더니즘의 말초화 경향의 단초를 읽어 낼 수 있다. 김기림이 인식하고 있는 근대성은 추상적인 '도시문명'이라는 말로 요약될 수 있는데, 그것이 삶의 구체성 속에서 육화된 언어를 획득하지 못할 때 그것은 도시의 풍물들의 나열에 그칠 수밖에 없다. 즉 모더니즘이 도시 문명의 심층적 의미에까지 육박해 가지 못하고, 단순히 그것을 시적 제재의 차원에서 다루는 데서 멈추고 말 때 모더니즘은 감각의 말초화에 갇힐 위험이 있다. 그러나 (2)에서 우리는 애초에 김기림이 염두에 두었던 모더니즘은 단순히 언어의 기교에만 관심을 두거나 시의 회화성만을 추구했던 것이 결코 아님을 알 수 있다. 그가 제창한 '전체시로서의 모더니즘'은 말의 음, 영상, 의미를 함께 추구하는 것이었다. 그리고 그것의 유기적 통일을 위해 지성의 제어에 의한 '건축학적 설계'를 주장했던 것이다. 그가 결코 시에서의 음악성을 배

제하려고 했던 것이 아니라는 점은 인용문 후반부의 서술과 '리듬'이라는 단어를 통해서 알 수 있다. 다만 그는 전대의 기계적이고 격식적인 '운율'에 대하여 일상 언어의 탐구를 통한 시의 내재적 '리듬'을 발견하고 창조하고자 했던 것이다. 여기에서 우리는 김기림이 추구했던 전체시의 윤곽을 짐작할 수 있다. 모더니즘이 '언어의 말초화'로 타락되어 갔던 1930년대 후반 시단의 새 진로를 김기림은 다음과 같이 서술한다. 그것은 그가 주창한 전체시의 길에 다름 아니다.

> 이에 시를 기교주의적 말초화에서 다시 끌어내고 또 문명에 대한 시적 감수에서 비판에로 태도를 바로잡아야 했다. 그래서 사회성과 역사성을 <이미 발견된 말의 가치>(강조, 필자)를 통해서 형상화하는 일이다. 이에 말은 사회성과 역사성에 의하여 더욱 함축이 깊어지고 넓어지고 다양해져서 정서의 진동은 더욱 강해야 했다.// 전시단적으로 보면 그것은 그 전대의 경향파와 모더니즘의 종합이었다. 사실로 모더니즘의 말경에 와서는 경향파 계통의 시인 사이에도 말의 가치의 발견에 의한 자기반성이 모더니즘의 자기비판과 거의 때를 같이하여 일어났다고 보인다. 그것은 물론 모더니즘의 자극에 의한 것이라고 보여질 근거가 많다. 그래서 시단의 새 진로는 <모더니즘과 사회성의 종합>(강조, 필자)이라는 뚜렷한 방향을 찾았다. 그것은 나아가야 할 오직 하나인 바른 길이었다. (57-58쪽)

인용에서 드러나듯이 김기림이 전개한 시론의 핵심은 자신이 명명하고 있는바, '全體性의 詩論'으로 설명될 수 있을 것이다.153) 그것은 시에서의 음, 형태, 의미를 유기적으로 파악하는 것이고, 사상과 기교, 내용과 형식, 문학의 사회·역사적 지반과 언어적 조건을 동시에 고

---

153) 김기림의 시론은 시기적으로 도식화한다면 전기와 후기 시론으로 나누어 살펴볼 수 있다. 그 구분이 명확한 것은 아니지만 대략 30년대 중반 이전을 전기로, 그 이후를 후기로 파악할 수 있을 것이다. 전기 시론에서 김기림이 역설한 것은 '모더니즘 시론'이고, 후기의 시론은 이를 지양하고 종합한 이른바, '全體性의 詩論'으로 불릴 수 있다. 그러나 본고는 그의 시론을 시기상 도식적으로 구분하기보다는 김기림의 시론이 일관되게 시에서의 언어적 조건과 사회성을 종합하려고 했던 것으로 파악하고자 한다.

려하는 것으로 이해할 수 있다. 이는 시사적으로 1920년대의 감상적 낭만주의와 카프의 편내용주의를 지양·종합하는 길이며, 김기림의 주장대로 모더니즘에 사회성을 통합하는 것이었다. 모더니즘은 김기림에게 문학적 신념이었다. 그러나 그에게 모더니즘은 언제나, '기교주의적 말초화'가 아니라 구체적인 역사적 시기의 시대정신을 구현해 낼 수 있는 것이어야 했다. 문학의 언어적 조건과 사회적 조건을 동시에 고려하는 일관된 그의 문학관은 전체시론으로 집약된다. 그것은 내용과 형식을 종합하는 것이고, 사상과 기술을 전체로서 통일하는 것이다. 그리고 그것은 시에서 말의 음으로서의 가치, 시각적 영상, 의미의 가치를 함께 아우르는 일이다. 따라서 그의 전체시론의 관점에서 볼 때, 30년대 후반 시단의 새 진로가 '모더니즘과 사회성의 종합'을 통해 모색되는 것은 자연스러운 귀결이다. 김기림에게 그것은 나아가야 할 '오직 하나인 바른 길'이었던 것이다.

김기림의 전체시론은 그의 장르에 대한 인식과도 밀접한 관련을 맺고 있다. 김기림의 뚜렷한 장르의식은 문학을 사회, 역사적인 맥락과의 관계 속에서 파악하려는 일관된 그의 태도에서 비롯되는 것이다. 즉 문학의 장르를 단지 표면적인 작품의 스타일이나 형식 구조로만 파악하는 것이 아니라 어디까지나 역사적인 산물로서, 특정한 역사적 시기의 시대정신을 작품 내적으로 구현하고 있는 것으로 파악하는 것이다. 김기림은 이처럼 문학의 장르를 개개인들의 우연적 산물이 아니라 특정한 시기의 시대적 요망이 창조해 낸 집단적 의식의 필연적 산물이라고 보았다. 다음의 인용들은 이와 같은 김기림의 장르의식을 뚜렷이 보여 주고 있다.

(1) 한 시대의 시대정신 즉 그 시대의 <이데>는 그것에 가장 적응한 구상작용으로서의 양식을 요구한다. 정신적, 혁명적 앙양기는 적극적인 로맨티시즘의 양식을 요구하였다. 과학적, 물질적 정신이 횡일한 시대에는 실험적인 과학적인 리얼리즘의 양식을 요구했다. 인류가 높은 이상을 잃어버리고 회색의 박모에서 방황하던 세기말적 퇴폐시대에는 심볼리즘 또는 소극적인 로맨티시즘의 양식을 요구하였다.// 그러므로 시인은 그가 위치한 시대- 즉 과거로부터 미래로 향하는 특정한 시간성-는 어떠한 특수한 <이데>에 의하여 추진되고 있는가를 항상 이해하지 아니하면 아니 된다. 따라서 그것의 특수한 구상작용으로서의 <양식의 발견>(강조, 필자)에 열중하지 아니하면 아니 된다. 그러므로 시의 혁명은 양식의 혁명인 동시에 아니 그 이전에 <이데>의 혁명이라야 한다. 그렇다고 이데의 혁명에 그침으로써 시의 혁명이 완성된다고 볼 수는 없다. 한 개의 이데가 필연적으로 발전 형성한 특수한 양식을 획득하였을 때 비로소 시의 혁명은 완성되는 것이다. (73쪽)

(2) 새로운 시대의 사고는 새로운 표현양식을 요망한다. 그런데 한 시대는 그것의 예술 속에서 그 정신의 집중적, 상징적인 표현을 가진다. 그러니까 뛰어난 예술은 항상 그 <시대의 양식>(스타일)을 나타냈다. 예술은 또한 그 시대양식에까지 앙양되려는 노력에 살아야 할 것이다. (158쪽)

김기림이 보기에 하나의 양식은 언제나 한 시기의 시대정신을 구현하고 있는 시대적 요청의 산물이다. 이와 같은 입장에서 김기림은 신문학사에서, 개화사상을 담고자 했던 신문학이 구사상을 담고 있는 전대의 문학과 결별하기 위해서는 문어체에서 구어체로의 전환이라는 문체의 혁명을 필연적으로 동반할 수밖에 없었다고 본다. 또한 8·15를 맞은 이 땅의 시인들이 '朗讀詩'를 발견해 낸 것은 이제껏 경험할 수 없었던 해방의 감격과 희열을 표현하기 위한 것이었다고 본다. 거기에서 김기림은 임화의 시, 「발자욱」이 거둔 뛰어난 수확의 비밀을 엿본다. 김기림이 보여 준 뚜렷한 장르의식 속에서 그의 전체시론은 조명될 수 있다.

> (1) 이미 그 <역사적 의의>(강조, 필자)를 잃어버린 편향화한 기교
> 주의는 한 <전체로서의 시>(강조, 필자)에 종합되어야 할 것이다.
> 그것은 한 조화 있고 충실한 새 시적 질서에의 지향이다. 전체로서
> 의 시는 우선 기술의 각 부면을 그 속에 종합 통일해 가지고 있어
> 야 할 것이다. 그러한 전체로서의 시는 그 근저에 늘 높은 시대정
> 신이 연소하고 있어야 할 것이다. (99쪽)

> (2) 그러나 이러한 의견은 곧 기교주의에 대신하여 편 내용주의를
> 가져오려는 것이라고 이해되어서는 아니 된다. 내용의 편중은 벌써
> 1930년 이전에 청산한 오류였다. 차라리 내용과 기교의 통일을 통
> 한 <전체성적 시론>이 요망되었다.// 1930년 직전의 경향시는 암만
> 해도 내용편중에 빠졌던 것 같고 그것이 기교를 의식하고 내용과
> 기교를 통일한 한 전체로서의 시에 도달하는 것은 오히려 그 뒤의
> 과제가 아니었던가 생각한다. 나는 물론 右로부터 기울어지는 전체
> 성의 선을 그려 보았다. 경향시가 만약에 금후 전체성의 선을 좇아
> 서 발전을 꽈한다고 하면 그것은 물론 左로부터의 선일 것이다. 이
> 두 선이 어떠한 지점에서 서로 만날까, 또는 반발할까는 그 뒤의
> 과제다. (102쪽)

요컨대, 김기림이 파악한 한국 근대시사는 1920년대 중반까지의
감상적 낭만주의, 1920년대 후반의 편내용주의(경향시), 1930년대 전
반기의 기교주의(모더니즘)의 시기로 나누어 볼 수 있고 1930년대 후
반의 상황에서는 전대의 이 모든 경향들을 지양·종합한 '전체로서
의 시'가 요망된다. 그리고 그 방법은 모더니즘과 사회성의 종합이라
는 도식으로 요약된다. 김기림이 각 시기의 시적 경향들로 언급하고
있는 장르는 엄밀한 의미의 문학적 양식(樣式)이기보다는 역사적 의
미의 사조(思潮)에 가까운 것이지만, 중요한 것은 김기림이 장르를 표
면적인 스타일이 아니라 각 시기의 시대정신을 내적으로 구현하고

있는 것으로 보고 있다는 점이다. 따라서 하나의 양식은 특정한 시기에서 역사적 의의를 지니는 것이고 그 역사적 소명을 다했을 때 그것은 새로운 시대정신을 담아낼 수 있는 새로운 양식에 의해 부정되는 것이다. 즉 한 시기를 담당했던 경향시가 모더니즘에 의해 극복되고 또한 양자는 상호 부정과 지양 속에서 새로운 양식인 '전체로서의 시'로 종합된다는 것이다. 시의 언어적 조건과 사회성을 항상 염두에 두었던 김기림의 일관된 태도는, 'I. A. 리차즈를 중심하여'라는 부제가 붙어 있는『시의 이해』에서도 지속된다.『시의 이해』에서 김기림이 시도했던 것은 시의 제작과 감상과정에서의 심리학의 주관주의와 사회시학으로서의 객관주의의 종합이었다. 다음 인용에서 김기림의 이러한 태도는 분명히 드러난다.

> 시를 한 개의 사실이거나 형식이거나 존재(存在)로만 보지 않고, 한 능동적(能動的)인 기능(機能)의 면에서 본다고 하면, 그것은 그 자체의 기능을 발휘하는 저의 역학적(力學的) 영역으로서 두 개의 장소(場所, Field)를 가지고 있어 보인다. 그 두 개는 기실은 한 통일된 장소의, 전체와 거기 연달은 유기적(有機的) 부분과의 관계에 서 있는 것이다. 그 장소의 하나는 개인의 심리(心理)요 다른 하나는 사회인 것이다. 그리하여 새로운 과학적(科學的) 시학(詩學)은 주로 시의 경험으로서의 면을 밝히는 시의 심리학의 그 사회적 관련과 및 기능을 캐내는 시의 사회학이라는 두 기둥 위에, 아니 차라리 그 두 분야의 종합 위에 서게 되리라는 것은 저자의 연래의 소견이다.154)

김기림 시론의 궁극적인 지향점은 심리학의 미시적 관점과 사회시학의 거시적 관점을 종합하는 것이었는데, 그 구체적인 방법론은 근

---

154) 김기림, '머리말',『詩의 理解』, 을유문화사, 1950. 여기에서의 인용은『김기림전집 2-詩論』, 심설당, 1988, 195쪽.

대의 과학주의였다. 『시의 이해』의 이론적 토대가 되었던 리차즈의 시론은 '시의 심리학' 또는 '시의 경험의 과학적 분석'(202)에 해당하는 것으로서, 가령 '사람의 마음을 육체와 대립하는 의미의 영혼이라든지 정신으로 여기지 않고 생리상 신경계통의 기능'(210)으로 규정되고 '육체를 떠난 다른 원리에 의해서 움직이는 아주 다른 세계로서 상정하려는 일체의 신비주의-접신사상, 영감설, 이원론을 부정'(210)한다. 이는 일체의 형이상학을 부정하고 유물론에 근거한 경험론적 과학주의라고 할 수 있다. 이처럼 통일적 원리가 사라진 근대세계에서, 과학주의의 원리하에 예술과 과학을 통합하고자 했던 김기림의 꿈은 '과학적 시학'이라는 명제로 요약될 수 있을 것이다.

3. 김기림의 근대성 인식

김기림은 예술과 과학의 분열을 과학주의의 원리로 통합하려고 하였다. 그러나 그것은 과학의 예술에 대한 우위를 주장하는 것이 아니라 각각의 올바른 위치를 찾아 주어서 예술과 과학의 불필요한 대립과 분열을 극복하고자 한 것이었다. 김기림은 어디까지나 구체적 경험을 중시하는 과학주의자였는데, 그가 인식했던 식민지배기 한국의 근대성은 어떤 모습이었는지 살펴보자. 김기림에게 모더니즘은 문학적 신념이었기 때문에 그가 보여 준 시론과 문학적 태도는 결국 '근대성(modernity)'의 문제로 귀결된다. 대부분의 식민지 문학인들이 그러했듯이 김기림에게도 서구의 근대라는 모델은 한국인이 따라잡아야 하는 것이고 그 낙후의 원인은 '동양적 정체성'에서 찾아진다. 다음 인용문은 김기림이 인식한 근대성의 단초를 보여 준다.

이러한 혼돈과 <아나르시>는 대체 어디서 오는 것일까. 첫째, 남은 실로 여러 세기를 거쳐 필연한 발전의 결과로 얻은 열매를 우리는 극히 짧은 동안에 모방 혹은 수입의 형식을 거쳐 속성해야 하는 <東洋的 後進性>(강조, 필자) 때문인가 한다. 둘째, 보다 근본적인 원인으로 문화 전반의 지반을 이루는 조선사회 그것이 근대화의 과정이 지지할 뿐 아니라 정상적이 아니었다는 것을 들어야 하리라고 생각한다. 그것은 우선 <생산조직>(강조, 필자)을 근대적 규모와 양식에까지 끝끝내 발전시키지 못하고 있다. 고도로 발달한 생산의 근대적 기술은 오직 전설이나 일화로 밖에는 우리에게 알려지지 못하였다. 그와 반대로 <소비의 면>(강조, 필자)에서는 모든 근대적 자극이 거의 남김없이 일상생활의 전면에 뻗어 들어온다. 말하자면 <근대>라고 하는 것은 실은 우리에게 있어서 소비도시와 소비생활면에 <쇼윈도>처럼 단편적으로 진열되었을 뿐이다. (47-48쪽)

김기림에게 동양이라는 것은 늘 열등한 것이어서 동양인은 '사물을 전체적으로 통솔하는 지성이 결여'되어 있고, '단조로움'은 '동양인들이 가장 빠지기 쉬운 예술적 함정'이다. '서양인의 피아노는 키가 수십 개나 되는데 동양인의 피리는 구멍이 다섯 개밖에 아니 된다'[155]는 식의 단순논리는 그의 동양적 콤플렉스가 얼마나 심각한 수준인가를 보여 준다. 식민지하의 한국이 근대적 생산양식과 물적 토대가 제대로 구축되지 못한 채, 한국인들이 소비의 측면에서는 표피적인 근대적 자극에 무방비로 노출되었다는 김기림의 지적은 타당해 보인다. 그러나 이 글이 식민지배 말기인 1940년에 발표되었다는 점을 고려하더라도, 근대적 생산조직은 거세시키고 근대적 소비생활만을 부추긴 제국주의의 수탈적 성격에 대한 고민의 흔적은 보이지 않는다. 그의 근대성 인식은 매우 일반론적이고 추상적인 수준의 것이

---

155) 김기림, 「東洋人」, 『조선일보』, 1935. 4. 25.

었다. 그는 식민지배기 한국의 '특이성(singularity)'[156]을 보지 못하고 '서양＝일본＝한국'이라는 전제하에서 사고를 진행하고 있다. 김기림이 이와 같은 인식하에서 시적 대상으로 삼은 것들은 무엇인가.

> 스윗타스는 이 짧은 말 가운데 현대시에 대한 매우 중대한 세 개의 명제를 포함시켰다. 첫째 우리들의 시는 기계에 대한 열렬한 미감을 가지게 되었다는 것. <운동과 생명의 구체화>로서의 기계의 미를 인정하는 것이다 그리고 그것은 내일의 사회질서와 인간생활에 있어서 새로운 기조가 될 것이다. 둘째 정지 대신에 동하는 미. 그것은 미학에 있어서의 새 영역이며, 시에 있어서의 새 역학의 존중이다. 행동의 가치에 대한 새 발견이다. 셋째 일하는 일의 미. 다시 말하면 노동의 미다. 움직이지 않는 것은 <죽음>이다. 움직이지 않는 신, 움직이지 않는 천국, 열반은 죽음의 상태가 아니고 무엇일까. 활동은 생명이다. 진보다. 그것은 그 자체가 미다. (82-83쪽)

인용문을 요약하면 현대시의 새로운 시적 대상이 되는 것은 기계로 대표되는 '동적인 미'와 일하는 자의 '노동의 미'로 요약될 수 있다. 그것은 모두 근대세계의 도시문명에 속하는 것이다. 그러나 기계의 의미를 사회적 역학관계의 구체적 힘의 배치 속에서 파악하지 못하고, 노동의 미를 일하는 자의 땀에 담긴 수고로움 속에서 깨닫지 못한다면 그것은 추상적인 인식에 그치고 만다. 그것이 근대성의 표피만을 보는 것일 때, 그것은 일종의 문명예찬 혹은 엘리트의식에 기초한 허구적 문화주의로 흐를 위험이 있다. 김기림이 인식한 근대성이 매우 추상적인 수준의 것이며, 한국적 특이성을 전혀 고려하지 않

---

156) 특이성(singularity)은 어떤 사물이나 사건을 그것으로서 존재하게 해주는 존재 근거도 아니며, 그것이 가진 어떤 보편성의 발현도 아니다. 다만 그것이 가진 특이한 성질일 뿐이다. 따라서 이는 특수성(particularity)과 구별된다. 가령 들뢰즈는 개별성에 머물지 않으면서도 이 특이한 성질을 보편성이나 평균적 성질로 환원하는 게 아니라, 반대로 부각시키기 위해 이 개념을 사용한다. 특이성에 대한 자세한 설명은 질 들뢰즈, 이정우 역, 『의미의 논리』, 한길사, 1999, 121-124쪽 참고.

고 있다는 것은 그의 근대/현대의 구분과 그 분열에서 드러난다.

> (1) 조선은 근대사회를 그 성숙한 모양으로 이루어 보지도 못하고
> 근대정신을 그 완전한 상태에서 체득해 보지도 못한 채 인제 근대
> 그것의 파국에 좋든 궂든 다닥치고 말았다. 벌써 새로이 문화적으
> 로 모방하고 수입할 가치있는 것을 구라파의 전장에서 기대할 수는
> 없다. 또 다시 불구한 상태 그대로로 창황한 결산을 해야 하게 되었
> 다. 그것은 어찌 보면 미증유의 창조의 시기 같기도 하다. (51쪽)

> (2) 원시성의 동경. 그것은 현대예술의 어떤 위대한 불만의 표현이
> 다. 퇴폐기의 예술일수록 원시적 욕구는 더욱 강렬한 듯하다. 타이
> 티의 토인을 그려 도망한 것은 고갱 개인이 아니라 차라리 구라파
> 화단 자체였을지 모른다. (중 략) 조야는 힘의 상태다. 그것은 또한
> 건강의 발로다. 완성된 균정이라고 하는 것은 다수한 힘의 상쇄상
> 태일지 모른다. 그러므로 그것은 어찌 보면 죽음의 경지다. 조야라
> 함은 힘의 영웅적 약동이다. 그리하여 근대예술이 도달한 죽음과
> 같은 균정에 포만한 현대의 감성은 조야 속에 자신의 불만을 구제
> 해 주는 활로를 발견하고 작약하였다. (86-87쪽)

식민지배기 한국은 제대로 된 근대를 경험하지 못했으며 따라서
근대의 파국에 봉착하거나 근대의 결산에 맞닥뜨리지도 않았다. 그것
은 전연 서구의 사정이라고 할 수 있다. 그러나 김기림은 서구문명의
근대에 대한 반성의 기운을 그대로 식민지 한국의 것으로 추수하고
있다. 김기림의 사고는 근대에 대한 부정과 현대의 등장으로 옮아가
고 있다. (1)에서도 보이듯이 김기림은 한국의 특이성을 고려하지 않
고 '서구＝일본＝한국'이라는 전제하에서 사고한다. 그와 같은 근대
성에 대한 추상적인 인식은 예술을 대하는 태도에도 그대로 드러난
다. 근대예술의 균정의 미를 비판하고 원시성의 동경과 조야의 미를
추구하는 현대예술의 등장은 서구 화단(畵壇)의 일이었고 그것은 그

안에서 내면적 고투와 수많은 시행착오를 거쳐서 도달한 것이었다. 현대예술의 이러한 경향을 미적 근대성으로 보든 탈근대성으로 보든 그것은 이차적인 문제라 할 수 있다. 문제는 그러한 경험이 우리의, 20세기 전반기 식민지 한국의 것이었던가 하는 점이다. 그 대답은 너무나도 자명하다. 이와 같은 의식의 분열은 김기림이 식민지 한국의 낙후성을 서구와의 시간적 격차로 인식하였기 때문이다. 그러나 그러한 인식하에서 서구의 근대는 누구나 따라갔어야 할 불변의 모델로 고정되고 만다. 20세기 전반기 한국의 문화적 후진성은 '시간적 격차'가 아닌 '공간적 편차'라는 관점에서 이해되어야 한다. 그러나 김기림은 식민지배기의 한국이라는 공간의 특이성을 인식하지 않았다. 그의 실패는 여기에 있는 것이다.

현재의 관점에서 바라볼 때 김기림의 「詩論」은 여러 가지 문제점을 내포하고 있는 것이 사실이다. 그것은 위에서 지적된 바와 같이 보편주의의 미망 아래 20세기 전반기의 한국이라는 '공간의 특이성'을 포착하지 못한 데에 기인한다. 이와 같은 그릇된 보편주의에의 믿음은 김인환에 의해 과학주의의 보편성과의 관련을 통해서도 그 한계가 지적된 바 있다.[157) 김기림이 추구했던 문학은 근대주의로 요약될 수 있으며 그것은 서구를 모델로 한 것이었다. 그의 근대주의는 한국의 경험적 구체성을 포함하고 있지 못한 것이어서 추상적 보편주의에 머물고 말았다. 다시 말해 그의 실험은 구체적 경험을 통한 것이 아니라 '머릿속 실험(thought experiment)'에서 멈추고 말았다. 이와 같은 문제점은 마땅히 정확하게 지적되어야 할 것이다. 다른 한편으로 이상과 같은 한계에도 불구하고 그는 서구의 문학이론을 선구적으로

---

157) 김인환, 「김기림의 비평」, 『문학과 문학사상』, 열화당, 1978.

소개하여 척박한 우리 시단을 풍요롭게 하였고 그 넓이와 폭을 확장
시켰다. 특히 그의 「詩論」은 한국근대시사의 뚜렷한 성취로서, 해방
이전의 유일한 체계적이고 과학적인 시론으로 평가될 수 있다. 그가
추구했던 근대주의는 서구의 압도적인 물리적 힘과 제국주의의 정치
적 압력 속에서 피할 수 없는 선택이었다. 물질세계의 물리적 힘 앞
에 전통의 정신세계는 무력할 수밖에 없었다. 따라서 그가 보여준 그
릇된 보편성의 미망은 개인적 실패이면서 동시에 역사적 한계이기도
하다.

VI. 이태준의 전통주의 연구

1. 문제제기와 연구사 검토

상허 이태준은 한국 근대소설사에 매우 이채로운 족적을 남긴 작가
이다. 그의 단편은 전통적인 리얼리즘 수법을 근간으로 하고 있지만,
리얼리즘이나 모더니즘, 전통주의의 어느 하나의 틀로만 포섭되지 않
는다. 그의 단편을 전통주의(傳統主義) 혹은 상고주의(尙古主義)나 의고
주의(擬古主義)의 관점에서 해석하는 시도들은 이미 있어 왔었다. 이
태준 소설의 성격에 대한 규정은 최재서와 김기림에 의해 그 단초가
마련되었지만,[158] 비평적 용어의 수준에서 그의 상고주의(尙古主義)를
최초로 규정한 사람은 이재선이다.[159] 이재선의 평가는 단편과 산문

---

158) 김기림, 「스타일리스트 이태준씨를 논함」, 『조선일보』, 1933. 6. 25~27.
　　　최재서, 「단편작가로서의 이태준」, 『문학과 지성』, 인문사, 1938.
159) 이재선, 『한국현대소설사』, 홍성사, 1979, 365-368쪽. 이재선은 이 책에서 이태준의 상고주의를 다음과
　　　같이 규정하고 있다. "그의 문학 세계의 강한 정신적인 기반이 되고 있는 것은 尙古主義와 연민의 정조
　　　다. 그의 이 尙古主義는 수필집 ≪無序錄≫의 〈古典〉, 〈古翫〉, 〈古翫品과 生活〉 등에서 구체적으로 나
　　　타나고 있듯이 자기나 서화 같은 骨董品이나 漢詩, 고건물, 기명에 대한 특별한 애호 같은 것에서 드러
　　　난다. 이런 취향은 소설에서도 그대로 반영되고 있다. (중략) 이런 숨어 사는 선비로서의 處士的인 好古

을 모두 검토하고 있어 나름대로의 타당성을 지니고 있는 것이 사실이지만, 이태준 작품에 드러난 표면적 진술들에 주목하고 있는 편이어서 그 이면의 의미를 해석해 내고 있지는 못하다. 이에 앞서 김현역시 이태준의 전통에 대한 관심을 '딜레탕티즘(dilettantism)'으로 부정적으로 평가한 바 있다.160) 그러나 김현의 이와 같은 평가는 단편집『가마귀』만을 대상으로 한 것이어서 전체적이고 종합적인 평가라고보기는 어렵다. 이상의 논의를 이어받아 이태준의 전통주의의 성격을『문장(文章)』파의 문학관이라는 좀 더 포괄적인 시각에서 검토한 사람은 황종연이다.161) 황종연 역시 이태준의 전통주의를 부정적으로평가하는데, 그에 의하면 이태준의 문학세계는 '조선이라는 폐허를사는 체념의 심정'으로 요약된다. 황종연의 논의는 보다 포괄적인 것이어서 이태준에 대한 진전된 시각을 보여 주고는 있으나, 이전 논의의 테두리에서 벗어나지 않고 있으며, 자신의 논리를 부각시키기 위해 자신의 논지와 일치하지 않는 시각을 드러내는 부분은 생략함으로써 자료의 임의적인 선택이라는 문제가 있다.162)

이와는 반대의 시각에서 이태준의 전통주의의 성격을 긍정적으로

癖에서 그의 상고주의의 한 길을 보게 된다. 이러한 의식 때문에 그는 시간의 관념에 있어서 現在보다도 過去를 더 중시한다. 그의 작품에 등장하는 많은 인물이 노인들이고 또 운명에 대해서 受動的인 사실도 과거를 존중하는 의식과 결부된 것으로서 결코 우연한 것이 아니다. 〈愚菴老人〉, 〈福德房〉, 〈아담의 後裔〉, 〈寧越令監〉, 〈無緣〉, 〈돌다리〉, 〈不遇先生〉 등은 모두 과거에 사는 노인들의 초상을 그리고 있는 작품이다. 이들 노인들은 모두 현실에서는 불우하고 무력한 사람들이지만, 그렇지 않았던 과거를 가지고 있었던 사람들이다."

160) 김현 · 김윤식, 『한국문학사』, 민음사, 1973, 199~200쪽. 김현은 이태준을 다음과 같이 평가하고 있다. "그가 자신의 정치학을 개진하지 못하고, 사회의 압력을 그대로 받아들이게 된 것은 거의 대부분이 그의 딜레탕티즘 때문이다. 그의 딜레탕티즘을 선비 기질이라고 표현하고 있는 비평가들도 있으나, 그것은 선비 기질과 딜레탕티즘을 혼동한 결과이다. 그의 딜레탕티즘은 개인의 안위와 골동품에 대한 호기심의 소산이며, 지조나 이념을 그 기반으로 하고 있는 선비 기질과 판연히 다르다."
161) 황종연, 「한국문학의 근대와 반근대」, 동국대 박사학위논문, 1991.
162) 예를 들어, 이태준의 전통주의를 언급할 때 반드시 인용되는 「古翫品과 生活」이라는 글의 마지막 부분은 논자의 편의에 따라 생략된 채 인용되기도 한다. 그것이 반드시 의도적인 것이라고는 할 수 없겠지만 성실한 연구자의 태도라고 할 수는 없을 것이다.

평가하고 있는 논자들이 있다. 이들 논의들은 비교적 최근의 것으로 이남호, 서영채, 장영우, 권성우, 김재용 등의 논의가 그것들이다.163) 이들 논자들은 이태준의 상고주의적 태도의 이면에 숨겨진 식민지 근대성에 대한 비판으로서의 성격에 주목한다. 즉 이태준의 상고주의 는 전통으로의 단순한 회귀나 이의 무조건적인 복권이 아니라 다분 히 전략적이라는 것이다. 이와 같은 논의는 기존의 이태준 문학의 논 의가 미적 자율성의 개념에 집중되는 편향을 비판적으로 극복하고자 하는 노력으로 볼 수 있다. 즉 이태준이 일관되게 사회·역사적 관심 을 지니고 문학 활동을 했다는 관점은 그의 문학을 전체적인 구도 속 에서 일관되게 해명할 수 있는 가능성을 열어 놓는다. 본 연구의 기 본적인 취지와 시각 역시 이와 같은 맥락에 있다. 가령 이태준의 전 통주의를 식민지 근대성에 대한 비판의 성격을 띠는 것으로 파악하 는 것은, 해방 이후 월북이라는 그의 정치적 선택이 우연적 사건이 아니라 그가 활동 기간 내내 문학이 집단적 발화행위로서 사회적 존 재의 일부라는 사실을 항상 염두에 두었던 결과로 볼 수 있게 한다. 한편 이상의 관점을 통해 그의 전통주의를 식민지의 사회·역사적

---

163) 이남호, 「시대에 대한 미학적 간접화법」, 『문학의 위족 2』, 민음사, 1990.

　서영채, 「두 개의 근대성과 처사의식」, 『소설의 운명』, 문학동네, 1996.

　장영우, 『이태준 소설연구』, 태학사, 1996.

　권성우, 「이태준의 수필 연구-문학론과 상고주의에 대한 해석을 중심으로」, 『한국문학이론과 비평』 제22
　　집, 한국문학이론과 비평학회, 2004.

　김재용, 「동양주의에서 국제주의로」, 『이태준 문학의 재인식』, 소명출판, 2004.

　장영우는 "이태준의 상고주의는 물신적 전통숭배나 폐쇄된 고전 세계에의 집착이 아니라 옛것을 통하여 현
　재의 의미를 해석하고 올바른 방향으로 나아가려는 진취적 현실인식의 방법이다. 근대화의 물결에 밀려 퇴
　물 취급이나 당한 채 사회에서 소외된 노인층에게서 난세를 헤쳐 나갈 삶의 슬기를 얻어내려는 전략과도
　유사하다(같은 책, 59쪽)"라고 지적한다. 권성우 역시, "이태준이 도자기나 옛 그림 등의 고완품에 대한 특
　별한 애호를 보이는 것은 사실이다. 그리고 상당수의 소설 속에서도 전통적 가치를 수호하는 인물과 현대
　의 부박한 현실에 적응하지 못하는 낙오자들이 등장한다. 그러나 이태준의 이러한 면모를 전근대적인 것에
　대한 향수나 동경으로 연계시키는 것은 단순한 견해에 불과하다(같은 글, 26쪽)"고 언급하면서 이태준의 세
　계관은 소박한 복고주의와는 분명하게 구별된다고 지적한다.

근대성과 대비되는 미적 근대성의 근거로 해석해 내기도 한다.164) 이
외에 장영우는 이태준의 '상고주의'를 옛것을 통해 새것을 배운다는
'온고지신(溫故知新)'의 정신으로 이해하기도 하며, 박헌호는 의고주
의로 파악하기도 한다.165)

　이상의 논의를 종합해 볼 때, 이태준의 전통주의에 대한 연구는 다
음과 같은 관점에서 접근해야 할 것으로 보인다. 먼저, 소설과 산문을
포함해서 이태준의 전 작품을 대상으로 한 충실하고 실증적인 일차
적 독서가 다시금 요청된다. 『문장(文章)』파의 세계관을 논하고 있는
논자들이 주로 그의 산문만을 검토하고 있는 것은 문제가 있는 것으
로 보이며, 이를 극복하기 위해서는 이태준의 소설까지 포함한 논의
가 꼭 필요하다고 하겠다. 이는 논의의 전체성과 객관성을 위해 기본
적이면서도 반드시 필요한 자세이다. 이를 위해서는 이태준의 장편까
지를 포함한 검토가 필요한데 이는 추후의 과제로 남겨 두고, 이 글

---

164) 서영채, 「두 개의 근대성과 처사의식」. 이는 분명 의미 있는 고찰이긴 하지만 미적 근대성을 사회 · 역사
적 근대성과 대립되는 것으로 파악하여 근대성을 이항 대립의 이분법적 체계로 환원시킬 위험이 있다.
그리고 민족의 주체적인 역량에 의한 사회 · 역사적 근대성 자체 내부에서의 반성과 자기 갱신의 가능성
을 간과할 우려도 있다. 미적 근대성의 개념은 사회 · 역사적 근대성과 반드시 대립되는 것도 아니며, 사
회 · 역사적 근대성과 중첩되고 뒤섞여 있는 것이다. 그리고 미적 근대성의 사회 · 역사적 근대성에 대한
비판으로서의 성격은 사회 · 역사적 근대성의 자기비판 가능성과 함께 논의되어야 한다.

165) 박헌호는 그의 『이태준과 한국 근대소설의 성격』(소명출판, 1999)에서 이태준의 전통주의를 1930년대
조선주의 문화운동과의 관련 하에, '의사 고전주의(擬似 古典主義)'를 뜻하는, '의고주의(擬古主義)'로
규정한다. 여기에서 그는 1930~40년대 정신사적 구도 속에서 이태준의 전통주의가 갖는 식민지 근대
성에 대한 비판으로서의 성격을 애써 외면하고, 사회 경제사를 문학사와 등치시키고 있다. 이어서 그는
미적 근대성의 논리에 근거해서 이태준의 전통주의의 성격을 규정하면서, '고완'을 심미성의 계발의 차
원에서 설명한다. 물론 타당성이 없는 것은 아니지만 이는 논의의 범주설정이 어긋나 있는 것으로 보인
다. 즉 이태준의 전통주의가 갖는 가장 중요한 맥락인 식민지 근대성에 대한 비판으로서의 성격은 사회
적 근대성의 차원으로 보는 것이 타당한데, 그런 맥락은 고려하지 않고 미적 근대성의 심미적 차원에서
만 고립적으로 설명하는 것은 논의의 차원을 제한하는 것이다. 비록 심미적 체험이라는 미적 근대성의
논리가 사회적 근대성에 대한 비판으로서의 성격을 지니고 있고 그것이 그가 말하는 '정신적 근대주의'
라 할지라도, '고완'의 시대적 성격은 무시한 채 심미적 능력의 고양을 위한 방법론으로 추상화시키는
그의 논리는 동의하기 어렵다. 따라서 그의 말대로 식민지 시대의 정신사적 구도 속에서 '반근대주의'가
근대에 대한 무조건적인 거부를 의미하기 어렵다는 것은 평범한 진술에 그치고 만다. 이상의 맥락에서
이태준의 전통주의를 식민지 근대성에 대한 '반근대주의'가 아니라 '근대주의'로 봐야 한다는 그의 견해
는 다소 소박하고 추상적인 견해가 아닐 수 없다.

에서는 단편과 산문으로 논의의 대상을 한정하기로 한다.

둘째, 이태준의 전통주의는 반드시 그의 식민지 근대성에 대한 태도와의 관련하에서 논의되어야 한다. 그의 전통에 대한 경사는 분명히 식민지 근대주의와의 연관 속에서 형성된 것이기 때문에 이에 대한 관계적 고찰이 필수적이라 하겠다. 이 부분에서 그의 전통주의가 근대와 교섭하는 전통이었는지, 아니면 딜레탕티즘이나 단순한 상고주의였는지가 밝혀질 것이다.

셋째, 두 번째 것과 밀접하게 관련되는 것으로 이태준의 예술관 내지 문학관과 그의 전통주의가 어떤 역학관계를 지니고 있는지를 밝혀내야 한다. 이는 앞의 미적 근대성과도 관련되는 것으로 세밀하고도 섬세한 고찰이 요구되는 부분이라고 하겠다.

이상의 문제의식을 토대로 본고는 이태준의 전통주의의 성격과 그 실체를 규명하고자 한다. 2절에서는 주로 『無序錄』을 포함한 그의 산문을 검토할 것이고, 3절에서는 그의 단편을 중심으로 논의를 전개할 것이다.

2. 산문에 나타난 전통주의의 성격

이태준은 엄밀한 논리를 동반한 전통론을 개진하거나 소설을 구성하는 중요한 원리로서 전통주의를 채택하지도 않았다. 그의 전통에 대한 논의라고 할 수 있는 것은 주로 그가 '古翫品'이라 명명한 지나간 시대의 골동품들을 대하는 태도를 통해 드러난다. 따라서 논의의 중심이 되는 것은 이태준의 전통을 대하는 자세와 시각이라고 할 수 있다. 먼저 이태준의 산문에서 전통주의에 대한 논의의 핵심이 되는

글은 「古翫品과 生活」이다. 이 외에 「古典」, 「古翫」, 「東洋畵」166) 등의
글들이 함께 참조되기도 하지만, 대부분 논의의 근거가 되고 있는 것
은 「古翫品과 生活」이어서 우선적으로 이에 대한 자세한 검토가 필요
하다. 특히 논자에 따라 자신의 논리를 강조하고자 임의적으로 「古翫
品과 生活」의 일부만을 부분적으로 인용하는 경우도 있어, 이 글은 더
욱이 전체적이고도 객관적인 검토가 필요하다. 이를 위해서는 좀 긴
인용이 필요할 듯하다.

> 젊은 사람이 너머 古翫에 묻히는것도 反省해야 할것이다. 그렇지
> 않아도 各方面으로 早老하는 東洋人에게 있어서는 靑年과 古翫이
> 란 오히려 警戒할 必要부터 있을런지 모른다. (중 략) 先人들의 生
> 活을 오래 이바지하던 그릇으로 더부러 오늘 우리의 生活을 담어
> 본다는 것은, 그거야말로 古典이나 傳統이란 것에 對한 가장 正當
> 한 <解釋>일런지 모른다. 그러나 婦女子의 세간사리를 이모저모
> 가려가며 舍廊에 陳列하는, 그 舍廊양반은 小心細經에 빠지기 체격
> 쉽다. (중 략) 젊은 사람이 <現代>를 喪失하는 것은 늙은사람이
> 古翫境을 領有치 못함만 차라리 같지 못하다. 老儒에게 있어 珍籍
> 은, 오직 <所藏>이라는것만으로도 名譽의 維持가 된다. 그러나 젊
> 은 學徒에겐 <三代目>같은 꿈의 珍書를 入手했다 치자 <所藏>만으
> 로는 차라리 不名譽일것이다. 古翫의 境地만으로 勿論 趣味中엔 高
> 級이다. 그러나 <所藏>만 일삼아선 오히려 過慾을 犯한다. 翫賞도
> 어느程度의 硏究批判이 없이는 수박겉핥기보다, 그器物의 正體를
> 못 찾고 늘 邪ㅅ된 魅力에만 끌려 彷徨할것이다. 古典이라거나, 傳
> 統이란것이 오직 保管되는것만으로 끄친다면 그것은 <주검>이요
> <무덤>의 代名詞일것이다 博物館이란 한낱 <아름다운墓地>에 不
> 過할것이다. 우리가 돈과 時間을 드려 自己의 書齋를 墓地化시킬
> 必要는 없는것이다. 靑年層知識人들이 陶磁器를 蒐集하는것은, 古
> 書籍을 蒐集하는 것과 같은 意味를 나타내야 할것이다. 翫賞이나
> 所藏慾에 끄치지않고, 美術品으로, 工藝品으로 正當한 現代的 解釋
> 을 發見해서 古物 그것이 주검의 멈지를 털고 새로운 美와 새로운

---

166) 이 세 편의 글은 모두 『無序錄』(박문서관, 1941)에 실려 있다.

生命의 不死鳥가 되게 해주어야할 것이다. 거기에 정말 古翫의 生
活化가 있는줄 안다.167)

　인용문은 전통을 대하는 이태준의 태도와 시각을 여실히 보여 준
다. 이를 통해서 상허가 누누이 반복해서 강조하고 있는 것은 아마도
고전과 전통에 대한 '정당한 현대적 해석'일 것이다. 상허는 고완이
자체로서 고급한 취미가 될 수 있다는 것을 인정하지만, 그것이 단순
한 완상이나 소유욕에 그치는 것도 경계하고 있다. 특히 젊은 청년들
이 '완물상지(玩物喪志)'하여 '현대를 상실'하게 된다면, 차라리 고완
취미를 체득하지 않는 것이 낫다고 충고하고 있다. 즉 골동품이 과거
의 형태 그대로 오직 보관되는 것만으로 그친다면, 그것은 "'주검'이
요 '무덤'의 대명사"로 전락하고 만다는 것이다. 그래서 생명감을 삭
탈시키는 '골동품'이라는 용어보다 상허는 "될 수 있는 대로 '고완품'
이라 쓰고 싶은" 것이다. 소장 욕심이나 완상에만 매달린다면 그것은
이미 창조적 생명력을 상실한 '연물증(戀物症, fetishism)'으로 변질된
것이다. 연물증은 주체와 대상과의 관계를 변화하는 역동성 속에서
정립하지 못하고, 대상 속으로 주체가 고착되어 함몰되어 버린다. 그
것은 사물을 정지된 상태로 붙잡아 두려는 병적인 열망이라 할 수 있
다. 상허가 지적하는 고완품의 '邪ㅅ된 魅力'이라는 것은 바로 연물증
을 의미하는 것이다.
　따라서 "선인들의 생활을 오래 이바지하던 그릇으로 더부러 오늘
우리의 생활을 담어본다는 것은, 그거야말로 고전이나 전통이란 것에
대한 가장 정당한 '해석'"이 된다. 여기에서 상허가 강조하는 것은 전

---

167) 李泰俊, 「古翫品과 生活」, 『文章』, 1940. 10, 208-209쪽.

통의 창조적 변용, 현재를 통한 과거의 갱신이다. 전통이 우리의 현재의 삶 속으로 용해되어 창조적으로 계승되지 못한다면, 그것은 주검의 먼지만이 쌓인 '古物'에 지나지 않을 것이다. 전통은 현재 속에서 '정당한 현대적 해석'을 발견할 때, 비로소 '주검의 먼지를 털고 새로운 미와 새로운 생명의 불사조'로 부활하는 것이다. 그리고 거기에 진정한 의미의 '고완의 생활화'가 있는 것이다. 이 글의 제목인,「고완품과 생활」이라는 표제가 뜻하는 것은 바로 그것이다. 따라서 이태준의 전통주의를 '온고지신(溫故知新)'의 정신으로 이해한 장영우의 연구는 적절한 해석이라 할 수 있다.168) 이 글을 통해 살펴본 이태준의 전통에 대한 통찰이 깊이 있는 것이라거나 새로운 것이라고는 할 수 없다. 어찌 보면 너무나도 당연하고 평범한 진술에 불과한 것처럼 보이기도 한다. 이러한 이태준의 평범한 견해를 자세히 검토하는 이유는 이태준의 전통주의 혹은 상고주의나 의고주의를 전통으로의 무조건적인 회귀나 현실로부터의 도피로 해석하는 경우가 대부분이기 때문이다. 이태준이 전통에 대해서 깊이 있는 통찰을 보여 주고 있지는 않지만, 최소한 그의 전통주의가 퇴행적인 것으로 치부되어서는 안 된다. 그는 최소한 '근대와 교섭하는 전통', '근대를 갱신하는 전통'을 염두에 두었다고 보는 것이 보다 온당한 해석이 될 것이다. 다른 글들을 통해서 이를 좀 더 살펴보기로 하자.

> (1) 고전 정신의 대도(大道)는 영원히 온고지신(溫故知新)에 있겠으나 고전의 육체미는 반드시 지식욕으로만 감촉될 성질의 것은 아니라 그러므로 모-든 고전의 고전미는 고완의 일면을 지님에 엄연하도다. (중 략) 완전히 느끼기 전에 해석부터 가지려함은 고전에

---

168) 장영우, 『이태준소설연구』, 태학사, 1996.

의 츰입자(闖入者)임을 면치 못하리니 고전의 고전다운 맛은 알 바 아니요 먼저 느낄 바로다 생각한다.169)

(2) 미술이 무용이나 음악과 함께 국경이 없다 하지만 결국은 다 있는 것이다. 더구나 양(洋)의 동서를 볼때 뚜렷한 경계가 있는 것 같다. 최승희(崔承喜)의 춤에 조선춤이 가장 무리가 적어보힐 뿐 아니라 '샤리아핀'을 아모리 연습을 하더라도 육자배기에서는 이동백(李東伯)을 따르지 못할 것이다. 미술도 정도 문제일 뿐, 다 국경의 계선(界線)이 없지 않으리라 믿는다. 조선 사람으로 단원(檀園)이나 오원(五園)이 되기 쉽지 '쩨산누'나 '마치스'는 되기 어려울 것은 생각해 볼 필요도 없겠다. 되기 쉬운 것을 버리고 되기 어려운 것을 노력하는 데는 무슨 변명할 이유가 있어야겠는데 내가 단순해 그런지는 모르나 그런 특별한 이유도 얼른 생각나지 않는다. '나는 대가(大家)도 싫다. 나는 서양화가 좋으니까 그린다'하면 그건 개인 문제라 제삼자의 용훼(容喙)할 배 아니겠으나 그러나 나는 무례할지 모르나 이렇게 독단한다. 서양화보다는 동양화를 더 질길줄 아는 이가 문화가 좀더 높은 사람이라고. 이것은 '사람'보다 사실은 '동양화'를 위해서 하는 말이지만, 무론 엄청난 독단이다. 그러나 서양화에선 무슨 나체를 잘 그린다고 해서가 아니라 색채본위(色彩本位)인만치 피는 느껴져도 동양인의 최고 교양의 표정인 선(禪)은 좀처럼 느낄 수 없는 것을 어찌하는가!170)

(3) 학사 박사가 2천만이면 무얼하는가? 한 학사, 한 박사라도 먼저 조선사람이어야 할 것이다. 조선신문보다 다른 곳 신문, 조선잡지보다 다른 곳 잡지와 친하여 조선말, 조선글에 인연이 먼 사람은 그의 언행, 그의 취미, 그의 생활, 그의 인격의 바탕, 모도 다 조선 것이 아닌 사람이 되는 것이다. 그따위 학자는 쑥 백명이면 조선인 문화 발달에 무슨 상관이 잇는가 말이다. (중 략) 교육자 제씨여! 소생의 곤찰이 그릇됨인지는 모르나 중학때 급우들을 오는 사회에서 보드라도 학교시대에 조선말과 조선글에 친하지 못하든 사람들이 흔히 '긴상'이니 '미스터'니 하고 까부르며 조선 신문, 조선책 조선 것은 조소부터 하고 아조 심보가 바뀐 사람들이 만다. 여러분의 조선을 위하는 정성은 요따위 얄미운 분자를 조선 사회에 제

---

169) 이태준, 「古典」, 『무서록』, 박문서관, 1941. 여기에서는 『이태준문학전집 15-무서록』, 서음출판사, 1988, 230-231쪽. 이하 인용은 이 전집에서 하기로 한다.
170) 이태준, 「東洋畵」, 『무서록』, 전집 15, 243-244쪽.

공하는데 잇지 안흘 것이다.171)

　　인용 (1)에서도 드러나듯이 이태준의 전통주의는 철저히 '온고지신'의 정신을 기반으로 하고 있는 것이었다. 이를 위해서 '고완'도 필요한 것이고, 그래서 해석 이전에 고전을 온전히 느낄 줄 아는 자세부터 필요한 것이다. 상허에게 '고전 정신의 영원한 대도(大道)'는 언제나 전통의 창조적 계승이었던 것이다. 인용 (2)와 (3)은 이태준의 전통주의의 근거가 되는 민족의 주체성에 대한 자각을 담고 있다. 이는 이태준의 전통주의가 갖는 식민지 근대성에 대한 비판으로서의 성격을 파악하는 데 단초가 된다. (2)는 경계를 넘어선 보편주의로서의 근대주의보다는, 경계를 잘 짓고 담을 잘 쌓아야 진정한 의미로서의 근대주의가 가능하다는 점을 암시해 준다. 보편주의로서의 근대주의는 다름 아닌 식민지 근대화의 논리와 상통하는 것이다. 서양의 물질문명과 근대주의는 보편적 이념으로서 동양에서도 추구해야 할 가치로 승인되지만, 그것이 주체적 역량이 아니라 외세에 의해 타율적으로 주어지고 민족 전체의 발전을 위해서가 아니라 제국주의의 지배질서에 봉사하는 것으로 변질될 때, 그것은 우리의 근대가 아니라 타자의 근대일 뿐이다. 또한 근대화의 논리에는 서양의 문화적 전통과는 다른 동양과 한국의 문화적 특이성이 포함되어야 하는 것이다.172) 이태준은 '서양화보다는 동양화를 더 즐길 줄 아는 이가 문화

---

171) 이태준, 「문단인으로서 사회에 보내는 희망」, 전집 17, 331-332쪽.
172) 이와 같은 작가의 시각은 이미 단편 「결혼」(1931)에서도 피력된 바 있다. 그 부분을 인용해 보면 다음과 같다.
　　"또 S의 머리 속에는 그 뒤를 따라 지나가는 것이 있었다. 그것은 서양 사람들의 생활과 조선 사람들의 그것과의 비교였다. 저들에겐 앞을 막는 것이 없다. 추으면 스팀이 잇다. 더우면 선풍기나 명사심리가 잇다. 밤이 오면 찬란한 별밭을 누어서 바라보는 아름다운 이츠의 침대가 잇으며, 아츰이 오면 몇만리 밖에서도 뉴욕이나 파리에서 맨든 햄이나 쏘세지가 있다. 어느 곳을 가든지 저들은 개인적으로나 민족적으로나 멸시하는 곳이 없다. 자식을 낳으면 학교가 있고 버리터가 앞서 있다. 어째서 진정으로 하느님의

가 좀 더 높은 사람'이라고 단언하기까지 한다. 그 근거로 그는 서양 정신의 직접적이고 표면적인 성격을 상징하는 '피'와 대비되는 동양의 심층적 정신세계인 '선(禪)'을 예로 든다. 이를 통해 이태준은 서양과는 다른 동양 내지 한국적 전통의 특이성을 강조하고자 했던 것으로 보인다. 이를 통해 그는 우리 것의 가치와 민족의 주체성을 일깨우고자 한 것이다. 인용 (3)의 주된 논지 역시 조선적인 것에 대한 강조라고 할 수 있다. 여기에서 상허는 조선 문화의 근간을 이루는 조선어의 가치에 대한 자각을 호소하고 있다. 민족어의 존망을 책임져야 하는 작가로서 조선어에 대한 자각을 호소하는 일은 당연한 것이기도 하다. 말이 민족의 얼을 담는 그릇이라는 상투적인 표현을 빌리지 않더라도, 일제 말기 민족의 생존조차 불투명해진 시기에 겨레말의 가치에 대한 강조는 적잖은 의미를 지닌다고 할 수 있다. 그리고 그것이 식민지 정치권력의 논리와 타협할 여지를 남겨 두는 것이 아니라는 점은 인용의 후반부 서술에서 유추할 수 있다. 식민지 권력의 근대화 논리에 충실히 순응하는 사람들은 이태준에게 '얄미운 분자들'인 것이다. 식민지 교육과 조선어 말살정책의 실상은 단편 「浿江冷」에서도 예시된 바 있다.[173]

　결국 이태준은 우리의 고유한 정신적 자산인 겨레말에 대한 강조를 통해 민족의 주체성을 진작시키고자 한 것이다. 인용 (2)와 (3)은 이태준의 전통주의의 성격을 짐작하게 해 준다. 즉 상허가 고전과 전통에 주목하고 시대에 역행하는 고완 취미에 매달렸던 것은 식민지

은혜를 찬송하지 않을 수가 잇으랴. 그러나 조선 사람에게 무슨 은혜가 잇는가. 다 같은 햇발과 다 같은 샘물을 마신다 치더라도 오늘 조선 사람으로서 저들이 불으는 찬송가의 가사를 그대로 번역해 가지고 그것을 외우고 섯을 때는 아닌 것 같은 생각이 들었다."(이태준, 「결혼」, 『彗星』, 1931년 4월~6월.)
173) 졸고, 「이태준 단편 연구」, 『어문논집』 45호, 민족어문학회, 2002 참고.

의 왜곡된 근대성에 이의를 제기하기 위해서였던 것이다. 그것은 추상적인 의미에서의 '반근대주의'가 아니라 구체적인 식민지 근대성에 대한 안티-테제였던 것이다. 현재의 근대화의 논리가 온전히 타자의 것이었기에, 상허는 지나간 우리 것에 대한 탐사를 통해 지금의 왜곡된 근대성을 갱신할 수 있는 가능성을 모색하고자 하였다. 상허가 그의 산문에서 민족의 주체성과 전통의 현대적 해석을 애써 강조하는 이유도 바로 거기에 있는 것이다. 따라서 상허의 전통주의는 액면 그대로의 것이 아니라 다분히 전략적인 것이었다. 그의 전통주의가 엄밀한 논리와 깊이를 동반한 것이라기보다는 추상적이고 상식적인 수준의 논의라는 점과 그것의 지향점이 불명확하다는 점은 문제가 있지만, 일제 말기의 정신사적 구도 속에서 나름의 의미를 획득하고 있다는 점마저 부정될 수는 없다. 그의 전통주의는 식민지 근대주의에 대한 정당한 반발이었다.

3. 단편에 나타난 전통주의의 성격

이태준의 전통주의를 그의 소설을 구성하는 중요한 원리의 하나로 파악하는 경우도 많지만 이는 부적절한 것으로 보인다. 단편 속에 표면적으로 등장하는 이태준의 전통에 대한 관심은 그의 소설을 추동하는 서사의 핵심을 이루지도 않으며, 대부분 소재적인 차원에서 다루어지는 경우가 많다. 이를 먼저 전제하고, 이태준의 전통주의를 논의할 수 있는 단편은 「불우선생」(1932), 「패강냉」(1938), 「영월영감」(1939), 「무연」(1942), 「석양」(1942) 등 작품이 있다. 이 중에서 「석양」은 감상주의의 혐의가 짙기 때문에 여기에서는 제외하기로 한다. 「불우선생」과 「영월영감」은 작품의 제재 면이나 성격상 유사하기 때문에 함께 논의하기로 하고, 「패강냉」과 「무연」은 별도로 논의하기로 한다. 먼저 「불우선생」과 「영월영감」을 살펴보자. '불우선생'과 '영월영감'은 모두 과거에는 한 시대를 풍미했던 인물들로, 현재는 낙백한 지사들이다. 이들에게서는 조선조 선비들의 '처사적 풍모(處士的 風貌)'가 물씬 풍겨 난다. 불우선생은 '십여 년 전만 하여도 천여 석 추수를 받아먹고 살던 귀인이었으나, 그 재산이 한말 풍운 속에서 하루 밤 꿈처럼 얻은 것이라 불순한 재물인 것을 깨닫던 날부터는 물 퍼내 버리듯 하였던' 인물이다. 영월영감도 그 '위엄이 아이들이나 하인배에뿐 아니라 그분과 동년배요 항렬로는 도리어 우이 되는 이라도 영월영감이 오는 눈치면 으레 물었던 담뱃대를 뽑아들고 길을 비키었던' 분이고, 현재는 '심경에 큰 변화를 일으킨 듯 논을 팔고 밭을 팔고 가대와 종중(宗中)의 위토(位土)까지를 잡혀 쓰면서 한동안 경향 각지로 출입이 잦았던' 인물이다. 그들은 자신들의 몰락한 처지에도 불구하고 그 기상은 여전하여 젊은이들을 압도하며, 사회 현실에 대한 지대한 관심을 보인다. 그들은 젊은이들의 현실 순응적인 태도에 대한 비판적 기능을 담당한다. 다음 인용문을 보자.

> (1) "네…… 그런데 요즘 일중 문제가 꽤 주의를 끌지오?"한다. "글세요. 저는 그런 방면엔 문외한이올시다."하니, "그럴 리가 있소. 저렇게 발발한 청년 시기에…… 요즘 극동풍운이 맹랑해지거든 ……"하는 데는 불우선생은 돌연히 지난 여름 의신 여관에서 보던 때와 같이 형형(炯炯)한 정렬에 눈이 빛나기 시작하였다. 그리고 그는 나의 음식을 먹으면서도 나를 자기가 먹이는 듯 무엇인지 나를 압박하는 것이 있었다.[174]

---

174) 이태준, 「불우선생」, 전집 1, 158쪽.

(2) "넌 너의 아버질 너무 닮는구나! 전에 너의 아버지께서 고석을
좋아하셔서 늘 안협으로 사람을 보내 구해오셨지…… 그런데 난 이
런 처사취미(處士趣味)엔 대-반대다." "왜 그러십니까?" "더구나 젊
은이들이…… 우리 동양 사람은, 그중에두 우리 조선 사람이지 자
연에들 너무 돌아와 걱정이야." "글세올시다." "자연으루 돌아와야
할 건 서양사람들이지. 우린 반대야. 문명으루, 도회지루, 역사가
만들어지는 데루 자꾸 나가야 돼……"175)

인용 (1)은 청요릿집에서 '나'와 불우선생이 나눈 대화의 내용이다.
현실 정치에 무관심한 젊은이, 나와 대조적으로 불우선생은 노구의
몸에도 불구하고 사회 현실에 지대한 관심을 표명한다. 그래서 그는
내가 사준 음식을 먹으면서도 '나를 자기가 먹이는 듯 무언인지 나를
압박하는 것이 있었던' 것이다. 앞에서 필자는 이태준의 산문에 대한
검토를 통해 그의 전통주의는 언제나 현재 속에서 새롭게 재해석되
는 것임을 확인한 바 있다. 「불우선생」에서 등장하는 노인, 불우선생
도 같은 의미를 지닌다. 즉 불우선생이라는 지나간 시대의 인물이나
전통이 현재 속에서 현재를 갱신하는 창조적 힘으로 작용하는 것이
다. 그리고 불우선생이라는 고물(古物)은, 나라는 인물이 보여 주는
체제 순응적인 식민지 근대화의 논리에 대한 비판적 기능을 수행한
다. 이태준의 전통주의의 성격은 소설 속에서도 여실히 드러나고 있
는 것이다. 그의 동양주의가 현실로부터의 도피나 과거로의 회귀가
아니라 현실에의 적극적인 개입을 통한 근대와의 교섭을 내포하고
있다는 점은 인용 (2)에서 확연히 드러나고 있다. 이태준은 사물화된
고완적 취미에 분명히 반대하고 있으며, 그의 전통주의는 식민지 근
대주의를 갱신하기 위한 모색의 방법이자 현실에의 적극적인 개입이

---

175) 이태준, 「영월영감」, 전집 2, 119–120쪽.

었다. 이런 사실은 "금력은 어디 물력뿐이냐? 정신력도 금력이 필요한 거다." "서른둘! 호랑이 같은 때로구나! 왜들 가만히들 있니?"와 같은 영월영감의 진술을 통해서도 드러나고 있다. 불우선생이나 영월영감이 지니는 성격적 특성은 인물의 조형성에서뿐만 아니라 보다 근본적으로는 이와 같은 맥락에서 다루어져야 한다.

「패강냉」은 「무연」과 함께 이태준의 전통주의적 지향을 잘 대변해 주는 소설이다. 「패강냉」은 근대주의와 반근대주의와의 확연한 대조를 보여 주면서, 이 양자의 대립항이 서사의 의미구조를 구성하는 원리로서 작동하고 있는 작품이다. 근대와 반근대의 대립항을 정리해서 인용해 보면 다음과 같다.

(1) 다락에는 제일강산이라, 부벽루라, 빛 낡은 편액들이 걸려 있을 뿐, 새 한 마리 앉아 있지 않았다. 고요한 그 속을 드러서기가 그림이나 찢는 것 같이 현은 축대 아래로만 어정거리며 다락을 우러러본다. 질퍽하게 굵은 기둥들, 힘 내닷는 대로 밀어 던진 첨자와 촛가지의 깍음새들, 이조 문물다운 우직한 순정이 군대군대서 구수하게 풍겨 나온다. (104쪽)// 현은 평양여자들의 머리 수건이 늘 보기 좋았다. 현은 단순하면서도 한 호접과 같이 살아 보혔고, 장미처럼 자연스런 무게로 한 송이 엱힌 당기는, 그들의 악센트 명랑한 사투리와 함께 '피양내인'들만이 가질 수 있는 독특한 아름다움이었다. 그런 아름다움을 제고장에 와서도 구경하지 못하는 것은, 평양은 또 한가지 의미에서 폐허라는 서글픔을 주는 것이었다. (106쪽)

(2) "이 자식들아 너이야말루 비러먹을 자식들인 게…… 그까짓 수건 쓴 게 보기 좋을 건 뭐며 이 평양부내만 해두 일년에 그 수건 값허구 당기 갑이 얼만지, 알기나 허나?"(111쪽)// 김은 뽀이를 불르더니 유성기를 가져오라 했다. 째쓰를 틀어놓더니 그제야 다른 두 기생은 저이 세상인 듯, 번째 김과 마주잡고 딴쓰를 추는 것이다. (113쪽)[176)

인용 (1)의 앞부분은 부벽루의 풍취를 묘사하고 있다. '현'은 거기에서 '이조의 우직한 순정'을 느낀다. 우리는 '고요한 그 속을 드러서기가 그림이나 찢는 것 같이'라는 표현 속에서 이태준의 '상고주의(尚古主義)'적 경향을 다시금 발견할 수 있다. 이는 '문장(文章)'파 문학인들이 '난(蘭)'을 대하는 '경의(敬意)'의 태도와 다르지 않다. '난'이 이병기, 정지용, 이태준 등의 '문장(文章)'파 문학인들이 지향하는 정신세계를 표상하는 것으로, 종종 의인화되었다는 것은 널리 알려진 사실이다. 이와 같은 태도는 '다락을 우러러 본다'는 표현 속에 암시되어 있다. 인용 부분의 논리는 이태준이 「고완품과 생활」에서 피력했던 '고완(古翫)'의 논리와 정확하게 일치하는 것이다. 이런 이유 때문에 「패강냉」은 상허의 상고주의를 잘 보여 주는 작품으로 평가되어 왔던 것이다. 인용 (1)의 뒷부분도 앞부분의 논리와 크게 다르지 않은 것으로, '평양여자들의 머리 수건'이 사라져 버린 것에 대한 주인공의 애석한 심정을 서술하고 있다. 그것은 이미 사라져 버렸고 현에게 '독특한 아름다움'을 주는 것이어서, 고완품(古翫品)으로서의 성격을 고스란히 지닌다. 그러나 '그런 아름다움을 제 고장에 와서도 구경하지 못하기 때문에, 평양은 폐허(廢墟)라는 서글픔'을 주는 것이다. 이상의 진술의 표면적인 의미에 집착해서 「패강냉」의 전통주의가 패배주의적이고 퇴영적이라고 평가하는 것은 성급한 판단이다. 우리는 여기에서의 전통주의가 놓여 있는 상황과 맥락을 고려하여, 그러한 진술들의 심층적인 의미를 물어봐야 한다. 이는 작품을 구성하는 또 하나의 축인 근대주의와의 관련 속에서만 그 의미가 드러나는 것이기 때문에, 인용 (2)를 마저 살펴보아야 한다.

---

176) 이태준, 「패강냉」, 전집 2, 인용문 속의 숫자는 이 책의 쪽수임.

인용 (2)의 앞부분은 머리 수건이 없어진 이유에 대한 '김'의 설명 부분이다. 그 이유는 단순하고도 명료하다. 돈이 든다는 것이다. 돈의 논리에 의해 문화적 가치는 여지없이 폄하된다. 파행적인 식민지 근대주의도 시장의 원리에 의해서 지배되는 것으로, 투입량에 비례하는 산출량이 없을 경우 자본의 투자는 중단된다. 아무리 소중한 가치를 지닌 것이라 할지라도 상품으로서의 교환가치를 지니지 못한다면 폐기처분되고 만다. 돈의 논리에 예속되어 있는 김의 사고방식은 식민지 정치권력의 근대화 논리에 철저하게 순응하게 되는 결과를 낳는다. 인용 (2)의 뒷부분에서 근대성의 표지로 등장하는 재즈 음악에 장단을 맞추는 기생들의 모습은 식민지 근대화의 논리에서 누구도 비껴갈 수 없음을 보여 준다. 여기에는 예외가 있을 수 없어서, 기생 영월이도 '딴스를 어떻게 잘 할' 수밖에 없는 것이다. 「패강냉」에는 전통주의와 이상을 표상하는 인물인 '현'과 '박', 기생 '영월이'가 있고, 이와는 반대편에서 근대주의와 현실을 표상하는 인물인 '김'과 다른 '기생들'이 선명하게 대비되고 있다. 현실 속에서 '현'과 '박', '영월이'는 '김'과 '기생들'에 비해 무력할 수밖에 없다. 그럼에도 불구하고 주인공 '현'이 '김'과 '기생들'의 논리를 부정하고, 전통과 사라져 버리는 것들에 대해서는 깊은 애정을 갖고 있다는 것은 중요한 의미를 지닌다. 즉 「패강냉」에서 보이는 전통주의는 단순한 '상고주의(尙古主義)'가 아니라, 현실을 지배하는 식민지 근대화의 논리에 대한 저항과 비판의 성격을 지닌다는 점이다. 즉 파행적인 식민지 근대성에 대한 '반담론(反談論)'으로서, 이를 갱신하기 위한 전략적 성격을 띤다는 것이다. 그것은 '이상견빙지(履霜堅氷至)'라는 주역(周易)의 말로 상징되는 이태준의 현실인식을 토대로 하고 있는 것이다. 이처럼 이태준의 전통주의는 그의 산문에서 본 바와 같이, 근대주의와의 관련 속에서 파악할 때만이 그 심층적이고 근원적인 의미가 드러나는 것이다.

「무연」은 '청복(淸福)'으로 상징되는 낚시에 얽힌 '나'의 이야기이다. 여기에서 '낚시'는 단순한 이야기의 소재가 아니라, 상허의 고완 취미와 동등한 자격을 갖는다. 즉 '낚시'는 하나의 '고완품(古翫品)'인 셈이다. 따라서 「무연」은 이태준의 전통주의를 논하는 데 중요한 작품 중의 하나이면서 현실도피적인 성격도 강한 작품이다. 이 작품에서 주요한 이야기의 구성요소는 외조부에 대한 추억과 고향마을의 어느 노파에 얽힌 사연이다. 작품 속의 '외조부'는 실제 작가의 외조부를 모델로 한 것이 분명해 보이는데, '외조부'는 이태준이 동경해 마지않던 '처사(處士)'의 이미지로 그려진다. 그 이미지를 통해 '나'는 탈속의 경지를 맛보는 것이다. 그러나 외조부의 고향마을은 옛 모습을 찾아보기 어려울 만큼 변해 버렸고, 죽은 아들을 위해 물에다 돌을 부지런히 나르는 노파만 눈에 띌 뿐이다. 나는 거기에서 '자연도 주인과 함께 오고 주인과 함께 가는 것인지 몰라! 기거무시의 생활부터 없으며 이제는 전설일 수밖에 없는 그런 청복을 시정에서 파는 속취 분분한 물감 칠한 낚싯대로 더부러 낚으러 다닌다는 것은 그 생각부터가 한낱 부질없는 꿈이런가!' 하며 반성한다. 그리고 그 반성은 '모든 게 따로 대세의 운행이 있을 뿐, 처음부터 자갈을 날려 메꾸듯 할 수는 없을 것이다'라는 현실인식으로 이어진다. 이 작품은 상고주의적 경향이 강해서 이태준의 전통주의의 퇴행적 성격이 부각되어 있는 것으로 보인다. 하지만 결말부의 자기반성과 냉엄한 현실에 대한 인식은 그의 전통주의가 과거의 무조건적인 복원이나 단순한 회귀가 아님을 암시해 주고 있다. 그리고 좀 더 포괄적인 시각에서, 이태준의 전통에의 경사가 부정적 현실에 대한 반대급부로 이루어진 것을 감안한다면 이 작품의 심층적인 의미도 파악될 수 있을 것이다. 즉 식민지 근대화의 논리에 들려 있는 세간의 현실에 대한 혐오가 이태준을 낚시와 외조부에 대한 추억담으로 이끌었다고 할 수 있을 것이다.

4. 맺음말

본고는 이상의 논의를 통해 이태준의 전통주의의 성격과 그 실체를 규명하고자 하였다. 그의 산문과 단편을 함께 살펴본 결과, 이태준의 전통주의는 질적으로 그리 수준 높은 것이라고 할 수는 없었다. 하지만 그의 전통주의가 과거로의 단순한 회귀나 무조건적인 복원이 아니라는 사실만큼은 분명해졌다. 또한 일제 말기의 정신사적 구도 속에서 그의 전통주의가 나름대로 유의미한 가치를 지님을 확인하였다. 이태준의 전통주의는 근대주의와의 관련 속에서 고찰할 때 그 심층적인 의미가 드러나는 것이었다. 그러나 장편을 포함한 그의 전 작품을 다루지 못했다는 점은 여전히 한계로 남는다. 이태준의 전통주의가 목표로 했던 것은 '근대와 교섭하는 전통'이었고, 이는 왜곡된 식민지 근대성을 극복하기 위한 하나의 방법론적 모색이었다. 이상의 논의는 기존의 이태준 문학의 논의가 미적 자율성의 개념에 집중되는 편향을 비판적으로 극복하고자 하는 노력의 일환이다. 이태준이 일관되게 사회·역사적 관심을 지니고 문학 활동을 했다는 관점은 그의 문학을 전체적인 구도 속에서 일관되게 해명할 수 있는 가능성을 열어 놓는다. 즉 해방 직후 월북이라는 정치적 행로는 우연적 선택이 아니라, 그가 활동 기간 내내 문학이 사회적 존재의 일부로서 집단적 발화행위로 존재한다는 점을 항상 염두에 두었던 결과로 볼 수 있을 것이다. 결론적으로 이태준 문학을 일관된 관점에서 파악하려는 본고의 시도는 앞으로도 그의 전 작품을 통해서 논증되어야 할 필요가 있다고 판단된다.

CHAPTER 2.

현대소설과
서사(敍事)의
지형학

Ⅰ. 희극적 소설의 계보 작성을 위한 예비적 시론

1. 희극성 연구의 필요성과 그 역사철학적 맥락1)

현대 예술과 문학, 특히 소설에서의 희극성에 주목해야 하는 이유는 무엇인가. 그 물음에 대한 해답은 역설적으로 그 대상이 왜 비극성이 아닌가를 설명하는 것에서 찾아질 수 있다. 다시 말해 최근 현대 예술과 문학에서 '희극성'이 어떤 맥락에서 주도적인 미의식과 양식으로 부각되고 있는지를 따져 보는 과정에서, 그 질문은 상당 부분 해소될 수 있다. 이와 같은 문제의식은 필연적으로 지금 움직이고 있는 당대의 문학적 현상들에 대한 해명이라는 비평적 관심과 접목되며, 최근 국문학연구에서 하나의 경향성으로 분명히 자리 잡고 있는 문화사적 접근이라는 관점의 확장을 요구한다. 어떤 것의 사적 기원을 살피는 일은, 그 '문제틀(the problematic)'이 놓여 있는 현재적 상

---

1) 이 항목의 서술은 부분적으로, 졸고, 「세계의 위력과 주체의 소멸 – 웃음의 윤리학을 위한 미학적 정초」, 『실천문학』, 2009년 여름호, 68–86쪽의 논의를 토대로 수정 · 보완한 것이다.

황과 맥락을 점검하는 것으로부터 시작될 수 있다.

아도르노가 적고 있듯이 쉴러는 자신의 비극, 「발렌슈타인(Wallenstein)」의 프롤로그를 "삶은 진중하나 예술은 경쾌하다(Ernst ist das Leben, heiter ist die Kunst.)"라는 문장으로 끝맺는다.[2] 쉴러의 격언은 자유롭지 못한 노동의 지루함과 고통에 대한 혐오감의 정당화와 함께 일과 휴식(work and leisure)의 구분이라는 부르주아 이데올로기의 자산으로 등록되고, 두 영역은 결코 섞일 수 없는 명백히 분리된 공간으로 언명되기에 이른다. 아도르노는 쉴러의 아포리즘이 문화산업하의 예술이 처한 상황을 이미 예견하고 있다고 본다. 다시 말해 문화산업의 비호 아래 예술은 이제 비즈니스맨들의 삶의 고단함을 잊게 해 주는 피로회복제 같은 것이 되어 간다는 것이다.[3] 이와 더불어 사회에 대해 지니는 예술작품 고유의 부정성, '긍정적 부정(positive negation)'의 계기는 점차 소멸되고 비극은 더 이상 주도적 양식이 아니게 된다. 한편 러시아 출신의 헤겔 철학자, 알렉상드르 코제브는 헤겔의 논리를 따라 역사의 종말과 유적 존재로서 인간의 소멸에 대해 언급한 바 있다.[4] 그의 견해는 자유와

---

2) Theodor W. Adorno, "Is Art Lighthearted?", *Notes to Literature*, Volume Two, trans. by Shierry Weber Nicholsen, New York: Columbia University Press, 1992, p.247.

3) Ibid., p.248. 아도르노에 따르면, 예술의 쾌락적 요소는 제거될 수 없지만 그럼에도 불구하고 예술에서 '행복에의 기약(a promise of happiness)'은 어디까지나 절망의 표현 속에서만 발견된다. 예술은 선험적으로 현실이 인간 존재에게 부과한 야만적 폭력성에 대한 비판이다. 예술은 진지함과 가벼움 사이에서 진동하며 예술을 구성하는 것은 바로 그 긴장이라고 그는 주장한다(Ibid., pp.248-249). 그의 견해는 이제 진부한 감마저 없지 않지만 아우슈비츠라는, 상처 입은 삶에서 나온 성찰이라는 점에서 그 역사적 진정성은 '한 줌의 도덕'으로서 여전히 소중하다. 한편 상품미학에 관한 아도르노의 견해가 지닌 고전적 유효성과는 별도로, 우리는 예술에서 진지함과 가벼움의 관계는 역사적 에피스테메의 변화에 따라 결정된다고 가정해 볼 수 있다.

4) Alexandre Kojève, *Introduction to the Reading of Hegel*, ed. by Allen Bloom, trans. by James H. Nichols, Jr., New York: Cornell University Press, 1980, pp.158-162, footnote 6. 그는 서구 민주사회의 확립과 함께 인간은 자연 혹은 소여(所與)들과의 조화 속에서 동물로 남게 된다고 보았다. 헤겔을 따라 그는 인간의 의미를 대상 혹은 세계와 대립하는 주체(the Subject opposed to the Object)로 정의하였다. 인류라는 종의 확정적 소멸은 소여로서 세계의 오류를 부정하는 행동과 사유의 사라짐과 관련된다. 이것은 또한 세계와 자아의 비판적 이해를 뜻하는, 지혜 혹은 철학 자체의 소멸을 의미하기도 한다. 그러나 인간을 행복하게 하는 여가활동, 즉 예술, 사랑, 놀이 등은 영구히 보존된다. 이것은 동물로 돌아간 인간(Man's return to animality)의 감각적 쾌락을 위해 봉사하는 것들이다. 역사의 종말이라는 헤겔적 테마는 마르크스에 의해 다

평등의 이념으로 표상되는 서구 민주사회의 확립에 기초한 것으로 여전히 논쟁적인 것이지만 본 연구에서 주목하는 것은 그가 정의하는 인간이라는 것의 내용과 그것이 지니는 역사철학적 의미, 그리고 종언 이후의 세계에 대해 그가 묘사하고 있는 어떤 관점들이다. 그리고 코제브의 역사의 종말이라는 테제는 보다 근원적인 의미에서는 가라타니 고진의 '근대문학의 종언'이라는 명제와도 직접적으로 연결된다. 고진이 말하는 '근대문학'의 의미는 사르트르의 '영구혁명 안에 있는 사회의 주체性'으로서 문학의 존재론에 관한 것이기 때문이다. 코제브는 헤겔의 논리를 따라 인간의 의미를 '대상 혹은 세계와 대립하는 주체(the

---

음과 같이 소묘된다. 「고타강령비판」의 유명한 구절인, "각자는 능력에 따라, 각자에게는 필요에 따라!(eder nach seinen Fähigkeiten, jedem nach seinen Bedürfnissen!)"(맑스, 「고타강령비판」, 『마르크스 · 엥겔스 저작선』, 김재기 편역, 거름, 1995, 240쪽)라는 표현이나 억압적인 사회적 노동의 체계가 철폐된 '자유의 왕국(Realm of freedom)'을 '필요의 왕국(Realm of necessity)'과 대비시키고 있는 『자본론』의 서술이 그것이다(맑스, 『자본론』 Ⅲ (하) 제48장, 김수행 역, 비봉출판사, 1990, 1010-1011쪽). 여기에서 역사의 종말이라는 테제는 무엇보다 시간적인 것이 아니라 '공간적인' 개념으로 파악되어야 한다. 그것은 자본주의의 외부에 가능한 것이 무엇인가라는 실천적 물음과 직결되는 것이다.

그러나 코제브에게 있어 보다 결정적인 중요성을 갖는 것은 1946년의 첫 번째 각주에 덧붙여진, 1968년 2판의 추가 주석이다. 헤겔은 나폴레옹의 예나전투에서 이른바, 역사의 종말을 보았는데 코제브는 1948년의 시점에서 헤겔의 통찰이 전적으로 옳았다고 주장한다. 즉 역사의 종말과 인간의 동물로의 회귀는 더 이상 미래의 예견이 아니라 '지금-여기'의 역사적 현재로서 도래해 있다는 것이다. 그것은 바로 대량소비사회로 상징되는 '미국적 생활방식(American way of life)'이다. 소비에트나 중국은 아직은 가난하지만, 점점 부유해지고 있는 미국으로 비유할 수 있다는 것이다. 미국적 생활방식은 모든 인류성의 미래로서 '영원한 현재'를 표상한다. 이상의 역사의 종말과 관련한 코제브의 테제는 1959년의 일본여행으로 근본적인 변화를 겪게 된다. 그가 보기에 300여 년간 지속된 일본의 에도시대는 역사의 혁명적 동력이 사라진, 헤겔적 의미의 역사의 종말을 선취하고 경험한 시간들이라는 것이다. 그러나 포스트-히스토리의 일본문명은 미국적 방식과는 정반대의 길을 걷고 있다. 그것은 결코 동물화로 설명될 수 없는 '스노비즘(snobbery = snobbism)'이라는 독특한 생활양식이다. 일본의 스노비즘은 노(能)의 전통연희, 다도(茶道), 화도(花道) 등으로 대표되는 귀족적 특권의 형태로 남아 있다. 여전한 정치적 · 경제적 불평등에도 불구하고, 일본인들은 역사적 의미에서의 인간적 내용을 전혀 결여하고 있는, 전적으로 형식적인 가치(totally formalized values)에 따라 살아갈 태세이다. 일본인들은 모두 원칙적으로는, 사무라이의 전통에 따라 역사적이고 정치적인 의미와는 무관한 공허한 형식주의로서 무상(無償)한 자살을 감행할 수 있는 존재들인 것이다. 코제브는 종국적으로 역사의 종말 이후 세계는 미국식 동물화가 아니라 일본식 스노비즘의 길을 걷게 될 것으로 전망한다. 그러나 인간으로 남기 위해 인류는 소여(所與)들과의 조화가 아니라, 세계와 대립하는 존재로 남아 있어야 한다. 포스트-히스토리의 인간은 순수한 형식으로서의 자신을 내용으로서 파악된 자신과 타자들에 대립시키기 위해서라도, 내용으로부터 형식을 계속해서 분리시켜야 한다. 그것이 인류가 인간으로 남아 있기 위한 유일한 방법이다(코제브의 주석과 관련한 한국문학 쪽의 해석은 황종연의 「문학의 묵시록 이후-가라타니 고진의 「근대문학의 종언을 읽고」(『현대문학』 2006년 8월호, 205-210쪽)와 조영일의 「비평의 운명-가라타니 고진과 황종연」(『가라타니 고진과 한국문학』, 도서출판 b, 2008, 76-82쪽)을 참고할 수 있다).

Subject opposed to the Object)'로 정의하였다. 여기에서 중요한 것은 그 대립이 사회적이고 정치적인 '내용'을 갖는 역사적 의미를 지닌 것이어야 한다는 점이다. 그리고 이런 주체의 성격의 상실은 곧 인간적인 것의 소멸을 의미한다는 것이다. 가령 아즈마 히로키가 적절하게 비유하고 있듯이, "순수하게 의례적으로 수행되는 할복은 아무리 그 희생자의 시체가 쌓여도 결코 혁명의 원동력은 되지 않는 것이다."5) 코제브는 역사의 종말 이후 인간의 길을 '동물화'로 표현되는, 소비사회에 토대한 미국적 생활방식과 순수한 형식적 가치에 매달리는 일본식 스노비즘의 두 갈래로 예견한다. 그리고 처음의 의견을 수정하여 최후의 인간은 미국적 라이프스타일의 동물화가 아니라 우월욕망과 철저하게 개인적 취향의 원리에 의해 작동되는 공허한 형식주의로서 일본식 스노비즘에 의해 지배될 것으로 보았다.

여기에서 물론 중요한 것은 코제브의 논리적 정당성을 따지는 일이 아니라 그의 역사철학적 입장이 한국사회와 한국문학을 바라보는 데 어떤 유효한 관점들을 제공하고 있느냐의 문제일 것이다. 앞서 언급한 아즈마 히로키의 경우, 코제브의 논리를 따르면서도 2000년대 일본사회는 스노비즘의 시기를 거쳐 그가 언급한 소위, 데이터베이스적 동물에 토대한 '동물화'의 길을 걷고 있는 것으로 진단한다.6) 2000년대 후반 한국사회는 분명하게 단언하기는 어려운 일이지만 전반적으로 가

---

5) 아즈마 히로키, 『동물화하는 포스트모던』, 이은미 역, 문학동네, 2007, 119쪽.
6) 그는 『허구시대의 끝』이나 『전후의 사상공간』 등의 오사와 마사치(大澤眞幸) 저작들을 인용하면서, 일본의 이데올로기적 상황을 1945년에서 1970년까지의 '이상(理想)의 시대'와 1970년부터 1995년까지의 '허구의 시대'로 구분한다. 그리고 1995년 이후 일본의 상황을 저자는 바로 '동물화'라는 개념으로 파악하고 있는 것이다. 여기에서 '이상의 시대'란 커다란 이야기가 그대로 기능하고 있었던 시대이며, '허구의 시대'란 커다란 이야기가 가짜로서밖에 기능하지 않는 시대를 말한다.(아즈마 히로키, 『동물화하는 포스트모던』, 129쪽)

속화하는 인간의 동물화라는 상황 속에서 스노비즘의 원리가 삶의 지배적인 경향의 하나로 부각되고 있는 것으로 보인다. 이런 문명사적 전환의 흐름 속에서 가장 중요한 장면 중의 하나는 리오타르가 포스트모던의 핵심적 상황으로 규정했던 '거대서사(grand discourse)'의 붕괴일 것이다. 예를 들어 최후의 거대서사로 일컬어지는 사회주의 이념이 붕괴된 1989년의 역사적 충격은 일본에 비해 상대적으로 한국의 경우가 보다 치명적이었던 것으로 판단된다. 일본의 경우, 戰後 포스트모던의 경향이 장기간에 걸쳐 완만하게 진행된 편이어서 이에 비교적 유연하게 대처할 수 있었다면, 압축적 근대화 과정을 거친 한국사회의 경우 '최소 정의 민주주의(minimal definition of democracy)'의 실현과 그것의 토대인 근대적 이념의 붕괴는 거의 동시적인 것이었기 때문이다.

헤겔과 코제브의 논리를 따라, 심보선·김홍중은 형식적 민주주의의 성립으로 대변되는 87년 체제 이후 발생한 한국사회의 문화변동의 지배적 경향을 가리켜, '탈진정성 체제(post-authenticity regime)'[7]의 부상이라 명명한다. 탈진정성 체제의 핵심은 헤겔이 말한바, 외부 세계의 힘들과 조화를 이루고 스스로를 동일시하는 존경과 감사의 의식인 '고귀한 의식'과 자기의 본뜻과는 어울리지 않는 부정적인 면만을 눈여겨보며 세계와 불화하는 '비천한 의식'의 대립 속에서, 자아와 삶의 내면적 준거인 이 '비천한 의식'의 소멸을 의미한다.[8] 그것을 코제브식으로 요약한다면 주어진 세계와 대립하는 주체, 그리고 그 주체의 소멸(인류라는 종의 확정적 소멸)이라는 말로 바꾸어 볼 수 있을 것이다. 혹은 성장소설의 문법을 빌려 말한다면 그것은 더

---

7) 심보선·김홍중, 「87년 이후 스노비즘의 계보학」, 『문학동네』 2008년 봄호, 367쪽.
8) 이에 대해서는 헤겔, 『정신현상학』 II, 임석진 역, 지식산업사, 1988, 597-726쪽 참조.

이상 진정한 의미의 내면적 성장이 불가능한 시대의 도래이다. 교양을 통한 비천한 의식의 고상한 의식으로의 승화가 이제는 가능하지 않기 때문이다. 두 필자는 87년 민주화 이후 한국사회의 문화적 지형의 변화를 바로 이런 맥락에서 '탈진정성체제'라 명하고 그 균열과 공백 사이로 '스노비즘'이 지배적인 문화적 경향으로 대두되었다고 보고 있다. 가령 최근 젊은 여성작가들에게 주도적인 하위 장르의 하나는 '칙릿'이라는 경향성인데 '칙릿' 소설의 핵심적인 내용은, 형식의 내용으로부터의 분리, 내용과는 상관없는 스타일의 창안이나 남들과 다른 개인적 취향의 획득이라는 문제로 집약되는 것이다. 그것은 우월욕망처럼, 아무런 사회적 내용을 갖지 않는 스노비즘의 전형적 현상으로 규정될 수 있다.

1990년대 이후 한국의 문학 장(場)의 변화와 관련하여서도 '탈진정성체제'라는 틀은 상당히 유효한 것으로 보인다. 특히 2000년대 이후의 한국 소설들을 설명하는 관점으로, 타락한 시대에 타락한 방식으로 진정한 가치를 추구하는 양식이라는 골드만의 정의나 내면의 별을 찾아 나서는 고독한 개인의 내면의 형식이라는 루카치식의 소설에 관한 고전적인 정의가 더 이상 설득력을 발휘하지 못하는 것으로 보이기 때문이다. 소설을 정의하는 이와 같은 근대의 명제들은 거칠게 표현하면, 모두 '진정성의 테제'로 수렴된다고 말할 수 있다. 이런 관점에서 보면, 80년대 작가들과 90년대 새로운 미학의 출발을 알렸던 작가들은 표면적 이질성에도 불구하고 그 의식지향성에 있어 내면적 동질성을 지닌다. 80년대 작가들의 대사회적 방향성으로부터 신경숙이나 윤대녕 등 90년대의 대표 작가들은 그 진정성의 기획은 그대로 둔 채 진정성 테제의 방향만을 개인의 내면으로 바꾸어 놓은 것에 다름 아니기 때문이다. 따라서 90년대 작가들의 문학적 실험들은 대개는 80년대 문학의 성과와 자장 안에 포섭될 수 있는 의미 자질과 속성들을 공유한다. 이런 맥락에서 90년대 이후 성석제의 소설은 하나의 특이점을 형성한다. 성석제 소설은 채만식의 풍자, 김유정의 해학, 이문구의 방언 등, 한국문학의 유구한 그러나 희소한 전통의 하나인 희극성을 계승하면서도 거대서사 혹은 소위 대타자가 붕괴한 90년대 이후 한국 문학장 내부의 의미론적 폐허를 효과적으로 재구성한 희귀한 예에 속한다.

2. 희극성의 논의에 대한 연구사 검토

국문학 분야에서 희극성 혹은 골계문학에 대한 연구는 아직까지 체계적으로 이루어지지 않고 있는 편이며, 그 이론적 심화과정 역시 충분히 진행되지 않은 것으로 보인다. 한국문학사에서 희극성에 대한 이론적 고찰은 1930년대 최재서의 「풍자문학론」(1935)[9]이 거의 최초의 것이었다. 이 글에 붙어 있는 '문단 위기의 타개책으로서'라는 부제가 암시하듯이 「풍자문학론」은 엄밀한 의미에서 희극성에 대한 본격적인 고찰이기보다는 카프 해산 이후 문단의 위기상황을 돌파하기 위한 문학적 실천의 방법으로 제시된 것이었다. 그러나 그의 언급이 이후 희극성에 관한 논의의 단초를 이룬다는 점에서 조금 자세히 살펴보기로 한다. 최재서는 이 글에서 '내용과 사상'이 아니라 작가의 '태도와 기술'에 따라 문학을 분류해야 한다고 주장한다. 먼저 그는

---

9) 최재서, 「풍자문학론」, 『조선일보』, 1935. 7. 14~21. 여기에서는 『최재서평론집』(청운출판사, 1961), 185-196쪽에서 인용.

작가가 "외부세계에 대하여 더욱이 현재와 같은 혼돈세계에 처하여" 세 가지 태도를 취할 수 있다고 말한다. 수용적 태도와 거부적 태도와 비평적 태도가 그것이다. 수용적 태도란 '외부세계를 현재 있는 그대로의 상태에서 승인하고 접대하는' 태도이고, '외부세계를 전체적으로 부인하고 거절하려는 태도'를 거부적 태도라고 한다. 거부적 태도는 현재와는 다른 세계를 지향하기 때문에 '건설적 태도'라고 부를 수도 있다. 그러나 전통을 수용할 수도 거부할 수도 없는 현재와 같은 '과도기'에 할 수 있는 최고의 일은 '전통의 비평', 즉 비평적 태도라 할 수 있다. 이와 같은 비평적 태도는 사회현상에 대한 이론적 판단뿐만 아니라 '정서의 냉각'에 보다 중요한 기능이 있다. 실재에 대한 통찰은 이 같은 '냉소적 심리'가 없이는 불가능한 것이다. 그리고 비평적 태도의 이지적 작용은 자연스레 유머나 풍자를 동반하게 된다는 것이 그의 주장의 골자이다. 이러한 비평적 태도를 주로 표현하고 있는 것이 풍자문학이다. 그것은 '소극적 파괴'를 의미하기 때문이다. 수용하면서 거부하고 거부하면서 수용하는 '비평적 태도'와 이에 따른 풍자의 개념은 지금의 해학의 개념에 보다 가까운 것으로 보이지만 비평적 태도의 한 표현으로서 그가 강조한 것은 풍자의 '간접적' 성격이었다. 즉 풍자작가는 "그 시대의 죄악을 정면으로부터 공격하지 않고 측면 혹은 이면으로부터 공격"한다는 것이다. 앞서 최재서는 비평적 태도를 주로 전통의 문제와 관련하여 에둘러 정의하였지만 실상 그가 강조하는 풍자의 간접성이란 식민체제의 직접적 공격이 불가능해진 문단 내외의 사정을 암시하고 있는 것이다. 끝으로 그는 풍자의 새로운 형식으로 '자기풍자'에 대해 언급한다. "자기풍자는 자의식의 작용이고 자의식은 자기분열에서 생겨나는데, 자기분열은 현대에 와서 비로소 결정적으로 형태화했기 때문"이라는 것이다. 자기풍자는 경험적 자아로서의 자아와 비판적 자아로서의 비자아 사이의 긴장과 갈등 속에서 표현된다. 자기풍자에 대한 최재서의 견해는 자의식과 자기분열을 모티프로 한 모더니즘 문학에 대한 그 자신의 관심을 반영한 것이기도 하다.

최재서의 이상의 언급은 다소간 개념상의 충돌과 혼란을 야기하고 있는 것이지만, 풍자를 중심으로 한 희극성에 대한 최초의 이론적 고찰이라는 점에서 그 의미가 깊다. 그러나 외국이론에 지나치게 의존한 채 한국문학의 구체적 양상들을 살피지 못했다는 점은 한계로 남는다. 이 글에서 당대의 한국작가와 그 문학 텍스트가 하나도 언급되지 않고 있다는 사실은 이에 대한 단적인 증거일 것이다. 최재서의 풍자문학론은 이후 카프계열의 작가들에게 논쟁과 비판의 대상이 되기도 하였다. 그 비판의 주된 논거는 최재서가 제기한 '자기풍자'의 문제에 집중되었으며, 이는 문학의 사회적 효용론에 입각했던 카프계열의 작가들에게는 당연한 논리적 귀결이었다. 안중언의 「풍자문학론 비판」10)과 한식의 「풍자문학에 대하여」11)가 그 대표적인 글들이다. 특히 한식의 글은 계급적 입장을 견지하면서도 나름대로의 논리적 타당성과 일관성, 풍자 개념에 대한 유연한 미학적 입장을 보여주고 있어 주목된다. 이 외 이 시기의 풍자문학론으로, 이기영의 「모델과 풍자 소설」12)은 풍자에 대한 작가적 관심을 보여 주고 있다.

이후 희극성에 대한 고찰은 전후, 1950~60년대를 지나면서 본격적으로 그 역사적 전통의 해명과 이론적 고찰이 시도된다. 이 시기의

---

10) 『조선중앙일보』, 1935. 8. 7~11.
11) 『동아일보』, 1936. 2. 21. 23. 25. 27.
12) 『동아일보』, 1938. 10. 2.

라는 의문이 남는다. 예를 들어 객관적 골계의 원인은 분명히 대상 자체에 있지만 그것은 결과적으로는 주체의 웃음을 통해 얻어지는 것이라는 점에 유의할 필요가 있다. 주관적 골계 또한 오직 작가의 창조성만으로 형성되는 것이라 보기 어렵다. 가령 풍자의 형식은 일차적으로 작가라는 주체의 창조적 변용에 기인하는 것이지만, 풍자의 대상이 되는 인물은 한 사회의 보편적 도덕 기준에 미달하거나 그로부터 일탈하는 부정적 성격을 지닌다. 희극성의 본질의 하나는 주지하듯, 악에 대한 '부정(negation)'에 있다.27) 이런 맥락을 전체적으로 고려하여, 필자는 희극성을 주관적인 것과 객관적인 것의 보다 미시적 층위에서 구분하지 않고, '주체와 대상의 상호 작용'이라는 포괄적 층위에서 종합하고자 한다. 이를 앞선 논의와 연결한다면, 희극성이란 '주체와 대상의 상호작용 속에서 웃음을 유발하는 희극적인 속성과 자질들'로 재정의 될 수 있다. 이상의 논의를 종합하여, 희극성의 하위범주로서 풍자와 해학, 아이러니28)의 개념과 이들 상호 간의 관계를 규정하면 다음과 같다. 주체(X)와 대상(Y)과의 관계 속에서 풍자의 구조는 'X가 Y를 비판한다'로 정의되며, 해학은 'X가 Y와 화해한다'로 정의될 수 있다.29) 이에 비해 아이러니는 'X와 Y라는 대립물 간의 긴장과 반성적 거리감각'으로 정의할 수 있을 것이다.30) 주체와

---

27) 이는 희극을 최초로 정의한 아리스토텔레스 이후 보편적으로 인정되는 의견이다. 『시학』에 따르면 희극은 다음과 같이 정의된다. "희극은 위에서 말한 바와 같이, 보통 이하의 악인의 모방이다. 그러나 이때 보통 이하의 악인이라 함은 모든 종류의 악과 관련해서 그런 것이 아니라, 어떤 특정한 종류, 즉 우스꽝스러운 것과 관련해서 그런 것인데, 우스꽝스러운 것은 추악함의 일종이다. 우스꽝스러운 것은 남에게 고통이나 해를 끼치지 않는 일종의 실수 또는 기형이다. 비근한 예를 들면 우스꽝스러운 가면은 추악하고 비뚤어졌지만 고통을 주지는 않는다."(아리스토텔레스, 『시학』 제5장, 천병희 역, 문예출판사, 1994, 43쪽)
28) 아이러니의 개념에 대해서는 강두식의 「F. Schlegel에 있어서의 Ironie 개념의 형성에 대한 연구」(서울대 대학원, 1973)에서 보다 구체적인 도움을 얻을 수 있다.
29) 본고는 앞서 언급했듯, '주관적 희극성'과 '객관적 희극성'을 세분하지 않았으나 희극적 '대상'의 속성에서 자체적으로 기인하는 객관적 희극성에 대한 논의는 주관적 희극성에 포함되지 않는 것으로서, 이와는 별도로 논의할 필요가 있다고 판단된다.

대상의 관계를 기준으로 풍자와 해학은 서로 대립적인 위치에 있으며, 아이러니는 풍자와 해학이라는 양극단 사이에서 유동하는 유연하고 중간적인 형식으로 파악할 수 있다. 그리고 반어, 역설, 시니시즘, 기지, 위트, 조롱, 냉소 등은 이 세 가지 기본 범주에 종속되는 하위개념으로 또는 개별적인 세 양식이 실제 문학 텍스트를 통해 실현될 때 동원되는 구체적인 수단과 방법을 가리키는 것으로 이해할 수 있을 것이다. 본 연구는 이상의 기초적인 논의를 바탕으로, 한국현대소설사에 있어 희극적 소설의 계보를 작성하고 그 한국적 전개의 양상을 고찰함으로써, 국문학 연구에 있어 희극성의 원리를 규명하고 그 논의를 심화하는 데 기여하는 것을 궁극적인 목표로 한다. 본고에서 제기되었던 문제들에 대한 구체적인 논증과 보다 상세한 해명은 다른 지면을 통해 별도로 하기로 한다.

---

30) 그런 의미에서 아이러니는 풍자와 해학의 중간적 양식으로 정의할 수 있으며, 풍자와 해학의 '합집합(合集合)'이라 볼 수 있을 것이다.

II. 1930년대 소설에 나타난 노동(勞動)과 성(性)의 문제
—「인간문제」와 「화분(花粉)」을 중심으로

1. 성(性)과 식량(食糧)의 문제와 식민지 조선의 근대 체험

식욕과 성욕은 인간의 가장 원초적인 욕망이다. 유일하게 인간은 자연상태의 욕망의 충족을 넘어서는 잉여욕망을 지닌 존재이다. 다시 말해 인간은 충동의 불만족이 충동의 만족을 초과하여 끊임없이 충동 과잉상태가 되는 존재자이다. 따라서 인간의 욕망의 실현은 기본적으로 자연상태와의 어긋남을 전제로 하고 있다.31) 잉여의 식욕은

---

31) 이와 관련하여 다음과 같은 논의를 참조할 수 있다. "퓌지스(Physis: 살아 있는 자연의 질서)는 라이프니츠가 말한 예정조화의 세계처럼 정교하게 만들어져 있다. 거기서는 어떤 생물 종이든 평등하게 살아갈 권리가 있다. 역으로 말해 자연의 구조는, 타자를 배제하고 자신만 살아남으려고 하는 것이 허락되지 않도록 만들어져 있다. 퓌지스는 선도 악도 없이 생명체의 삶이 모두 긍정되는 세계이다. (중략) 살아 있는 자연으로부터의 어긋남, 퓌지스로부터의 추방. 이것이 바로 인간과 사회에 관한 학문의 출발점이다. 인간은 에코시스템 가운데서 일정하게 자리 잡고 앉아 있을 수 없는 불안정한, 결여된 생물이며, 확정된 상스를 지닐 수 없는, 말하자면 과잉된 상스를 잉태해 버린 반(反)자연적 존재다."(아사다 아키라, 『구조주의와 포스트구조주의』, 이정우 역, 새길, 1995, 15-23쪽 참조)

불평등한 부의 분배를 가져오고, 잉여의 성욕은 정상의 범위를 넘어서는 성적 쾌락에의 탐닉을 불러온다. 이처럼 '잉여 욕망'을 지닌 존재로서 성(性)과 식량(食糧)은 인간의 기초적인 욕망의 대상으로서 이의 공정한 분배는 어느 시대에서나 문제가 되지 않을 수 없다. 한편 식량과 노동의 문제가 인간 정신생활에 있어 '현실원칙(the reality principle)'을 표상하는 것이라면, 성(性)의 문제는 현실원칙에 의해 억압된 욕망과 '쾌락원칙(the pleasure principle)'을 표상한다. 1930년대는 일제에 의한 식민지 지배가 공고화됨으로써 민족 해방이라는 역사의 객관적 가능성이 교착 상태에 처한 시기였다. 따라서 이 시기의 작가들은 식민지 규율 권력을 상수(常數)로 고려하고 내면화함과 동시에 제도화된 식민지 조선의 일상을 본격적으로 해부하기 시작하였다. 일본 제국주의에 의해 진행되었다는 그 파행성에도 불구하고 식민지의 조선인 역시 근대화를 돌이킬 수 없는 역사적 사실로서 경험하기 시작했다. 식민지 조선의 대다수 국민들이 여전히 농업에 종사하고 있는 형편이었지만 일제의 토지 수탈에 의한 농촌사회의 붕괴와 소작농의 빈농(貧農)화, 그리고 이에 따른 농업노동자의 이탈과 도시노동자로의 편입 등은 1930년대 한국사회의 주요한 사회변동의 요인으로 작용하게 된다. 한국문학사에서 1930년대 농촌의 실상은 이기영의 「고향」(1933)을 통해서 가장 적실한 표현을 얻은 바 있지만, 농촌사회의 붕괴와 도시를 기반으로 한 식민지 근대화의 양상은 강경애의 「인간문제」(1934)에서 그 핍진한 표현을 얻고 있다고 본다. 주지하듯 강경애는 간도에 거주하면서 대부분의 창작활동을 하였다. 그의 대표작인 「인간문제」는 『동아일보』에 1934년 8월 1일부터 12월 22일까지 총 120회에 걸쳐 연재되었다.32) 본고는 신문 연재본을 그대로 수록하고 있는 1992년 창작과비평사판을 저본(底本)으로 삼아 「인간문제」에 나타난 노동의 문제를 살펴봄으로써 1930년대 식민지 조선의 일상성을 문학적으로 재구성해 보고자 한다. 근대화란 정치적으로는 자유민주체제의 확립과 경제적으로는 사회의 전 부문에 걸쳐 자본주의적 경제 질서가 관철되는 것을 의미한다. 경제적 의미의 근대화를 다른 말로 표현한다면 계급투쟁이 삶의 일상적 범주로서 확립됨을 뜻한다. 「인간문제」는 노동의 문제를 식민지 조선의 나날의 삶의 구체성 속에서 파악한다.33) 한편 이효석은 초기 「도시와 유령」

---

32) 강경애는 소설을 연재하기 전에, "이 시대에 있어서 인간의 문제를 해결할 인간이 누구며, 그 인간으로서의 갈 바를 지적하려 했다"라고 창작의 의도를 밝힌 바 있다. 「인간문제」는 『동아일보』에 연재된 뒤 단행본으로 출간된 것으로 보인다. 1938년 『조선문학』 8월호에는, "우리 문단에 누가 과연 강 여사처럼 영과 힘의 문학을 창조하는 사람이 있는가. 어느 소설이 과연 이 「인간문제」처럼 굳센 감격을 줄 것인가. 이 일편의 쾌저는 극도의 빈혈증에 신음하는 현 문단에 커다란 자극제가 될 것이다"라는 문구와 함께, 태양사에서 단행본으로 출판했다는 '광고'가 보이는데, 현재 이 단행본은 찾을 수가 없다. 해방 이후 1949년 북한에서는 기석복의 주도로 「인간문제」 단행본을 '재판'이라고 하면서 출간했다. 이 재판본의 발행은 1938년 당시 단행본이 출간되었음을 입증하는 단서가 될 수 있다. 이후 북한에서는 1986년 문예출판사에서 다시 한 번 이 작품을 중편 「소금」과 함께 묶어서 출간했는데, 여기에는 현종호의 해제가 붙어 있다. 남한에서는 1970년에 성음사에서 『한국장편문학대계』 제12권으로 출판된 뒤, 1978년 삼성출판사에서 『한국현대문학전집』 제12권으로 다시 출판되었으며, 1988년 열사람출판사에서 재차 출판되었다. 여기에서 문제가 되는 것은 1938년의 단행본 초판과 1949년의 재판은 확인할 수 없기에 논외로 하고서, 현재 우리가 확인할 수 있는 네 가지 텍스트(성음사판, 삼성출판사판, 열사람출판사판, 평양 문예출판사판)가 서로 다를 뿐 아니라, 어느 하나도 1934년 연재 당시의 원본에 충실하지 못하다는 것이다. 성음사본은 인천을 배경으로 전개되는 소설의 후반부를 적지 않게 변개(變改)시켰다. 이 판본은 원작을 훼손한 데 그치지 않고, 이 판본을 텍스트로 하여 이후 진행된 남한에서의 강경애 연구를 크게 오도하는 결과를 가져왔다. 삼성출판사본은 신문연재본을 저본으로 하였으나, 제91회분과 제116회분이 누락되었다. 열사람본은 제116회분은 추가되었으나 제91회분이 여전히 누락되었다. 평양 문예출판사본은 누락분은 없지만 작품의 특정 부분들이 편집자의 의도에 따라 첨삭되었다. 따라서 『인간문제』의 판본은 1934년 『동아일보』 연재본을 정본으로 하되, 누락되거나 가필된 부분이 없어야 할 것이다. 본고에서는 이러한 요건을 충족시키고 있는, 1992년 창작과비평사판을 정본으로 삼고자 한다. 이상 「인간문제」의 판본의 문제는 이상경, 「강경애와 『인간 문제』」(창작과비평사판 해설), 365-378쪽을 참고하였다.

33) 「인간문제」에 대한 주요한 논의로 다음과 같은 것들이 있다.
강이수, 「식민지하 여성문제와 강경애의 『인간문제』」, 『역사비평』 24집, 1993.
김복순, 「강경애의 '프로-여성적 플롯'의 특징」, 『한국현대문학연구』 25집, 2008.
김원희, 「문학 교육을 위한 강경애 『인간문제』의 인지론적 연구」, 『한국문학이론과 비평』 14집 4권, 2010.
류찬열, 「30년대 이후 노동소설의 전개와 새로운 노동소설의 전망」, 『語文論集』 33집, 2005.
박혜경, 「강경애의 작품에 나타난 여성인식의 문제」, 『민족문학사연구』 23집, 2003.
백운순, 「강경애의 〈인간문제〉에 나타난 노동과 삶」, 『대학원 논문집』 42집, 2009.
손영옥, 「강경애의 『인간문제』와 여성 노동자의 삶」, 『人文論叢』 14집, 2001.
송명희, 「강경애의 『인간문제』에 대한 여성비평적 연구」, 11집, 1997.
송영순, 「강경애의 「인간문제」 원작과 개작의 비교 연구」, 『돈암어문학』 4집, 1991.

(1928), 「노령 근해」(1930) 등에서 도시 빈민의 문제를 다루면서 소위 동반자 작가로 불리기도 하였으나, 1933년 「돈(豚)」을 발표하면서부터 경향성을 탈피하여 원시적인 자연과 인간의 근원적인 생명에 보다 많은 관심을 기울였다. 그러한 문학적 변모가 지향했던 것은 「모밀꽃 필 무렵」(1936)에서 드러나듯, 향토색 짙은 서정성에 바탕을 둔 탐미적 에로티시즘의 세계였다. 그의 에로티시즘이 가장 극명하게 드러나고 있는 작품 중의 하나는 「화분(花粉)」(1939)[34]이다. 이 작품은 정상적인 성욕의 발산뿐만 아니라 근친상간, 심지어 동성애의 문제까지 다루고 있어 주목을 요한다.[35] 우리 사회에서 동성애자들은 지금까지도 성적 소수자에 속한다는 점을 감안한다면, 「화분」에서 시도되고 있는 성애(性愛)의 묘사는 당시로서는 매우 파격적이었을 것임이 틀림없다. 본고에서는 「화분」에 나타난 다소 도착적이기까지 해 보이는 에로티시즘을 문제 삼음으로써 식민지 조선의 일상성 속에 잠재

이현식, 「항구와 공장의 근대성」, 『한국문학연구』 38집, 2010.
정미옥, 「강경애의 『인간문제』로 읽는 근대성의 경험」, 『문예미학』 11집, 2005.
정원채, 「강경애의 소설에 나타난 지식인에 대한 인식」, 『현대소설연구』 42집, 2009.
최학송, 「『인간문제』와 인천」, 『한국학연구』 19집, 2008.

34) 이효석, 「화분(花粉)」, 『조광』 1939년 1월부터 연재되었고 그해 단행본으로 출간되었다. 「화분」의 인용은 『새롭게 완성한 이효석전집』(창미사, 2003, 이하 『전집』으로 약칭) 제4권의 것이며, 이하 본문에서 이 책의 쪽수만 밝히기로 한다.

35) 「화분」에 대한 주요한 논의로 다음과 같은 것들이 있다.
김재영, 「이효석 소설에 나타난 "성"의 특성 연구」, 『현대문학의 연구』, 2011.
방민호, 「이효석과 하얼빈」, 『현대소설연구』, 35집, 2007.
송효정, 「1930년대 후반기 장편소설에 나타난 두 가지 미학적 양상 – 김남천 『사랑의 수족관』과 이효석 『화분』을 중심으로」, 『어문논집』 56집, 2007.
신수정, 「탈고향의 과정과 현대적 감수성의 양상」, 『語文硏究』 38권 4집, 2010.
오태영, 「"조선(朝鮮)" 로컬리티와 (탈)식민 상상력 – 이효석의 『화분』과 『벽공무한』을 중심으로」, 『사이』 4집, 2005.
조정래, 「1930년대 서정소설론 재고 – 이효석의 『화분』을 중심으로」, 『현대문학의 연구』, 2003.
허병식, 「식민지 지식인과 그로데스크한 교양주의 – 이효석의 1940년대 문학을 중심으로」, 『한국어문학연구』 52집, 2009.
홍정표, 「그레마스 기호학에서 "정녕 도식"의 적용과 한계 – 이효석의 『화분』을 중심으로」, 『기호학연구』 24집, 2008.

되어 있는 욕망의 뒤틀림과 쾌락원칙의 변형에 대해 살펴보고자 한다. 이와 같은, 노동과 성의 문제를 중심으로 한「인간문제」와「화분」의 분석을 통해 본고는 1930년대 한국사회가 관통해야 했던 근대성의 경험을 심미적으로 재구성해 보고자 한다.

2.「인간문제」의 갈등구조와 인물 형상화 방식

먼저 작품의 이해를 위해 줄거리를 요약하기로 한다. 소설의 전반부는 가난한 사람들의 눈물로 커다란 연못이 되었다는, '원소(怨沼)' 전설을 품에 안고 있는 황해도 용연 마을에서 지주이자 면장인 정덕호의 착취와 압박에 신음하는 소작농들의 비참한 생활상이 묘사된다. 선비의 아버지는 지주 덕호에게 매를 맞고 죽음을 당하고, 선비는 덕호에게 정조를 빼앗긴다. 몇 번의 망설임 끝에 덕호의 집에서 도망친 선비는 인천으로 올라와서 대동방적공장 노동자가 된다. 한편 어려서부터 선비를 흠모하던 첫째는 홀어머니가 매음을 하고 다리병신인 이 서방이 구걸해 온 밥으로 끼니를 때우며 자란다. 그는 선비를 좋아해서 사경을 헤매던 그녀의 아버지를 위해 소태 뿌리를 캐어다 주는가 하면 어머니의 매음을 비난하는 순박한 농촌 청년이다. 소작농인 그는 덕호에게 타작마당의 억울함을 호소하며 주민들을 선동했다가 덕호에게 땅을 떼이고 인천의 부두노동자가 된다. 그는 자신의 정당한 삶을 방해하고 파괴하는 '법'에 대해서 지속적으로 의문을 품는다. 인천으로 올라간 첫째는, 인텔리로서 자신의 소시민성을 극복하기 위해 위장 취업한 신철이를 만나면서 노동자로서 계급의식에 눈뜨게 된다. 서울로 간 선비는 먼저 올라간 간난이를 찾는데, 간난이 역시 덕호에게 정조를 빼앗기고 첩살이를 하다 내쫓긴 처지로 현재 여직공으로 일하고 있다. 한편 부모끼리 덕호의 딸 옥점과 결혼 약속이 되어 있던 신철은 시골에서 우연히 선비를 본 이후로 또한 그녀를 사랑하게 된다. 그는 세속적인 출세의 길과 옥점과의 결혼을 강요하는 아버지에 저항하다 마침내 인천으로 가출하여 역시 부두노동자가 된다. 그러나 정작 신철은 부두파업과 관련하여 검거되어 옥고를 치른 뒤 전향하여 부잣집과 딸과 결혼하고 결국은 노동자들을 배신하게 된다. 첫째는 신철로부터 교육을 받은 후, 인천부두 노동자들의 파업투쟁에 적극적으로 가담하게 되고, 결국 그는 부두노동자들의 파업을 성공적으로 이끈다. 선비와 간난이가 일하는 공장은 여공들을 기숙사에 수용시켜 노동을 시키는 곳으로, 갖가지 방법을 동원하여 그녀들의 노동력을 착취한다. 여기에서 소설은 선비가 일하는 인천 방적공장에서의 노동과정, 기숙사 생활, 상금·벌금 제도를 교묘히 활용하여 노동력을 착취하는 자본가의 전략, 공장 감독의 여공들에 대한 성적 착취, 공장 내 조직 선전 작업과 이에 대한 노동자들의 반응, 노동 현장에서 느끼는 동지애에 대해 세밀하게 묘사한다. 이미 노동운동에 깊이 관여하고 있던 간난이는 공장 노동자들의 파업을 이끌기 위해 비밀작업을 추진하던 중 그 일을 선비에게 맡기고 공장을 탈출한다. 간난이가 공장을 탈출한 후 선비는 공장 감독의 유혹을 뿌리치고 노동운동에 매진한다. 그러나 선비는 열악한 노동환경에 시달리다 폐결핵이 악화되어 죽음을 맞이한다는 것이 대략적인 소설의 줄거리이다.

주지하듯 1930년대 중반은 한국문학사에서 카프의 편내용주의에 대한 반성이 본격화되고 이론적으로는 사회주의 리얼리즘의 수용문제가 문단의 이슈가 되었던 시기이다. 김기진, 임화, 김남천 등 카프의 주요 이론가들은 프로문학의 관념성과 기계적 도식주의를 극복하기 위한 논리적 탐색에 매진하였다. 그들 각자가 내놓은 문학적 진단과 구체적 실천을 위한 창작의 지침은 세부적으로는 방향을 달리했지만 프로문학의 이념적 경직성을 넘어서야 한다는 궁극적 목표는 동일했던 것으로 보인다. 박영희와 내용-형식논쟁을 벌였던 김기진이 아이러니컬하게도, 박영희의 전향선언을 가장 먼저 비판하면서 프로문학의 예술적 형상화의 미흡을 프로문학의 역사적 발전단계로서의 초보성으로 간주하고 마르크스주의 세계관을 적극적으로 옹호했다면, 임화는 혁명적 로맨티시즘으로서 낭만적 사실주의의 길을 주장하였고, 김남천은 소부르주아이자 인텔리 계층으로서 지식인 작가가 지니는 소시민성을 극복하기 위해 고발문학론을 들고 나왔던 것이다. 이와 같이 1930년대 중반 카프진영에게 주어졌던 역사적 당면과제는 프로문학의 관념성과 도식주의의 극복으로 요약될 수 있다. 만주에 거주하고 있던 강경애는 카프 조직에 직접적으로 가담하지는 않았지만, 프로문학의 이념에는 분명히 동조하고 있었으며 이러한 문단 내외 상황의 변화에 무지했을 리는 없다고 본다. 따라서 마르크주의 세계관과 노동자 계급의 당파성에 철저하면서도 이를 어떻게 예술적으로 형상화하느냐의 문제는 강경애에게도 절박한 문제로 인식되었을 것이다. 그렇다면 1930년대 식민지 조선의 상황에서 마르크주의 세계관의 윤리적 정당성은 차치하고서, 「인간문제」에서 계급문학의 예술적 형상화는 성공했으며 프로문학의 관념성과 도식주의는 충분히 극복되었는가. 본고가 가장 큰 관심을 갖는 것은 바로 이 부분이라고 할 수 있다.

「인간문제」가 문제 삼고 있는 것은 선명해 보인다. 그것은 식량의 공정한 분배와 적대적 계급관계로 요약할 수 있다. "흙이야 돌이야/ 알알이 골라서/ 임 주고 나 먹으려/ 가을 묻었지// 눈에나 가시 같은/ 장재 첨지네/ 함석 창고 채우려고/ 가을 묻었나"(58-59쪽)라든지 "내가 바친 조알은/ 밤알 대추알/ 임의 입에 둥글둥글/ 구으는 조알// 장재 첨지 조알은/ 죽쩡이 조알/ 내 가슴에 마디마디/ 맺히는 조알"(60-61쪽) 등의 소설 속에 삽입된 노랫말에서 분명히 확인할 수 있다. 또한 일하는 선비를 바라보며 신철이 "그는 지금 눈앞에 선비의 청초(淸楚)한 자태를 보았다. 인간은 일하는 곳에서만 진실(眞實)과 우미(優美)를 발견할 수 있는 모양이다!"(89쪽)라고 생각하는 장면에서 노동의 신성함을 강조하는 작가의 의도는 뚜렷하게 부각되고 있다. 덕호의 딸 옥점이 수(繡)가 지닌 예술성을 설명하면서, 선비에게 무엇을 수놓고 싶으냐는 물음에 닭이 "달걀 낳는 것"(105쪽)을 수놓고 싶다는 선비의 대답은, 예술이 현실과 유리되어 있는 것이 아니라 생활과 구체적 현실 속에서 예술이 탄생될 수 있다는 작가의 생각이 투영되어 있다. 매음을 일삼는 어머니에게 첫째가 비난을 퍼붓자, "이놈, 너도 지내봐라! 누가 잘못하고 싶어 잘못하는 줄 아느냐? 나도 배고파서 할 수 헐 수 없으니 그랬다!"라고 절규하는 어머니의 모습에, "첫째는 이 말에 귀가 번쩍 트이며 이상하게도 가슴이 찌르르 울렸다. 그리고 나도 배가 고파서 할 수 헐 수 없으니 그랬다, 너두 지내봐라! 하던 어머니의 말이 살대와 같이 그의 가슴폭을 선뜻 찌르는 듯하였다"(147쪽)라는 진술은, 먹고사는 일의 지난함과 고단함에 대한 첫째의 뼈아픈 각성에 다름 아니다. 결국 첫째도 덕호에게 밭을 떼이는 처지에 놓이게 된다. 첫째는 쌀 도둑질로 연명하다가 결국 서울로 올

라가 부두노동자가 된다. 작가가 「인간문제」를 통해 드러내고자 하는
주제의식은 이것만으로도 충분히 드러났다고 판단된다. 문제는 앞서
지적한 대로 그것의 형상화 방식이다. 먼저 간난이나 선비가 지주인
정덕호에게 성적으로 유린을 당한다는 설정은 신경향파 문학이나 프
로문학에서 빈번하게 사용되는 소설적 상황이자 장치이다. 그러나 정
덕호가 선비에게 욕정을 느끼고 정조를 유린하는 장면은 다소 상투
적인 면이 없지 않다. 덕호가 선비의 정조를 빼앗는 장면은, "씨아틀
에 가리어 반만큼 보이는 선비의 타는 듯한 볼!"을 바라보던 덕호가
"참을 수 없는 정욕의 불길이 울컥 내밀치는 것을 깨달았다"(176쪽)
라고 묘사되고 있는데 그 과정이 충분한 심리묘사를 통해 개연성 있
게 역동적으로 묘사되고 있다는 인상보다는 작가의 의도적인 설정에
의해 인물들이 수동적으로 움직이고 있다는 인상이 강하게 들게 한
다. 소작농 첫째가 정덕호에게 저항하다가 밭을 떼이고 마을에서 도
둑질을 일삼다가 결국 도시의 노동자가 된다는 설정도 작위적이라는
느낌이 많이 든다. 지주계급으로서 정덕호가 지니는 부르주아적 성격
이나 소작농과의 경제적 착취관계가 다양한 사건들을 통해 충분하게
묘사되고 있지 않다. 정덕호는 그저 당연한 악의 화신으로 첫째는 개
인적 감정에 의해 의례 소작권을 박탈당하게 예정되어 있는 운명으
로 그려지고 있다. 정덕호의 계급적 속성과 배후에 존재하는 일제나
그의 반민족적 성격이 끝까지 추구되지 않고 소설의 전반부는 막을
내린다. 물론 이는 검열을 피하기 위한 작가의 고육지책으로 볼 수도
있을 것이다. 그러나 지주와 소작농의 경제적 착취 관계가 식민지 조
선의 구체적 전체성 속에서 포착되지 않고 우발적 사건들에 의해 단
편적으로 암시되고 있는 것은, 「인간문제」가 사회주의 이념이라는 선

수립된 이념에 의해 인도되고 있다는, 즉 리얼리즘이 아니라 아이디
얼리즘으로서 관념성을 내재하고 있다는 것에 대한 증거이자 한계로
판단된다. 부두노동자가 된 첫째가 신철이라는 지식인을 통해 학습되
고 노동자로서 계급의식을 각성한다는 부분도 프로문학에서 많이 보
아 왔던 천편일률적인 설정으로 보인다. 필자는 여기에서 마르크스주
의 세계관이 지니는 윤리적 정당성을 논하는 것이 아니다. 세계관이
라는 것은 창작과정의 '주체화(subjectivation)'를 통해 육화되어 작가
의 몸의 언어로 표현되어야 하고 감각의 논리에 의해 구축되어야 한
다. 그것은 프로문학의 역사적 발전을 위해 반드시 통과해야 하는 주
체의 내면적 고투의 과정을 수반한다. 그것은 고통스럽고 뼈아픈 것
이지만 그것 없이는 프로문학의 질적 전환을 기대할 수 없는 것이다.
이기영의『고향』이 높은 문학적 성취를 이룰 수 있었던 것도 현실을
이념의 잣대로 재단하지 않고 경험적 현실의 구체성을 소중히 여겼
던 작가의 태도에서 기인한 것이었다.『고향』에서 사회주의라는 이념
은 고정된 이데올로기적 실체로 제시되지 않고 매우 역동적이고 신
축적인 질료 개념으로서 파악된다.「인간문제」는 1930년대 한국사회
가 직면한 절박한 문제였던 공정한 식량의 분배라는 문제에 대해 정
당한 문제 제기를 하였으며, 노동의 신성함에 대해 강조함으로써 인
간적 존엄이 일하는 자의 피와 땀으로 구성된다는 평범하지만 감동
적인 진리를 독자에게 일깨워 준다. 한편으로「인간문제」는 이념적
당파성에 충실히 복무함으로써 프로문학이 노정하였던 경직된 관념
성을 충분히 극복하지 못한 것으로 판단된다.「인간문제」가 그 핍진
성을 얻고 있는 것은 선비나 첫째와 지주 정덕호와의 관계나 그들의
노동자로서의 각성과정보다는 오히려 인텔리 계층인 신철에 대한 묘

사에서이다. 신철은 도시의 소시민 지식인 계급으로서 물리적 계급으로서가 아니라 의식으로서 노동자가 되려고 인천 부두의 현장에 위장 취업하는 인물이다. 그는 자신의 소시민성을 극복하기 위해 부단히 노력한다. 다음과 같은 예문에서 계급적 속성에서 비롯되는 심리적 동요를 분명히 볼 수 있다.

그는 앞이 아뜩하였다. 그가 집에서……아니 ! 책상머리에서 생각하던 바와는 너무나 현실이 무서움을 깨달았다. 동시에 이제 앞으로 닥쳐올 현실 ! 그것을 상상하여 볼 때, 그의 앞은 아무 것도 보이지 않고 캄캄하였다. (213쪽)// 그는 달려가고 달려오는 전차-또 전차를 바라보았다. 그리고 끊일 새 없이 뒤를 이어 오는 택시며 또 버스를 눈이 아물아물하도록 바라보았다. 따라서 그가 바라보면 바라볼수록 자기가 이 높은 데서 그것들을 아득하게 바라보는 것과 같이 전차며 택시며 버스가 그렇게도 자기와 거리가 멀어진 것을 그는 가슴이 뜨겁게 깨달았다. (245쪽)// 신철이는 이러한 봉건적 영웅심리에서 나온 야욕과 가면을 몇 겹씩 쓰고 회색적 행동을 하고 앉은, 그야말로 고리타분하고 얄미운 소부르조아지의 근성을 철저히 버려야 할 것을 그는 일포나 기호를 바라볼 때마다 절실히 느끼곤 하였다. 그러나 자신도 역시 그들의 근성을 어딘가 모르게 끼고 다니는 것을 오늘 일을 미루어 생각하면 뚜렷이 드러난다. (252쪽)// 다음 순간 나는 이젠 노동자다 ! 입으로만 떠드는 그러한 인텔리는 아니다. 더구나 여자 꽁무니를 따라 헤맬 자신이 아니라는 것을 그는 있는 용기를 다하여 부인하여 보았다. (254쪽)// 그가 책상에서 『자본론』을 통하여 읽던 잉여노동의 착취보다 오늘의 직접 당하는 잉여노동의 착취가 얼마나 무섭고 또 근쭝이 있는가를 깨달았다. (258쪽)// 그의 입속에서 돌아가는 잉여노동이란 그것은, 그 얼마나 무게가 있는가를 다시 한 번 생각하였다. 그리고 그 속에는 노동자의 피와 땀이 섞여 있는 까닭에, 아니 그들의 피와 땀의 결정물인 까닭에 그렇게도 '무게'가 있다는 것을 오늘에야 절실히 느꼈다./ 이렇게 무게가 있고 깊이가 있는 잉여노동을, 말하기 좋아하는 자칭 논객들과 자칭 민중의 지도자들은, 아무 무게 없이 아무 생각 없이, 한 행세거리로 한 술어로밖에 부르지 못하는 것이다./ 그는 두 번 부르기가 어려운 무게가 있음을 알았다. 동시에 수없는

 현대 문학비평의 계보와 서사의 지형학

벽돌이 잉여노동의 착취란 문구를 싸고, 그의 가슴을 압박하여 그는 견딜 수가 없었다. (260쪽)// 그리고 웬일인지 노동자와 자기 사이에는 언제부터인가 짐작할 수 없는 그때부터 어떤 보이지 않는 간격이 꽉 가로막혀 있음을 그는 절실히 느꼈다. 동시에 자신은 좌우편을 가까이 할 수 없는 그러한 입장에 서 있는 듯하여 그는 불쾌하였다. (271쪽)// 철수는 첫째의 낙심하는 모양을 살피고, "동무！ 신철이가 전향했다는 것이 그리 놀랄 것은 아닙니다. 소위 지식계급이란 그렇지요. 신철이는 나오자 M국에 취직하고 더욱 돈 많은 계집을 얻고 했다우." (362쪽)

위 인용문들의 해석과 관련하여 우리는 앞서 언급한 바 있는, 이기영의『고향』이 기본적으로 계급소설의 논리를 바탕으로 하고 있으면서도 도식화된 속류 계급소설과는 결별하고 있는 지점이 무엇인지 언급할 필요가 있어 보인다. 이기영은『고향』에서 계급투쟁의 논리 속에 무의식적 욕망의 층위들을 중첩시키는 방식을 채택하였다.36) 마름 이근수와 소작농민 국실이와의 관계를 묘사할 때 그는 계급투쟁의 논리 속에 스며 있는 욕망의 그림자를 포착하였으며, 희준이라는 인물도 결코 관념화된 천상의 인물이 아니라 늘 미결정 상태 속에

---

36) 이기영의 의식 속에는 계급투쟁이 있었지만 그는 완강한 경험적 사실을 무시하지 않았다. 그의 생생한 체험 속에는 구체적 인간의 모습들과 그들의 내면에 잠재된 욕망의 그늘이 드리워져 있었다. 그래서 소작농민들을 묘사할 때도 그는 선악의 이분법과 도덕적 이상화를 피해 갈 수 있었다. 이와 같은 모습은 소작농들이 갑숙이 전해 준 돈을 배분하는 과정에서도 확인할 수 있는 것으로, 농민들은 결코 도덕적으로 이상화된 인물들로 그려지지 않는다. 그들은 소작쟁의라는 대의명분 앞에서도 개인적인 잇속을 챙기기를 마다하지 않는다. 그들은 자신들의 개인적인 소유욕을 감추지 않는다. 실로 길고도 격렬한 논란을 통해서 겨우 분배의 기준을 마련한다. 그 과정은 결코 쉽지 않은 것으로 의견의 차이와 어긋남이 적나라하게 드러난다. 필자가 보기에 소설『고향』의 절정과 백미를 이루는 곳은 소작인들의 승리가 확인되는 지점이 아니라 오히려 차이와 어긋남 속에 갈등이 증폭되고 소작농들이 어렵게 합의에 이르는 과정을 묘사하고 있는 바로 이 부분이다. 사회주의적 전망이라 한다면 바로 이와 같은 것이 아닐까. 계급소설의 관점에 따르면 이러한 차이들은 무화되고 자기희생에 바탕을 둔 일사불란한 합의가 신속하게 이루어졌어야 할 것이다. 그러나 거기에는 인간이 빠져 있다. 대신 억압과 배제의 동일화의 논리가 숨어 있다. 소설이 인간에 대한 관심에서 출발한 것이라면 그것은 경험적 사실 속에서의 구체적 인간을 의미하는 것일 것이다. 계급소설로서『고향』을 읽는다면 결말부의 모호한 전망은 비난받아야 할 것이다. 사실 거기에는 전망이 부재한다. 거기에는 아무런 낙관적 전망도 미래에 대한 혁명적 비전도 제시되어 있지 않다. 이는 1930년대 중반 카프조직의 와해와 계급문학의 쇠퇴라는 문학적 환경의 변화와도 관련되어 있는 듯하다. 우리는 이 지점에서 전망의 부재 속에서 소설은 어떻게 단련되는가라는 질문을 던져 봄직하다 할 것이다.

서 갈등하는 지상의 인물로 그렸다. 김희준은 결코 내면이 거세된 지사적 인물로 묘사되지 않는다. 이와 같은 맥락에서 신철이는 의식으로서 노동자를 지향하지만 지식계급으로서 끊임없이 심리적 동요를 겪는다. 속류화된 프로문학에서 인텔리 계층은 민중을 지도하고 선동하여 소작쟁의나 파업을 일으키고 그들과의 낭만적 합일을 통해 프롤레타리아 계급의 전위로서 계급투쟁을 선도한다. 거기에는 아무런 갈등이나 자의식의 분열 같은 것이 게재되지 않는다. 그러나 「인간문제」에서 소시민 부르주아 계급으로서 신철은 관념과 현실과의 낙차, 노동자 계급과 지식 계급과의 필연적인 거리와 근원적 화해불가능성으로 번민을 그치지 않는다. 『자본론』에서 관념으로 알고만 있었던 잉여노동의 착취를 신철은 하루 50전 품삯의 14시간 노동을 견디며 몸으로 깨닫는다. 그럼에도 불구하고 신철은 자신의 소시민성과 계급적 한계를 끝내 극복하지는 못한다. 결국 그는 노동자 계급을 배신하고 세속적인 출세와 일신의 영달을 위해 전향하고 만다. 신철의 사상 전환 과정은 이 작품에서 무엇보다 개연성 있게 충분한 심리묘사를 동반하여 묘파되고 있다. 그의 자의식의 분열과 의식으로서 노동자의 좌절과정은 이 작품이 기계적 도식주의로 흐르는 것을 막아 주는 방부제 역할을 하고 있다. 따라서 각성된 노동자 첫째가 신철이는 "그만한 여유가 있었다! ……신철이와 나와 다른 것이란 여기 있었구나!"(364쪽)라고 깨달으며 선비의 시체를 바라보는 소설의 결말은, 식량(食糧)을 둘러싼 계급투쟁이라는 '인간문제'의 해결이 다른 누구를 통해서가 아니라 바로 자신과 같은 노동자 계급의 손에 의해서만 전취(戰取)될 수 있는 것이라는 점을 분명히 하고 있는 것이다. 마지막 장면을 인용한다.

이 시커먼 뭉치 ! 이 뭉치는 점점 크게 확대되어 가지고 그의 앞을
캄캄하게 하였다. 아니, 인간이 걸어가는 앞길에 가로질리는 이 뭉
치……시커먼 뭉치, 이 뭉치야말로 인간 문제가 아니고 무엇일까?//
이 인간 문제 ! 무엇보다도 이 문제를 해결하지 않으면 안될 것이
다. 인간은 이 문제를 위하여 몇천만년을 두고 싸워왔다. 그러나
아직 이 문제는 풀리지 않고 있지 않은가 ! 그러면 앞으로 이 당면
한 큰 문제를 풀어나갈 인간이 누굴까? (364쪽)

3. 「화분」에 나타난 성(性)의 '국소화(localization)'와 구라파주의의 실체

먼저 작품의 이해를 위해 줄거리를 간추리기로 한다. '푸른 집'에
는 현마와 그의 처 세란, 그리고 세란의 동생인 미란, 식모 옥녀가 함
께 살고 있다. 현마와 함께 영화사에서 일하는 미소년 인상의 단주가
가끔 놀러 온다. 녹음이 짙어지기 시작하는 5월 어느 날 '푸른 집'에
작은 사건이 생긴다. 찔레꽃 순을 따던 미란이가 뱀을 보고 놀랐던
것이다. 그 바람에 목욕탕에 들어간 미란은 예정보다 빨리 월경을 한
다. 때마침 들어온 현마와 단주에게 이 사실이 알려지자 미란이는 집
을 뛰쳐나가고 그녀를 달래기 위해 단주가 따라 나간다. 두 젊은 남
녀는 영화 '실락원'을 함께 본 후, 좀처럼 멈추지 않는 폭풍우를 피해
단주의 아파트로 가서 '전원 교향곡'을 들으며 밤을 지새운다. 아직
성인의 세계에 뛰어들 용기를 갖지 못한 두 사람은 그 밤을 무사히
보내지만, 어른들의 속박을 벗어나기 위해 동경(東京)으로 그들은 도
망치기로 한다. 한편 현마와 세란은 갑자기 사라진 두 사람이 동경행
비행기를 타기 직전에 잡아 그녀를 데리고 집으로 돌아온다. 현마는
처제와 단주가 가까워지는 것을 경계하고 잠시라도 그들을 떨어져

있게 하기 위해 일본으로 향하는 길에 미란과 동행한다. 미란은 처음 보는 서양 문명을 구경하느라 바쁘고 즐거운 일정을 보내는데 특히, 어느 천재 소녀의 피아노 독주회에서 커다란 감명을 받고 음악을 공부하기로 마음먹는다. 일본에 체류하는 동안 미란은 자신을 은근히 탐내는 현마에게 한 번의 키스를 허락하고, 그 대가로 현마는 미란이 원하던 피아노를 사주기로 한다. 현마와 미란은 피아노를 사러 갔다가 피아노를 두고 어느 한국인 청년과 말다툼을 하게 된다. 한편 현마 대신 집을 지키고 있던 단주는 세란의 유혹에 넘어가 육체관계를 맺지만, 마음 한쪽으로는 미란을 여전히 고대한다. 드디어 기다리던 미란이 돌아왔으나, 미란은 피아노에 더 열중할 뿐 아니라 피아노 살 때 다투었던 한국인 청년 영훈에게 피아노 레슨을 받으면서 그에게 점차 빠져들게 된다. 그 둘은 서로 사랑하게 되었으나 영훈에게는 그를 사랑하는 사팔뜨기 여성 가야가 있다. 영훈이가 '푸른 집'에서 피아노를 연주하던 날, 질투에 사로잡힌 단주는 식모 옥녀와 장난하다가 못에 빠져 다리를 다친다. 다리를 다쳐 아파트에 누워 지내던 단주는 미란을 교묘히 유혹하여 처녀성을 범한다. 그러나 영훈에 대한 연정은 더욱 짙어만 간다. 어느 날 가야의 약혼자 갑재라는 럭비 선수가 나타나 영훈에게 폭력을 가하자 미란과 가야는 합세하여 그 위기를 구해 주지만 영훈은 그 길로 종적을 감추고 만다. 그해 여름이 되자 만태와 죽석 부부의 초대를 받은 현마 부부와 미란은 주을 온천의 '노비나' 별장 지대로 피서를 가기로 한다. 피서 떠날 준비로 미란 등이 들떠 있을 때 뜻밖에도 영훈에게서 장거리 전화가 온다. 그곳은 바로 그들이 가려고 하는 피서지였다. 여기에서 영훈을 만난 미란은 새로운 사랑과 피아노 공부를 하면서 현마 부부와 죽석 부부와 함께 독서와 춤으로 시간을 보낸다. 그곳에서 그들은 사랑이 깊어지고 서울에 남게 된 단주는 식모 옥녀를 범한다. '푸른 집'에 남아 옥녀와 육체의 향연에 빠져 있던 단주는 미란을 찾아온 현마와 교대로 노비나 별장에 간다. 영훈이가 없는 가운데서 술 파티 끝에 술래잡기를 하는데 만취한 현마가 평소 탐내던 미란을 겁탈한다. 미란은 뛰쳐나와 영훈의 집에 가 있다가 뒤늦게 돌아온 영훈에게 이러한 사실을 고백하지만 영훈의 애정은 달라지지 않는다. 아무도 미란의 행방을 모른 채, 피서지에서 돌아온 일행은 옛날 생활로 다시 돌아간다. 세란과 단주는 육욕에 빠져 정신없이 지내다가 끝내 현마에게 발각되어 파국으로 치닫는다. 한편 구라파로 향하기 전에 하얼빈으로 가기로 한 미란과 영훈은 가야가 죽자 계획을 구체화시키고 미란은 돈을 얻기 위해 현마를 찾는다. 그 사이에 일어난 모든 사실을 알게 된 미란은 그에게 여비조로 3천 원을 받고, 음악가를 꿈꾸는 미란과 영훈은 미련 없이 이상의 나라, 외국으로 여행을 떠난다는 것이 소설의 대략적인 줄거리다. 먼저 작품의 도입부는 화려체 문장과 탐미적 문체에 바탕을 둔 관능적 묘사로 일관되어 있다. 다음은 농염하게 익을 대로 익은 미란의 몸을 바라보는 옥녀의 시선이다.

지금도 옥녀는 한가한 틈을 타서 잠깐 부엌일을 멈추고 철벅거리는 미란의 자태를 창밖에 서서 물끄러미 들여다보면서 그 고운 살결을 탐내고 있는 것이다. 보얗게 서리운 안개 속에 움직이는 처녀의 자태는 배춧단 같이 멀쑥하면서도 물고기 같이 퍼들퍼들하다. 봉곳한 팔이며 앵도알 같은 젖꼭지가 그대로 보기는 아까운, 뛰어들어가서 만져라도 보고 싶은 것이다. 자기가 만약 사내라면 그 흰 다리를 독수리 같이 물어뜯고야 말 것, 망간 북새들을 친 찔레나무 아래 뱀이 마음 있던 짐승이라면 그 고운 팔다리를 그대로 두지는

않았을 것을 생각하면서 아무리 들여다보아도 귀중한 보물 같이
싫어지지 않는다. (74쪽)

　인용문에 이어지는 장면은 예정보다 이른 생리혈로 목욕물이 붉게
물들자 당황하는 미란의 표정을 묘사한다. 월경이란 생식행위와 관련
된 여성의 신체 변화 중 가장 전형적인 현상이다. 또한 소설의 제목으
로 쓰인 '화분(花粉)'이란 종자식물의 수술의 화분낭 속에 들어 있는
꽃의 가루로 바람, 물, 곤충 따위를 매개로 암술머리에 운반되는 꽃가
루를 의미한다. 따라서 두 가지 모두 성애(性愛)를 암시하거나 상징하
는 메타포로 사용되고 있음을 알 수 있다. 「화분」은 이처럼 에로티시
즘을 소설의 본격적인 화두로 삼아서 인물들의 뒤얽힌 애욕의 관계를
펼쳐 보인다. 앞서 간추렸듯 현마는 미소년 단주에게 성적 매력을 느
끼고 있으며 심지어 처제인 미란에게도 애욕을 품는다. 결국 현마는
미란의 정조를 유린하게 된다. 단주 역시 미란에게 연모의 정을 품고
있으며 미란과 육체관계를 맺는 한편 푸른 집에 옥녀와 남겨졌을 때
둘은 육체의 향연에 흠뻑 젖는다. 미란은 처음에는 단주와 하룻밤을
지낸 뒤 그를 마음에 두었지만 현마와의 일본행을 계기로 음악에 빠
져든 후 음악 교사인 영훈을 사랑하게 된다. 영훈 역시 미란을 사랑하
지만 영훈에게는 그를 사모하는 여성 가야가 있다. 결국 가야의 애인
갑재에게 물리적 폭력을 당한 뒤 그는 종적을 감춘다. 현마의 처 세란
은 단주를 사이에 두고 동생인 미란에게 질투를 느끼고 결국 단주를
유혹하여 성관계를 맺는 불륜을 저지른다. 이처럼 「화분」의 인물들은
그들 사이에 가로놓인 사회적 관계나 도덕률, 상대방의 의사나 입장
은 전혀 고려하지 않은 채 오직 자신들의 발기된 성(性)이 발산하는

욕망의 궤적에 따라 움직인다. 인물들의 제각기 부풀어 오른 성은 좀처럼 수그러들 줄 몰라서 그들의 관계는 거의 자연상태의 난혼(亂婚)에 가깝다. 여기에는 현실원칙이라는 억압기제가 부재하거나 작동하지 않는다. 주지하듯 프로이트는 『쾌락원칙을 넘어서(*Beyond the pleasure principle*)』에서 인간의 무의식적 본능을 에로스(Eros)와 타나토스(Thanatos) 두 가지로 나누어 설명했다. 타나토스가 인간의 무의식적인 공격적이고 파괴적인 본능으로서 '죽음본능(death drive)'을 의미하는 것이라면, 에로스는 인간의 무의식적인 창조적이고 긍정적인 생성의 에너지로서 '생의 본능(life instincts)'을 표상한다. 에로스가 성욕의 차원을 포함하고 있는 것은 사실이지만 그것은 성기 성욕의 단선적인 차원만을 의미하는 것은 아니다. 그것은 우리가 타자와의 궁극적인 합일을 통해 조화로운 인간관계를 형성해 내거나 예술적 창조 행위를 통해 우리의 성적 리비도를 승화(sublimation)시키는 일 등 인간의 고차원적인 정신활동을 모두 포함하는 것이다. 에로스가 성기 성욕의 차원으로 국한된다는 것은 주체가 대상과의 관계에서 더 이상 창조적인 에너지를 발휘할 수 없으며 환경과의 관계에서 주체가 더 이상 능동적인 에너지를 투사할 수 없다는 것을 뜻한다. 주체를 둘러싼 세계에서 더 이상 의미 있고 가치 있는 일을 발견하지 못할 때 에로스는 성기 성욕의 단선적인 차원으로 '국소화(localization)'된다. 그러한 무의식적 에너지의 흐름의 저변에 깔려 있는 것은 허무의 심연(深淵)이다. 리비도의 무의식적 벡터를 아무리 화려한 외형으로 변형시켜 놓는다 하더라도 그것은 궁극적으로 니힐리즘의 표현이 아닐 수 없다. 따라서 「화분」의 인물들이 벌이는 엽기적이고 도착적인 애욕의 드라마는 주어진 현실을 어떤 식으로든 변화시킬 수 없다는, 다시 말해 주체의 현실에 대한 패배주의와 무력감을 드러내고 있는 것이다. 이효석의 탐미주의를 가리켜 '위장된 순응주의'라 평한 한 논자의 지적37)은 그런 의미에서 정곡을 찌른 것이다. 그렇다면 그러한 현실에 대한 열패감을 배면에 깔고 있는 소설 「화분」에서 이효석이 지향하고 있는 것은 무엇인가. 그것은 현실과 유리된 자폐적 인공미의 구축과 절대적 가치로 격상된 미(美)의 세계에의 탐닉이다. 그리고 식민지 조선이라는 현실에서 아무런 가치 있는 것도 발견할 수 없다는 태도는 유럽적 보편주의에 대한 맹목적 추종으로 드러난다. 「화분」에서 그것은 음악의 절대적 형식미를 띠고 나타나지만, 앞서 지적했듯이 그것은 현실태 속에 잠재된 것으로서 니힐리즘을 은폐하기 위한 가면에 지나지 않는다. 다음 인용을 보기로 한다.

> 딴은 어둠 속에 솟아 있는 단주의 자태를 미란은 오늘 그 어느 때
> 보다도 아름다운 것으로 보았다. 어둠 속에 솟아 있는 하이얀 초상
> -고전의 명화 속에 그런 그림이 있었던 듯이 있을 듯이 짐작된다.
> 얼굴의 잔 선들을 말살해 버리고 윤곽만을 드러내고 그 윤곽 속에
> 이목구비를 짐작케 하는 어둠의 수법이 놀라운 것이었다. 약한 것
> 이 약하므로 말미암아 아름답게 보이는 때가 있다. 강한 것이 아니
> 고 영웅이 아니고 천재가 아니고 약하고 병들어 있는 까닭에 아름
> 다운 것-그날의 단주의 자태는 그런 것이었다. 아름다운 것에 대해
> 서 사람은 이치도 연유도 없이 무턱대고 머리를 숙이고 항복해야
> 한다. 아름다운 것의 절대적인 특권인 것이다. 미란은 그날 저녁
> 오래간만에 단주의 모양에 정신을 뽑히었다. 반성을 허락하지 않는
> 순간의 감정인지는 모르나 그 순간의 감정이 절대적인 것이었다.
> (162쪽)

예문에서 드러나듯이 단주의 아름다운 자태는 고전의 명화 속 인

---

37) 정명환, 「위장된 순응주의-이효석론」, 『창작과비평』, 1968년 겨울호~1969년 봄호.

물의 초상에 비견되고 있다. 그것은 살아 움직이는 약동하는 유기적
생명체의 모습이 아니다. 그것은 실재가 아니라 가상(假像)의 이미지
로서 사물을 정지된 상태로 붙잡아 두려는 그릇된 열망의 소산이다.
여기에서 보듯이 미적(美的) 가상은 절대적 가치로서 현현한다. 「화분」
에서 영훈은 음악의 절대적 형식미에 탐닉하는 인물로 그려지는데,
미의 구현체로서 예술작품은 역사적 존재자로서 거기에는 언제나
'시대정신(Zeit Geist)'과 공동체의 기억의 흔적이 기입되어 있다. 그
러나 이효석은 「화분」에서 예술미를 집단적 무의식과는 무관한 자족
적이고 자폐적인 절대적 의미형성체로 규정함으로써 예술작품의 필
연적으로 정치적인 성격을 도외시켰다. 식민지 조선에서 아무런 보람
있는 일도 찾을 수 없다는 이효석의 니힐리즘적 태도는 영훈을 맹목
적 구라파주의의 추종자, 유럽적 보편주의의 맹신자로 변질시켰다.
다음의 긴 예문은 이를 잘 보여 주고 있다.

영훈은 철저한 구라파주의자여서 그와 마주앉으면 대개는 이야기
가 그 방면으로 기울어졌다. 그는 흔히 뜰을 예로 들었다. 정원 안
에는 화단도 있고 나무도 서고 풀도 우거지고 지름길도 있고 그늘
도 있고 양지도 있는 것 그 전체를 세계로 보면 그 속에서 구라파
의 문화라는 것은 가장 아름다운 화단에 상당하다는 것이다. 색채
와 그림자의 여러 폭이 부분이 합쳐서 화단을 중심으로 하고 정원
전체의 조화를 이루는 것이므로 그 부분 부분을 숭상하는 것은 어
리석다는 것이다. 그이 구라파주의는 곧 세계주의로 통하는 것이어
서 그 입장에서 볼 때 지방주의 같이 깨지 않은 감상은 없다는 것
이다. 진리나 가난한 것이나 아름다운 것은 공통되는 것이어서 부
분이 없고 구역이 없다. 이곳의 가난한 사람과 저 곳의 가난한 사
람의 사이는 이곳의 가난한 사람과 가난하지 않은 사람과의 사이
보다 도리어 가깝듯이 아름다운 것도 아름다운 것끼리 구역을 넘
어서 친밀한 감동을 주고받는다. 이곳의 추한 것과 저 곳의 아름다

운 것을 대할 때 추한 것보다는 아름다운 것에서 같은 혈연과 풍속을 느끼는 것은 자연스러운 일이다. 같은 진리를 생각하고 같은 사상을 호흡하고 같은 아름다운 것에 감동하는 오늘의 우리는 한구석에 숨어 사는 것이 아니요, 전 세계 속에 살고 있는 것이다. 동양에 살고 있어도 구라파에서 호흡하고 있는 것이며 구라파에 살아도 동양에 와 있는 셈이다. 영훈의 구라파주의는 이런 점에서 시작된 것이었다. (169-170쪽)// "왜 이 고장에는 아름다운 것이 없나요." 가야의 대꾸였다. "버려둔 정원이나 빈민굴 같은 속에 아름다운 것이 있으면 얼마나 있겠습니까. 고려나 신라 때에 얼마나 아름다운 것이 있었던지는 모르나 오늘 어느 구석에 아름다운 것이 있습니까. 흰옷을 입기 시작한 때부터 빛깔을 잊었고 아악과 함께 음악이 끊어졌고-천여 년 동안 흙벽 속에 갇혀 있느라구 아름다운 것을 생각할 여지나 있었습니까. 제 고장을 나무래기가 야박스러우니까 허세들을 부려 보는 것이지요." "흰옷은 흰옷으로서 아름답지 않아요." "흰 것과 초록과 어느 것이 더 아름답습니까. 흙과 페인트와 어느 것이 더 아름답습니까. 흰 것이나 흙은 문화 이전의 원료이지 아름다운 것이라구 발명해 낸 것은 아니거든요. 아이들의 소꿉질과 같이 알롱알롱한 옷도 생각해 보구 유리창 휘장에 푸른빛도 써부구 하는 대담한 장난이 문화의 시초였고 그런 연구 속에서 아름다운 것도 생겨 나오는 법이지 재료만으로 아름다운 것이 있을 수 있나요" "자연두 아름답구 풍속두 아름답구 인물도 아름답구……." "외국 사람의 말을 들으면 이곳의 자연이 유독 아름다운 것이 아닌 것 같구 사람으로 해두 터가 든든하구 등 뒤의 믿는 것이 굳은 때에 인물이 나는 법이지 빈민굴 속에 인물이 있으면 얼마나……." …… "그런 환멸 속에서 어떻게 사세요." "그러게 예술 속에서 살죠. 꿈속에서 아름다운 것을 생각하면서 살죠.-그것이 누구나 가난한 사람의 사는 법이지만. 주위의 가난한 꼴들을 보다가두 먼 곳에 구라파라는 풍성한 곳이 준비되어 있다는 것을 생각하면 신기한 느낌이 나면서 그래두 내뺄 곳이 있구나 하구 든든해져요." (170-171쪽)

    인용에서 영훈은 예술이라는 절대미에 도취된다. '미(美)'라는 범주는 추방된 미적 범주인 '추(醜)'와의 역동적인 관계 속에서만 규정될 수 있는 것이다. 그러나 영훈은 미(美)의 영역에서 추의 범주를 배제함으로써 미를 생명력을 상실한, 형해화(形骸化)된 사물의 표상으로 타락시킨다. 그리고 그 절대미의 중심에는 구라파주의가 자리하고 있다. 구라파주의는 세계주의로 통하는 것으로, 유럽적 보편주의라는 이념으로 격상된다. 그것은 진리의 보편성을 담지하고 있는 것이어서 여기에서 부분의 특수성이나 자립성 등이 고려될 여지는 없다. 따라서 전체를 구성하는 부분 부분을 따로 숭상하거나 보편적 세계 내에 별도의 구역을 설정하는 지방주의 등은 어리석거나 아직 '깨지 않은 감상'에 불과한 것이다. 그 자연스러운 귀결로서 그것은 프롤레타리아 국제주의와 유사하게 민족 단위의 개별성을 인정하지 않는다. 그런 맥락에서 "이곳의 가난한 사람과 저곳의 가난한 사람의 사이는 이곳의 가난한 사람과 가난하지 않은 사람과의 사이보다 도리어 가깝다"는 논리의 전도가 가능한 것이다. 그리고 이곳의 추한 것은 열등한 것이고 저곳의 아름다운 것은 우월한 것이라는 가치의 서열화가 이루어진다. 부분이나 개별성을 열등한 것으로 파악하는 제국주의적 발상의 궁극적 귀결은 "동양에 살고 있어도 구라파에서 호흡하고 있는 것이며 구라파에 살아도 동양에 와 있는 셈"이라는 '인지착오 (meconnaissance)'이다. 인용의 뒷부분에서, 이러한 영훈의 구라파주의에 대해 그의 학생 가야는 '이 고장의 고유한 아름다움'에 대해 반문한다. 그러나 영훈은 동양이나 조선의 역사적 전통을 문명 이전의 '야만'의 상태로 규정한다. 흰색이나 흙 등은 문화 이전의 질료의 단계에 머무는 것으로 그것만으로는 원시적 자연미(自然美)를 넘어설 수 없다는 것이 그의 생각이다. 그에게 현재의 문화적 상황은 환멸의 대상일 뿐이어서 그는 식민지 조선을 '버려둔 정원이나 빈민굴'로 인식한다. 동양은 '야만'이고 구라파는 '문명'이라는 그의 인식은 가야의 애인 갑재를 대하는 그의 태도에서 여실히 드러난다. 갑재는 다혈질의 럭비선수이다. 그의 애인 가야가 영훈을 사모하고 있다는 사실을 알게 되자 그는 참지 못하고 영훈에게 행패를 벌인다. 그러한 갑재를 보는 영훈의 시각은 다음과 같은 것이다. "공격하는 갑재와 당하는 영훈은 별것 아니라 야만과 문명과의 대립이었다. 야만의 힘이 눈으로 보기에는 항상 사나운 것이어서 그만큼 그 대립의 꼴은 보기 민망하고 안타까웠다."(188쪽) 이러한 영훈의 인식은 다름 아닌 이효석 자신의 것이라고 우리는 보지 않을 수 없다. 이효석이 「화분」에서 보여 준 구라파주의의 실체는 유럽적 보편주의이자 전도된 세계시민주의로서, 식민지 조선의 특이성과 역사적 구체성에 눈감으로써만 가능한, 사상누각으로 종결될 수밖에 없는 그릇된 보편성에의 미망(迷妄)이다. 「만세전」의 주인공 이인화는 식민지 조선을 구더기가 들끓는 '묘지(墓地)'로 인식하였으나 자신 역시 그 묘지의 세계를 구성하는 존재일 수밖에 없다고 생각하였다. 그것이 조선이라는 폐허를 사는 심정이자 이인화의 정치적 무의식이다. 1960년대의 김수영 또한 자신의 어느 시에선가 '변두리의 진흙'이란 말을 쓴 적이 있다. 김수영은 이 말을 부정하고 싶은 제3세계의 저개발성(underdevelopment), 한국의 문화적 후진성을 가리키는 뜻으로 사용했다. 그러나 김수영 역시 그 변두리의 진흙에 발 딛고 서 있지 않으면 시는 한 걸음도 전진할 수 없다고 믿었다. 「화분」에서 이효석은 욕망의 전복적 성격을 거세하여 '성기 성욕'의 차원으로 '국소화(localization)'하고, 무의식의 정치적 차원을 고려하지 않음으로써 1930년대 식민지 조선의 구체적 전체성을 포착하는 데 실패하였다.

4. 구체성의 변증법

20세기 전반기 한국의 근대에는 전근대성, 근대성, 탈근대성이 혼재되어 있다. 그리고 식민 지배기의 정치적 압력을 늘 고려할 수밖에 없다. 정치적·경제적 토대가 바탕이 되었던 서구의 근대에서 마르크시즘이나 모더니즘은 모두 근대성에 대한 비판과 극복이라는 의미를 함축하고 있었다. 반면 근대화의 토대가 제대로 구축되지 않은 채, 근대의 실험을 해야 했던 한국은 서구의 모델과는 다른 특이성을 지닌다. 한국 근대문학은 서구에의 경사와 전통과의 교섭을 통해 형성되었고 그 대체적인 방향은 근대주의였다. 20세기 전반기에, 전통의 의미를 심각하게 고려하지 않았거나 서구의 근대주의에 대한 깊이 있는 통찰이 부재했던 작가와 작품들은 대부분 체화(體化)된 근대주의에 이르지 못했다. 이 시기 작가들에게 보다 중요한 것은 한국의 경험적 현실과 얼마나 정직하게 대면했느냐의 문제일 것이다. 즉 근대주의를 표방한 문학적 대응방식이 무엇이든지 간에, 그것이 한국의 경험적 현실의 구체성 속에서 내면적 고투를 통해 육화되지 못한다면 진정성을 확보하기 어렵다는 점이다. 현실에 대한 총체적 묘사와 혁명적 전망을 통해 이성의 해방적 기획을 믿었던 카프 계열의 작가들은 나날의 삶의 구체성 속에서 사유의 내면적 고투를 통과했다고 보기 어려운 부분이 있다. 그것은 미래로 투사된 이데올로기에 가깝다. 또한 과학주의라는 그릇된 보편성의 미망 아래 한국의 경험직 현실을 진지하게 고려하지 않았던 김기림을 비롯한 1930년대 모더니스트들의 문학 역시 구체적 삶을 통과한 문학적 신념이었다기보다는 포즈나 유행적 패션에 가까웠다. 이와 같은 의견들은 앞으로 한국문학사의 구체적인 맥락 속에서 보다 엄밀한 논증을 통해 밝혀질 필요가 있다. 이상의 관점에서, 강경애의 「인간문제」는 1930년대 식민지 조선의 일상을 구성하고 있는 노동과 식량의 문제가 자본가의 노동자에 대한 잉여노동의 착취가 철폐되지 않는 한 불가능하다고 봄으로써, 마르크스주의의 윤리적 정당성을 옹호하였다. 그는 식민지 조선의 구체적 전체성을 포착하기 위해 1930년대 한국사회의 노동의 조건을 세부적으로 파악하고 정밀하게 묘사하였다. 그것은 카프 해산기를 전후한 문학적 상황의 변화 속에서 프로문학의 관념성과 도식주의의 한계를 극복하기 위한 소중한 실천적 노력의 하나였다. 이 작품에 드러난 계급적 적대관계와 갈등구조에서 볼 수 있듯이, 프로문학의 기계적 도식주의가 완전히 극복되었다고 볼 수는 없지만 인물형상화 방식에서 그가 보여 준 유연한 태도와 세밀한 심리묘사는 식민지시대 한국의 리얼리즘문학이 보여 줄 수 있는 최대치에 근사해 있다고 평가해도 무방할 것이다. 이효석의 「화분」은 1930년대 식민지 조선 사회에서도 현실원칙에 의해 억압된 쾌락원칙이 작동하고 있었음을 보여 주는 예이다. 그러나 그 쾌락원칙이 기능하고 있는 방식은 위장된 순응주의를 은폐하고 있는 것으로 쾌락원칙의 변형과 리비도의 변질을 보여 준다. 이 작품에서 무의식적 욕망이 지니는 전복적인 성격은 거세되고 성기 성욕의 차원으로 국소화됨으로써 무의식의 벡터가 필연적으로 갖는 정치적 속성이 간과되고 있다. 또한 여기에서 지속적으로 진술되고 있는 구라파주의는 작가 자신의 의식지향으로서 유럽적 보편주의로 향하고 있다. 그러나 그것은 식민지 조선의 역사적 구체성을 몰각하고 있는 것으로 분명한 인지착오이자 그릇된 보편성에의 열망이다. 궁극적으로 「화분」은 현실원칙에 의해 억압된

쾌락원칙의 존재를 입증하고 있지만 무의식의 정치적 차원을 배제
함으로써 1930년대 한국사회의 구체적 전체성을 포착하는 데 실패
하였다.

Ⅲ. 이상 수필 연구
—주체의 욕망과 의식지향성[38]을 중심으로

1. 풍경의 발견과 자아의 발견

한국근대문학사는 염상섭의 「만세전」에 이르러 비로소 이성적인 반성적 주체로서의 근대적 개인의 모습을 구현하였다. 염상섭과는 반대의 방향에서 또 하나의 근대적 개인상을 창출해 낸 작가는 이상이

---

38) 브렌타노(Franz Brentano: 1838~1917)는 중세시대 철학에 능통했던 사람으로 철학자이자 인간의 의식에 관심을 가진 심리학자였다. 그는 중세 철학 중 스콜라철학의 'intentio'라는 개념에 착안하여 'intentionality(지향성)'이라는 성격을 의식의 근본적인 현상이라고 주장했다. 지향성이란 의식이 밖으로 무언가를 향해 뻗어 있는 방향적 성향이나 그 무언가를 가리키는 '~을'적인 것을 말한다. 영어적 표현으로는 'directedness'나 'aboutness'가 쓰인다. 이 지향성이라는 개념은 후설의 현상학에 그대로 차용되었다. 현상학에서 의식은 자기 자신에게 필요한 그 무엇인가를 채우기 위해 항상 자기 바깥으로 향할 준비가 되어 있다고 본다. 따라서 의식은 언제나 '~에 관한 의식'이다. 현상학은 의식을 '무엇인가에 대한 의식'이라는 '의식의 지향성(志向性)'으로 파악하고 모든 선입견을 배제한 채 대상의 본질을 구하려 한다. 이때 사물의 존재를 무비판적으로 수용하는 인습적 태도를 중지하고 그것을 괄호 속에 넣은 다음(현상학적 판단 중지), 남아 있는 순수의식의 본질을 기술해야 한다. 이러한 사실로부터 본질의 인식으로 나아가는 과정을 '형상적 환원'이라 하며, 또 이러한 사항들을 괄호 속에 넣는 절차를 '선험적 환원'이라고 한다. 사상 자체로 돌아간다는 것은 모든 인식 이전의 상태로 돌아가는 것을 뜻하며, 후설은 의식의 지향성을 통해 의식과 대상의 상관관계와 본질을 밝히려 하였다. '노에시스(noesis: 지향적 작용)'와 '노에마(noema: 지향적 상관자)'의 사고방식은 바로 이 지향성의 개념에 따른 것이다.

다. 이상은 욕망의 흐름에 따라 부유(浮游)하는 파편화된 무의식적 주체의 모습을 정립하였다. 이는 염상섭이 묘사한 이성적 주체로서의 근대적 개인의 또 다른 이면이었다. 염상섭과 이상을 통해 한국 근대소설은 본격적인 국면에 접어들게 된다. 염상섭이 사유하는 근대적 이성의 주체를 발견하였다면, 이상은 욕망의 흐름을 따라 부유하는 무의식적 주체를 발견했다 할 것이다.

주지하듯 이상은 1937년 4월 17일 동경제대 부속병원에서 만 26년 7개월의 짧은 생애를 마감했다.[39] 그는 시, 소설, 수필 등 장르에 구애됨이 없이 창작활동을 전개하였다. 시나 소설에 비해서는 아직까지 적은 편이지만, 그의 수필에 대한 연구[40] 역시 최근 들어 점차 활발해

---

[39] 그의 문학이 모더니티에로의 경사를 보여 주는 것이라면, 그가 식민지 종주국의 수도 동경(東京)에서 죽었다는 역사적인 사실은 문학사적인 사실로도 여겨진다. 그에게 있어서 동경은 단순히 지리적 명칭을 넘어서 모더니티에 대한 낭만적 '동경(憧憬)'이라는 심리적 사실도 가리키기 때문이다. 이상이 경성고등공업학교를 다니며 수학적 언어에 익숙했으며, 그가 한때는 인상파화가들에 심취했던 화가지망생이었다는 사실, 그리고 1930년대 식민지 경성의 풍경은 초기자본주의 물상들을 피상적으로나마 보여 주고 있었다는 사실 등을 고려할 때, 그가 생각했던 모더니티라는 것이 수직으로 솟아오른 빌딩과 현란한 도시의 불빛에 불과했던 것은 아닐까 하는 의문이 들기도 한다.

[40] 이상의 수필을 대상으로 한 주요 연구에는 다음과 같은 것들이 있다.
  김상선, 「絶對追求의 逆說: 李箱의 隨筆을 中心으로」, 『隨筆文學』 42호, 1975, 58~68쪽.
  김상태, 「이상의 수필 그 천재성의 증명: 문체를 중심으로」, 『수필과 비평』 제16권 제2호, 2007, 106-123쪽.
  _____, 「이상의 문체연구 – 상」, 『국어국문학』, 제58·59·60권, 1972, 177-201쪽.
  _____, 「이상의 문체연구 – 하」, 『국어국문학』, 1973, 5-26쪽.
  김주현, 「이상 문학에 있어서 성천 체험의 의미」, 『한국근대문학연구』 2권 1호, 2001, 33-35쪽.
  김준오 외, 「李箱 수필연구」, 『문학사상』 251호, 1993, 202-236쪽.
  김진석, 「이상 수필 연구 – 표현 양식의 실험과 글쓰기 양상을 중심으로」, 『인문과학연구』, 2002, 57-80쪽.
  나갑순, 「이상 수필에 나타난 욕망 연구」, 인제대 석사논문, 2002, 1-73쪽.
  안미영, 「이상(李箱) 수필에 나타난 신체의 문명화」, 『語文研究』 제40권, 2002, 327-345쪽.
  유양선, 「이상의 수필 「권태」의 의미망」, 『어문연구』 30권 4호, 2002, 187-206쪽.
  이경훈, 『이상, 철천의 수사학』, 소명출판, 2000.
  이보영, 「문학을 통한 반체제적 저항 :李箱수필의 경우」, 『수필과 비평』 제16권 제2호, 2007, 83-105쪽.
  우경, 「이상의 「권태」의 세 공간구조와 자의식의 양상」, 『이화어문논집』 10집, 1989, 669-697쪽.
  조해옥, 「이상 산문 텍스트 확정을 위한 한 고찰」, 『도로를 횡단하는 문학』, 새미, 2004.
  _____, 「이상의 수필 「산촌여정」과 「권태」 비교 연구」, 『우리어문연구』 27집, 2004, 229-257쪽.
  _____, 「이상 수필의 이중성 연구 – 「조춘점묘」와 「추등잡필」을 중심으로」, 『전환의 문학』, 새미, 2004.
  _____, 「이상의 발표 수필과 발굴 원고 비교 연구」, 『우리어문연구』 28집, 2004, 233-235쪽.
  정옥희, 「이상(李箱) 수필의 문장 표현: '산촌여정(山村餘情)'을 분석함」, 『미주문학』 제19호, 2002, 233-239쪽.

지고 있는 추세이다. 그중 가장 많은 비중을 차지하고 있는 것은 단연 그의 성천(成川) 체험과 기행에 관련된 논의들이다. 이상의 성천 관련 수필에는 「山村餘情-成川紀行中의 몇節」(매일신보, 1935. 9. 27~10. 11.), 「이 兒孩들에게 장난감을 주라」, 「어리석은 夕飯」, 「暮色」, 「무제(초추)」, 「倦怠」(조선일보, 1937. 5. 4~5. 11.), 「첫 번째 放浪」 등이 있는데 이 중 「이 兒孩들에게 장난감을 주라」, 「어리석은 夕飯」, 「暮色」, 「무제(초추)」, 「첫 번째 방랑」 등은 일본어로 되어 있는 미발표 작품들이다. 이 작품들은 1960년 『현대문학』지에서 발굴한 창작 노트에 의거한 것으로, 당시 주간이었던 조연현이 고증하고 시인 김수영이 번역하였다. 대략 이 네 편은 1935년경에 쓰인 것으로 추정된다.[41] 「첫 번째 放浪」 역시 미발표 창작노트로 일어로 쓰여 있으며, 『문학사상』 1976년 7월호에 번역 소개되었다. 조해옥은 1960년 조연현이 한양공대생 이연복으로부터 입수한 발굴원고와 발표수필을 비교하고 일부 발굴 작품이 발표 수필의 초고임을 확인하였다.[42] 즉 「이 兒孩에게 장난감을 주라」는 「倦怠」의 초고이고, 「어리석은 夕飯」과 「첫 번째 放浪」 은 「산촌여정」의 초고이며, 발굴 원고 「공포의 기록(서장)」은 소설로 분류되고 있는 「공포의 기록」의 초고에 해당한다는 것이다. 실제로 「이 兒孩들에게 장난감을 주라」, 「어리석은 夕飯」, 「暮色」, 「무제(초추)」, 「첫 번째 放浪」 등에서 사용되고 있는 소재나 주요 모티프들은 「산촌여정」이나 「권태」에서 동일하게 반복되거나 유사하게 변주되고 있는 것을 알 수 있다. 가령 「어리석은 夕飯」의 모티프와 의미구조는 「권태」와 거의 동일하다고 보아도 무방하다. 이와 같은 사항을 고려할 때,

---

홍경표, 「이상문학의 비유법 소고-「산촌여정」을 중심으로」, 『국문학연구』 11집, 1988, 17-26쪽.
41) 김윤식, 「해제」, 김윤식 편, 『이상문학전집 3-수필』, 문학사상사, 1993, 139쪽.
42) 조해옥, 「이상의 발표 수필과 발굴 원고 비교 연구」, 『우리어문연구』 28집, 2007.

분량상 매우 짧은 「모색(暮色)」과 「무제(초추)」를 제외하면 이상의 성천 체험과 관련된 수필 중 그 의미의 중핵에 놓여 있는 것은 단연 한글로 발표된 「산촌여정」과 「권태」가 할 수 있을 것이다. 1935년 이상은 '제비다방'이 실패로 돌아간 뒤, 친구 원용석의 고향 평안남도 성천에서 8월 한 달을 지냈다. 서울 토박이이며 서민 중인 출신의 이상에게 성천의 체험은 아주 선명한 풍경의 발견이어서 그의 문학에 큰 자취를 남겼다. 그리고 그때의 경험이 작품화된 것이 위에 열거한 성천기행 관련 수필들인 것이다. 도시를 고향(故鄕)으로 인식하였던 그에게 성천의 원시적 자연과 문명 이전의 세계는 낯선 것이었고 그 선명한 인상화(印象畵)는 그의 여타 장르의 작품들에 비해서도 문학적으로 전혀 손색이 없는 것이었다. 일반적으로 여행이 지니는 의미는 두 가지로 압축될 수 있을 듯하다. 하나는 익숙한 시각적 환경에서 벗어나 새로운 풍물을 경험하게 되는 '풍경의 발견'이다. 다른 하나는 상투적 일상성 속에 침윤되고 은폐되어 있던 본래적 자아를 확인하게 되는 내면의 발견이다. 풍경의 발견이 외부세계로의 돌아봄을 함축하고 있다면, 내면의 발견은 주체의 내부세계에 대한 반성과 성찰을 내포한 '자아의 발견'과 관련된다. 또한 풍경의 발견이 그 속성상 낯선 풍물들에 대한 서경적(敍景的) '묘사(description)'의 성격을 띤다면, 자아의 발견은 주체의 내면에 대한 서정적(敍情的) 진술과 관념적 '서술(narration)'의 성격을 띠게 마련이다. 이상의 성천기행 역시 현실적 목적의식과는 무관한 여행의 범주에 속하는 것이어서, 성천 관련 수필들이 지니는 의미구조 역시 이와 같은 맥락에서 파악될 수 있다. 그렇다면 그가 성천에서 발견한 것은 무엇이었던가. 일차적으로 그것은 성천의 원시적 자연 풍경에 대한 시적(詩的) 묘사이다. 시란 운율과 비유를 통해 이미지를 구축하는 양식이다. 특히 근대시가 인쇄된 활자로 묵독(黙讀)되기 시작하면서부터 현대시에서는 비유를 통한 이미지의 생성이 보다 중요한 요소로 작용하게 되었다. 이상 수필의 표현의 층위에서 무엇보다 두드러지는 특징은 비유와 상징을 통한 시적 언어, 즉 '긴장적 언어(tensive language)'의 창출이다. 그러한 현상은 「산촌여정」에서 두드러지는데, 「권태」와 비교할 때 이 작품은 상대적으로 주체의 내면적 진술보다는 외부 환경의 서경적 '묘사'가 주를 이룬다. 반대로 「권태」에서는 외부 대상에 대한 사실적 묘사와 비유가 두드러지는 대신 세계의 주관적 진술과 내면의 '서술'이 주를 이룬다. 「산촌여정」에서 묘사는 많은 논자들이 누차 지적했듯이, 농촌의 풍경에 도시적 이미지를 부여하는 방식으로 구축된다. 김진석은 이에 대해 "도시 체험과 감각을 시골 사물에 작위적으로 결합시킴으로써 유기적 연관성을 제시하는 데 실패"했다고 평가했는데,43) 그 특징을 드러내는 대표적인 구절들은 다음과 같은 것이다.

> 香氣로운 MJB(커피의 일종: 필자)의 味覺을 잊어버린 지도 二十餘 日이나 됩니다.……벼쨍이가 한 마리 燈盞에 올라 앉아서 그 연두빛 色彩로 혼곤한 내 꿈에 마치 英語 '티'字를 쓰고 건너 긋듯이 類다른 記憶에다는 군데군데 '언더라인'을 하여 놓습니다. ‥‥수수깡 울타리에 '오렌지' 빛 여주가 열렸습니다. 당콩넝쿨과 어우러져서 '세피아' 빛을 背景으로 하는 一幅의 屛風입니다. ……野菜 '사라다'에 놓이는 '아스파라가스' 입사귀 같은 또 무슨 花草가 있습니다.……옥수수밭은 일대 관병식입니다. 바람이 불면 甲冑 부딪치는 소리가 우수수 납니다. '카-마인' 빛 꼭구마가 뒤로 휘면서 너울거립니다.……'센슈알'한 季節의 興奮이 이 '코삭크' 觀兵式을 한層 더 華麗하게 합니다.44)

---

43) 김진석, 「이상 수필 연구-표현 양식의 실험과 글쓰기 양상을 중심으로」, 『인문과학연구』, 2002.
44) 이상, 「山村旅情-成川 紀行中의 몇節」, 『매일신보』, 1935. 9. 27~10. 11. 여기에서는 김윤식 편, 『이

예문에서 보듯이 이상은 이 작품에서 농촌의 풍경을 묘사하는 데 도시적 이미지의 다양한 사물들을 차용한다.45) 여기에서 비유의 원관념과 보조관념에 해당되는 사물들은 객관적 상관물로서 의미연관이 비교적 먼 편에 속한다. 이러한 비유방식이 극대화되면 이미지들의 돌연한 결합 형태인 병치은유(diaphor)에 가까워질 것이다. 그렇다면 그는 왜 이렇게 의미의 친연성이 적은 이질적 이미지들을 조합하고 있는 것인가. 그것은 그의 도시에의 동경(憧憬)이라는 의식지향성에 기인하고 있는 듯하다. 그의 수필에서 이상은 도시를 자신의 심리적 고향으로 인식하고 있다는 점이 분명하게 확인되는데, 이러한 인식은 반복적으로 진술된다. 예를 들어, 그것은 "都會에 華麗한 故鄕이 있습니다. 闊葉樹만으로 된 山이 故鄕의 視覺을 가려 버린 이 山村에 八峰山 허리를 넘는 鐵骨電信柱가 消息의 題目만을 符號로 傳하는 것 같습니다"(105쪽)에서와 같이 직접적인 진술의 형태를 띠기도 하고, "다만 세수비누에 한겹씩 한겹씩 解消되는 내 都會의 肉香이 房 안에 徘徊할 뿐입니다"(107쪽)에서처럼 비유적으로 암시되기도 한다. 또한 "죽어선 안 된다. 서울로 돌아가라. 서울은 시방 가을이 아니냐. 그리고 모든 애매미들이 한껏 아름다운 목청을 뽑아 노래하는 季節이 아니냐// 서울에선 아무도 너를 기다리고 있지 않다 그 말인가. 그래도 좋다. 어쨌든 너는 서울로 돌아가라. 그리고 노력해 보게나. 그리하여 전과는 다른 의미에서의 삶의 새로운 意義와 光名을 발견하게나. 考案

상문학전집 3 ─ 수필』(이하 『전집 3』으로 약칭), 문학사상사, 1993, 103 ─ 106쪽에서 인용. 이하 작품의 인용은 이 책의 것이며 본문에서 이 책의 쪽수만 표기하기로 한다.

45) 이태준 또한 이상 수필의 묘사의 탁월성에 대해 일찍이 언급한 바 있다. "옥수수를 관병식으로 형용한 것은 李箱의 發見이다(94) ……얼마나 예리한 신경들인가. 대상의 진실은 날카로운 촉각이 아니고는 냄새도 맡지 못한다. 그냥 외워둔 지식에서, 개념에서 단어 나열이나 유창하게 해놓은 글엔 이런 前人未發의 신현상이 지적되지 않는다."(254─255)(이태준, 『문장강화』, 창비, 2005)

해 보게나"46)에서는 그의 이러한 도시에로의 의식지향성이 직접적으로 표현되고 있다. 도시에서 그를 기다리는 이가 아무도 없다 하더라도 어쨌든 성천을 벗어나 서울로의 귀환을 스스로에게 촉구하고 있는 것이다. 그리고 현재 상황이 권태롭고 절망적이라도 현재와 다른 미래와 새로운 희망의 가능성은 도시에 내재되어 있다는 이상의 인식을 단적으로 보여 준다. 이에 대해서는 뒤에서 상세히 논의하기로 한다.

2. 「권태(倦怠)」에 나타난 '죽음본능(death instincts)'의 의미

이미 언급했듯이 「권태」는 「산촌여정」에 비해 상대적으로 내면적 진술과 세계의 자아화가 보다 두드러진다. 대상에 대한 '묘사'보다는 주체의 심리적 상황에 대한 '서술'이 중심이 된다는 것이다. '권태'의 사전적 정의는 "어떤 일이나 상태에 시들해져서 생기는 게으름이나 싫증"47)을 말한다. 권태는 나날의 반복되는 일상과 노동에서 생기기도 하고, 나날의 노동에서 비켜서서 주어진 자유의 무한성으로부터 발생하기도 한다. 이 작품에서 이상의 권태는 후자에 속하는 것으로 볼 수 있다. 농업에 종사하는 성천 마을의 농부들은 나날의 노동에서 오는 피로 때문에 권태를 인식하지 못한다고 '나'는 진술하고 있기 때문이다. 농부들이 본능에 충실한 자연상태를 상징한다면 권태를 느끼고 있는 나는 여기에서 벗어난 인공상태를 상징한다고 볼 수 있다. "그들에게 希望은 있던가? 가을에 穀食이 익으리라. 그러나 그것은 希

---

46) 이상, 「첫번째 放浪」, 미발표 유고, 『문학사상』 1976년 7월호, 『전집』 3, 172–173쪽.
47) http://stdweb2.korean.go.kr/main.jsp, 국립국어원, "표준국어대사전", '권태' 항목 참고.

望은 아니다. 本能이다. 來日, 來日도 오늘 하던 繼續의 일을 해야지 이 끝없는 倦怠의 來日은 왜 이렇게 끝없이 있나? 그러나 그들은 그런 것을 생각할 줄 모른다. 間或 그런 疑惑이 電光과 같이 그들의 胸裏를 스치는 일이 있어도 다음 瞬間 하루의 勞役으로 말미암아 잠이 오고 만다. 그러니 農民은 참 不幸하도다. 그럼—이 兇惡한 倦怠를 自覺할 줄 아는 나는 얼마나 幸福된가"48)라는 서술은 권태라는 심리 상태가 생계를 해결하기 위한 노동의 의무가 당장의 급박한 과제로 부과되어 있지 않을 때, 즉 무한한 자유가 주체에게 주어질 때 비로소 생겨나는 감정의 형태라는 점을 시사해 준다.49) 이상은 권태를 자각할 줄 모르는 마을의 농부들을 두고 '먹고 잘 줄 아는 屍體'(152쪽)라고까지 단언하기도 한다. 한편으로 권태란 현대인의 '자의식과잉' 상태를 표상하기도 한다. 예문을 보자.

> 五官이 모조리 剝奪된 것이나 다름없다. 답답한 하늘 담담한 地平線 답답한 風景 답답한 風俗 가운데서 나는 이리 디굴 저리 디굴 굴고 싶을 만치 답답해 하고 지내야만 한다.// 아무것도 생각할 수 없는 狀態 以上으로 괴로운 狀態가 또 있을까. 人間은 病席에서도

---

48) 이상, 「倦怠」, 『조선일보』, 1937. 5. 4~5. 11, 『전집』 3, 144쪽.

49) 비근한 예로, 스무 살 즈음 대학생이 된 우리들은 누구나 무한히 주어진 자유 앞에 조금씩은 쩔쩔맸던 기억을 갖고 있다. 대표적으로 대학시절 최초로 경험하는 것의 하나는 공간(空講)시간이라는 것의 당혹스러움과 대책 없음이다. 그것은 시간적 여유가 아니라 어쩔 줄 몰라 했던 불안과 지루함의 인상으로 기억된다. 그것은 주어진 시간표와 꽉 짜인 일정대로 따라가기만 하면 됐던 고등학교까지의 습속이 몸에 밴 탓이다. 에리히 프롬이 『자유로부터의 도피』라는 책에서 말한 것은 이처럼 무한히 주어진 자유 앞에 선 인간의 '불안'을 뜻하는 것이었다. 자율학습을 반복했지만 진짜 자율의 원리를 제대로 우리 몸이 체득하지 못했기 때문이다. 제도교육은 인간의 자율성을 믿지 않는다는 점에서 반인간적이다. 칸트가 「계몽이란 무엇인가」(I. Kant, "Foundations of the Metaphysics of Morals: What Is Enlightenment? and a passage from The Metaphysics of Morals", trans. and ed. by L. W. Beck, Chicago: The University of Chicago Press, 1950)라는 짧은 글에서, 미성숙 상태란 다른 사람의 지도 없이는 자신의 지성을 사용할 수 없는 것이라 정의하고, "네 자신의 이성을 사용할 줄 아는 용기를 가져라"는 것이 계몽의 모토라고 강조했던 것도 이와 유사한 맥락에서이다. 물론 칸트의 정의는 인간을 신의 감호로부터 벗어나게 하여 근대적 이성의 주체로 정초하기 위한 계몽주의적 기획의 일환이었지만, 근대적 주체는 외부로부터의 권위가 아니라 자기 확실성의 근거를 바로 자신의 사유하는 이성에서 찾아야 한다.

생각한다. 아니 病席에서는 더욱 많이 생각하는 법이다.// 끊없는
倦怠가 사람을 掩襲하였을 때 그의 瞳孔은 內部를 向하여 열리리
라. 그리하여 忙殺할 때보다도 몇 倍나 더 自身의 內面을 省察할
수 있을 것이다.// 現代人의 特質이요 疾患인 自意識過剩은 이런 倦
怠치 않을 수 없는 倦怠階級의 徹底한 倦怠로 말미암음이다. 肉體
的 閑散 精神的 倦怠 이것을 免할 수 없는 階級이 自意識過剩의 絶
頂을 表示한다.// 그러나 지금 이 개울가에 앉은 나에게는 自意識過
剩조차 閉鎖되었다.// 이렇게 閑散한데 이렇게 極度의 倦怠가 있는
데 瞳孔은 內部를 向하여 열리기를 躊躇한다.// 아무것도 생각하기
싫다. 어제까지도 죽는 것을 생각하는 것 하나만은 즐거웠다. 그러
나 오늘 그것조차가 귀찮다. 그러면 아무것도 생각하지 말고 눈 뜬
채 졸기로 하자. (146-147)

인용에서 보듯이 이상은 권태의 극권태, 자의식과잉의 상태에 놓
여 있다. 그리고 생업에 종사해야 하는 농민들과는 달리 권태에 대한
자각은 룸펜 인텔리 계급의 특권이기도 하다. 그러나 권태를 자각할
줄 모르는 농민은 불행하다고 단언할 수 있을까. 권태를 철저하게 자
각하고 있는 지금 나는 그렇다면 행복한 것일까, 이상은 반문한다. 무
한히 주어지는 의식의 자유로 상징되는 권태의 기능은 자아의 반성
적 성찰에 있다. 그러나 지나친 의식의 과잉은 자연의 일부로서 인간
의 정신의 균형을 파괴한다. 의식과 판단을 축소하면 할수록 인간의
몸은 자연의 리듬을 회복하는 것은 이 때문이다. 또한 자의식 없이
본능에 따라 충실히 살아가는 농민들이 자연상태에 가까운 것으로
묘사되고 있는 것도 그 때문이다. 자연상태의 정상적 범위를 넘어서
는 인위적 판단과 의식의 조작은 인간의 영혼을 갉아먹게 마련이다.
그러한 영혼의 잠식 상태가 극대화되고 지속되면 인간의 의식이 이
끌리게 되는 것은 결국 자살의 유혹, 죽음에의 욕동이다. 이상의 자살
충동은 「권태」에서 가장 극명하게 드러나고 있지만 다른 수필에서도

'권태의 감각'과 '자살의 단서'들은 누차 언급된다. 이와 관련된 구절들을 한데 모아 놓는다.

(1) "죽어 버릴까 그런 생각을 하여 봅니다." (「산촌여정」, 105) "근심이 나를 除한 世上보다 큽니다. 내가 閘門을 열면 廢墟가 된 이 肉身으로 근심의 湖水가 스며들어 옵니다.……밤의 슬픈 空氣를 原稿紙 위에 깔고 蒼白한 동무에게 편지를 씁니다. 그 곳에는 自身의 訃告도 同封하여 있습니다." (「산촌여정」, 112)라든지, "나는 海洋 같은 倦怠 속을 헤엄치고 있다"(「이 兒孩들에게 장난감을 주라」, 117) "어디서나 권태로워서 안절부절 못한다는 것은 치명적인 부상기라기보다는 인간에겐 더욱 치명적인 것만 같다. 현재 내 자신을 보라. 나는 혹 내부에서 이미 구원될 수 없을 정도로 미쳐버리지 않았다고 누가 나를 보증하겠는가." (같은 글, 118) "그런 方法을 발견 못한 兒孩들은 結局 혹시 어른처럼 自殺이나 하지 않을까 하고" (같은 글, 119) "나는 이제 發狂하거나 卒倒할 수밖에 없다. 滿身瘡痍 瀕死의 몸으로 간신히 그곳에서 逃亡하였다." (같은 글, 120)

(2) "人間이 人間의 能力으로써 어느 정도 懶怠할 수 있느냐가 問題일까. 사실 이 目的도 없는 게으른 生活은 어쩐 일인가. 도대체 이것이 果然 生活이라고 이름할 수 있는가." (「어리석은 夕飯」, 124) "이렇게 오고가는 方向이 서로 어긋나는 生理狀態와 心理狀態는 도대체 어쩌자는 셈일까. 心理狀態가 뭣이든 事事件件마다 生理狀態에 대하여 몹시 怒하고 있는 것이다. 아니라면 그 反對일 것이다." (같은 글, 126) "大地는 間毛의 틈조차 없을 만큼 구석마다 不安에 侵入되어 있는 것이다." (같은 글, 129)

(3) "나의 前方에 鮮明한 文字처럼 展開하는 自殺에의 誘惑." (「무제」(초추), 13)

(4) "房에 돌아와 나는 나를 살펴본다. 모든 것에서 絶緣된 지금의 내 생활-自殺의 端緒조차를 찾을 길이 없는 지금의 내 生活은 과연 倦怠의 極倦怠 그것이다." (「권태」, 152)

(5) "나는 나의 記憶을 소중히 하지 않으면 안 된다. 나의 精神에선 이상안 香氣가 나기 시작했으니 말이다.…… 끝없는 어둠에 나의 쇠약한 健康은 견디어내지 못하는가 보다. 나는 이 먼데 恐怖로부터 自進 逃避하지 않으면 안 된다. 등불은 어스름하다. 이건 屍體室에 틀림없다." (「첫 번째 放浪」, 166) "귀뚜리의 自殺-여기에 一家眷屬을 떠나, 朋友를 떠나, 세상의 한없는 따분함과 倦怠로 해서 먼 낯설은 땅으로 흘러온 孤獨한 나그네의 모습을 보지 않는가. 나의 空想은 自殺하려고 하는 귀뚜리를 향해 慰安의 말을 늘어놓는다." (같은 글, 172) "하지만 너만은 알 것이다. 보다 속 깊이 싹트고 있는 나의 惡에 대한 衝動을, 그리고 염치도 없는 나의 慾望을, 그리고 大海 같은 나의 絶望까지도. 그리고 너만이 나를 용서할 것이다. 나를 순순히 받아들여 줄 것이다.// 그러나 귀뚜리는 다시 흰 벽으로 옮아 앉았다. 그것이 내가 筆舌로서 호소할 수가 전혀 없는 수많은 깊은 惡과 고통마저 알고 있다는 꼭 그런 얼굴인 것이다. 나는 나의 無能함이 폭로되는 것을 생생하게 보았던 것이다. 나는 더욱 깊이 絶望할 수밖에 없다." (같은 글, 174, 이상 숫자 표시는 필자)

프로이트는 「쾌락원칙을 넘어서」에서 인간의 무의식적 본능을 두 가지로 나누어 설명하였다. 하나는 생의 본능(life instincts)인 에로스(Eros)이고, 다른 하나는 죽음본능(death instincts)인 타나토스(Thanatos)이다. 에로스란 성욕을 포함한 인간의 창조적이고 긍정적인 생성의 에너지를 뜻하며, 죽음본능은 유기체가 무기체의 '흥분량 제로(Zero)' 상태로 회귀하려는 경향성으로 이를 지배하는 정신생활의 원칙을, 프로이트는 바바라 로우(Babara Row)의 용어를 차용하여 '열반원칙(The Nirvana Principle)'[50)]이라고 명명하였다. 죽음본능은 우선 인간의 무의식 속에 내재되어 있는 파괴적이고 공격적인 본능을 말한다. 그것이

---

50) S. Freud, "Beyond the Pleasure Principle", *The standard edition of the complete psychological work of SIGMUND FREUD Volume XVIII(1920~1922)*, London: The Horth Press, 1920, pp.60–61, footnote 1) 참고.

타자에게로 향하면 타인에 대한 공격적인 행동으로 나타나지만, 그 리
비도의 방향성이 자아에게로 향하게 되면 그 극단적인 표현으로 자살
이라는 형태를 띠게 되는 것이다. 「권태」에서 이상이 보여 주는 무의식
의 욕동은 프로이트가 말한 바 죽음본능과 정확히 일치한다. 그것은
죽음본능이 자신에게로 향하고 있음을 뜻하고 있다. 이러한 정신분석
적 측면에서의 고찰은 최재서가 「풍자문학론」에서 언급한 자기풍자의
방향과도 일맥상통하는 것이다.51) 다음은 「권태」의 결말이다.

> 불나비가 달려들어 불을 끈다. 불나비는 죽었든지 火傷을 입었으리
> 라. 그러나 불나비라는 놈은 사는 方法을 아는 놈이다. 불을 보면
> 뛰어들 줄 알고-平常에 불을 焦燥히 찾아다닐 줄도 아는 情熱의 생

---

51) 최재서는 이 글에서 '내용과 사상'이 아니라 작가의 '태도와 기술'에 따라 문학을 분류해야 한다고 주장한
다. 먼저 그는 작가가 "외부세계에 대하여 더욱이 현재와 같은 혼돈세계에 처하여" 세 가지 태도를 취할
수 있다고 말한다. 수용적 태도와 거부적 태도와 비평적 태도가 그것이다. 수용적 태도란 '외부세계를 현
재 있는 그대로의 상태에서 승인하고 접대하는' 태도이고, '외부세계를 전체적으로 부인하고 거절하려는
태도'를 거부적 태도라고 한다. 거부적 태도는 현재와는 다른 세계를 지향하기 때문에 '건설적 태도'라고
부를 수도 있다. 그러나 전통을 수용할 수도 거부할 수도 없는 현재와 같은 '과도기'에 할 수 있는 최고의
일은 '전통의 비평', 즉 비평적 태도라 할 수 있다. 이와 같은 비평적 태도는 사회현상에 대한 이론적 판단
뿐만 아니라 '정서의 냉각'에 보다 중요한 기능이 있다. 실재에 대한 통찰은 이 같은 '냉소적 심리'가 없
이는 불가능한 것이다. 그리고 비평적 태도의 이지적 작용은 자연스레 유머나 풍자를 동반하게 된다는 것
이 그의 주장의 골자이다. 이러한 비평적 태도를 주로 표현하고 있는 것이 풍자문학이다. 그것은 '소극적
파괴'를 의미하기 때문이다. 수용하면서 거부하고 거부하면서 수용하는 '비평적 태도'와 이에 따른 풍자의
개념은 지금의 해학의 개념에 보다 가까운 것으로 보이지만 비평적 태도의 한 표현으로서 그가 강조한 것
은 풍자의 '간접적' 성격이었다. 즉 풍자작가는 "그 시대의 죄악을 정면으로부터 공격하지 않고 측면 혹은
이면으로부터 공격" 한다는 것이다. 앞서 최재서는 비평적 태도를 주로 전통의 문제와 관련하여 에둘러
정의하였지만 실상 그가 강조하는 풍자의 간접성이란 식민체제의 직접적 공격이 불가능해진 문단 내외의
사정을 암시하고 있는 것이다. 끝으로 그는 풍자의 새로운 형식으로 '자기풍자'에 대해 언급한다. "자기풍
자는 자의식의 작용이고 자의식은 자기분열에서 생겨나는데, 자기분열은 현대에 와서 비로소 결정적으로
형태화했기 때문"이라는 것이다. 자기풍자는 경험적 자아로서의 자아와 비판적 자아로서의 비자아 사이의
긴장과 갈등 속에서 표현된다. 자기풍자에 대한 최재서의 견해는 자의식과 자기분열을 모티프로 한 모더
니즘 문학에 대한 그 자신의 관심을 반영한 것이기도 하다. 이상(李箱) 문학의 '자기풍자'와 밀접하게 관
련되어 있는 것으로 판단되는, 최재서의 언급을 직접 인용하면 다음과 같다. "과거에 있어 풍자가는 어떤
개인에 대하여 혹은 사회에 대하여 혹은 어떤 정치권력에 대하여 혹은 인류 전체에 대하여 이지적으로 복
수하였다. 그러나 그것은 인류나 사회가 아직도 비평의 대상이 될 만한 가치가 있다고 생각하거나 혹은
개선의 여지가 있다고 보았기 때문에 가능하였던 것이다. 만일에 인생이나 사회에 대하여 완전히 허무와
무가치를 느끼든가 혹은 개선에 관하여 아주 절망한 사람이 있다면 그는 벌써 풍자의 대상으로써 인류나
사회를 들지 않을 것이다. 그 대신 풍자의 메스를 자기 자신으로 돌린다."(최재서, 「풍자문학론」, 『조선일
보』, 1935. 7. 14~21. 여기에서는 『최재서평론집』(청운출판사, 1961), 185-196쪽에서 인용)

물이니 말이다.// 그러나 여기 어디 불을 찾으려는 情熱이 있으며 뛰어들 불이 있느냐. 나에게는 아무것도 없고 아무것도 없는 내 눈에는 아무것도 보이지 않는다.// 暗黑은 暗黑인 以上 이 좁은 房 것이나 宇宙에 꽉 찬 것이나 分量上 差異가 없으리라. 나는 이 大小 없는 暗黑 가운데 숨쉴 것도 어루만질 것도 또 慾心나는 것도 없다. 다만 어디까지 가야 끝이 날지 모르는 來日 그것이 또 窓밖에 登待하고 있는 것을 느끼면서 오들 오들 떨고 있을 뿐이다. 十二月 十九日未明, 東京서. (152-153)

　　이상이 현재 경험하고 있는 권태란 '慾望의 絶緣 狀態'에서 기원한다. 권태의 무의식적 심리의 기저에는 욕망의 좌절과 억압된 욕망의 기억이 잠재되어 있다. 잠재태가 언제든 현실태로 실제화될 수 있는 가능성을 내포하고 있듯이, 욕망의 절연 상태가 즉 욕망의 없음을 의미하는 것은 아니다. 그것은 좌절된 욕망이기에 더 절박한 것일 수 있다. 사실 이상은 서울로 돌아가서 '삶의 새로운 意義와 光名을 발견'하기를 간절히 원한다. 그러나 그 원인이 어디에서 기원하고 있는지는 분명치 않지만, 그는 '불을 찾으려는 정열'이나 욕망이 소진되어 없으며, '뛰어들 불', 즉 정열을 바치고 자신의 욕망을 투사할 수 있는 대상 또한 찾지 못하고 있다. 한마디로 삶에 대한 뚜렷한 목적의식이 부재하는 것이다. 그러한 이상의 내면은 "나는 아침을 먹었다. 할 일이 없다. 그러나 無酌定 널따란 白紙 같은 '오늘'이라는 것이 내 앞에 펼쳐져 있으면서 무슨 記事라도 좋으니 強要한다. 나는 무엇이고 하지 않으면 안 된다. 무엇을 해야 할 것인가. 硏究해야 한다"(141쪽)이라는 표현이라든지, 그러한 내면 상태와 대비되는 송사리 떼의 움직임을 묘사하고 있는 "同期! 亦是 송사리의 世界에도 時急한 目的이 있는 모양이다" 등의 구절에서 여실히 드러나고 있다. 여기에서도 이와 마찬

가지로, 정열의 생물로 비유되고 있는 불나비의 '생태(生態)'는 바로 그러한 이상의 내면과 정면으로 배치되고 있는 것이다. 인간은 말초적인 것이든 정신적인 것이든 즐거움과 생의 기쁨이 없으면 단 하루도 살아갈 수 없는 존재이다. 그리고 현실이 절망스럽더라도 현재를 견딜 수 있는 것은 내일은 오늘보다는 나으리라는 다른 미래에 대한 낙관과 희망이 있기 때문이다. 그러나 인용에서 이상은 다가올 내일에 대한 희망이 없다. 다만 어김없이 다시 찾아올 미지의 미래에 대해 막연한 불안을 느끼며 "오들오들 떨고 있을 뿐이다." 그의 철저한 절망과 걷잡을 수 없는 죽음본능이 식민지배의 정치적 압력에서 오는 것이라고 보기는 어려울 듯하다. 그보다는 그의 절망은 실존적이고 근원적인 내면의 분열과 자의식의 붕괴에서 오는 것이라고 보는 것이 보다 타당한 견해로 여겨진다. 우선 그 절망의 원인으로는 '진정한 만남과 소통의 불가능성'52)에서 오는 것으로 판단하는 견해가 있다. 또한 부모를 일찍 여의고 백부 슬하에서 자라났다는 가족사의 문제를 정신분석적 접근으로 해명하는 경우도 있다.53) 그리고 자신의 문학세계가 당대의 독자들에게 받아들여지지 못했다는 절망감에

---

52) 김윤식·김현(1991), 『한국문학사』, 민음사. "이상이 비판하고 있는 것은 진정한 만남이란 과연 가능한 것일까 하는 것과 연애니 결혼이니 하는 것은 서로가 서로를 사랑하고 있다는 거짓신앙의 표현이 아닌가 하는 것이다. 이상의 경우에는 그 불안과 회의가 가장 가까운 아내와의 관계에서 생겨난다."(189-190쪽)
53) 이의 대표적인 견해로 김윤식의 『이상연구』(문학사상사, 1994)를 들 수 있다. 김윤식은 이 책에서 이상이 1912년 2살 때 백부 김필연의 집으로 가서 1932년 백부가 사망할 때까지 양자로 성장했으며, 그가 백부에 대한 증오와 복수심을 품고 있었다고 본다. 그리고 그의 처녀작 「12월 12일」은 그러한 이상 자신의 심리적 복수극이라고 평한다. 이 소설의 일부를 인용해 둔다. "저들은 어찌하여 나의 생각하는 바를 이해하여 주지 아니할까. 나는 이렇게 생각하여 옳다하는 것인데 어찌하여 저들은 저렇게 생각하여 옳다는 것일까. 이러한 어리석은 생각은 하여볼 겨를도 없이, 세상이란 그런 것이야. 네가 생각하는 바와 다른 것, 때로는 정반대되는 것, 그것이 세상이라는 것이야. 이러한 결정적인 해답이 오직 질풍 신뢰적으로 나이 아무 청산도 주관도 없는 사랑을 일약 점령하여 버리고 말았다. 그 후에 나는 네가 세상에 그 어떠한 것을 알고자 할 때에는 우선 네가 먼저, 그것에 대하여 생각하여 보아라. 그런 다음에 너는 해답의 대칭점을 구한다면 그것은 최후의 그것의 정확한 해답일 것이니, 하는 이러한 참혹한 비결까지 얻어놓았다.// 불행한 운명 가운데서 난 사람은, 끝끝내 불행한 운명 가운데서 울어야만 한다. 그 가운데서 약간의 변화쯤 있다 하더라도 속지 말라, 그것은 다만 그 〈불행한 운명〉의 굴곡에 지나지 않는 것이다."(이상, 「12월 12일」)

안식처이자 음악감상실로서 다방의 존재 의의가 설명되고 있다. '실수'에서는 인력거를 타는 경성의 풍물들이 소개되고 있다. 이러한 도시의 풍물들을 바라보는 이상의 시선은 성천의 그것과는 판이하게 매우 건조하고 지리멸렬하다. 그렇다면 그가 꿈꾸던 모더니티의 풍경은 과연 무엇이었던가. 조선의 경성으로 상징되는 모더니티에의 경사는 궁극적으로 그의 동경행을 촉발시킨다. 그러나 동경에 그가 가서 본 근대의 풍물이라는 것은 초라하고 실망스럽기 짝이 없는 것이었다. "어쨌든 이 都市는 몹시 '깨솔링' 내가 나는구나! 가 東京의 첫 印象이다."58) 동경에 대한 실망감과 환멸은 그의 「私信(七)」59)에서 보다 분명하게 드러난다.

> 그러나 저러나 東京 오기는 왔는데 나는 至今 누워 있소 그려. 每午後면 똑 起動 못할 程度로 熱이 나서 성가셔서 죽겠오그려.// 東京이란 참 치사스런 都십디다. 예다 대면 京城이란 얼마나 人心 좋고 살기 좋은 '閑寂한 農村'인지 모르겠습디다.// 어디를 가도 口味가 당기는 것이 없오그려! キサナ(마음에 걸리게도: 필자) 表皮的인 西歐的 惡臭의 말하자면 그저 分子式이 겨우 輸入이 되어서 ホンモノ(진짜: 필자)行世를 하는 꼴이란 참 구역질이 날 일이요.// 나는 참 東京이 이따위 卑俗 그것과 シナモノ(물건: 필자)인 줄은 그래도 몰랐오. 그래도 뭐이 있겠거니 했드니 果然 속빈 강정 그것이오.……事實 나는 요새 그따위 詩밖에 써지지 않는구려. 차라리 그래서 徹底히 小說을 쓸 決心이오. 암만해도 나는 十九世紀와 二十世紀 틈사구니에 끼여 卒徒하려 드는 無賴漢인 모양이오. 完全히 二十世紀 사람이 되기에는 내 血管에는 너무도 많은 十九世紀의 嚴肅한 道德性의 피가 威脅하듯이 흐르고 있소그려. (234-235)

앞에서 이상은 1930년대의 식민지 조선의 풍경을 계승해야 할 전

---

58) 이상, 「東京」, 『문장』, 1939. 5, 유고로 발표되었음, 『전집』 3, 95쪽.
59) 이상, 「私信(七)」, 『여성』, 1936. 8〜1937. 1(이상이 김기림에게 보낸 편지).

통이 살아 숨 쉬는 곳이 아니라 죽어야 할 유물들이 잔존하고 있는 '골동품'의 세계, 전근대적인 '한적한 농촌'으로 인식하고 있음을 알수 있었다. 경성의 풍속에 대한 묘사가 메마르고 무미건조한 문체로 일관하고 있는 것은 이 때문이다. 이처럼 그의 의식이 지향하고 있었던 모더니티의 세계는 경성에서 발견되지 않았고, 따라서 그가 식민지 종주국의 수도 동경(東京)으로 향했던 것은 '자기 정체성'을 확인하기 위한 필연적인 논리적 귀결이라 할 것이다. 그러나 그가 동경에서 발견했던 것은 무엇이었던가. 위 예문에서 드러나듯이 그가 본 것은, '표피적인 서구적 악취', 다시 말해 가짜 모더니티가 진짜 행세를 하고 있는 비속한 '속 빈 강정'에 불과했던 것이다. 여기에서 이상은 참으로 절망할 수밖에 없었다. 자신이 그토록 갈망하던 모더니티의 실체가 사실은 껍데기에 불과했다는 것, 그 사실이야말로 이상을 도저한 비관으로 이끌었던 것이라고 할 수 있다. 분자식이라는 수학(數學)의 기하학적 언어로 상징되는 모더니티의 세계가 식민지 조선의 역사적 구체성이 아니라 결국에는 머릿속에서 관념으로만 존재하는 절대 추상의 세계이자 심리적 가상(假像)에 불과했던 것이다. 이로써 이상이 성천기행 관련 수필에서 농촌의 풍경에 도시적 이미지를 부여함으로써 풍요로운 감각의 향연(饗宴)을 펼쳐 놓았던 이유가 설명될 수 있을 것이다. 즉 그것은 실제로 존재하지 않았던 모더니티의 세계를 원시적인 성천의 자연물에 '투사(injection)'함으로써 얻어지는 '상상적 동일시(imaginary identification)'의 심리적 메커니즘이다. 그것은 상징계의 억압적 현실원칙을 고려하지 않은 채, 상상계 속에서의 낭만적 합일을 통해 '주체(이상의 내면)'와 '대상(식민지 조선의 모더니티)'과의 간극과 거리를 없애려는 심리 기제가 작동하고 있는 것이

다. 따라서 경성이나 동경이라는 도시로 상징되는 이상의 모더니티에
로의 경사는 필연적으로 육화(肉化)된 모더니티의 세계에 도달할 수
없었다. 한편으로 그것은 19세기의 도덕률이 여전히 지배하는 세계
속에서 20세기적 '자기윤리'를 정립하려는 시도이기도 했다. 기존의
공동체의 규범은 철저히 파괴되는 과정 속에서 모더니티의 정립과
제국주의의 식민지배를 동시에 경험해야 했던 20세기 전반기 한국에
서, 체화된 근대주의에 도달하는 것은 역사적으로도 문학적으로 불가
능한 일이었다. 그것은 이상의 경우에서처럼 상상적 동일시를 통해서
만 가능한 일이었다. 따라서 모더니티의 극한으로까지 철저하게 자신
을 내몰았고 그 모더니티의 근본적 타자성에 의해 파산되었던 이상
의 내면과 처절한 절망은 그의 한계이면서 동시에 역사적 한계이기
도 하다 할 것이다.

4. 맺음말

　이상의 수필은 그의 시, 소설에 못지않은 뛰어난 예술적 성취를 이
루었다. 그것은 수필이 지니는 장르적 속성에 기인하는 것이기도 하
고, 이상 자신의 내면이 과장이나 은폐됨 없이 진솔하게 표출되고 있
기 때문이기도 하다. 이상 수필의 백미와 진경을 이루고 있는 것은
성천기행 관련 수필들이다. 그것은 성천이라는 농촌의 체험이 서울토
박이인 이상에게 신선한 자극으로 다가왔기 때문이고, 그는 그 경험
을 바탕으로 아름답고 선명한 인상화를 남겼다. 그리고 그 미학적 구
현은 원시적이고 풍요로운 자연물에 도시적 이미지를 채색하는 것을
통해서 이루어졌다. 「산촌여정」에서 우리는 풍부한 메타포를 발견할

수 있으며 이 무의식적 기저에는 모더니티에로의 심리적 경사라는 그의 의식지향성을 엿볼 수 있었다. 여행이 풍경의 발견과 자아의 발견으로 압축될 수 있는 것이라면, 「산촌여정」은 전자를 대표하고 「권태」는 후자를 대표한다. 특히 「권태」는 이상 자신의 의식의 분열상을 극명하게 보여 주고 있는 것으로, 그의 내면이 죽음본능에 의해 추동되고 있음을 볼 수 있었다. 이와 정반대의 시각에서 경성의 풍물을 묘사하고 있는 「조춘점묘」나 「추등잡필」은 1930년대 식민지 조선의 현실을 이상이 부정적으로 파악하고 있었다는 점을 뚜렷하게 드러내고 있다. 한편으로 역설적이게도 그 자신 또한 전통적인 윤리 규범으로부터 자유롭지 못하다는 점을 이상은 절망적으로 인식하였다. 그는 식민지 조선에서 구현 가능하지 않은 추상적 모더니티의 세계에 매달림으로써 1930년대 식민지 조선의 구체적 전체성을 포착하는 데 실패하였다. 그러나 그것은 또한 역사적 한계이기도 하다.

Ⅳ. 홍구범 단편 연구
—해방전후사의 인식과 관련하여

1. 해방기 사회·경제사에 대한 문학적 인식

홍구범은 해방기의 약 4년 동안 왕성한 창작활동을 벌이던 중 납북된 비운의 작가이다. 동화나 수필 등의 산문을 제외하고, 그는 총 12편의 단편과 중편 1편, 미완의 장편 하나를 남겼다. 본고는 해방 전후사에 대한 홍구범의 문학적 인식의 문제를 그의 단편을 중심으로 살펴보고, 그의 문학 활동에 상응하는 문학사적 의의를 조명하고자 한다. 그의 문학에 대한 평가는 당대 문인들의 몇몇 단평60)과 권희돈 등의 연구61)를 제외하면 거의 전무한 실정이다. 이는 그의 문학이 해

---

60) 조연현, 「홍구범의 인간과 문학」, 『영문』 8호, 1949. 11.
　　____, 「홍구범은 어디에 있는가-납치된 작가에의 회고」, 『문예』 12호, 1950. 12.
　　김동리, 「나를 찾아서」, 『김동리전집』 8권, 민음사, 1997.
61) 권희돈, 「홍구범 소설 연구」, 『청주문학』 2호, 한국민예총충북지회문학위원회, 1996.
　　____, 「광복기 소설 연구-홍구범의 경우」, 『새교육연구』 63호, 한국국어교육학회, 2002.
　　____, 「홍구범의 '서울 길' 연구」, 『인문과학논집』 38집, 청주대한국문화연구소, 2009.
　　김영도, 「홍구범 단편소설의 인물 연구」, 청주대 석사학위논문, 2008.

방기의 짧은 기간에 집중되어 있으며 한국전쟁기 전사(戰死)한 것으로 추정되는 전기적 사실에서 일차적으로 기인한다. 그의 피랍 후 행적에 대해서는 아직까지 정확한 정보가 없다. 이후 그는 남·북의 문단 모두에서 잊혔으며 최근에서야 그의 작품 중 일부가 복원되었다.62) 통상 해방공간 혹은 해방기라는 연대기적 시간은 1945년 8월 15일, 식민지 조선의 해방으로부터 1950년 6월 25일, 한국전쟁의 발발 이전까지의 시기를 이르는 명칭으로 사용된다. 이 시기는 해방의 기쁨과 함께 민족국가의 건설이라는 정치적 명제가 모든 사회적 이슈들을 압도하던 시기였다. 그리고 얼마 지나지 않아 한국전쟁이라는 민족사 최대의 수난과 분단이라는 비극의 씨앗이 내부적으로 잉태되고 있었던 역사의 격변기로 이해된다. 그리고 분단 이전 북쪽에서는 소련군이 진주하고 남쪽에서는 미군정의 실시로 한반도의 정치사가 제국주의의 영향권 아래 다시금 놓이게 되었던 시기이기도 하다. 홍구범의 소설은 이러한 해방기의 정치적 혼란을 직간접적인 배경으로 하고 있다. 그리고 보다 구체적으로는 해방기의 사회·경제사를 그의 문학의 배면에 깔고 있다. 그것은 해방기만을 대상으로 하지 않고 해방 전후사의 역사적 기원에 대한 탐색까지를 포함하고 있어 한국사의 격변기에 대한 그의 문학적 인식을 짐작하게 한다.63) 본고는 이러

김외곤, 「홍구범 소설 연구」, 『호서문화논총』 14집, 1995.
62) 2009년 현대문학사에서 권희돈이 엮은 그의 작품집이 전집의 형태로 발간되었다(권희돈 편, 『홍구범 선집』, 현대문학, 2009). 이 책이 전집이라는 명칭을 사용하고 있으나 아직까지 그가 남긴 텍스트에 대한 면밀한 조사가 이루어지지 않은 상태이기 때문에, 그의 문학에 대한 온전하고 완전한 집성(集成)은 여전히 미완이라 하겠다. 본고는 편의상 일단 이 책에 실린 텍스트를 분석의 대상으로 하며, 본문에서는 이 책의 쪽수만 표기하기로 한다. 한편 1981년 3월에는 『중원문학』 2집에 「잊혀진 향토 출신 작가 홍구범을 찾아」라는 특집이 마련되어 세간의 관심을 끌기 시작했고, 1995년 충북민예총문학분과위원회 주최로 〈제1회 홍구범 문학제〉가 개최되었으며, 2007년에는 충북작가회의 주최 〈제2회 홍구범 문학제〉 기간 중에 『창고 근처 사람들』이라는 단편집이 권희돈 편으로 푸른사상사에서 나오면서 그의 문학이 본격적으로 세상에 알려지기 시작했다.
63) 통상 해방기 문학은 역사적 의미의 시간 구조를 지니지 않은 '해방공간'으로 지칭되기도 하나, 역사적 단

한 해방 전후사에 대한 그의 문학적 인식을 본격적으로 문제 삼고자 한다. 홍구범은 1947년 5월 잡지, 『백민』에 「봄이 오면」이라는 단편 소설을 김동리의 추천에 의해 발표하면서 문단에 데뷔하였다.64) 이 작품은 엄밀히 말해 짧은 소품에 지나지 않는 것이지만 이후 그의 문학적 행정(行程)을 예비하고 있는 바가 적지 않아 세밀한 검토가 필요해 보인다. 「봄이 오면」은 순녀와 순희 자매를 중심으로 그들의 부모와 이웃들의 형편, 그리고 해방기의 사회상을 특별한 소설적 장치를 통하지 않고 여과 없이 드러내고 있다. 이 작품에서 해방 전후의 역사가 일상인들의 피부에서 감지되고 있는 양상들은 다음과 같이 파악된다.

> 절기로는 이미 봄철에 들었건만 날씨는 엄동 그대로 연방 춥고 쌀쌀할 뿐이다. 매일같이 이제 내일이면 그래도 좀 날씨가 좀 풀리리란 그 내일이 가고, 또 가도 좀처럼 돌아오지 않았다. (21쪽)// "이 년아, 넉살도 좋다. 중학교커녕 구구로 집에 붙어 있기만 해도 좋겠다. 그러나 애비 어미로서는 아무리 살려고 애를 써도 살 수 없는 세상 ! 일을 잡을 게 있느냐, 누가 살려주는 놈들이 있느냐. 이제 와서는 눈앞에 보이는 것도 없다." (25쪽)// "그것도 전같이 농사래도 마음대로 지어 좀 먹고 살기에 고통이 없었다면 누가 뭐라 하겠나요"/ "사실 우리도 말이야 똑바로 말이지 이곳에 오기 전만 해도 남에게 구차한 소리 안 하고 지냈다오. 그런데 지금 와서는 고국이라고 찾아온 게 후회가 되니 어쩌면 좋겠어요? 그러니 별 수

계로서 해방기는 연대기적 실존성을 지녔으며 이 시기가 갖고 있는 특이성은 당대의 문학작품을 통해 형상화되고 있다는 인식하에, 본고는 '해방기'라는 용어를 보다 온당한 것으로 선택하고자 한다. 그리고 그것은 해방기의 역사적 현상들이 돌출적으로 등장한 것이 아니라 그것의 기원으로서 전사(前史)를 지닌다는 판단을 전제로 한다.

64) "1948년 7월에 『문예』가 창간되면서부터 추천제가 생겼고, 따라서 나는 이 추천제에 의하여 소설만 맡아보게 되었다. 『문예』 추천제 이전에 내가 추천한 소설가를 굳이 찾아내라고 하면, 지금 이북으로 납치되어 가 있는 홍구범 씨를 들 수 있을 것이다. 홍구범 씨는 일제시대 내가 절간에서 요양하고 있을 때, 당시 열여덟 살의 홍안 소년으로 나를 찾아왔던 사람이다. 서울서 어느 사립 중학교엔가 다니다가 중퇴를 하고 왔다면서, 처음으로 작품(소설) 한 편을 내어놓기에 읽어보았더니, 틀림없이 작가가 될 사람의 작품이었다." (429–430쪽)(김동리, 「나를 찾아서」, 『김동리 전집』 8권, 민음사, 1997)

없이 어린 숙이까지 거리로 내보내게 되었으니 사는 게 아니라 죽
는 것만 못하지만, 그렇다고 그 외 무슨 뾰족한 수가 있어야지 말
이지……(하 략).” (28-29쪽)// 그런데 지금쯤이면 그 전 간도성에서
살던 때와 같이, 어머니의 제 말 끝에 반드시 아버지의 그 커다란
웃음소리가 들려야 할 터인데, 아무런 기척이 없는 데는 순녀도 사
뭇 이상스러웠다. (39쪽)

해방기의 나날의 삶을 사는 일상인들에게 그것은 춥고 쌀쌀한 엄
동(嚴冬)으로 인식된다. 간도에 살 때는 비록 남의 땅일망정 먹고사는
데는 지장이 없어, 남에게 구차한 소리를 하지 않고 순녀의 가족은
지냈다. 그런데 해방 이후 고국이라고 찾은 조선 땅은 그들에게 생계
의 문제조차 해결해 주지 못한다. 어린 순녀는 가족을 부양하기 위해
길거리 좌판에 나앉아 있고, 언니인 순희는 공부를 하고 싶어도 어머
니의 등쌀에 학교에 나가질 못한다. 그들의 부모도 뾰족한 수가 있는
건 아니다. 순녀의 부모는 고심 끝에 순희를 술 파는 계집으로 팔아
넘기려고 한다. 가족들의 입가에 웃음소리가 사라진 지는 이미 오래
이다. 봄이 찾아왔지만 여전히 춥기만 한 그들에게 계절은 말 그대로
‘춘래불사춘(春來不似春)’으로 느껴지고 있는 것이다. 그들은 쌀을 공
급박기 위해 기약 없는 ‘쌀표’를 기다리며 하루하루를 지운다. 이 작
품에서 그들의 생활고와 먹고사는 일의 어려움은 어린 순녀의 의식
을 통해 그대로 드러난다. 그녀는 아동 노동에 시달리고 있는 것이다.
문제는 그러한 문제적 상황을 문제로 느끼지 못하며 이러한 가치전
도 현상에 대해서도 건전한 비판의식을 그녀가 상실하고 있다는 점
이다. 오직 돈 버는 일에 속박되어 있는 그녀의 의식은, “그렇게만 된
다면 그까지 이런 짓 안 하고도 얼마든지 돈을 벌 수 있을 것이다. 그
러면 순희 모양으로 구박을 받는 대신 얼마든지 어머니와 아버지에

게 귀여움을 받을 것은 말할 것도 없고 그들도 좋아들 할 것이 아닌
가. 이렇게만 된다면 학교 다니는 것도 부럽기는커녕 그까진 데는 다
녀 무엇하랴 싶은 마음까지 들다 순녀는 학교에 넋을 잃은 순희가 바
보 같기만 하였다(41쪽)"라는 소설 속 진술에서 여실히 드러난다. 돈
벌이에 노예가 되어 있는 순녀는 지나가는 행인들을 구매자로서만
인식한다. 그들은 순녀에게 각자의 개성으로 평가되는 것이 아니라
물건을 살 것인가 아닌가로만 판단된다. "순녀의 모든 관심은 다만
거리로만 쏠려 어느 누가 저한테 물건을 사러 오지 않나 하는 초조로
움으로 일관하여 지내던 것이다."(22쪽) 이러한 정황은 작품의 작은
일화인, 담뱃불을 빌리려다 그녀에게 오징어 다섯 마리를 사게 되는
한 남자와의 에피소드를 통해서 분명히 드러나고 있다. 한 중년 남자
가 순녀에게 담뱃불을 얻기 위해 화롯불을 잠시 빌리자고 청한다. 불
씨가 꺼져 버린 순녀는 직감적으로 화롯불 대신 성냥불을 행인에게
건넨다. 담뱃불을 얻은 남자는 그냥 가려다 돌아와서 꼭 필요하지 않
은 오징어를 그녀의 가게에서 사게 된다. 이러한 상황을 알지 못하는
순녀의 어머니는 그녀에게 타박을 주지만 전후사정을 알게 되자 어
머니는 크게 기뻐하며 순녀를 칭찬한다. 언니 순희로 인해 마음이 상
했던 순녀의 어머니에 대한 미움은 눈 녹듯이 사리지고, 돈을 구하러
나갔다 돌아온 아버지에게서도 칭찬을 기다린다. 순녀는 또다시, "날
씨가 풀리기만 하면…… 하고 속으로 굳게굳게 되풀이하여 지껄"(41
쪽)이며 소설은 끝을 맺고 있다.

　해방기의 경제적 혼란상은 「탄식」(『백민』, 1947. 11.)에서도 드러난
다. 현재 밀수출 기능자의 한 사람인 'R'의 이재(理財) 과정은, "북조
선으로 쌀을 몰래 가져갔다. 광목도 가져갔다. 또 인삼도. 그리고 그

곳에서는 해산물, 종이 등을 가져왔다. 이러기를 몇 달 동안 하고 보니, 그의 재력은 나날이 늘어 갈 수밖에 없었다"(43쪽) 등의 진술로 직접 표현되고 있다. 그는 남북의 시세 차익으로 이윤을 축적해 가는 밀수업자인 것이다. 그에게는 'K'라는 오랜 친구가 있다. 그들은 "지극히 친밀한 친구"(43쪽)로서 "어렸을 때부터 그들의 언어, 행동은 한 몸 같았"(43쪽)던 사이다. 처음에는 R도 어려운 형편인 K를 기꺼이 도와주었으나, 점차 "K를 생각할 때마다 머리를 절레절레 흔들 만큼 그를 비참하고도 무능한 인물로 인정"(44쪽)하였으며 그와는 앞으로 "일전 한 푼의 돈 상관이나 말도 하지 말자던 요즈음의 결심"(42쪽)을 갖게 되었다. 그는 이제 자신에게 이득이 되지 않는 K에게 "동정을 시여(施興)하는 것이 자기로서 할 의무가 어디 있느냐 싶은"(44쪽) 마음이고, "남을 동정하는 현재의 마음을 없애지 않으면 어떻게 돈을 벌 수 있을까"(44쪽) 하고 고심한다. 다시 도움을 청하러 온 그에게 R은 돈이 없다며 "얼굴을 몇 번이나 붉히며 간신히"(45쪽) 부탁을 거절한다. 그리고 그때의 자기 태도가 부자연했던 것을 생각해 내고는, "그까짓 일쯤을 이렇게 힘을 들여야 되다니……. 어쨌든 나는 돈 벌 놈이 못 된다……. 으흐흐……"(45쪽) 하며 또 '탄식'을 한다는 것이 이 짧은 소설의 내용이다. 해방기의 혼란상이 그에게 경제적 부를 안겨다 주었으나 이는 순수했던 그의 영혼의 변질을 의미하는 일이기도 한 것이다. 그 의식의 타락과정을 홍구범은 불과 4페이지 남짓한 분량에서, 섬세한 심리묘사를 통해 그려 내고 있다. 해방기 경제의 궁핍상은 서민뿐만 아니라 인텔리 계층이라고 다를 바는 없다. 「폭소」(『구국』, 1948. 1.)는 해방 후 가난한 인텔리이자 소설가인 '범규'가 생활고에 시달리다 못해 호구지책으로 자신의 책을 하나둘씩 팔게 된다는 이야기이다. 아내인 '란'은 "일년 가야 한 장의 독서나마도 안 하면서 날이 갈수록 책이 줄어드는 데는 섭섭한 모양"(46쪽)이다. 원고는 첩첩 쌓여 가지만 무엇 하나 작품으로 발표된 것이 없으면서도, 범규는 아내에게 곧 돈이 생긴다고 속이며 하루하루를 버틴다. 결혼 생활이 결코 장밋빛만으로 채색되어 있지 않으며 현실이라는 리얼리즘에 속해 있다는 평범한 사실을 이 작품은 담담하게 서술해 나간다. 범규는 "남편의 월급만으로는 도저히 생활할 수 없다는 것을 알아차"(46쪽)리고 점차 불만을 토로해 가는 란의 "태도 전부가 미워짐을 참지 못"(52쪽)하고, 한편으로 쪼들리는 살림에 대해 '환멸'을 느끼게 된다. 그러던 어느 날, 그의 집에 이북에서 온 전재민(戰災民) 소녀가 밥을 구걸하러 찾아온다. 그런데 그 소녀조차도 그들의 초라한 행색을 눈치 채고는 "곧장 문밖으로 달아나다시피 나가"(53쪽) 버린다. 이에 범규는 터져 나오는 '폭소'를 참지 못한다. 이는 결코 유쾌할 수 없는, 생활고에서 오는 쓸쓸한 웃음이자 비애에 찬 실소가 아닐 수 없다. 해방기 경제의 불안정성과 투기적 성격은 「서울 길」(『해동공론』, 1946. 3.)이라는 인상적인 단편에서 보다 자세히 묘사된다. 3인칭으로 서술되고 있는 이 작품에서, 일본 패잔병에게 헐값으로 사들인 화물차로 여객(旅客) 장사를 하고 있는 '화주'는 돈이 주는 활기로 넘쳐흐른다. "팔월 십오일 이후에 기른 머리에는 반지르르하게 기름을 듬뿍 바른데다가 외투 섶을 틈이 없도록 여미고 웅숭그러 앉아 있으면서도 연하여 안경을 통해 조수를 바라보며 우월감으로 인한 기쁨을 금치 못하는 기색"(111쪽)을 띠고 있다. "몇 해 동안의 교통 불편은 해방 후 지금도 그 상태를 벗어나지 못했다. 오직 화물차를 이용하여 쌓인 짐과 함께 여행을 함이 지금 와서는 평범한 일이 되어버린 것뿐

이다.”(110쪽) 이 외에 화주의 치부와 당시 상품의 교환과정은 다음과
같이 묘사된다.

> “수단이랄 게 뭐 있겠소. 때의 운수가 밝혀주었다고 밖에는…… 왜
> 연말에 군정청 발표로 쌀 한 말 최고 가격을 삼십팔 원으로 하고
> 그 액수를 넘겨 매매하면 시국의 반역자로서 엄벌한다는 통에 팔
> 기가 수월하였다고 할 수 있지요. 하하하. 그런 형세에 어두운 무
> 지한 자들은 어떻게 돌아갈는지를 어디 알아야지. 일월 일일이 오
> 기 전에 조금이라도 더 받고 팔려는 통에 내가 금전이 유통되는 한
> 팔아놓았단 말이지.”하고 버릇되다시피 한 미소를 띠고 나서 다시
> 말을 이어 “이런 때에 눈만 잘 뜨고 있으면 일이십만 원 벌기는 문
> 제없지.” (112쪽)// 그는 가는 길로 짐을 내려놓고 오늘 밤부터라도
> 장안 과자업자들을 찾아 시세를 맞추어보자는 심사였다. 그리하여
> 처분을 하는 대로 다시 계획하고 있는 대두박(大豆粕)을 사서 시골
> 농민에게 넘기어야 될 것이다. 농번기는 가까워가도 비료 띠어오는
> 농민은 한 놈도 없다. 그만치 그들의 눈은 아직도 어두웠다. 이것
> 만 몇 차 하여 온다면 수지는 또 맞을 것이다. 비료 없이 농사는 지
> 을 수 없으니까 사지 않을 사람은 없다고…… 하는, 이런 것을 생각
> 하여 내인 자기의 명철한 두뇌에 대하여 스스로 다시금 놀라며 기
> 뻐하였다. (120쪽)

해방기 경제구조 속에서 상품은 본유(本有)의 사용가치를 상실하고
교환가치로만 환산된다. 또한 상품은 투여된 사회적 노동시간에 따른
‘등가교환’[65])의 형태를 벗어나 상품의 독점을 통한 ‘부등가교환’[66])이
경제의 지배적 원리가 된다.[67]) 작품의 주 인물인 노인은, “해방되자

---

65) 상품의 가치와 가격(화폐량)이 일치하는 교환을 뜻한다. 가치와 가격의 일치는 그 상품에 대한 수요·공급
이 엄밀히 일치하는 경우에 한정된다. 자본주의 사회에서는 양자가 일치하는 것은 아주 희소하고 대개의
경우 엄밀한 의미의 등가교환은 이루어지지 않는다. 그러나 부단한 부등가교환을 통하여 평균적으로 또는
관념적으로 등가교환이 성립된다. 등가교환은 원래 마르크스주의 경제학에서 쓰는 용어로, 이때의 가치는
사회가치를 말하는 것으로 상품생산에 요하는 사회적 노동시간이며 같은 사회적 노동의 생산물만이 등가
물로서 교환된다.
66) 가치가 같지 아니한 것을 서로 바꾸는 일로, 자본가가 식민지나 자국의 농민에게 식량과 원료를 헐값으로
사고 상품을 독점 가격으로 비싸게 파는 방법이 이에 해당한다. 비등가교환이라는 말로도 쓰인다.

이렇게 시골구석에서 썩으면 나라가 서도 사람값에 못 간다고 고학인가 한다고 도망을 간"(127쪽) 손자가 늑막염에 걸려 위독하다는 전보를 받고 화물차에 오른다. 그러나 가난한 노인의 손에는 승차요금 290원에는 모자란 200원밖에 쥐어져 있지 않다. 노인은 회계를 맡고 있는 조수에게 사정해 보지만 화주와 조수는 매몰차게 노인의 부탁을 뿌리친다. 결국 노인은 서울에 못 미쳐 경안에서 강제로 길바닥에 내동댕이쳐진다. 연장자에 대한 존중이나 사회적 약자에 대한 배려는 이윤을 좇는 사회의 윤리에서 배제된다. 상품의 원리가 사회를 지배하는 척도로 군림하게 되며 모든 가치는 투입량과 산출량이라는 계산가능성에 따라 배치된다. 자본주의 경제 질서가 사회의 지배적 원리가 되어 감에 따라 나타나는, 이와 같은 의식의 '사물화' 현상과 이에 대한 반성의 문제는 「귀거래」(『민성』, 1949. 2.) 등 작품에서 보다 분명히 표현된다. 이를 고찰하기로 한다.

2. 의식의 사물화와 민중적 연대의식

「귀거래」는 해방 후 이 년 동안 무려 열세 번이나 이사를 했다가, 결국에는 시골로 낙향하게 된 '순구'라는 인물의 신변잡사와 자기성찰 과정을 다룬 작품이다. 그는 처음에 서울로 올라올 때는 "그야말로 하늘 끝까지 치오를 수 있는 청운의 뜻을 품은 것이 커다란 원인이었"(54쪽)던 것이나, 막상 서울에 올라와서는 "청운의 번갯불은 잠

---

67) 이러한 현상은 해방기 자본주의 경제에서만 특징적으로 나타나는 것이라 보기 어려우며 자본주의 경제 질서의 보편적 현상으로 보는 것이 보다 온당할 것이다. 가령 이는 일제강점기 식민경제구조 속에서도 드러나는 현상이라 하겠다. 그러나 해방기의 사회·정치적 혼란상을 배경으로 이 같은 가치전도현상과 비정상적 자본의 이동과정은 보다 노골적인 양상과 극적인 형태를 띠고 있었다고 할 수 있을 것이다.

시였고 위험하고 닥치는 것은 모조리 불안과 초조로움뿐이었다"(55쪽)고 회고한다. 그것은 "모두가 돈이 없는 탓"(55쪽)이었다고 그는 술회한다. 거듭 덮쳐드는 고생에 못 이겨 그는 "아무런 목표도 없이 그저 서울보다는 좀 나으리라는 암담한 생각으로"(55쪽) 시골로 내려간다. 그는 뜻밖에도 시골에서 어떤 친척의 은혜로 "시골에서 제일 돈을 잘 벌 수 있다는 촌으로 비교적 큰 술 양조장"(56쪽)을 맡아 보게 되었다. 그러면서도 몇 달 동안은 서울에서 진 빚을 갚을 생각은 하지도 않고 있다가, 어느 순간 그 빚을 모두 청산하겠다는 결심을 하고 실행에 옮긴다. 이야기의 실마리는 여기서부터 풀려 나가는데, 부채 청산의 계기가 됐던 인물은 '박성달'이라는 이름의 촌사람이었다. 소설은 박성달과의 만남의 과정을 서서히 묘사해 나간다. 그는 일정한 직업이 없이 전 주인 윤 씨 밑에서 거간꾼 노릇을 하던 인물이다. 이후 양조장 영업과 관련하여 원자재의 구입문제가 서술되는데, 이 부분 역시 해방기 경제의 실상을 짐작하게 하는 대목이다.

> 이에 따라 얼마 지난 후이면 순이익이 이만큼 쥐어질 수 있다는 계획 장부도 따로 내용적으로 편들고 있는 중인데 특히 이날은 원료품인 쌀과 나무가 며칠 못 가서 없어질 것 같아 이것을 구입할 도리를 강구하고 있었다. 여간해 돈 가지고도 마음대로 싸게 살 수 없는 것이 바로 이 두 가지인 제일 중요한 쌀과 그리고는 나무였다. 다른 원료인 누룩이라면 지정된 제조회사가 있고 또한 일정한 금액이라 마음대로 사들일 수 있었는데 쌀과 나무는 그렇지 않았다./ 쌀로 말하면 원래 전부터 내려다지 한 장[市日]마다 말에 오십 원에서 칠십 원 심지어는 백 원까지 폭등하여 현재엔 이천이백 원이라는 엄청난 시세였다. 이러하였으니 쌀장수들은 그들 견해대로 앞으로는 더 오르리란 심사여서 잔뜩 감춰두고 내지를 않는 바람에 한두 말 상대가 아닌 하루에 몇 섬씩 소비하는 이 공장에서는 모든 게 치명상이 아닐 수 없었다. 또한 나무도 역시 같은 형편이

었다. 해방되면서부터 마구 잘려버려 산이란 산은 보이는 곳마다 전부가 벌거숭이가 되고 말았다. 혹간 있어야 그것은 전부터 원래 엄중히 감시해 오던 보안림(保安林)이었고 그 외의 사유림(私有林)이 있어 벌채를 하고 싶어도 당국은 허가를 일절 사절하고 있으니 나도는 것이 없는 것도 물론 한두 집 뜨내기로 나오는 게 있다 쳐도 값이 몇 갑절 비싸진 데다 이것들도 수량에 있어 문제가 되지 않았다. (66쪽)

인용에서 알 수 있듯이, 해방기 농촌 경제는 산업자본가가 매점매석과 독과점을 통해 폭리를 취하는 불건전한 구조를 지니고 있었다. 원자재를 쉽게 구할 수 없는 순구는 쌀은 '이춘'이라는 인물을 통해 조달하려고 하고, 나무는 박성달을 통해 구하기로 마음먹는다. 여기에서 박성달은 매우 순박한 농촌의 인물로 묘사된다. 그는 품팔이한 돈이 생기면 주인 윤 씨의 금고에 착실히 맡겨 오던 터였고 윤 씨는 "보릿때는 보리짝 볏때에는 벼짝씩이나 실히 주면서 막 걱정"(61쪽)을 해주던 사람으로 그에게 기억된다. 그런 박성달이 윤 씨가 떠나자 마음을 의지할 데 없어 순구를 찾아온 것이다. 순구는 "전 주인에게 보답 못한 것을 자기에게 의지함으로써 살아나가자는 박의 심리가 희미하게나마 감지"(63쪽)하고 그를 보살펴 주기로 한다. 그러나 이춘은 순구와의 약속을 어기고 쌀값이 더 오르기만을 기다리며 배짱을 부리고, 믿었던 박성달마저 장작 계약을 하기는커녕 사사로이 장작 대금 천오백 원을 축내고 만다. 사실을 알게 된 순구는 이춘과 박성달을 싸잡아 멀쩡한 도둑놈이라고 쏘아붙인다. 그리고 "현재 자기 주위에 있는 모든 사람은 아귀"(73쪽)인 것처럼 생각된다. 박성달에게 남은 돈을 여러 차례 독촉하다가 그는 문득 "처음으로 자기란 것을 느끼게"(73쪽) 된다. 돈에 무던히 집착하고 있는 자신을 발견했기 때문이다. 그는 번뇌의 밤을 지내는데, 그를 괴롭히는 마음의 악귀는 타자들이 아니라 자신의 내부에 있는 수많은 자아들과의 싸움이었고 그 내용은 다음과 같다.

> 빚을 주고 받으려는 마음./ 빚을 쓰고 갚으려는 마음.
> 받고 싶어도 못 받는 처지./ 주고 싶어도 못 주는 처지.
> 주고도 받지 않으려는 마음./ 쓰고도 주지 않으려는 마음. (74쪽)

인용문에서 드러나고 있는 갈등의 양상은 '사물화(事物化[物象化]: Verdinglichung)'[68]된 자기의식에 대한 반성과 이러한 의식의 분열상에 대한 성찰이다. 순구가 처음으로 자기란 것을 느끼게 되었다는 진술은 그래서 의식의 사물화에 맞서 순정한 자기의식을 회복하려는 자아의 내면적 고투와 그 흔적들을 일컫는 말이다. 이처럼 이춘과 박성달로 상징되는 사물화된 의식에 대해 배타적 시선으로 일관하지

---

68) 마르크스는 『자본론』의 상품분석을 통해, 생산품이 자본주의적 시장 경제 메커니즘 속에서 생산품 본래의 가치인 사용 가치 이 외에도 화폐를 매개로 하는 교환 가치가 생겨나며 상품 속에는 이중적 성격의 가치가 내재한다고 언급한 바 있다. 자본주의 상품 경제가 확대되면서 이중적 가치 중에서도 교환 가치가 절대적 우위를 차지하게 되고, 결국 상품은 교환 가치만을 지니고 있다는 가상(假象)을 갖도록 만든다는 것이다. 즉 인간의 노동이 배어 있는 상품이라는 생각보다는 추상적·가상적 속성만을 절대적인 실체로 간주하게 만드는 상품의 추상화 현상이 일어난다는 것이다. 마르크스는 이를 '상품의 물신성(Fetischcharakter der Ware)'이라 불렀다. 자본주의 사회의 의식 형태는 상품이 갖는 이중적 성격이나 노동의 매개 과정을 인식하지 못하고 밖으로 드러나는 가상적 현상 자체에만 집착하게 만들며, 인간과 상품과의 관계가 아닌 상품과 상품 간의 관계에만 집중하는 환각적 의식이라는 것이다. 마르크스는 다음과 같이 언급한다. "따라서 상품형식의 신비는, 상품형식이 인간들 자신의 노동의 사회적 성격을 노동생산물 자체의 대상적 성격으로서, 이 사물들의 사회적 자연속성으로 뒤집어[전도시켜] 반영한다는 데에 숨겨져 있다. 따라서 상품형식은 또한 생산자들이 총노동과 맺고 있는 사회적 관계를 생산자들 외부에 실존하는 대상들의 사회적 관계로서 뒤집어 반영한다. 바로 인 전도(quid pro quo)를 통해서 노동생산물은 상품, 즉 감각적이고 동시에 초감각적인, 혹은 사회적인 사물로 되는 것이다…… 인간들 자신의 특정한 사회적 관계가 여기에서 사물들의 관계라는 만화경(萬華鏡) 같은 형식을 취하는 것이다."(『자본론』 제1권, MEW 235, 839쪽) 루카치가 말한 의식의 사물화 현상이란, 마르크스가 말한 상품의 물신적 성격에 대응하는 것으로, "사물화로 인하여 인간 특유의 활동, 인간 특유의 노동이 객체적인 어떤 것, 인간으로부터 독립되어 인간에 낯선 자기법칙성을 통해서 인간을 지배하는 어떤 것으로서 인간에 대립되어 다가온다"(『역사와 계급의식』, 157쪽)라고 루카치는 주장한다. 자본주의 사회의 인간은 자신의 개성이나 인격과는 무관하게 스스로를 객관화시키면서 독자적으로 발전하는 이러한 사물화된 의식과 사회 형태, 사물화된 인간관계 속에서 소외를 경험한다. 루카치의 사물화 개념에 대한 보다 자세한 설명은 게오르그 루카치, 박정호·조만영 역, 『역사와 계급의식 – 맑스주의 변증법 연구』(거름, 1986)의 제4장 '사물화와 프롤레타리아의 의식', 153–311쪽을 참고할 것.

아무런 말도 없이 그냥 덤덤히 있다면 그걸 사람이라 할 수 있을
까. 그것은 참말 입장댁으로서 하지 않으면 안 될 마땅한 것에 틀
림이 없지 않은가./ 입장댁만이 아니다. 내년이란 인물은 비위 가진
사람년도 못 되는 천치이지, 낸들 입장댁과 같은 처지에 있지 않은
가. 다 같이 강 조합장 때문에 남편들을 일본으로 빼앗기고 오늘
거절당한 것만도 내가 중간에서 청한 것이니 둘이 다 천대받은 것
이 아니었든가. 그런데 왜 나는 가만히 있었는가. 도리어 입장댁을
미워하기까지 하였으니 내년이 사람년이랄 수 있으랴. 지금쯤 입장
댁은 얼마나 외로움에 쌓여 있으며 또 얼마나 나를 원망하고 있을
것인가……. (94-95쪽)

인용문은 차순네와 입장댁의 관계가 "참 하느님이 아마 중매한 것
이지 어찌 그렇게 친남매 이상으로 똑같이 만났을까"(84쪽)라는 식의
막연하고 추상적인 인간적 동류의식에서 프롤레타리아로서 동지적
연대감에 기초한 계급의식으로 전화(轉化)되고 있음을 말해 준다. 두
사람은 서로에게 섭섭한 마음을 접고 의형제를 맺기로 약속한다. 그
리고 차순네의 머릿속엔 불현듯 아까 입장댁이 말하던, 창고 밑바닥
에 뚫려 있는 구멍, 쌀, 비열한 강 조합장과 그의 식구들의 모습이 스
쳐 지나간다. 순간 차순네는 자신도 모르게 몸을 부르르 떨면서, "용
솟음쳐 나오는, 그러나 주체할 수 없을 만큼 자기를 무서워지게 하는
어떤 힘을 억제할 수" 없음을 깨닫는다. 그들은 나란히 사립문을 나
서 창고로 향한다. 그들의 손에는 자루와 바가지, 그리고 또한 성냥이
쥐어져 있다. 그들은 쌀로 가득 찬 창고에 불을 지른다. 그 와중에 차
순네는 실수로 화마(火魔)에 휩싸여 목숨을 잃고, 입장댁은 혼자 남은
차순이를 들쳐 업고 "영영 내 딸 삼을 걸"(108쪽) 다짐한다. 강 조합
장은 사건이 더 확대되면 공적 체면은 물론 도회의원의 꿈이 무산될
것을 우려해 사건을 서둘러 무마한다. 그리고 마을 유지들이 모인 자

리에서 "이 성전(聖戰)하에 이런 일이 있었다는 건 백 번 죽어도 저의 죄는 없어지지 않을 것"(105쪽)이라며 앞으로 신축될 신사(神社)의 비용을 전액 부담하기로 공언한다. 이 작품이 계급문제를 다소 도식적으로 파악하고 있다는 아쉬움은 있지만, 부르주아 계급의 사물화된 의식과 이에 대항하는 민중의 연대의식과 계급적 각성에 이르는 심리 변화의 추이(推移)를 충분한 개연성을 확보해 가며 제시하고 있다는 것은 뚜렷한 장점으로 보인다. 이러한 민중의 연대의식은 앞서 언급한 「서울 길」에서도 제시되는데, 가령 화물차에 동승한 중년 사내와 손자를 만나러 가는 노인은 대화 도중 서로 동병상련의 처지임을 깨닫는다. 가령 "그들은 이렇게 말을 주고받으면서 서로 의지하고 믿는 포근한 동료의 정의 같은 것을 느꼈다"(128쪽)라는 진술이나, 중도에 강제로 하차당한 노인을 바라보며 "중년 남자의 두 눈은 차가 달리는 쪽과는 반대 방향인 노인이 비틀거리는 곳을 향하여 좀체 움직이지 않았다"(140쪽)라는 결말의 서술 등이 그 예라 하겠다.

3. 인물의 '신빙성 없는(unreliable)' 진술과 서술자의 풍자적 시각

「농민─순만의 일생」(『문예』 창간호, 1949. 8.)과 「전설」(『문예』 4호, 1949. 11.), 「구일장(九日葬)」(『문예』 7호, 1950. 2.) 등의 작품은 사회·정치적 문제에는 무관하거나 실은 무관심한 인물이 역사적 사건과 격변기에 편승해 자신의 이기적 욕망과 잇속을 챙기는 과정을 풍자적 시선으로 조감하고 있는 작품들이다. 「농민」에서 지주 양 씨는 순만 부부의 노동력을 착취하는 인물로서 다음과 같이 묘사된다.

물자 부족으로 말미암아 모든 사람들은 죽지 못해 사는 판이건만 오직 양씨만은 이러한 통제기관을 모조리 도맡아 영리를 취하였다. 식량영단70)의 이 고장 이사장 심지어는 설탕이나 고무신 같은 배급품까지도 이 사람의 손을 거치지 않으면 일반에게 돌아가지 않을 만큼 중요한 지위를 확보하게 되어 전쟁이 끝날 임시에는 도평의원에까지 승진하게 되었다. 그는 모든 사람들의 상전이었다. 동리 안에서는 더욱 그러했다. 그가 시킨다면 주위에 살고 있는 사람들은 죽는 시늉까지도 할 만큼 되어 있었다. 잘못 어정거리다가는 땅을 떼여버리는 것은 맡아놓은 당상이다. 아무리 소작조정령71)까지 있어 군청이나 재판소의 간섭을 받아야 할까 말까 한 때였지만 양씨에 한해서만은 자기 마음대로 지주 행세를 하였다. (149쪽)

순만은 양 씨의 농간으로 그의 친척 대신 일본 구주로 징용을 끌려간다. 거기에서 그는 석탄 채굴기계에 왼팔을 잃고 만다. 해방이 되자 순만은 고향으로 돌아오지만 그의 처 복순은 이미 양 씨의 몽둥이질에 목숨을 잃었다는 사실을 알게 된다. 그리고 해방 이후 양 씨는 사람이 아주 딴판으로 변해서 공산패가 되었다는 것이다. 그를 찾아온 순만에게 양 씨는 공산 나라만 서면 그냥 가만히 앉아 놀아도 나라에서 먹을 것을 대어 줄 터이니 안심하라면서, "난, 자네들 편일세, 항상 없는 사람들이 측은해서 요즈음 견딜 수가 도무지 없단 말이야"(157쪽)라며 위선적인 말을 내뱉는다. 이에 격분한 순만은 양 씨를 죽이고 순만도 스스로 목숨을 끊는다. 양 씨는 역사의 격변기마다 자기의 몸을 그때그때 바꾸어 가는 카멜레온 같은 인물이다. 그리고 이러한 인물의 위악적 모습에 서술자는 비판적 시선을 감추지 않는다. 가령 지주였던 양 씨가 해방이 되자, "날마다 하다시피 여러 번 자기들을

---

70) 일제 강점 말기 조선 쌀의 강제 공출과 배급을 통제하기 위해 일제가 설립한 특수법인.
71) 1932년 일제는 농림국을 신설하고 조선소작조정령을 제정하여 소쟁쟁의 조정권을 장악, 조선 민중을 착취하는 수단으로 삼았다.

모아놓고 이야기하는 폼이 쇠련인가 쏘련에게 붙어 나라가 들어서면 농부들이 나서서 나라 일도 보고 누구나 지금보다 잘 살 수 있다고 연설을 하였다고 한다. 이런 연설은 읍내에 가서도 해서 사람들이 모두 좋아하여 군수를 시킨다고 야단이라 하며 순만도 정의 일은 다 잊어버리고 찾아가면 반갑게 대할 것이니 가서 인사라도 하라고 권고하였다"(156~157쪽)라는 소설 속 진술은 20세기 한국사가 낳은 시대의 희비극으로서 꼭 웃을 수만은 없는 일이다. 여기에서 우리는 작가가 한국사의 파행적 전개 속에서 양 씨와 같은 변신의 귀재들의 출현이 희귀한 현상이 아니며 이를 보편적인 문제로 인식하고 있음을 알 수 있다.

「전설」의 주인공 '황무영'은 동학혁명이 지닌 역사적 성격에는 전혀 관심이 없고, 역사의 격변기를 통해 중인 신분에서 벗어나 벼슬을 하여 양반이 되기를 꿈꾸는 신분상승의 욕망으로 가득 찬 인물이다. 그는 동학혁명기에, 관군의 입장에 서야 하는지 동학군의 편을 들어야 하는지를 고민하지 않는다. 다만 어느 편에 서는 것이 자신의 입신출세에 도움이 되는가가 유일한 그의 관심사이다. 처음에 관군에 들어갔다가 탈영하여 고향에 돌아온 그는 동학군의 위세가 드세지자 동학군에 자원하기로 마음먹었다가 관군이 곧 마을에 들이닥치자 동학군에 가담하는 것을 순간적으로 포기한다. 그는 황 진사 부자의 힘을 빌려 작은 벼슬자리라도 얻어 보려고 호시탐탐 노리는 속물이다. 그는 황 진사에게 소개 편지를 써 달래서 한성에 있는 그의 부친 황 참판을 만나러 간다. 그러나 황 참판에게 모욕만 당하고 시골로 돌아온 것이다. 그는 동학의 평등주의를 참된 의미에서 파악하지 못하고 오직 상놈도 양반이 될 수 있는 신분상승의 계기로만 인식한다. 따라

와 무관하게 그는 극진한 효자로, 나라를 위해 불철주야 애쓰는 애국
자로 칭송된다. 송진구는 사실 역사의식이나 정치적 감각은 거의 전
무한 이기적인 속물에 불과한 인물이다. 병든 어머니가 빨리 죽기를
바라는 마음도 그렇고 자위대 총무부장이라는 직함도 뚜렷한 어떤
소명의식에서가 아니라 딱히 할 일이 없어 그냥 빈둥대느니 밥이나
축내자는 생각에 자원했던 것이다. 그러나 우연의 일치와 상황이 빚
어낸 아이러니로 인해 그는 매우 도덕적인 인물로 사회에 각인되는
것이다. 여기에서 우리는 앞서 분석한 「전설」과 같이 이기적 욕망을
발산하는 인물의 진술이나 의식과 이를 조망하는 서술자의 시선은
서로 일치하고 있지 않음을 알 수 있다. 그 시선의 불일치가 이 작품
의 긴장과 풍자적 효과를 만들어 내고 있는 것이다.73) 위 두 작품에
서 살펴본 바와 같이 홍구범은 민중의 입장에서 역사를 파악하면서
도 역사의 주체로서 민중을 전면에 내세우기보다는, 그들의 지닌 허
위의식과 이기적 속성, 속물근성 등을 폭로하고 풍자적 시선으로 비
판한다.74) 이러한 시각이 정치적 니힐리즘으로까지 연결되고 있는
것인지는 좀 더 따져 봐야 할 문제이지만,75) 위에서 분석한 「농민」에
서도 드러나듯이, 그가 최소한 지배계급의 이데올로기를 옹호하고 지

---

73) 이는 각주 13)에서 언급한 바와 같이 서술자의 진술의 효과가 인물의 진술을 신빙성 없는(unreliable) 것으
로 만들고 있는 수사적 전략과 관련되어 있는 것이다.
74) 풍자란 '주체(x)가 대상(y)을 비판한다'는 의미구조에 근거한 서술전략이다. 그리고 대상을 비판하는 주체
의 내부에는 부정적 대상이 지니는 가치체계를 비판할 수 있는 다른 기준과 준거가 마련되어 있어야 한
다. 홍구범 소설의 경우 주체의 내부에 이러한 비판의 준거가 뚜렷하게 마련되고 있지는 않으며, 부정적
인물들을 어떤 면에서는 관조적 시선에서 조감하고 있다는 것은 문제점으로 지적될 수 있다.
75) 가령 해방기 비슷한 시기에 발표된 채만식의 「논 이야기」는 정치권력의 주체로서 농민과 민중이 배제되
고 있으며 이는 민중에 대한 허무주의적 인식으로까지 연결되고 있음을 볼 수 있다. 그리고 채만식의 이
같은 민중허무주의는 일종의 정치적 니힐리즘으로 볼 수 있을 것이다. 그러나 홍구범의 경우 민중의 이기
적 속성 등을 지적하면서도 그것이 민중에 대한 허무주의로까지 연결되고 있지 않다는 미세한 차이를 볼
수 있다. 이와 같은 잠정적인 결론은 차후 두 작가의 해방기 소설들을 대상으로 면밀한 비교와 검토가 필
요한 것으로 판단된다.

지하는 입장에 서 있지 않았다는 점은 분명한 것으로 보인다.[76]

4. 맺음말

　홍구범은 해방기의 4년여의 짧은 창작활동 기간 동안 많지 않은
작품을 남겼으나, 그의 단편들 중에는 해방기의 사회·경제사를 진솔
하게 묘파하고 있는 수작들이 다수 포함되어 있다. 그의 단편은 해방
기 한국사회의 구체적 전체성을 포착하는 데는 미치지 못한 것으로
보이지만[77] 그것은 작가적 역량 문제이기보다는 단편이라는 분량의
장르적 속성에서 기인한 것으로 판단된다. 그는 해방기 김동리, 조연
현 등 이후 남한의 우파를 대표하는 문인들과 친밀한 관계를 유지하
였으나[78] 해방기 한국사회의 경험적 구체성과 정직하게 대면함으로

---

76) 이와 관련하여 다음과 같은 서술을 참고할 수 있다. "아내가 그 여자를 처음 알기는 한 월여밖에 되진 않
　　는다. 아내도 그 여자를 모르고 주인집(그는 방을 한 간 빌려 살고 있었다)에 놀러 갔다. 처음으로 그와
　　알게 되었다. 그때 그는 아내에게 바깥어른은 문학을 하신다죠 하며 성명이 누구시냐고 물었다는 것이다.
　　아내가 대답하니까 오라 그러시냐고 『백민』에도 쓰시고 『소년』에도 소설을 쓰신 분이 아니냐고 하며 아
　　내에게 문학자 부인이 되어 좋은 것이라 하였다 한다. 그 뒤부터 그는 날마다 조고만 딸을 시켜 책을 빌
　　려갔다. 언제인가는 아내에게 댁에서는 돈 있는 사람보다 없는 사람들 편이신가보다고 나의 작품 독후감
　　을 이야기했다는 것이다."(378쪽)(홍구범, 「작가일기－7월 21일」, 『문예』 2호, 1949. 9.)
77) 다음과 같은 조연현의 지적은 이와 같은 맥락에서 이해할 수 있을 것이다. "오히려 이 작자에게 사상의
　　고민이라든지 세계관에 대한 인식이나 관심이 있는가 없는가를 의심하리만치 그의 작품은 현실상에 생활
　　하고 발생되는 평범하고 단순한 인물과 사건만을 현상적으로만 고대로 열심히 충실히 '스켓취'해본 데 불
　　과했던 것이다. 고민을 해결하기 위해서 인생의 살 길을 구명해보기 위해서 문학을 요구하는 사람들에게
　　있어 그의 작품은 '그랬으니 어쩌란 말이냐' 하는 반발 이외의 감명을 가져다주지는 못했던 것이다."(416
　　쪽)(조연현, 「홍구범의 인간과 문학」)
78) 이에 대해서 홍구범과 방공투쟁지였던 『민중일보』의 편집을 함께 맡아 보았던 조연현은 다음과 같이 언
　　급하고 있다. "나는 구범 형이 처음부터 공산주의와 투쟁할 결의하에 문학을 시작했다고는 믿지 않는다.
　　그에게는 그러한 사상적인 의식이나 정치적인 의욕은 조금도 없었던 것으로 보였다. 그는 다만 공산주의
　　자들의 인도에 벗어나는 행동을 미워했을 뿐이며, 그가 민족진영의 작가의 한 사람으로서 자처하게 된 것
　　도 그와 친근한 모든 선배와 친구들이 우연히도 그 계통의 문학인이었던 것이다. 그러나 구범은 그가 일
　　단 자기의 태도와 입장을 명백히 하자 누구보다도 그러한 자기 자신에게 모든 충실을 다해 갔던 것이다.
　　이것은 그의 투지가 그만치 강했다든지 그의 사상이 그만치 확고해졌다든지 해서가 아니라 자기와 절개
　　를 같이한 여러 선배와 동지들에 대한 의리와 절조를 지키기 위해서였다."(420쪽)(조연현, 「홍구범은 어
　　디에 있는가」－납치된 작가에의 회고)

써 실제 작품에서는 리얼리즘 경향의 소설을 발표했으며 민중과 사
회적 약자의 입장에서 한국사를 파악하였다.79) 예를 들어 「귀거래」
에서 주인공 순범이 무지하고 잇속에만 밝은 농민들의 이기주의에
실망할 수도 있었지만 민중 허무주의로 떨어지지 않고 이를 자기 갱
신의 계기로 삼고 있는 것은 그 구체적 사례라 할 것이다. 이는 채만
식이 해방기 「논 이야기」에서 정치권력의 변화에 무관한 농민들에
대한 절망감과 민중 허무주의를 강력하게 표현하고 있는 것과도 비
교할 수 있을 것이다. 그는 정치적으로 보수적 입장에 서 있었음에도
해방기의 경험적 사실에 깊이 천착함으로써 문학적으로는 진보적 입
장에 설 수 있었던 것이다. 그의 단편소설은 해방기 한국사회에 대한
역사적 증언으로서 충분한 의의를 가지며, 계급갈등 등 사회의 제반
문제에 관념적으로 접근하기보다는 풍부한 심리묘사를 통해 비교적
객관적이고 중립적인 시각에서 서술함으로써, 미학적 형상화를 통한
개연성의 확보에 성공한 것으로 보인다. 그리고 이는 해방기 한국소
설사의 뚜렷한 성취의 하나로 기억되어 마땅할 것이다.

---

79) 가령 한국전쟁기에 대한 조연현의 다음과 같은 회고는 홍구범의 소설이 당시 문단에서 어떻게 받아들여
졌는지를 미루어 짐작하게 한다. "구범은 올 때마다 자기 자신보다 나의 신변을 더 많이 염려해주었다. 자
기는 정치색이 없는 소설만을 써왔을 뿐 아니라 문단의 일부에서는 자기의 작품 내용을 좌익적이라고까
지 잘못 판단하는 경향도 있으므로 붙잡힌다 할지라도 그렇게 가혹한 처단을 당할 것 같지는 않지만, 나
는 투쟁적인 평론을 써왔으므로 누구에게나 반동의 깊은 인상이 남아 있을 테니 부디 경계를 태만하지 말
라고 걱정해주었던 것이다."(424쪽)(조연현, 「「홍구범은 어디에 있는가」 – 납치된 작가에의 회고)

V. 한국 전후(戰後)소설의 계보
—한국전쟁에 관한 인식과 관심[80]

1. 한국전쟁을 어떻게 호출할 것인가

한국문학사가, 특히 소설의 경우 한국전쟁이라는 '문제틀(the problematic)'을 재차 호명하고자 하는 경우 그것은 두 가지 정도의 인식론적 관심을 표명하는 것이다. 하나는 한국전쟁이라는 역사적 기호체계를 어떻게 바라볼 것이냐는 한국사의 특수성과 관련된 것이고, 다른 하나는 역사소설이라는 보편적 테제 속에서 그것이 어떻게 기능하고 있느냐 하는 문학일반론의 관심을 표현한다. 전자는 주로 창작과정에서 발생하는 것으로 작가의 시선과 관련된 문제라 볼 수 있

---

80) 하버마스는 인식과 관심의 사회적 관련상을 다음과 같이 서술한다. "인식을 주도하는 관심은 한편으로 삶의 연관성에서 인식과정이 생겨서 이 인식과정이 삶의 연관성에서 행해진다는 점에 대한 증거이다. 그러나 또 한편 삶의 연관성에는 다음과 같은 표현이 성립한다. 즉 사회적으로 재생산된 삶의 형식은 인식과 행위의 특수한 관계에 의하여 비로소 특징지어져 있다. 관심은 행위에 의존하는데, 이 행위는 비록 다양한 위치에서일지라도 스스로 인식과정에 의존하는 것처럼, 가능한 인식의 조건을 바로 확립시킨다."(J. 하버마스, 『인식과 관심』, 고려원, 1983, 214-215쪽)

고, 후자는 주로 문학텍스트의 수신자로서 독자와 한국사회의 수용과
정에서의 맥락화의 문제를 제기하고 있는 것이다. 물론 양자는 모두,
지금 현재 한국사회와 문학장 내부의 문제의식으로 수렴될 수 있는
것이다. 그렇지 않다면 우리는 구태여 그 오래된 망각의 늪에 수장되
어 있는 비극적 역사의 신음과 고통에 다시금 눈과 귀를 모을 하등의
이유가 없는 것이다.

먼저 한국전쟁의 주요한 역사적 기원과 해명으로서 이데올로기에
대한 객관적 시선의 확보 혹은 이데올로기적 중립성의 문제는 전후
소설의 일차적인 중핵을 형성한다. 이에 앞서 우리는 개념에 대한 정
의문제를 먼저 해결하는 것이 좋을 듯한데, 지금 우리가 다루려고 하
는 한국전쟁을 소재로 한 일련의 소설들을 부르는 명칭으로 필자는
'전후소설'[81]이라는 용어를 선택하고자 한다. 이 개념은 그것의 통상
적인 의미와는 조금은 다르게 사용된다. 이 글은 한국소설이 이데올
로기의 객관성이라는 역사적 지평과 시야를 확보하기까지 그 기나긴
문학적 여정을 개관하고 그것으로부터 우리는 무엇을 배울 것인가,
그리고 지금 2000년대 한국문학의 지형 속에서 어떤 생산적 맥락과

---

81) 일반적으로 한국 문학에서 전후소설이란 6·25전쟁 이후의 삶의 상황과 문제들을 다룬 소설들을 지칭하
며, 전쟁 체험과 전후의 시대적 상황을 공통기반으로 한다. 좁은 의미로 전후소설은 1950년대의 한국소
설만을 지칭하는 관례적인 용어로 사용된다. 넓은 의미로는 전후소설은 분단소설과 같은 의미로 사용되기
도 하지만, 분단소설은 '분단극복의 시점을 전제로 한 그 이전의 소설 전체'라는 의미가 함축되어 있기 때
문에 그 외연이 너무 확장되게 된다. 전후소설과 비슷한 의미로 전쟁소설이라는 용어가 있다. 전쟁소설은
전쟁의 상황과 체험을 집중적으로 재현하며 전쟁이 초래한 가혹하고 참담한 삶의 정황 ─ 그 비인간적이면
서도 야만스런 살상의 현장을 이야기의 주된 배경으로 삼는 소설 일반을 지칭한다. 그러나 전쟁소설이라
는 용어는 전쟁의 상황을 다루는 모든 시대의 서사물을 포괄하기보다는 양차 세계대전 이후의 전쟁의 체
험을 재현하고 있는 소설을 제한적으로 지칭하는 것으로 관례화되었다. 전쟁소설이라는 용어는 전쟁을 소
재로 한다는 제한 때문에, 전쟁을 직접적으로 소재화하지는 않지만 전쟁으로 파급되는 일련의 '문제적 상
황'들을 포괄하지 못한다는 점에서 한계가 있다. 따라서 본고에서 필자는 좁은 의미의 전후소설의 뜻을
조금 확장시키고, 넓은 의미의 전후소설의 뜻을 조금 제한하여, '전후소설'이라는 용어를 사용하고자 한
다. 즉 한국전쟁과 직간접적으로 관련된 일련의 문제적 상황들을 다루고 있는 소설들을 가리켜 '전후소
설'이라는 용어를 사용하고자 한다.(이상 전후소설의 개념은 졸고, 「송병수의 「빙하시대」론」, 『현대소설연
구』 제26호, 2005, 219쪽 참고)

창조적 의미를 산출하고 있는가를 따져 볼 수 있기를 희망한다.

2. 한국 전후소설의 세 층위 – 서술관점과 객관화의 문제[82]

1950년대는 이른바 '군신(軍神)'의 시대였다. 전쟁이라는 폭력성의 체험은 작가들의 실존적 조건이었기 때문에, 한국전쟁은 작가들의 원체험을 형성했고 그 '체험의 직접성'으로부터의 '객관적인 거리'를 유지한다는 것은 매우 어려운 일이었다. 전쟁체험의 객관화는 1960년대의 장편들에 이르러서야 비로소 가능한 것이었다. 1950년대 작가들은 체험의 직접성에 함몰되어서 객관적인 거리를 유지하지 못했다는 것이 이 항을 서술하는 필자의 기본적인 생각이다. 김현과 고은은 1950년대의 문학적 상황을 다음과 같이 설명한다.

> 자신이 책임질 수 없다는 자각은 자기와 사회와의 관련을 회의하게 만들고, 미래의 역사에 대한 희망을 상실하게 한다. 그때 생겨나는 것은 추상적 논리와 거기에서 파생되는, 확인되고 검증될 수 없다는 점에서, 논리의 테러리즘이다. 50년대 문학인들의 감정의 극대화나 새것 콤플렉스는 결국 자신이 책임질 수 없는 역사에 대한 환멸에서 기인한다. (김 현, 「테러리즘의 문학」, 『문학과 지성』, 1971년 여름호; 전집 제2권, 256-257쪽)

> 전쟁은 그 전쟁이 형식적으로 끝난 전쟁 직후에 문학적으로 기여할 수 없는 것이다. 그 점은 정치 문화와 문학 사이의 거리로 설명된다. 그러므로 가장 좋은 소재는 그 소재가 살아 있는 시대에는 언어를 묵살한다. 어떤 현실은 그것이 역사화됨으로써 처음으로 그것을 추구한 언어와 등가해지는 것이다. 그렇기 때문에 6·25세대는 당장 너무나 큰 현실-전쟁을 감당할 언어를 가질 수 없었던 것

---

82) 이 항목은 졸고, 「1950년대 소설의 미학적 거리연구」(고려대 석사학위논문, 1999)의 내용을 토대로 수정 · 보완한 것이다.

여기에서 우리는 1950년대 소설의 핵심적인 문제틀과 만나게 된다.
그것은 전쟁체험과 작가 사이 거리 문제이다. 1950년대라는 상황 속
에서 체험의 소설화는 두 가지 차원의 거리 문제를 야기한다. 하나는
작가와 전쟁 사이에 놓인 '폭력성의 체험'과의 거리이다. 전쟁의 폭력
성 앞에 인간의 의지는 실종되고 '환경'('surroundings'의 의미가 아니
라 'circumstances'로서의 문학적 배경)과 정면으로 대결할 수 있는 주
체는 상실된다. 이는 대부분의 1950년대 작가들이 전쟁 체험에 압도
되어 있는 인물군을 그려내고 있는 사실과 무관하지 않다. 이 때문에
1950년대와 다른 1960년대 문학의 가장 큰 변별점으로 '주체의 복원'
이라는 문제를 지적하곤 하는 것이다. 또 다른 하나는, 더 어렵고도
심각한 문제라고 할 수 있는데, 그것은 남과 북의 이념 모두로부터
거리를 유지할 수 있는 작가의 이데올로기적 객관성과 중립성의 확
보라는 문제이다. 국토를 초토화시킨 전쟁은 남한과 북한의 주민 모
두에게 치유될 수 없는 내면의 상처를 남겼다. 3·8선은 이제 지리적
인 분계선이 아니라 심리적인 분계선이 되었다. 더욱이 월남한 작가
들에게 이데올로기의 문제는 남한 사회에서 영혼의 문제가 아니라
절박한 생존의 문제로 다가왔다. 남한 체제에서 적응하면서 자신의
입지를 다져 갈 수 있는 가장 손쉬우면서도 최선의 길은 철저한 반공
주의자가 되는 것이었다. 그만큼 1950년대 남한의 정치적 상황 속에
서 작가들이 이데올로기적 중립성을 유지한다는 것은 대단히 어려운
일이었다. 여기에서 전자의 거리 문제가 전쟁의 일반적 성격과 관련

된 것이라면, 후자의 거리 문제는 냉전이데올로기의 격전장이었던 한국전쟁의 특수한 성격과 관련된 것임을 염두에 두어야 한다.83) 이와 같은 시각에서 선우휘의 「불꽃」, 이범선의 「오발탄」, 염상섭의 『취우』를 차례대로 살펴보자.

1950년대 작가들이 전쟁 체험으로부터 '객관적인 거리'를 유지하지 못했다는 사실은 이미 한국문학사에서 합의된 공통된 인식이라고 할 수 있다. 이에 대한 예로 먼저 선우휘의 「불꽃」을 살펴보자. 선우휘는 월남작가이다. 그의 월남민 의식과 망향(望鄕)이라는 모티프는 후기작, 「오리와 계급장」이나 「망향」 등에서 이념적 색채를 지운 채 아름다운 터치로 묘사된다. 중편 「불꽃」은 부엉산 산마루 동굴에 숨은 현의 모습이 클로즈업되면서 시작되는데, 이내 시간은 30여 년 전으로 거슬러 올라간다. 이후 현이 동굴에 숨기까지의 지난 시간들(1919년 3월~1950년 7월)이 결말 부분에 이르기까지 서술된다. 작품 「불꽃」의 시점은 기본적으로 전지적 시점이라고 할 수 있다. 작가가 사건을 요약적으로 서술하며 주인공 '현'의 내면을 내심독백을 통해 직접적으로 서술하고 있기 때문이다. 내심독백은 인물의 '내부시각'을 통해 서술되기 때문에 그 인물에 의한 초점화가 일어난다. 「불꽃」은 기본적으로 전지적 시점을 취하면서도 관념적 진술은 줄곧 현의

---

83) 1950년대의 역사적 성격에 대해서는 진덕규 외, 『1950년대의 인식』(한길사, 1981)과 역사문제연구소 편, 『1950년대의 남북한의 선택과 굴절』(역사비평사, 1998) 등을 참고할 수 있다. 전후 1950년대의 정치적, 경제적 성격으로 주된 것은 다음과 같다. 첫째 이데올로기의 문제로서 전쟁으로 인한 분단의 고착화, 국제적 냉전체재의 등장은 이승만 독재정권으로 하여금 반공 이데올로기를 국시로 격상시킨다. 전후 50년대는 반공 이데올로기로써 전 국가성원의 의식을 지배하고 경직화시켜 사회적 제 모순을 은폐하려 했던 시기라고 할 수 있다. 따라서 진보적이 성향의 정치운동이 도저히 합법적인 공간을 확보할 수 없게 된다. 둘째 국민경제와 민족경제의 분열을 지적할 수 있다. 이는 해방 후 귀속재산 불하 및 토지개혁을 통해 형성되기 시작한 관료의 결탁과정에서 기인하며 한국 사회의 대미 종속성을 심화시킨다. 이 시기 자본 축적의 원천은 미국의 원조물자가 절대적인 우위를 차지하며 권력과 유착한 소수재벌들이 탈법적으로 기업을 성장시킨다. 이러한 과정에서 부의 불균등. 도농 간. 지역 간 경제 불균형이 심화된다.

시각을 통해 서술된다. 「불꽃」의 초점화 양상은 다음과 같이 파악할
수 있다.

  1) 외적 초점화 - 전지적 작가의 요약적 서술(현재→과거→현재)
  2) 내적 초점화 - '현'의 시각에 의한 관념적 진술

　앞서 언급했듯이, 이 작품은 기본적으로 과거의 시간을 요약적으로
서술하는 형태를 띠고 있으며 초점화자는 스토리에 외적인 작가-서
술자이다. 서술자는 필요에 따라 사건을 요약적으로 서술하거나 혹은
시간을 건너뛰기도 한다. 또는 장면적 묘사로 시간이 정체되거나 멈
추기도 한다. 이처럼 소설의 시간을 조절하고 있는 것은 작품 외부의
작가-서술자이다. 이런 '외적 초점화'[84] 서술에서 작가와 작품의
'미학적 거리(aethestic distance)'는 가깝다. 「불꽃」은 기본적으로 작가
와 작품 사이의 미학적 거리를 유지하기 어려운 서술구조를 함축하
고 있는 것이다. 하지만 소설의 중심을 이루고 있는 것은 갈등하는
현의 내면에 대한 서술이다. 현의 내면의식은 집중적인 '내적 초점화'
에 의해 조명된다. 현의 내면에 대한 서술은 작가-서술자의 시각에
의한 '외적 초점화'가 아니라, 현이라는 인물의 내부시각을 통한 '내
적 초점화'에 의해 이루어진다. 이런 관념적 진술은 주로 현의 내심
독백을 통해 이루어지는데, 인물에 의한 내적 초점화가 계속 진행되

---

84) 본질적으로 '내적 초점화'와 '외적 초점화'의 분류는, 초점 주체가 스토리에 외적이냐, 내적이냐에 따른다.
　　그리고 양자의 차이를 분간할 수 있는 한 가지 테스트는 주어진 분절을 1인칭으로 고쳐 쓸 수 있느냐 없
　　느냐 하는 것이다. 만약 이것이 가능하다면 그 분절은 내적으로 초점화되어 있는 것이고, 그렇지 못하다면
　　외적으로 초점화되어 있는 것이다. 그러나 그 가능성이 엄격한 문법 용어로 한정될 수 있는지, 또는 핍진
　　성이라는 보다 더 모호한 측면에서 한정될 수 있는지는 분명치 않다(S. 리몬-캐넌, 『소설의 시학』, 최상
　　규 역, 문학과지성사, 1985, 115쪽).

면서 소설은 점차 1인칭 서술에 근접해 간다. 줄곧 3인칭을 유지하던 작품의 시점이 현에 의한 내적 초점화가 진행되면서, 소설의 결말부에서는 1인칭 서술에 가깝게 변모하는 것이다.

> 정면으로 대하도록 기어이 상황은 바짝 <u>내 앞으로</u> 다가온 곳이다. 이미 꽃밭의 시대는 끝난 것이다. 살아서 먼저 청부업자들을 거부하자. 떠들어대야 인생은 더욱 무의미할 뿐이라는 것을 뼈저리도록 알려주자. - 중략 - 그리운 그 얼굴들이 있지 아니한가 <u>나는</u> 외로울 수 없다. 이제부터 그들 가운데서 잃어진 나 자신을 찾아야 한다. 그리고 청부업자들을 격려하고 주어진 땅 위에 그들과 함께 새로운 마을을 세우자. (『현대한국문학전집』 12, 신구문화사, 1965, 361쪽, 강조 필자)

소설의 다른 부분들에서 현의 내심독백은 '< >' 기호로 처리되고 있음에 반해 인용문에서는 기호 표시 없이 서술되고 있기 때문에 여기에서는 1인칭시점으로 볼 수 있다. 이는 매우 중요한 사실로 3인칭 소설에서 인물에 의한 내적 초점화가 계속적으로 진행되면 그 소설은 결국 1인칭 소설에 근접해 간다는 점을 시사해 준다. 이처럼 「불꽃」은 1인칭 소설이라고 해도 무방할 정도로 내심독백에 의한 인물의 내면서술이 두드러진다. 이는 「불꽃」이 인물시각의 형태를 띠고 있지만 사실은 작가의 주관적 진술에 다름 아니라는 점을 여실히 보여 주고 있는 증거이다.

많은 논자들이 지적했듯이, 현의 내면은 할아버지로 대표되는 소극적이고 순응적인 세계관과 아버지로 대표되는 적극적이고 행동적인 세계관 사이에서 끊임없이 충돌한다. 여기에서 현이라는 인물이 파악되는 방식은 그의 내면을 향해 작가-서술자의 초점이 맞추어지면서 이루어지는 것이 아니다. 이와는 반대로 소설이 그의 내부시각을 통해 서술됨으로써, 즉 현이 초점 주체가 됨으로써 이루어지는 것이다. 이를테면 주변에 대해 우리가 보여 주는 태도로 우리를 이해하듯이 그렇게 그를 이해하는 것이다. 이처럼 「불꽃」의 관념적 진술은 인물의 내부시각을 통해 서술되고 있기 때문에 작품에 드러나고 있는 이데올로기적 편향성은 인물의 것이지 직접적으로 작가의 것이라 단정할 수는 없다. 쥬네트가 언급했듯이 초점화 서술은 본질적으로 '제한'을 의미하기 때문에 이 작품은 구조적으로 인물의 시각으로 제한된 서술이라고 할 수 있다. 이런 내적 초점화 서술의 경우, 작가와 작품 사이의 미학적 거리는 상대적으로 멀다고 할 수 있다. 일반적으로 내부시각을 통한 서술의 경우 독자는 인물에게 공감할 가능성이 크다. 그러나 그 내부시각을 통해 서술되는 내용과 수준이 신빙성 없는 서술일 경우 독자와 작품 사이의 거리는 가장 급격하게 멀어진다.[85]

> 인민의 해방이 멀지 않아서 이루어지리라고 예언하는 김 노인은 실은 까닭 모를 복수심을 만족시키는 기회를 노리고 있는 것이었다. 공산주의 이론은 鄭鑑錄과 다른 운명의 예언서. 다르다면 그것은 과학의 이름을 붙인 예언서라는 것. (중 략) 그렇지 못하면 초라한 그 모습이 사진틀 속에 담겨 벽에 걸리거나 그 이름이 黨史의 찬란한 한 페이지를 차지하리라는 개기름같이 번쩍거리는 욕망, 인민의 해방이란 방정식에 절대적인 의미를 붙이고 이를 갈고 있는 이들은 말하자면 청탁자가 없는 청부업자였다. (339쪽)// 넓은 하늘 밑에 하루의 노동에 노곤해진 다리를 뻗고 부엌에서 새어나오는 생선 굽는 냄새를 맡는다. 왕성한 기능의 위. 재촉을 하면 어머니는 어린애 같다고 꾸중을 한다. 찬란한 꽃밭. 매미의 울음과 뭇새의 지저귐. 이것이 곧 인간의 삶. 생명을 받고 태어난 인간이면 누

---

85) 이 경우 독자의 인물에 대한 공감은 사라지고, 작품과의 거리는 급격하게 멀어진다(웨인 부스, 『소설의 수사학』, 이경우 · 최재석 역, 한신문화사, 1987, 179쪽).

구나 향유할 수 있는 삶의 조그만 권리. (중 략) <그 무수한 눈동자
에 그토록 분노의 불길을 부어 넣은 으리으리한 신흥 청부업자들.
그들은 한 가지 공사를 끝냈다고 그대로 있을 그런 절제 있는 업자
가 될 수 있을 것인가.> (342쪽).

　인물의 시각에 의해 서술되고 있는 인용문들은 현의 내심독백에
가깝다. 여기에서 현에 의해 진술되는 관념의 내용이 독자의 규범과
는 거리가 먼, 신빙성 없는 서술이라면 앞서 언급한 초점화의 효과들
은 사라지고 만다. 첫째 인용의 이념적 편향성은 차치하고서라도, 둘
째 인용에서 제시되고 있는 삶의 형태가 과연 적극적으로 옹호될 수
있는 인간의 삶인지는 매우 의심스럽다. 뒤의 인용문은 타인에 의해
간섭받기 싫어하는 주인공의 개인주의적이고 수동적인 인생관을 잘
보여 준다. 그것은 진정한 인간의 삶이라기보다는 생리적 욕구 충족
만을 추구하는 동물적 삶에 가깝다. 「불꽃」의 독서행위 중 일어나는
독자와 작품 사이의 이화현상은 이것으로 설명될 수 있을 것이다. 즉
「불꽃」은 현에 의한 내적 초점화 서술을 통해 작가와 작품 사이의 미
학적 거리는 상대적으로 먼 구조를 지니고 있다. 그것은 서술의 객관
성 확보라는 측면에서 긍정적으로 기능할 수 있다. 그러나 인물 시각
에서 서술되는 관념의 내용이 객관성을 결여하고 있고 독자의 보편
적인 윤리적 규범과도 거리가 멀기 때문에, 「불꽃」에서 독자와 작품
사이의 거리는 주석적 서술보다도 더 멀어지는 결과를 낳는 것이다.
이상의 서술관점의 분석을 통하여, 우리는 작품을 평가할 수 있는 궁
극적 기준은 서술 내용의 객관성과 신빙성이지 서술전략의 문제로
협소화될 수 없다는 점을 확인할 수 있다.
　다음으로 한국 전후소설의 수작으로 꼽히는 이범선의 「오발탄」을

보자. 이범선 소설의 경향은 대개 두 가지로 분류된다. 하나는 서정적 성격이 우세한 일련의 작품군이고, 또 하나는 현실고발 성격이 강한 리얼리즘 계열의 작품들이다. 전자에는 「갈매기」, 「수심가」, 「학마을 사람들」 등이 속하고, 후자에는 「오발탄」, 「몸전체로」, 「사망보류」 등의 작품이 속한다. 단편 「오발탄」은 후자의 경향에 속하는 것으로, 전후 한국의 현실을 문제 삼는다. 따라서 작품에 직접적인 전쟁 체험이 드러나지는 않는다. 또한 이데올로기의 문제가 전면에 부각되지도 않는다. 하지만 작품 속 전후의 현실은 여전히 전쟁의 폭력성이라는 자장 안에 놓여 있다. 「오발탄」의 서술관점은 다음과 같이 분석된다.

1) 외적 초점화 — 작가에 의한 전지적 서술/ 제한적 서술
2) 내적 초점화 — ① 인물(주로 철호)의 시각, ② 인물들에 동정
적인(등장인물은 아니지만, 스토리와 시·공간
적으로 동시적인) 관찰자의 시각

「오발탄」에는 이상의 세 가지 시점이 혼재되어 있다. 전통적 시점론에 의하면 이 작품의 기본적인 시점은 작가 관찰자 시점이다. 그리고 리몬—캐넌의 초점화의 논리를 따르자면 외적으로 초점화된 서술이라 볼 수 있다. 다음 인용문을 통해 이를 살펴보기로 하자.

어린 것은 또 한번 엄마를 불렀다.// "오 오 왜? 엄마 여기 있어."//
① **아내의** 반쯤 깬 소리였다. 어린 것을 끌어다 안는 모양이었다.
철호는 그 소리를 멀리 들으며 다시 곤히 잠들어 버렸다. "오줌."
"오, 오줌 누겠니? 자 일어나. 착하지." ② **철호의 아내는** 일어나 앉
으며 어린 것을 안아 일으켰다. 구석에서 깡통을 끌어다 대어 주었

다.(『현대한국문학전집』 6, 신구문화사, 1965, 372쪽, 강조 필자)

확인할 수 있듯이, 한 문단 내에서조차도 소설의 시점은 한시적이며 유동적이다. ①에서는 '아내의'라는 부분을 통해, 인식의 주체가 철호임을 알 수 있다. 즉 철호에 의해 내적 초점화가 이루어진다. 바로 밑의 ②에서는 '철호의 아내는'이라는 부분을 통해 인물 시각이 아닌 작가의 시각에 의한 외적 초점화가 이루어짐을 확인할 수 있다. 시점분석의 이러한 난점들을 염두에 두고, 다음 「오발탄」의 첫 문단을 보자.

> 계리사 사무실 서기 송 철호는 여섯시가 넘도록 사무실 한 구석 자기 자리에 멍청하니 앉아 있었다. 무슨 미진한 사무가 있는 것도 아니었다. 장부는 벌써 접어 치운지 오래고 그야말로 멍청하니 그저 앉아 있는 것이었다. 딴 친구들은 눈으로 시계 바늘을 밀어 올리다시피 다섯 시를 기다려 휘딱 나가 버렸다. 그런데 점심도 못 먹은 철호는 허기가 나서만이 아니라 갈 데도 없었다.(357쪽)

인용문의 초점화자는 스토리에 외적인 작가 관찰자로서, 「오발탄」의 기본이 되는 전체적 서술의 관점은 작가-관찰자에 의한 외적 초점화라 할 수 있다. 여기서 '전체적인'의 의미는 작품 전체를 통해 지속적으로 일관된다는 뜻이 아니라, 작품을 떠받들고 있는 기본적인 서술의 시선과 태도, 관점을 의미한다. 이런 서술 형태는 대개 전지적 서술을 포함하는 것이지만 「오발탄」에서 작가의 위치는 매우 제한된 관찰자의 위치에 머무르고 있다. 따라서 여기에서의 작가와 작품 사이의 미학적 거리는 상대적으로 멀다고 할 수 있다. 다음 인용문을 보자.

철호는 엉뚱한 생각을 하고 있었다. 슬그머니 물 속에서 손을 빼내었다. 그러자 이번엔 대야 밑바닥에 한 사나이의 얼굴을 보았다. 철호의 눈을 마주 쳐다보는 그 사나이는 얼굴의 온 근육을 이상스레 히물히물 움직이며 입을 비죽거려 웃고 있었다. 이마에 길게 흐트러진 머리카락. 그 밑에 우묵하니 파인 두 눈. 깍아진 볼. 날카롭게 여윈 턱. 송장처럼 꺼멓고 윤기 없는 얼굴. 그것은 까마득한 원시인의 한 사람이었다. 몽둥이 끝에, 모난 돌을 하나 칡덩굴로 아무렇게나 잡아매서 들고, 동굴 속에 남겨 두고 나온 식구들을 위하여 온 종일 숲 속을 맨발로 헤매고 다니던 사나이. //(① **외적초점화**) 곰? 그건 용기가 부족하다./ 멧돼지? 힘이 모자란다./ 노루? 너무 날쌔어서./ 꿩? 그놈은 하늘을난다./ 토끼? 토끼. 그래, 고놈쯤은 꽤 때려 잡음직하다. 그런데 그것마저 요즈음은 몫에 잘 돌아오지 않는다. 사냥꾼이 너무 많다. 토끼보다 더 많다. 그래도 무어든 들고 들어가야 하는 것이다.// (② **내적초점화-내심독백-**) 사나이는 바위 잔등에 무릎을 꿇고 앉아 냇물에 손을 씻는다. 파란 물 속에 빨간 놀이 잠겼다. 끈적끈적하게 사나이의 손에 묻었던 피가 놀 빛보다 더 진하게 우러난다. 무엇인가 때려잡은 모양이다. 곰? 멧돼지? 노루? 꿩? 토끼? 그런데 사나이가 들고 일어선 것은 그 어느 것도 아니었다. 보기에도 징그러운 내장. 그것이 무슨 짐승의 내장인지는 사나이 자신도 모른다. 사나이는 그 짐승의 머리도 꼬리도 못 보았다. 누군가가 숲 속에 끌어내려 버린 것을 주워 오는 것이다. 철호는 옆에 놓인 비누를 집어들었다. 마구 두 손바닥으로 부볐다. 오구구 까닭 모를 울분이 끓어 올랐다.// (③ **외적초점화**) (357-358쪽.)

위 인용은 철호의 환영을 통해 그의 심리를 묘사하고 있다. 1950년대라는 피폐한 현실 속에서 주인공의 장자의식을 매우 상징적인 수법을 통해 보여 주고 있다. 여기에서의 시점은 매우 혼란스럽다. 인용문의 시점 이동은 세부적으로 다음과 같이 분석할 수 있다. 즉 ①~③의 과정은 작가에 의한 '외적 초점화' → 철호에 의한 '내적 초점화' → 작가에 의한 '외적 초점화'로의 시점 이동을 보여 준다. 철호의 내면 심리를 보여 주고 있다는 의미에서 인용문은 기본적으로 전지적 시점이라고 할 수 있다. 그러나 철호의 심리를 작가가 직접적으로 진술하는 것이 아니라, 철호의 환영을 통해 간접적으로 보여 주고 있다. 인용문을 자세히 살펴보면 그것은 구조적으로, 철호에 의한 내적 초점화 서술이라는 점을 확인할 수 있다. 즉 철호가 보고 있는 '사나이에 대한 환영'을 작가가 전지적으로 서술하고는 있지만, 그것은 철호의 환영이기에 철호의 시각 내에서만 서술될 수 있는 것이다. 철호의 환영은 물리적으로 실재하는 것이 아니기 때문에, 작가가 철호의 시각 외부에서 환영 속 사나이를 볼 수는 없다. 따라서 인용문은 전지적 시점의 형태를 취하고 있지만, 내부적으로는 철호의 시각으로 제한된 서술이다. 즉 철호의 심리를 묘사하는 데 있어, 세부적 방법론으로는 작가의 직접적 서술이 아니라 철호라는 인물의 시각을 통한 간접서술이라는 점이다. 따라서 인용문은 구조적으로 철호에 의해 내적으로 초점화된 서술이라고 할 수 있다. 작품의 다른 많은 부분에서도 철호의 시각에 의해 내적으로 초점화된 서술이 나타난다. 이처럼 인물에 의해 내적으로 초점화된 서술의 경우, 그 서술의 시야와 관점은 인물이 처한 인간적 조건으로 제한되게 된다. 그리고 이때의 작가와 작품 사이의 미학적 거리는 상대적으로 멀다고 할 수 있다. 「오발탄」의 서술관점은 어떤 부분 혹은 전체적으로 등장인물들에게 동정적인 어떤 관찰자에 의해 내적으로 초점화되기도 한다. 이상의 분석을 통해, 「오발탄」은 세 가지 시점이 혼재 되어 있음을 알 수 있다. 그리고 작기기 외적 초점화에 의한 서술을 할 때에도, 지극히 제한된 관찰자적 위치에서만 서술하고 있다. 또한 인물에 의한 내적 초점화와 인물들에게 매우 동정적이며 인물들과 시·공간적으로 동시적인, 표면적으로는 보이지 않는 어떤 관찰자의 내부시각을 통해 서술되기도 한다. 결국 「오발탄」의 서술 관점은 초점화 서술을 통해 매우 제한되는 형태를 띠고 있다는 점을 볼 수 있다. 이것은 작가가 (무)의식적으로 작품과의 미학적 거리를 유지하려고 노력한 결과라고 평가할 수 있을 것이다. 이런 방법적 선택을 통해, 작가는 현실과의 객관적인 거리를 유지하고 냉정하게 전후 한국의 실상을 파악할 수 있었던 것이다.

염상섭의 장편, 『취우』의 시점은 전통적인 의미의 3인칭 관찰자 시점이다.[86] 초점화의 논의를 따르자면 이 작품은 철저하게 외적 초점화 서술로 이루어져 있다. 부분적으로 인물시각 의한 초점화가 이루어지기도 하지만 그것은 매우 예외적인 것이다. 외적 초점화 서술의 경우 일반적으로 작가와 작품 사이의 미학적 거리는 가깝다. 그리고 그것이 전지적 서술을 동반한 것일 때에는 그 거리를 유지하기가 더욱 어렵다. 『취우』의 초점화 양상은 다음과 같이 파악된다.

1) 외적 초점화 - 작가에 의한 관찰자적/ 전지적 서술
2) 내적 초점화 - 인물들에 의한 가변적 초점화(주로 '신영식'과 '강순제')

『취우』는 이상의 두 가지 시점이 주로 사용되는데 작품을 전체적으로 지배하고 있는 것은 외적 초점화 서술이다. 이 작품의 시점을 분석하고 있는 대부분의 평자들은 작품의 시점을 3인칭 관찰자시점

---

86) 김윤식은 그것을 작가의 '관찰기구'화라 명명한다. "가치중립성의 삶의 태도가 작가적인 자리에서 일어날 때는 어떤 방법론이 나타나는가. 그것을 3인칭 관찰자 시점이라고 부르기로 한다. 이것은 인간으로서의 가치중립노선 선택에 대응되는 것으로 지식인으로서의 인간과 작가로서의 인간 사이를 구별케 하는 확실한 한 가지 표지물이라 할 수 있다. 염상섭의 중기 이후, 특히 후기의 소설은 너무도 철저한 3인칭 관찰자 시점으로 쓰여지고 있다. 이것은 작가가 인생의 객관적 '관찰기구'로 되었음을 웅변으로 말해주는 현상이다. '나란 무엇인가'라는 저주받은 자의식 따위는 약에 쓸래야 없다. 이를 자연주의 문학이라 부를 수 있다."(김윤식, 『염상섭 연구』, 서울대출판부, 1987, 822-823쪽)

과 인물시각에 의한 내적 초점화 서술로 본다. 그리고 인물시각에 의한 서술을 통해 작가는 이데올로기로부터 자유로워진다고 주장한다. 다음 인용은 그러한 견해를 뒷받침해 준다.

> 상점문들은 첩첩히 닫힌 채요, 전차 자동차의 그림자도 볼 수 없이 어제까지의 그 잡담은 씻은 듯이 자취를 감추고, 비 뒤의 짙은 햇발에 환한 큰 거리는 몰려나온 사람의 떼로 질번질번은 하면서도 전쟁이 언제 있었냐는 듯이 안온하고 텅 빈 것같이 쓸쓸하다. 마주치는 얼굴마다 입을 일자로 꼭 다물고, 침통하다거나 우수사려에 잠겼다기보다는 멀거니 얼이 빠져서 남 가는대로 발만 기계적으로 놀리며 어슬렁어슬렁 따라가고들 있다. 그것은 볼일이 있는 사람의 바쁜 걸음이 아니라 어떤 물계인지 구경이나 하자고 나선 사람들이었다. 그래도 몸을 사리고, 어느 구석에 버스럭만 해도 찔끔하며 물러설 만큼 신경이 잔뜩 긴장하여, 잠이 부족한 충혈된 눈들만 번쩍거리었다.[87]

인용문은 한강 철교가 폭파된 뒤 다음 날 서울의 풍경이다. 여기에서 초점화자는 스토리에 외적인 관찰자이다. 이런 관찰자 시점은 소설의 전반을 통해 지속적으로 나타난다. 그러나 이런 외적 초점화 서술에서, 작가는 종종 관찰자의 위치에서 벗어나서 주석적 논평이나 서술적 개입을 추가하기도 한다. 따라서 『취우』에서 표면적으로 드러난 서술의 관점과는 달리, 이 작품의 3인칭 시점은 작가의 세계관까지를 포함하고 있는 것으로 적극적으로 이해될 필요가 있다. 다시 말해 일반적으로 알려진 바와는 다르게, 3인칭 관찰자시점을 통해 작가는 대립항 사이의 중도적 세계관을 포기하고(이념으로부터 도피하고) 하나의 태도와 세계관으로서 일상성을 표방하고 있는 것이다. 그것은

---

87) 염상섭, 『취우』(염상섭 전집 7, 민음사, 1987), 37-38쪽.

수동적인 세태관찰이나 자연주의적 묘사가 아니라 자신의 이념형에
대한 적극적 표현인 것이다. 결국 전쟁이라는 역사성을 포기하고 일
상의 모습을 선택했다는 행위는 단순히 자연주의적 묘사가 아니라,
현실에 대한 주관적 서사화로 볼 수 있을 것이다.88) 『취우』의 시점은
좀 더 적극적으로 해석될 필요가 있다고 본다.

> 순영이는 한걱정 덜었다고 마음이 놓였다. 이대로 형이 숨어버리거
> 나 하면 자기 모녀가 졸려댈 것이 겁이 났다. …… 형이 있으나 없
> 으나 도움이 되는 것도 아닌 터에, 명신이를 위해서도 위험이 많은
> 형 같은 사람은 이북으로 귀양을 보내는 편이 도리어 좋지 않으냐
> 는 야멸찬 생각도 드는 <u>것이었다.</u> (110쪽, 강조 필자)

인용문은 인물, '순영'의 시각을 통한 내적 초점화 서술이다. 그러
나 이러한 서술도 인물의 시각을 직접 통한 것이 아니라, 작가에 의
해 한 번 더 여과되는 형태를 취하고 있다. 즉 인용문의 '~것이었다'
라는 종결어미에서 우리는 최종적 서술자로서의 작가의 음성을 확인
하는 것이다. 이런 내적 초점화 서술은 인물들의 시각을 통해 진행되
고 있지만, 그것을 통해 얻어지는 것은 그 인물들의(특히 '신영식'과
'강순제') 심리묘사이다. 신영식과 강순제의 애욕에 관한 심리 묘사는
매우 세밀하게 이루어지고 있어서, 인물들의 욕망의 역학관계를 성공
적으로 그려 내고 있다. 『취우』가 그리고 있는 것은 적 치하에, 남아
있는 사람들의 일상과 욕망의 드라마이다. 염상섭이 애초에 의도했던

---

88) 이와 관련해 김윤식은 다음과 같이 지적한다. "그러나 다른 한편에서 보면 염상섭의 방법은 객관적인 3인
칭 관찰자이긴 하되 거기에는 적지 않은 심리적 통찰이 가미되어 있다. 이 심리적 통찰은 작가 염상섭이
체득하고 있는 생리적인 감도에서 나온 것이다. ……카메라의 눈처럼 작가가 관찰기구화 된 것이 아니라,
작가의 편향성에 바탕을 둔 한도에서의 관찰기구화인 것이다. 이러한 표현은 염상섭의 3인칭 소설을 설명
할 때 유의할 점이다."(김윤식, 『염상섭 연구』, 824쪽)

것도 전쟁의 묘사가 아니라 그 속에서 '지속되고' 있는 범인들의 일
상이었다.[89] 이는 전쟁 체험으로부터의 객관적 거리 확보라는, 1950
년대 전후소설의 핵심적 문제를 일반적인 것과는 다른 방식으로 해
결하는 것이다. 그것은 한국전쟁이라는 절대적인 체험을 자신과는 무
관한 것으로 상대화함으로써, 역사적 사건과의 거리 자체를 소거하는
방식이다.[90]

3. 1960년대 전후소설의 양식과 객관화의 문제[91]

　1950년대 전후소설의 성과를 바탕으로 한국전쟁의 체험을 직간접적
으로 소재로 한 장편소설이 본격적으로 창작되기 시작한 것은 1960년
대에 이르러서였다. 1950년대에 전쟁을 소재로 한 소설들은 염상섭의
『취우』(『조선일보』, 1952. 7. 18~1953. 2. 20.), 황순원의 『인간접목』
(『새가정』, 1955. 1~12.), 오상원의 『백지의 기록』(『사상계』, 1957.
5~12.) 등을 제외한다면 대부분 단편이 주종을 이루었다. 즉 1950년대
의 전후소설은 단편양식이 압도적인 양적 우세를 보였다. 이와 같은
현상은 문학사회학적인 문제와 함께 장르의 문제를 제기한다. 물론 이

---

89) 일상성이란 인간이 기계적인 본능에 따라 친숙한 느낌을 가지고 돌아다니는 규칙적인 리듬을 가진 세계
　　라고 할 수 있다. 그것은 각 개인이 자신의 사고능력을 통해 자신의 생활과 활동을 지배할 수 있는 친숙
　　한 세계이며, 반복되는 직접적 경험의 세계이다. 역사적 사건은 일상성을 붕괴시킨다. 그러나 일상성은 역
　　사를 압도한다. 왜냐하면 모든 것은 그 자신의 일상성을 갖기 때문이다. 이처럼 역사와의 상호침투의 과
　　정 속에서 일상성은 그 고유한 의미를 드러낸다. 즉 일상성의 세계는 그 자체로서는 역사를 갖지 못하지
　　만, 역사로부터 분리된 것이 아니라 역사를 지탱해 주고 자양분을 공급해 주는 토대인 것이다(카렐 코지
　　크, 『구체성의 변증법』, 박성호 역, 거름, 1985, 66~76쪽 참고).
90) 이에 대한 극명한 예를 다음 예문에서 확인할 수 있다. 다음은 신영식의 심리를 묘사하고 있는 부분으로
　　인물의 전쟁에 대한 '감지도(感知度)'는 다음과 같이 표현된다. "등의자에 푹 파묻혀 앉아 찬 맥주로 목욕
　　후의 컬컬한 목을 추기고 있으니, 멀리 들리는 대포소리도 귀에 아니 들어오고 천하태평으로 기분이 상쾌
　　는 하나, 마음 한 구석에는 역시 불안스런 생각이 떠나지를 않았다." (59쪽)
91) 이 부분의 서술은 졸고, 「송병수의 「빙하시대」론 – 한국전후소설의 양식문제와 관련하여」(『현대소설연구』
　　제26호, 2005)의 219~221쪽의 논의를 근간으로 하고 있다.

에 대한 원인으로는 문단을 주도하던 문인들의 월북이라는, 작가 개인의 문제들도 무시할 수 없다. 하지만 이와 동시에 전쟁으로 인한 사회적 전체성의 폭력적인 붕괴라는 역사적 조건의 변화가 이에 대한 결정적 요인으로 작용하고 있음은 부인하기 어렵다.

루카치에 의하면 단편은 총체성의 형상화가 '더 이상 불가능한(No Longer)' 혹은 '아직 불가능한(Not Yet)' 역사적 단계에 부각되는 소설 양식이다.92) 반면에 장편은 '객체들의 총체성(totality of objects)'에 대한 형상화가 가능한 시기에 등장하는 소설 양식이다. 장편소설은 '주어진 사회적 세계에 대해 예술적으로 보편적인 처리'가 가능한 시기의 장르이다. 루카치의 견해가 한국 전후소설의 양식 문제에 그대로 적용되기는 어렵지만 어느 정도의 타당성을 지닌 것은 사실이다. 그의 견해는 몇 가지 유보 조항을 달고서 한국문학의 구체성에 적용될 수 있다. 우리는 한국전쟁 이후의 1950년대를 이전 시기의 사회 역사

---

92) 루카치는 「이반 데니소비치의 하루」을 검토한 그의 솔제니친론에서 소설의 장르의 문제를 제기하였다. 그는 우리의 장편소설과 중, 단편에 해당하는 'Novel'과 'Novella'의 역사적 관계와 상호작용에 대해서 다음과 같이 언급한다. "노벨레의 이러한 특성, 물론 보카치오로부터 체호프에 이르는 무한한 내적 가변성을 허용하는 이러한 특성으로 인해 그것은 역사적으로 대형식(great forms)들의 선행자뿐만 아니라 후위로서도 등장할 수 있게 된다. 즉 총체성의 형상화가 아직 불가능한 단계(Not-Yet) 혹은 더 이상 불가능한 단계(No-Longer)의 예술적 대표자로 등장할 수 있게 되는 것이다."(p.8) 이와 대조적인 장편소설의 가장 큰 특징으로, 루카치는 '객체들의 총체성(totality of objects)'을 지적한다. 그리고 장편소설과 극의 총체성은 모두 모사되는 삶의 포괄적인 전체성(comprehensive entirety)을 지향하며, 시대의 중심 문제에 대한 다면적인 인간적 찬반이 대조를 이루면서 서로 보완하는 가운데 그 시대의 특징적 사건 속에서 적절한 위치를 차지하고 있는 전형들의 총체성(totality of types)을 낳는다고 지적하고 있다(G. Lukacs, *Solzhenitsyn*, trans. by William David Graf, The MIT Press, 1971, pp.7-10). 루카치의 이상과 같은 견해는 소설의 양식 문제에 대해 시사해 주는 바가 있다. 일단 그가 이야기하는 '총체성'의 개념에 대한 가치판단의 문제는 유보한다면, 단편 양식은 장르의 특성상 미시적 진실을 순간적 압축의 방식으로 포착하기에 용이한 반면, 장편소설은 사회 역사적 전체성을 거시적인 차원에서 드러내기에 적합한 장르라는 사실에는 동의할 수 있을 것이다. 따라서 단편 양식은 사회적 전체성이 붕괴된 시기에 주도적으로 부각될 수 있으며, 장편소설의 등장은 사회적 전체성이 안정적으로 구축되었을 때 가능해진다고 볼 수 있다. 그러나 루카치의 이러한 장르론을 한국소설의 양식문제에 그대로 적용하기에는 위험이 따른다. 왜냐하면 루카치는 서구사회를 모델로 한 역사적 발전단계를 가정하고 있지만 한국사회의 역사적 발전단계는 이와는 다르며, 특히 전쟁과 분단을 포함해서 20세기 한국의 역사는 폭력적이고 강제적인 힘에 의해서 굴절되어 왔음을 망각해서는 안 된다.

적 전체성이 폭력적으로 붕괴된 시기로 간주할 수 있다. 해방과 함께 식민 지배기의 기형적 전체성은 무너졌으며, 이은 해방정국의 혼란과 한국전쟁은 식민 지배기의 물적 토대와 사회적 전체성을 폭력적으로 붕괴시켰다. 이전 시기의 전체성은 단절되어 더 이상 존재하지 않았으며 동시에 이를 대신할 이념과 새로운 시대의 전체성은 아직 도래하지 않았다. 한편 전쟁을 직접 체험한 1950년대의 작가들은 체험의 직접성으로부터 거리를 유지하기가 어려웠다. 그들은 자기의 경험을 객관화시킬 수 없었고, 전쟁의 의미와 본질에 대한 총체적인 인식에 도달하지 못했다. 1950년대는 이전 시기의 전체성이 붕괴되고 새로운 전체성이 등장할 수 없었던 시기였다. 그리고 이 시기의 작가들은 체험의 주관적 서사화에 매달렸다. 이런 이유 때문에 미시적 진실의 순간적 압축의 방식이며, 장편소설에 비해 상대적으로 주관적 서사화가 용이한 장르인 단편소설이 1950년대의 주도적인 소설양식으로 부각되었다고 할 수 있다. 1960년대 전후 장편소설의 본격적인 등장은 이와 같은 맥락에서 고찰해 볼 수 있다. 우선 시간의 경과로 작가들이 어느 정도 체험의 직접성으로부터 자유로워지고 이에 대한 객관적인 거리를 확보할 수 있게 되었다. 경험의 지각으로부터 경험에 대한 인식으로 나아가게 되었다. 그리고 1960년대에 접어들면서 새롭게 구축되기 시작한 물적 토대들과 제도적 장치들, 그리고 새로운 이념과 정치 체제는 새로운 사회 역사적 전체성을 형성하였다. 작가들은 안정화되어 가는 새로운 전체성 속에서 자신의 경험을 반추할 수 있는 기회를 얻었다. 1960년대의 전후소설의 장편화 경향은 이런 요인들로 설명할 수 있을 것이다. 1950년대에서 1960년대에 이르는 전후소설의 양식의 변이 현상은 이와 같은 사회 역사적 조건의 변화 속에서 파악할 수 있으며, 이 시기의 대표적인 장편들로 이범선의『동트는 하늘 밑에서』, 박경리의『시장과 전장』, 이호철의『소시민』, 정한숙의『끊어진 다리』등을 꼽을 수 있을 것이다.

4. 분단소설의 현재적 맥락과 역사소설로서의 가능성

한국 전후소설은 최인훈의『광장』, 조정래의『태백산맥』등의 장편들을 거치면서 비로소 남북의 이데올로기로부터 중립적인 시선을 확보할 수 있게 된다. 남한사회 내부의 오랜 내면적 고투를 통해 한국전쟁에 대한 객관적 인식의 지평이 마련되게 된 것이다. 따라서 이제는『태백산맥』을 기점으로 확보한 한국사회의 성숙한 시선이 남북의 이데올로기와 체제를 바라보는 '최소 정의(minimal definition)'의 준거가 될 수 있는 정치적, 문화적 환경이 지속적으로 확보될 수 있어야 할 것으로 보인다. 2009년 봄 현재, 남북 화해의 상징적 공간이었던 개성공단은 폐쇄 위기에 놓였으며, 여생이 많아 보이지 않는 이산가족들의 상시적 만남과 교류를 위한 제도적 장치를 마련하기로 했던 남과 북의 합의들은 당분간 휴지조각 신세를 면치 못할 전망이다. 2009년 한국사회는 「벤자민 버튼의 시간은 거꾸로 간다」를 패러디한 이명박 '버튼'의 "시간은 거꾸로 흐른다"가 절찬리에 상영 중이다. 한국사회의 최고 권력자가 버튼을 누르기만 하면 뭐든 이제는 뒷걸음질 칠 태세이다. 현실정치에 대한 구체적이고 실천적인 개입과 노력을 게을리 할 때, 역사는 언제든지 퇴행할 준비가 되어 있음을 우리는 지금 바로 눈앞의 일로 보고 있는 중이다. 한국전쟁이 유발한 남북의 정치적 긴장과 민족적 대결양상이라는 문제적 상황은 냉전이 세계사적으로 종식된 이후로도 오랫동안 답보를 계속하고 있다. 그런 의미에서 전후소설이라는 명명은 여전히 분단소설이라는 이름으로 한국사의 역사적 현재를 구성하고 있다. 물론 극적인 형태로 통일이 이루어질 가능성도 배제할 수는 없으나, 한편으로 통일이 실현된다고 하더라도 오랜 남북대결이 남겨 놓은 문제적 상황은 일거에 해소될 리 만무하다. 그러나 그 문제적 상황의 상시적 극복과 일상적 차원의 해결을 위해서라도, 분단 상황의 재인식과 정치적·문화적·언어적 이질성의 간극을 좁히기 위한 문학적 노력과 실천으로서 분단소설의 가능성과 의미는 그 논리적 정당성을 확보한다. 통일이 한민족 내부의 정치적·역사적 긴장과 갈등을 일소하는 유일한 길이라는 통일지상론도 의문스러운 것이지만 북한과의 통일이 남한의 입장에서는 현실적으로 별로 득이 될 게 없다는 분단고착론의 졸렬한 시야에도 우리는 동의할 수 없다. 통일의 민족사적 당위와는 별도로 북한 체제는 한국사회의 역사적 현재를 구성하는 내부요인이다. 이와 같은 관점에서 최근 정도상, 전성태 등 작가가 보여 준 문학적 행보는 주목할 만한 것이다.93) 정도상은 「소소, 눈사람이 되다」(『창작과비평』 2006년 봄호), 「함흥·2001·안개」(『문학수첩』 2006년 여름호) 등 작품에서 북한의 청춘남녀들이 그려 내는 사랑과 욕망의 궤적94)을 있는 그대로 따라가기보다는 대범한 보폭을 보여준 바 있다. 실제 북한에서 살고 있는 2000년대 북한주민의 일상적 기호들을 풍부하게 재현해 냈

---

93) 이에 대해서는 김명환의 「2000년대 한국문학의 활력」(『실천문학』 2007년 가을호)과 유희석의 「통일시대를 위하여」(『창작과비평』 2006년 겨울호)의 논의를 참고할 수 있다.

94) 1980년대 이후 북한의 경우, 김정일이 '숨은 영웅'을 공산주의적 인간의 참된 전형으로 간주하면서 그 문학적 형상화를 새로운 제기하고 있어 주목된다. 그것은 개인의 세속적 욕망이 미세하게 반영되는 '사회주의 현실 주체'의 작품들이다(이에 대해서는 고인환, 「6·15 공동선언 이후의 북한문학에 말 걸기」, 『실천문학』 2008년 봄호 참조).

다는 점에서 그것은 괄목할 만한 것이지만, 그 디테일은 아직은 평면적이고 소박한 시각에 머물고 있다. 전성태 역시 「강을 건너는 사람들」(『문학수첩』 2005년 가을호), 「목란식당」(『창작과비평』 2006년 겨울호) 등에서 북한인들을 작품에 직접 등장시키고 있다. 특히 「목란식당」은 몽골을 배경으로 남·북한인들이 대면하고 있는 현장을 포착함으로써 분단소설의 현재적 가능성과 그 의미를 밝히고 있다. 이 작품은 '목란식당'이라는 북한의 대표적 음식점을 배경으로 핵실험이라는 정치적 문제를 둘러싼 남북의 이견(異見)들을 가감 없이 드러내고 있는 수작(秀作)이다. 몽골의 교포들과 한국관광객들은 호기심으로 또는 경건한 마음으로 목란식당에 들른다. 작가는 이러한 남한인들의 정치적 무의식과 설렘을 이용해 북한당국이 '분단장사'를 하고 있다는 지적을 빠트리지 않는다. 한편 남한인들이 체제의 우월성을 근거로 북한인들에게 고압적인 태도를 보이는 것에도 작가는 곱지 않은 시선을 거두지 않는다. 한국사회 내부에는 목란식당을 찾아온 일부 기독교인들처럼 '조국을 위한 고난의 금식기도회'를 빌미로 북한을 악의 축으로 규정하는 이분법적 시각도 분명히 엄존한다. 정치적 문제로 인해 그저 식당일 뿐인 목란식당에서 "냉면 한 그릇 먹기도 고되"다는 삼촌의 진술은 분단문제가 한반도에 거주하는 남북한 주민 모두에게 일상을 규율하는 여전히 문제적인 것임을 역설한다. 또한 목란식당에서 나와 "바람 찬 마당에서 쫓겨난 사람처럼 엉거주춤 서 있"는 삼촌과 나의 스산한 풍경은 통일이라는 민족사적 과제가 결코 간단치 않은, 복잡한 맥락에서 서술될 수밖에 없다는 작금의 사정을 말해 주고 있다.

분단의 경계를 넘어서고 있는 2000년대 작가들의 신선한 실험처럼,

『태백산맥』 이후 분단소설은 무엇을 할 수 있는가, 그 잉여의 영역은 무엇인지를 묻는 질문과 모색이 한국소설의 현장 속에 지속되어야 한다. 그것은 아마도 이데올로기를 중심으로 한 거시적 역사의 타자로서 미시적 일상성에 대한 인식과 복원, 소외된 주체로서 역사의 소수자들에 대한 관심으로 대변될 수 있을 것이다. 그런 의미에서 염상섭의 『취우(驟雨)』가 시사하는 바는 적지 않다. 6·25를 한낱 '소나기(취우)'쯤으로 치부해 버리는 작가의 역사적 불감증을 온당한 것으로 봐야 하는지는 여전히 논란거리지만, 그가 관심을 둔 것은 역사의 비극적 영웅들에 대한 큰 이야기가 아니라 하찮고 보잘것없는 속인들의 욕망에 관한 미시정치학이었다. 그것을 일컬어 '생활의 발견'이라 불러도 좋을 것 같다. 이를 통해 적 치하 3개월 동안 서울의 세부적인 풍경들이 눈에 보이듯 훤히 들여다보인다. 그러한 것들은 근대 이후 통용되던 역사소설의 일반적 클리셰들을 크게 위반하고 있는 것인데, 염상섭은 그 일을 전쟁의 포화를 견디는 강인함으로 이미 선취해 놓고 있는 것이다. 2000년대 들어 한국소설사에 역사의 타자였던 일상의 세부와 지워진 주체의 흔적들, 그 생활의 '기미(幾微)'들을 포착하여 복원하는 작업이 역사소설의 새로운 경향성으로 자리 잡아 가고 있는 듯하다. 예를 들어, 2007년 문학동네소설상 수상작인 김진규의 『달을 먹다』는 역사적 자료를 근간으로 한 조선 후기 풍속사를 충실하게 재현해 놓았다. 그리고 그 소설에서 중요한 서사의 모티프들은 영·정조 시대의 첨예한 정치 상황들이 아니라 그 시대를 자신의 삶으로 살았던 평범한 인물들의 욕망과 정념, 그리고 그것들이 놓여 있던 풍경으로서 생활세계이다. 그리고 그 주인물들이 남성화자의 거칠고 수직적인 시선이 아니라 여성화자의 섬세하고 수평적 시선으로 조감되고 있다는 점은 역사소설의 중요한 문법들이 2000년대 이후 크게 유동하고 있다는 증거일 것이다. 그것을 우리는 '수직적 인식'의 위계로부터 '수평적 관심'으로의 문학적 확산이라 명명할 수 있을 것이다.

VI. 한국 성장소설 시론(試論)
—「서울 1964년 겨울」과 「삼포 가는 길」의 비교 연구

1. 성장의 의미와 역사철학적 맥락[95]

사람은 빵만으로 살 수 있으며 교환가치만이 우리가 신봉할 수 있는 유일한 가치라는 믿음이 암묵적으로 강요되는 시대에 우리는 살고 있다. IMF 사태 이후, 그리고 현 정부 들어 노골화되고 있는 이러한 현상들의 핵심을 한마디로 간추리면 '인간의 동물화'라 할 것이다. 문화적·인륜적 가치인 교양의 획득과 그것의 사회적 실현을 테마로 하는 유럽의 교양소설이 근대 부르주아 계급의 내면적 성장이라는 문화적 욕구의 산물이라는 점은 널리 알려진 바이다. 근대화 이후, 한국사회에서 중산층의 문화저 욕구는 1970~1980년대 경제성장을 바탕으로 80년대 후반부터 본격화된 것으로 여겨진다. 1997년 IMF 사태

---

95) 이 항목의 서술은 졸고, 「2000년대 성장소설의 몇 가지 맥락들」(『문학동네』 2008년 겨울호)의 논의를 토대로 수정·보완한 것이다.

Ⅰ. 이성복 시에 나타난 시적 언어의 가능성과 구원의 문제
— 『달의 이마에는 물결무늬 자국』을 중심으로

1. 연구사 검토 및 문제 제기

이성복은 1977년 『문학과 지성』 여름호에, 「정든 유곽에서」과 「1959년」을 발표하면서 시단에 등장했고, 1980년의 첫 시집 『뒹구는 돌은 언제 잠 깨는가』는 문단의 조명을 집중적으로 받았다. 전통시의 계보에서 이탈했다고 평가되는 첫 시집은 주로 해체주의, 초현실주의로 분류되어 그 새로움에 대한 논의가 이어졌으며, 1980년대의 암울했던 시대적 상황과 함께 읽히면서 평단의 지대한 관심을 불러일으켰다. 그의 시는 급박하게 변화하는 1980년대의 정치·사회적 상황에서 개인의 내면 풍경을 토로하는 것에 그치지 않고 삶의 절대적 물음에까지 이르며, 피폐한 시대의 징후를 '발작적 아름다움'으로 보여 주었다고 평가된다. 그의 시적 방법론이나 내용은 당시 문단을 주도하던 참

여시의 흐름을 전복하여 새로운 시를 모색하는 일군의 시인들에게 하나의 규범이 되었다.[1]

이성복의 시는 표면적으로 김수영과 비슷하면서도 김수영에게서 볼 수 있는 사변적인 요소를 극도로 줄이고, 그보다는 자유로운 연상과 그 연상을 따르는 의식이 그의 시의 주조를 이룬다. 그 연상은 심리적으로 긴밀한 연결의 고리를 가지고 있는 연상으로 평가된다(황동규, 「행복 없이 사는 훈련」, 『뒹구는 돌은 언제 잠 깨는가』 해설, 문학과지성사, 1980). 이성복의 『뒹구는 돌은 언제 잠 깨는가』(1980)는 황동규·정현종·오규원 등과 함께 1980년대 한국시에 새로운 활로를 열 수 있는 가능성을 보여 주었다고 여겨진다. 김현은 이 시집에 실린 43편의 시들은 하나의 통일적인 유기체를 형성하고 있다고 말한다(김 현, 「따뜻한 비관주의」, 『젊은 시인들의 상상세계』, 현대문학, 1989). 황동규는 이성복 시의 새로움을 자유연상과 의식의 흐름으로 규정하면서 우상파괴를 겸한 비이성주의, 잠재의식의 해방이 이루어진 진정한 의미의 초현실주의로 지칭한다. 또한 김현은 그의 시가 "잘 알 수 없는 이미지들, 치졸한 것처럼 보이는 권유법, 이상한 활자 배열 등"으로 의문을 품게 하지만, 읽을수록 풍부한 상상력의 산물인

---

1) 1960년대의 순수시·참여시의 대립과 1970년대의 미만했던 민중시 경향을 지나서, '80년 광주'라는 시대의 징후는 지금까지 개인과 사회를 지탱해왔던 이데올로기를 부정하거나 전복하기에 이른다. 이러한 토대 위에서 새로운 목소리를 지닌 시인들이 등장하기 시작하였다. 남진우는 이성복의 시를 "70년대의 황혼과 80년대의 여명 사이에 위치하고 있다"고 말하기도 하는데, 그만큼 그의 첫 시집은 1980년대의 정치적 상황과 불가분의 관계에 있으며, 많은 평자들에 의해 그 시기를 대표하는 다른 시인들과의 비교 작업이 활발하게 이루어졌다. 1980년대는 역사적으로 탄압과 저항, 보수와 진보, 한계와 가능성 등의 양극성을 띠는데 이는 오히려 시의 시대로 진입할 수 있는 시대적 여건이 되었다. 이 시기의 시를 크게 분류하자면 먼저, 당시 크게 부각되었던 무크지와 동인지를 중심으로 발표된 시, 둘째, 해체시와 도시시의 계열, 셋째, 노동시혹은 민중시의 계열로 나눌 수 있다. 이성복 시는 해체시의 계열에 포함되어, 당대의 황지우, 박노해 등과 함께 자주 논의의 대상이 되었다(서영채, 「90년대 시의 뿌리와 자리」, 『소설의 운명』, 문학동네, 1995; 김응교, 「1980년대의 시」, 『한국현대문학사』, 집문당, 2004; 김준오, 『도시시와 해체시』, 문학과 비평사, 1993 참고).

아름다운 이미지와 만나게 된다고 지적하면서, 「1959년」, 「정든 유곽에서」로 시작되어 「다시, 정든 유곽에서」, 「이제는 다만 때아닌, 때늦은 사랑에 관하여」로 끝나는 시집의 배열에 관해, '하나의 통일적인 유기체'를 형성하기 위한 시인의 의도로 높이 평가하면서 그의 시세계를 '따뜻한 비관주의'로 명명한다.

제2시집 『남해금산』은 서정적 자아를 내세운 전통적 시의 계보를 이어 감으로써, 평자들은 그 변화에 주목하게 되었다. '아버지'라는 시적 상징에서 '어머니'라는 시적 상징으로의 이행은 시의 문법, 정서, 어조 등을 완전히 탈바꿈하게 한다. 제3시집 『그 여름의 끝』은 여성주의, 전통 서정시의 형식과 내용을 가진 것으로, 그 주된 정서인 서러움은 자연, 사랑, 임 등의 보편적 제재를 통해 형상화된다. 제4시집 『호랑가시나무의 기억』은 '자아의 확대와 상상력의 심화'라는 면에서의 긍정적인 평가보다는 비판이 주를 이루었다. 남진우는 이 시집이 '어둠-나무-몸/햇빛-흰 꽃-눈'의 이미지의 질서를 보여 주며 현실 세계의 허위와 모순을 극복하고 삶의 진정한 의미를 찾는 구도의 길이라고 평한다.2) 제5시집 『아, 입이 없는 것들』은 정신에서 육체로의 이행이 극명하게 드러난다. 대다수 논자들의 평가는, 이 시집의 완결구도에 주목하고 있으며, 특히 그 역동적 미학에 주목한다. 생(生), 사(死), 성(性), 식(食)의 한계라는, 존재가 당면하는 실재의 구멍은 '물집'의 형태로 부풀다 꺼지기를 반복하며 절망에 이르게 하지만, '동곡'은 육체가 꿈꾸는 이데아를 암시해 주고 있다. 그곳에 이르는 길은 대상을 몸으로 겪는 '마라'의 방식을 통해서이다. 금지와 유혹, 욕망과 억압, 삶과 죽음의 무한한 반복 속에서 존재는 비로소 변

---

2) 남진우, 「검은나무에서 흰꽃으로 어두운 몸에서 투명한 눈으로」, 『신성한 숲』, 민음사, 1995.

증법적 합일에 이른다.3) 제6시집 『달의 이마에는 물결무늬 자국』은 외국시의 구절을 모티프로 하여 구성된 새로운 시도를 보여준다. 그러나 이 시집은 『아, 입이 없는 것들』에 비해 별다른 주목을 받지 못했는데, 몇몇 평자들에 의해 부끄러움, 환멸, 자기 학대 등의 수치스러운 수식어를 거느린다고 평가되며, 그것은 '말의 욕망'의 결과물로 읽힌다.4) 본고는 이상의 논의를 참고로 하여, 이성복의 제6시집인 『달의 이마』를 중심으로, 그의 시에 나타난 시적 사유의 특징에 대해 고찰하고자 한다. 이성복 시의 화자는 언어의 제단에 시를 바치고자 하는 사제(司祭)의 모습과 닮아 있다. 초기 시에 등장하는 '내가 나를 구할 수 있을까/ 詩가 詩를 구할 수 있을까'('어째서 이런 일이 벌어졌을까', 『뒹구는 돌은 언제 잠 깨는가』)라는 물음은 바로 이러한 문학적 사제로서의 시인의 고뇌를 표현하고 있다고 생각된다. 물론 이성복 시가 종교적 구원이나 어떤 형이상학적 초월을 추구하지 않는다는 점에서 여기에는 약간의 유보가 필요하다. 이성복의 여섯 번째 시집, 『달의 이마에는 물결무늬 자국』은 이러한 시와 언어의 근원적 가능성과 구원의 문제 등 문학의 근본적인 주제들과 대결하려는 시인의 자의식이 깊이 투영되어 있는 시집이다. 그래서 이 시집이 드러내고 있는 얼굴은 어쩌면 익숙한 것이기도 하고 한편으로는 좀 낯선 것이

---

3) 강 정, 「오, '마라'가 없었으면 없었을」, 『아, 입이 없는 것들』 해설, 문학과지성사, 2003; 문혜원, 「텅빔과 섞임, 대상을 향한 두 가지 시선」, 『시작』, 2004 봄호; 진순애, 「단정한 상처 혹은 단정한 허무」, 『시인세계』, 2003 가을호; 이경수, 「침묵의 전언들」, 『시작』, 2003 겨울호.; 유문학, 「구체성과 몸의 시학」, 『경원어문논집』, 제9·10합집, 2005; 허혜정, 「마야의 물집」, 『작가세계』, 2003 가을호; 성민엽, 「몸의 언어와 삶의 진실」, 『문학과사회』, 2003 가을호.

4) 김진수, 「말의 욕망과 거울의 풍경 – 이성복과 최승호」, 『문학·판』, 2003 겨울호; 조연정, 「사랑의 환상에서 사랑의 윤리로」, 『시와정신』, 2005 여름호; 심재중, 「깊은 오후의 열망」, 『달의 이마에는 물결무늬 자국』 해설, 열림원, 2003. 이상 이성복 시의 연구사 검토에는, 박옥춘, 「이성복 시의 환상 연구 – 주체, 욕망, 언어의 상관관계를 중심으로」(명지대 대학원 문예창작학과 박사학위논문, 2008), 4–12쪽의 정리에서 도움을 얻었다.

기도 하다. 이제 시집의 내부로 들어가 보자.

시인의 말처럼, 『달의 이마』는 시 읽기에서 받은 영감에서 출발하여 시 쓰기로 향하는 독특한 외형을 가지고 있다. 한편으로 그 형태적 특이성은 단순히 이 시집의 형식만을 지시하고 있는 것이 아니라 이 시집이 지니고 있는 의미론적 자질들과 내용적 차별성을 함축하고 있다. 이러한 정황은 위에 인용한 시인의 말과 이 시집의 성격을 특징짓는 몇 편의 시들에서 그 암시를 얻을 수 있다. 이 지점에서 『달의 이마』가 같은 해에 출간된 『아, 입이 없는 것들』(문학과지성사, 2003. 이하 『아, 입이』로 줄이고, 인용 시의 제목은 시집에 붙은 일련번호로 대신함)과 함께 10여 년의 시작(詩作)의 침묵을 깨고 나온 시집이라는 사실에 주목할 필요가 있다. 따라서 이 시집은 시인 자신의 시적 사유의 여정을 고스란히 보여 준다는 데 그 일차적인 의의가 있다. 이 시집에서 '시 쓰기'와 '시 읽기'는 별도의 목적이 아니라 시인 자신의 '시적 사유'를 전개하는 과정과 방법으로 간주된다. 따라서 '시 읽기'와 '시 쓰기'는 서로 분리되지 않고 '시적 사유'를 중심으로 수렴되는 동심원을 그리게 된다. 그것은 '시란 무엇이고, 시인이란 어떤 존재인가?'라는 정체성의 물음과 관련된 것이다. 시인에게 자기

정체성을 확인하고자 하는 욕구는 어디에서 기원하는가. 그것은 기존의 시에 대한 관념이 정면으로 도전받을 때, 즉 시인 자신의 '시의식의 위기'로부터 생겨난다. 어떤 담론과 사유의 수준은 그것에 닥쳐오는 '근본개념의 위기'5)를 감당하는 능력에 따라 결정된다고 볼 수 있다. 따라서 이러한 근본개념의 위기와 시적 긴장을 어떻게 수용하고 처리하느냐가 결국 이성복 시의 수준을 가늠하게 하는 바로미터가 된다. 이 시집이 갖는 결정적인 중요성은 바로 여기에 있다. 따라서 '시의식의 위기'라는 명제는 이 시집이 지닌 의미와 한계 모두를 설정한다. 이 시집이 시작(詩作)의 근본 조건들을 따져 보는 '시의 존재론'이자 시적 언어의 가능성을 묻고 있는 '언어의 존재론'이기도 한 것은 이런 맥락에서이다. 그러한 시적 사유의 여정은 그가 이전에 발표한 시들의 모티프들과 주제들을 되새김질하는 것으로 시작된다. 이 시집이 기존 시들에 대한 일종의 해설서, 자작 안내와 비슷한 인상을 주는 것은 이 때문이다. 독자들은 『달의 이마』에서 이성복 시에서 친근하게 봐 왔던 시적 모티프와 소재들이 반복되고 있음을 쉽게 알 수 있다. 이번 시집이 기존의 시집들과 차별되는 지점을 짚어 보고, 그럼에도 불구하고 반복되고 이어지고 있는 이성복 시 특유의 일관된 흐름이 무엇인지 살펴보기로 하자. 시인이 천명하고 있는 시와 언어의 존재론은 이런 의미에서 이성복 시의 기원과 그 변화의 양상을 추적하는 역사적 존재론과도 분리되지 않는다.

---

5) 마르틴 하이데거, 『존재와 시간』, 까치, 1998, 25쪽.

 현대 문학비평의 계보와 서사의 지형학

2. 시의식의 단련과 적극적 수동성

『달의 이마』가 나오기 전까지 시인이 오랫동안 시를 쓰지 못한 이유 중의 하나는 자기 반영적 사유의 반복, 즉 관념의 자기복제에 안주했었던 때문으로 보인다.6) 다시 말해 '사랑은 자기반영과 자기복제…… 사랑은 사랑스러운 것을 사랑할 뿐, 사랑은 사랑만을 사랑할 뿐'(57, 『달의 이마』)이라는 깨달음은 자아 편향의 위험성에 대한 시인 자신의 경계를 담고 있는 것으로 보인다. 이런 변화의 징후는 "지금까지 시를 너무 쉽게 생각해 몸은 안 부리고 정신이나 원리로써만 써왔는데 이제 몸으로 부닥치며 써야 되겠다"(『문예중앙』, 1993년 겨울호)는 이성복 자신의 말에서도 이미 예감되었던 바이다. 『아, 입이』과 『달의 이마』에 와서 세속적 삶의 구성단위인 일상에 대한 관심이 고조되고 사물과 시적 대상이 지닌 고유한 물질성과 감각을 토대로 한 시적 사유가 두드러지는 것은 단순히 우연의 일치로만 볼 수 없다. 그것은 시인의 내면적 고투를 통해 어렵게 획득된 것으로 보인다. 『달의 이마』나 『아, 입이』에서 일상적 소재들의 구체적이고 감각적인 이미지들은 초기 시의 추상적이고 그로테스크한 이미지들과는 분명히 구분된다. 다음 시가 내포하고 있는 메타시적 성격과 시적 방법론은 이런 맥락에서 주목된다.

---

6) 『달의 이마』가 나오기까지 긴 창작의 공백 동안 이성복은 테니스에 상당히 열중했다고 한다. 실제 『달의 이마』에는 테니스를 소재로 한 몇 편의 시들이 실려 있기도 하다.(13, 14) 시인이 정작 시는 못 쓰고 테니스에 몰두했던 이유는 무엇일까. 테니스가 시인이 시를 쓰지 못한 것과 무슨 관련이라도 있는 것일까. 이런 질문에 대한 답은 분명하지도, 반드시 필요하지 않을 수도 있다. 우리가 추론해 볼 수 있는 것은 시와는 달리 테니스는 분명 육체와 감각의 노동이라는 점이다. 테니스는 무엇보다 근육의 순발력과 조정력이 요구되는 운동이다. 따라서 시인은 테니스를 통해 자신의 몸뿐이 아니라 시의 몸까지 단련시키고자 했던 것은 아닐까 생각한다.

「비에 젖어, 슬픔에 젖어」 그러니까 그 나이였다…… 시가 날 찾아 왔다. 난 모른다, 어디서 왔는지- 파블로 네루다, '시'// 오래 시를 쓰지 못했다. 그리고 추석이 왔다. 추석에는 어머니 사시는 고덕동에서 대치동 형님 집까지 올림픽대로를 타고 갔다. 영동대교를 지날 때 주현미의 '비내리는 영동교'가 생각나, 그 노래를 부를까 하다가 아내가 한 소리 할 것 같아 그만두었다. 그러나 막 영동대교 다리 밑을 지나자마자, 그 노래의 다음 구절인 '비에 젖어, 슬픔에 젖어'가 입 속에서 터져 나왔다. 내가 부르지 않아도 노래는 흐르고 있었다. 비에 젖어, 슬픔에 젖어 노래는 내가 영동대교 다리 밑을 지나가기를, 지나갈 때는 좀더 유치해지기를 기다리고 있었다. (『달의 이마』)

　　인용된 시는 추석날 평범한 가족의 일상을 소재로 하고 있으며, 시작(詩作)의 동기가 된 것은 트로트 가수 주현미의 노래, '비 내리는 영동교'이다. 여기에서 순정한 시 혹은 시적인 것은 대중가요의 통속성과 회통(會通)한다. 이 시에서 눈여겨볼 것은 시적인 것이 현현하는 순간과 그 방식이다. 시는 어디에서 어떻게 오는가. 그것은 어느 날 갑자기 찾아온 구원처럼, 예기치 않은 순간에 시인에게 도래한다. 시는 시인의 의지와는 상관없이 '입 속에서 터져 나오는', '부르지 않아도 흐르는' 무의지적인 노래이다. 인용 시에서 시인의 자세는 키츠(J. Keats)가 말한 '소극적 수용력(negative capability)'의 태도와 유사하다. 이러한 시인의 자세를 '적극적 수동성'이라 부를 수도 있을 것이다. 시인에게 그것은 온몸의 신경을 전면적 개방 상태로 열어 두려는 정신의 모험이다. 그리고 이는 선배 시인 김수영이 말했던 「온몸의 시론」과 동궤의 것이다. 그것은 '온몸으로 온몸을 밀고 가는' 것이다. 시인의 촉수가 순전한 열림의 공간에 놓이게 될 때, 시적 시선은 관념의 추상에 머무르지 않고 비루하고 남루한 감각의 세계로 향하게 된다.

『아, 입이』과 『달의 이마』에 와서 두드러지는 시적 경향 중의 하나가 화자 자신의 '속물근성'에 대한 비판이다. 이러한 변화는 일상의 범주들을 본격적인 시적 화두로 삼게 되는 것과 맞물려 있다. 속물근성에 대한 가차 없는 폭로는 '국밥집 나올 때면 부끄러워라 국밥집 담벽 아래 바르르 떠는 참대나무 앞에서 그만, 얼굴 폭 가리고 울고 싶어라'(116, 『아, 입이』), '나도 얼마나 흔들어댔는지 예술가는 과연 다르다고 칭찬까지 받았다 염소의 피냄새가 입 안에 그득했다'(117, 『아, 입이』) 등의 표현 속에서 여실히 드러난다. 시적 화자는 자신의 이기적 속성, 위선과 허위의식을 아무런 가감 없이 드러낸다. 무의식 속에 잠재되어 있던 비루하고 누추한 욕망의 입을 열어 보이기 시작한 것이다. 『달의 이마』가 자신의 과거 작품과 시 의식에 대한 메타시로서의 가능성이 열리는 것은 이 지점에서이다. 이를 통해 화자는 자신의 시적 사유의 여정을 반성적으로 성찰하게 된다. 예를 들어 초기 시 등에서 주로 비판의 대상이 되었던 세계의 부조리나 사회의 폭력성 등의 문제는 이제 그러한 사회적 비판 속에 내재된 개인적 욕망의 성격, 즉 비판의 내면적 성실성(fidelity)과 진정성 그리고 욕망의 실체와 기원을 묻는 존재론적 탐사로 옮아간다. 따라서 여기에서 중요한 것은 그것이 지닌 대타적 성격이나 비판의 함량이 아니라, 그것이 '나'에게 도대체 어떤 의미였냐는 점이다. 이런 의미에서 '그러나 두고두고 창피한 것은 회사 들어가 처음 만난 여자 앞에서 노동자들이 불쌍하다고 울음을 터뜨린 것이다. 관심을 끌기 위해서였다'(20, 『달의 이마』)에서의 진솔한 자기 고백은 시인 나름의 '욕망의 미시정치학'일 수 있다. '계엄군 법무관이었던 고등학교 동창과, 내란 음모죄 대학동창 만나게 해주고 흐뭇했다. 몸도 마음처럼 약했기 때문에, 나는 가해

자도 피해자도 아니었다'(21, 『달의 이마』)라는 진술 역시 같은 맥락
에서 이해될 수 있다. 이 지점에서 시인의 말을 다시 한 번 기억해 둘
필요가 있다. ('대체 나 자신이 무엇을 말하고 싶어 하는지 확인하는
것') 이러한 시선의 이동은 세계의 부조리와 그 기원이 외부에만 있
는 것이 아니라 자신의 내부에도 있다는 존재론적 성찰과 정신적 성
숙을 동반한다. 자기 폭로와 속물근성에 대한 가차 없는 비판이 가능
한 것은 이러한 내면의 변화 때문이다. 시인의 정신적 성숙은 『아, 입
이』과 『달의 이마』의 주요한 시적 모티프의 하나가 '늙음'과 '죽음'이
라는 것과도 관련된다. '늙음'과 '죽음'에 대한 인식은 '언젠가 목이
메는 딸아이 앞에서 우리도 그렇게 떠날 것이다, 잎 전체가 가시인
호랑가시나무 아래 살 없는 우산을 접고, 언젠가 한번 온 적도 없었
다는 듯이'(7, 『달의 이마』)에서처럼 주로 가족사를 배경으로 한다.
거기에는 '이제 내가 욕망하는 사람의 욕망이 될 수 없다'(26, 『달의
이마』)는 체념의 정조 또한 배어 있다. 『달의 이마』에서 보이는 일종
의 초월론적 포즈와 삶에 대한 달관의 자세는 이러한 육신의 쇠락과
정신의 성숙을 동시에 표현하고 있다. 그러나 이와 같은 생에 대한
달관이 삶의 구체성을 몰각한 채 이루어지는 정신의 고공비행이 아
니라는 점에 이성복 시의 매력이 있다.

  이성복의 시의 일상의 관심에 대한 고조는 이성복의 시적 사유의
기저를 이루는 일관된 흐름의 하나인 성(聖)과 속(俗)의 경계를 지우
는 것과도 관련이 있다. 이성복 시는 통념적인 성/속의 이분법을 넘어
서 있다. '성(聖)스러움'과 '성(性)스러움'은 동일한 울림을 갖는다. 예
를 들어 '누가 브래지어를 벗긴 것도, 누가 브래지어를 숨긴 것도 아
닌 공단 옆 연둣빛 젖무덤 올망졸망 연둣빛에서 초록빛으로 옮아가

며'(「봄날」, 『호랑가시나무』)에서 사용된 성적 모티프는 생명의 순환이라는 자연의 원리를 드러내기 위해 동원된다. 이러한 이성복 시 특유의 인식은 '바바리아 용담꽃, 네가 움직일 때마다 해장국에 엉킨 선지 덩어리 돌아다닌다'(99, 『달의 이마』)와 같은 이미지의 결합 방식에서 분명하게 드러난다. '진흙 천국'(103, 『아, 입이』)이라는 역설적 이미지는 이를 집약하고 있다. 성과 속이 하나라는 이성복 시 특유의 인식은 시적 시선을 일상 속에 용해시키면서 그 심화의 기회를 얻는다.

3. 존재의 근원적 이질성과 구원의 가능성

처음의 문제 제기로 돌아가서, 이제 직접적인 질문을 던져 보자. 시인은 대체 무엇을 말하고 싶어 하는가. 그 욕망과 허기의 정체는 무엇인가. 욕망은 결여의 다른 이름이기에, 질문은 시인을 말에의 욕망으로 이끄는 허기의 정체가 무엇인가로 재차 물어져야 한다. 그 결여감이 단지 육신의 굶주림만이 아니라 정신적 허기를 지칭한다는 것은 자명해 보인다. 다른 무엇보다 그 허기는 삶의 '숙명적 비극성'에서 터져 나온다. 시인 자신의 말처럼 '상처의 상처다움은 '돌이킬 수 없음'에 있듯이'(이성복, 『네 고통은 나뭇잎 하나 푸르게 하지 못한다』(문학동네, 2001), 112쪽. 이하 『네 고통』으로 줄임), 그것은 돌이킬 수 없는 어떤 근원적 어긋남에서 온다. 그것은 '어디로도 갈 수 없고 어디로 가지 않을 수도 없을'(「사랑 日記」, 『뒹구는 돌은 언제 잠깨는가』, 이하 『뒹구는 돌』로 줄임) 난망한 처지, 욕망과 금지가 공존하는 지금 여기 생의 곤혹스러움 같은 것이다. 그러한 삶의 난처함은 『아, 입이』에서 '살아가는 징역의 슬픔으로 가득한 것들'이나 '따가운 소금밭을 종종걸음 치는 갈매기발'(51) 혹은 '지금 이곳이 살아야 할 곳이 아니라는 표지처럼, 무한 경고처럼 양달개비꽃은 푸르고'(48) 등으로 표현되기도 한다. 이성복의 시에서 생의 '근원적 어긋남'은 종종 사회적이고 역사적인 것으로 환치되어 드러난다. 우연히 먹은 고기는 '처형당한 간첩의 시체'(「易傳 1」, 『그 여름의 끝』, 이하 『그 여름』으로 줄임)로 판명되고, '스스로 의롭게 여기는 자들의 입에(는: 필자) 피가 묻어 있다', '이곳은 말이 통하지 않는 곳'이고 '예언자도 그리 믿을 만한 사람은 못 된다.'(「높이 치솟은 소나무 숲이」, 『남해 금산』)

그러나 시인의 시선은 대개 보다 근본적인 곳을 향하고 있고, 그것은 이를테면 실존에 패인 균열과 구멍 같은 것이다. '네 몸 여러 군데 뚫린 상처는 현무암 절벽의 해식동굴'(31, 『아, 입이』)은 실존의 균열에 대한 직접적인 발언이다. 이는 이성복 시에서 치유되지 않는 '원죄의식'을 구성한다. 이성복 시는 이런 면에서 '아, 구멍이 있는 것들'을 위한 진혼곡인 셈이다. '원죄의식'을 상징하는 이미지와 표현들은 다양하게 변주된다. 예를 들어 '사기그릇의 깨어진 작은 조각'이라는 뜻을 지닌 '사금파리'의 이미지는 조각난 생에 대한 비유로서 빈번하게 등장한다('고개 숙인 양달개비 푸른 꽃은 어느 깨진 하늘의 사금파리일까'(48, 『아, 입이』)/ '허연 배때기를 드러낸 수박 껍데기가 깨진 사기 접시처럼 쌓일 때'(「수박」, 『남해 금산』)). 그 밖에 '날 때부터 슬픔의 샘을 가진 가족들'(「야생화」, 『그 여름』), '나는 내 마음을 돌릴 수 없고 아침부터 해가 지는 분지'(「분지일기」, 『남해 금산』), '세상에 핏덩어리 너를 낳은 죄, 닭 벼슬보다 붉었다'(91, 『아, 입이』)는 기표들 역시 '원죄의식'이라는 동일한 기의를 갖는다. 『달의 이마』에서도 '원죄의식'은 '우리는 날 때부터 타락한 천사들'(40), '복사본이 잘못돼서 복사집에 따졌더니, 애초에 원본이 잘못이었다고……'(91) 등의 표현을 얻는다. 이성복의 시의 상당한 비중을 차지하는 연애시는 이런 맥락에서 이해될 필요가 있다. 이성복의 연애시는 『남해 금산』과 『그 여름의 끝』의 시편들에서 그 절창에 이른다. 그러나 그것은 늘 감상주의의 혐의로부터 자유로울 수 없다. 하지만 그것이 통속적인 연애지상주의와 결별하는 것은 이성복의 연애시가 삶의 근원적 타자성을 드러내는 데 기여하기 때문이다. 연애는 인간이 경험할 수 있는 완전한 합일의 순간을 그 정점에서 보여 주는 사건이다. 동시에 연애는 타자와 나 사이에 가로놓인 '근원적 이질성(radical heteronomy)'[7]을 가장 극명하게 드러내는 순간이기도 하다. 연애라는 지독한 사건을 통해 우리는 '어긋남'을 삶의 기본 조건으로 인식하게 된다. 이성복 시를 특징짓는 수사적 장치인 반어와 역설, 아이러니는 이러한 주제의식을 드러내기 위한 전략적 수단이다. 이는 이질성의 공존 속에서 삶의 진실을 포착하려는 이성복 시의 기본적인 태도에서 비롯된 것이다. '이곳에 와서 많이 즐거웠습니다 갖은 즐거움 다 겪었습니다'(「이젠 내 보내주세요」, 『남해 금산』), '햇빛 찬연한 밤마다 惡夢을 보내주신 그

---

7) 이와 관련하여 라캉의 다음과 같은 논의를 참고할 수 있다. "주체가 자기 내부에 스스로 지배할 수 없는 이질성을 가지고 있다는 사실이 고려되지 않을 때 정신분석학은 단순히 타협적인 전술(comprise operation)에 불과한 것이 되고 프로이트의 작업이 갖는 문자성과 정신적 측면 모두를 부인하게 되는 결과를 초래한다. 프로이트 자신이 타협을 모든 불행을 견뎌내고 완화시키는 개념으로 계속 사용했기 때문에 명시적이든 암시적이든 타협이라는 개념에 의존하는 것은 필연적으로 정신분석적 활동이 길을 잃고 어둠 속에 빠져 버리는 결과를 낳게 된다. 그러나 [통합적인 인간성(total personality)]을 주장한다든가 우리 시대의 도덕적인 위선주의와 결합하는 것은 대안이 되지 못한다. 근본적인 이질성(radical heteronomy)에서 생겨난 인간 내부의 결핍은 결코 회복될 수 없는 것이기 때문이다. 결핍을 회복하려는 어떤 시도도 자신의 부정직함만을 드러낼 뿐이다."(자크 라캉, 「무의식에 있어 문자가 갖는 권위 또는 프로이트 이후의 이성」, 『욕망이론』, 권택영 편역, 문예출판사, 1994, 88쪽)

대'(「신기하다, 신기해, 햇빛 찬연한 밤마다」, 『남해 금산』)와 같은 표현들에서 반어나 모순형용, 역설 등은 결과적으로 전도된 세계의 부조리성을 드러내는 데 기여하고 있다. 따라서 이성복 시의 수사적 장치들은 단순한 시적 기교가 아니라 주제의식과 긴밀하게 연결되어 있다고 평가할 수 있다.

하이데거는 『존재와 시간』에서 시간성을 현존재의 해석학적 지평으로 규정한다. 그에 따르면 '존재'는 어디까지나 '세계-내-존재'이다.8) 인간이라는 '현존재'는 언제나 시간과 역사성에 의해 규정되는 '존재자'이다.9) 일반화된 추상적 범주로서의 보편적 존재란 존재하지 않는다. 위에서 살핀 바와 같이, 이성복 시의 출발점은 인간적 존재의 근원적 어긋남 혹은 '원죄의식'이다. 그것은 인간의 경험 차원 이전에 선험적으로 주어지는 실존적 숙명이나 운명 같은 것으로, 여기에 역사나 시간이 개입될 수 있는 가능성은 희박하다. 따라서 역사적 구체성을 거세한 채, 보편적 존재자로서 인간의 심성과 그 구조를 해명하려는 정신분석이나 구조주의가 지니는 일반적인 한계는 동일한 맥락

---

8) 하이데거의 개념에서 '존재'는 '존재자를 존재자로서 규정하는 것'으로 정의된다. 존재는 존재자를 규정하거나 이해하기 위한 지평이다. 지평은 어떤 것이 자신을 내보이거나 드러낼 수 있는 '열린 공간'이다. '존재하는 것'은 다양한 의미의 '존재'에서만 자신을 나타낼 수 있다. 지평과 그 속에서 나타나는 것이 동일한 것이 아니듯 존재와 존재자는 서로 다른 것이다. 존재와 존재하는 것 사이에 존재론적 차이가 있다. 존재는 존재자와는 달리 눈에 보이지도 귀에 들리지도 손으로 만져지지도 않는 것이다. 존재론은 존재하는 것(존재자)의 존재를 드러내어, 존재 자체의 구조를 해명하려는 과제를 가진다.(이기상·구연상, 『존재와 시간』 용어해설』, 까치, 1998, 246-249쪽 참조)
9) 하이데거에 따르면 일상적 현존재의 자기는, 우리가 본래적인 자기, 다시 말해서 고유하게 장악한 자기와 구별하고 있는 그들-자기이다. 그들-자기로서 그때마다의 현존재는 '그들' 속에 흩어져 있어서 이제 비로소 자기 자신을 발견해야 한다. 현존재의 세계는 만나게 되는 존재자를 그들에게 친숙한 사용사태 전체성으로 자유롭게 내어 주며 그들의 평균성과 더불어 고정된 한계 안에서 내어 준다. 우선 현사실적인 현존재는 평균적으로 발견된 공동세계 속에 존재한다. 우선 '나'는 고유한 자기의 의미에서 '존재하지' 않고 오히려 '그들'의 방식으로 타인으로 존재한다. 현존재가 그 자신에게 자기의 본래적인 존재를 열어 밝히는 경우, 이때 이러한 '세계'의 발견과 현존재의 열어 밝힘은 언제나 은폐와 암흑의 제거로서, 현존재가 그것으로써 자기 자신에 대해서 빗장을 걸어 잠그고 있는 그러한 위장의 분쇄로서 수행된다.(마르틴 하이데거, 『존재와 시간』, 이기상 역, 까치, 1998, 180쪽 참고)

에서 이성복 시가 지니는 하나의 문제점으로 지적될 수 있다.

삶의 근원적 결여감이 거시적인 차원으로 확대될 경우, 이성복 시는 사회와 역사의 폭력성과 대면한다. 이성복 시에서 폭력적인 사회의 규범 체계, 전도된 사회적 노동의 체계를 상징하는 것은 '아버지'이다. 그리고 여기에 대응하는 짝패로서 구원과 안식의 이미지를 구성하는 것은 '어머니'이다. 이런 맥락에서 '상징계(The Symbolic)'와 '상상계(The Imaginary)'[10]의 분열을 인간의 숙명적 조건으로 파악하는 라캉의 정신분석 도식은 이성복 시를 해명하는 데 유효한 참조틀이 될 수 있다. 이성복 시에서 아버지와 어머니의 이미지는 라캉의 '상징계'와 '상상계'에 정확하게 대응한다.[11] '오늘은 노는 날이에요, 어머니 오랫동안 저는 잠자지 못했어요 오랫동안 먹지 못했어요 울지 못했어요…… 어머니, 무서워요 금빛 거미가 저희를 먹고 흰 실을 뽑을 거예요'(「금빛 거미 앞에서」, 『남해 금산』)라는 표현은 바로 이러한 쾌락원칙과 현실원칙의 대립에 대한 알레고리로 읽힐 수 있다. 태초의 어머니와의 근원적 일치감은 다시는 회복될 수 없다. 그것은 영원히 훼손된 성소(聖所)이다. 애초에 구원의 가능성이나 초월의 순간이 이성복 시에 예비되어 있지 않음은 바로 이 때문이다. 구원의 불가능성은 '아무 일도 지켜지지 않은 약속의 땅에서 녹슨 風磬 소리

---

10) 딜런 에반스, 『라깡 정신분석 사전』, 김종주 외 역, 인간사랑, 1998, 175-181쪽 참고.

11) 라캉에게 실재계는 세 가지 질서 가운데 하나로서 그 질서에 따라 모든 정신분석적 현상이 기술되는데, 다른 둘은 상징계와 상상계이다. 따라서 실재계는 단순히 상상계에 반대되는 것이 아니고 상징계를 넘어서 위치한다. 현존과 부재 사이에서와 같은 대립에 의해 구성되는 상징계와는 달리 '실재계에는 부재가 없다.' 현존과 부재 사이의 상징적 대립이 상징계에서 그 무엇이 결여될 수 있다는 항구적 가능성을 의미하지만, 그 반면에 실재계는 '항상 제자리에 있다.' 실재계에는 절대적으로 틈이 없다. 의미화 과정에서 '실재계에 갈라진 틈'을 끼워 넣는 것은 상징계이다. 실재계는 상징화에 절대적으로 저항하는 것이고 상징화 밖에 존재하는 그것이 무엇이든 그의 영 실재계는 '불가능한 것'이다. 왜냐하면 그것은 상상할 수 없고 상징계에 통합할 수 없으며, 어떤 방법으로도 얻을 수 없기 때문이다. 실재계의 이런 불가능성이라든가 상징화에 대한 저항과 같은 특성 때문에 실재계는 본질적으로 외상적인 성질을 갖는다(딜런 에반스, 『라깡 정신분석 사전』, 김종주 외 역, 인간사랑, 1998, 216-220쪽 참고).

들린다'(「약속의 땅」, 『남해금산』), '기다리던 것이 오지 않는다는 것
은 누구나 안다'(「다시 봄이 왔다」, 『남해 금산』) 등의 궁극적 비관주
의로 표현된다. '아, 갈 수 있을까 언제는 몸도 마음도 안 아픈 나라
로'(「다시, 정든 유곽에서」, 『뒹구는 돌』)에서의 간절한 희구 역시 이
러한 절망감의 표현이다. 이성복 시에서 성소의 회복은 불가능하지만
현실의 어머니가 성모(聖母)의 대리자로 현현한다. 부성(父性)의 세계
에서 받은 상처와 고통은 따뜻한 모성(母性)에 의해 감싸진다. 반면
세계의 부조리를 체현하는 아버지의 세계는 환멸의 대상이자 치욕의
기원으로 자리한다.

　『아, 입이』나 『달의 이마』는 이상의 일관된 주제의식을 견지하면
서도, 매우 흥미로운 변화를 보여 주고 있어 주목된다. 그것은 일상의
범주들이 시적 대상으로 부각되는 것과도 맞물려 있다. 우선 부정되
어야 할, 아버지는 시적 화자의 시선 속에 연민의 대상으로 수용된다.
"백발의 아버지는 이제 할머니 제사 때도 목놓아 통곡하는 일이 없다
헛도는 병마개처럼 헛기침이 추진 울음을 대신할 뿐, ……지난번 묘사
때 할머니 산소 찾아가는 길에 아버지는 힘에 부쳐 여러 번 숨을 몰
아쉬다가 시동 꺼진 중고차처럼 멈춰 섰다"(「파리도 꽤 이쁜 곤충이
다」, 88, 『아, 입이』)에서 아버지의 위상은 사뭇 달라져 있다. 이와 대
조적으로 유일한 구원의 상징이었던 어머니는 이제 실종되거나 그
희미한 그림자마저 자취를 감춰 버린다. 어머니의 부고는 "우리 사는
세상에 면회 오는 천사들은 없다. 우리를 옥바라지 하던 한 분 어머
니는 돌아가셨다"(40)는 직설 어법으로 알려진다. "하늘의 무서운 새
가 내 어머니 물고 간다…… 하늘 깊은 둠벙에 내 어머니 빠지신
다"(34), "어머니가 거미처럼 그의 손발을 씹고 있지 않은가"(75, 이상

『달의 이마』)와 같은 표현들은 모성의 사망선고에 대한 간접보고라할 것이다. 이러한 어머니의 죽음이 의미하는 바는 말할 것도 없이 구원의 가능성의 봉쇄이다. 그렇다면 이제 정녕, 구원은 어디에서 오는가.

『아, 입이』에서 일상의 구원은 심미적 경험에서 찾아진다. "그것들 한번 보려고 사람은 사는 것이다 그것들 한번 보고는, 오줌 눈 뒤처럼 몸 부르르 떠는 것이다, 겨울 흰 꽃들"(84), "아름다운 것은 언제나 미치게 아름다운 것, 아름다운 것은 언제나 전속력 전방위적으로 아름다운 것"(85)처럼 순간적인 것 속에서 영원을 갈망하는 시인의 자세는 보들레르가 "현대성은 덧없는 것, 사라지는 것, 우연적인 것이다. 이것이 예술의 반을 차지하며, 다른 반쪽은 영원한 것, 변하지 않는 것"이라고 갈파한 바 있는 모더니티의 이중적 속성과도 상통한다. 이런 미적 현현의 순간은 하지만 일회적이고 순간적인 것으로서 허망할 따름이다. 그렇다고 해서 '어머니'의 죽음마저 목도한 이성복에게 천상에서의 구원이나 어떤 종교적 초월의 여지가 남아 있는 것도 아니다. 결국 시인에게 허락될 수 있는 길이란 헛헛하기 그지없는 욕망의 부대낌 속에서 '견딜 만한 지옥의 지도'를 부질없이 그려 보는 일뿐이다. 다시 말해 "문제는 생의 건더기와 기름기 뜨는 국물을 바꾸는 것. 문제는 다른 뚝배기 속에 생을 다시 끓여내는 일"(97, 『달의 이마』)이다. 이런 시인의 태도는 "테두리가 돌기에 중심축이 나아가는 게 아니라, 중심축이 나아가기에 테두리는 도는 것. 우리는 모른다, 누가 이 수레를 어디로, 언제까지 끌고 가는지. 영원한 수레는 나아가고 헛되이 바퀴는 돌고 도는 것"(45, 『달의 이마』)이라는 불교적인 깨달음으로도 표현된다. "또 한번 유감없이 凡性愛的 충동에 속아주

리라, 이 몸 일찍이 몸부림 바깥을 벗어난 적 없으니"(45, 『아, 입이』)
라는 전언 역시 우리의 삶이 결코 윤회의 사슬에서 벗어날 수 없으리
라는 인식을 담고 있다. "아파트의 기저귀가 壽衣처럼 바람에 날릴
때"(「새들은 이곳에 집을 짓지 않는다」, 『남해 금산』)처럼 생과 사의
경계가 모호해지는 것은 이 때문이다. 이와 같은 시인의 인식은 곧
'길 없음이 삶의 길'(99, 『달의 이마』)라는 역설적인 명제로 요약된다.
이는 이성복의 시적 사유의 여정을 집약적으로 암시하고 있다.

4. 예술과 가상(假像), 언어의 근원적 불가능성

> 「별 모양의 열대 과일」 초록 별이여, 아름다운 가난 속에 너의 형
> 제, 뻬뜨로뽈이 죽어간다.-오시쁘 만젤쉬땀, '저 높은 곳에서, 떠도
> 는 불빛'// 스탈린 치하에서 죽은 만젤쉬땀의 시는 아내의 기억력으
> 로 살아남았다. 여류시인 쯔베따에바의 말: '만젤쉬땀은 시가 없이
> 는 앉을 수도, 걸을 수도 없었다.' 모스크바 대학 교환교수의 말:
> '죽기 오 분 전까지 시를 중얼거리는 걸 본 수용소 동료가 있었다지
> 요.' 말레이시아에서 나는 별 모양의 열대과일을 보았다. 피망 썰
> 듯이 써는 족족 별이 되는 과일, 꼭다리 끝까지 썰어도 별이 나오는
> 과일, 하늘-화채 그릇 속에 떠도는 초록 별-열매. 그러나 하늘의 별
> 은 별 모양이 아니고, 해삼처럼 미끄러워 잘 썰리지도 않는다.(『달
> 의 이마』)

이 시의 전반부와 후반부는 의미단위의 연관이 썩 멀어 보이는 비
유처럼 보인다. 사형을 언도받은 러시아 시인 '만젤쉬땀'과 '말레이시
아 열대과일'의 이 난감한 조우는 어떻게 설명될 수 있을까. 그 실마
리는 "하늘-화채 그릇 속에 떠도는 초록 별-열매. 그러나 하늘의
별은 별 모양이 아니고, 해삼처럼 미끄러워 잘 썰리지도 않는다"는

마지막 구절에서 우선 얻을 수 있을 법하다. 그리고 '언어는 사물의 죽음을 전제로 한다'는 해묵은 명제로부터 힌트를 얻을 수도 있겠다. 여기에 결정적인 단서가 되는 것은 "시인이 죄에서 벗어나지 못하는 것은 그가 진실을 드러내기 위해 유사(類似) 진실을 형상화함으로써, 진실을 은폐하기 때문이다"(이성복,『네 고통은』, 99쪽)라는 시인의 경구다. 시 혹은 시 쓰기는 '써는 족족 별이 되는 과일' 같은 것이다. '화채 그릇 속에 떠도는 초록 별'은 백색의 공간에서 창작되는 시를 말한다. 시가 곧 별이다. 그러나 정작 시는 '하늘의 별'에 결코 도달하지 못한다. '하늘의 별'(실체로서의 별)은 실제는 '별 모양'(인간이 추상적으로 지각하는, 예술적 가상으로서의 별)이 아니기 때문이다. 이는 시 혹은 (시적)언어가 '실체(substance)'나 '물자체(Ding an sich)'에 도달하지 못한다는 예술가의 절망감을 표현하고 있다. 왜냐하면 시 혹은 예술은 하나의 가상이나 모상에 불과하기 때문이다. 플라톤의 "이것들이 실재에서 세 단계나 떨어져 있는 것들이라는 걸, 그리고 이것들은 진실을 모르는 사람이 시작(詩作)하기 쉬운 것들이라는 걸 깨닫지 못하고 있는지―이들이 시로 짓는 것은 '보이는 현상들'이지 '실재들'이 아니기 때문에"[12]라는 충고는 이에 대한 가장 고전적인 견해에 속한다. 또한 진정한 시, 시인의 죽음과 함께 도래할 미래의 시는 '해삼처럼 미끄러워'(기표가 기의에 도달하지 못하고 영원히 미끄러지는 것처럼) '잘 썰리지도(쓰이지도) 않는다.' 이 시는 결국 '언어의 근원적 불가능성'을 표현하고 있다. "나는 너의 이름을 끊는다. 다시는 속지 않겠다고. 끊을 수 없는 것을 끊겠다는 집념의 어리석음"(92,『달의 이마』))처럼 시는 언어를 통해 사물을 분별하고자 하는

---

12) 플라톤,『국가 · 정체』제10권, 박종현 역주, 서광사, 1997, 609-670쪽 참고.

욕구의 표현에 다름 아니기 때문이다. 따라서 가상에 불과한 시와 언어에 집착하는 먼 나라 시인의 시를 향한 무한한 열망은 부질없는 도로(徒勞)이거나 '정신의 수음행위'에 불과한 우스꽝스러운 짓일 수 있다. '시가 없이는 앉을 수도, 걸을 수도 없'고 '죽기 오 분 전까지도 시를 중얼거리는' 만젤쉬땀의 무모함은 관념의 자기복제에 사로잡혀 진정한 시적 성찰과 반성을 할 수 없었던 이 시인의 불우한 영혼을 표상하고 있다. 이는 한동안 시를 쓸 수 없었던 과거 이성복 자신의 모습이 투영된 것이기도 하다. 결과적으로 시집의 서두에 놓인 질문과 문제들은 해결은커녕 여전히 모색의 과정에 있는 것일 수밖에 없다.

이러한 언어의 근원적 불가능성을 알면서도 시 쓰기와 시적 사유의 모험을 끝끝내 포기하지 않고 감행하는 이성복의 시정신은 지상에서의 구원이 영원히 불가능한 줄 알면서도 구원에 대한 희망의 끈을 놓지 않으려는 이성복 시의 근원적인 주제의식과 정확히 일치한다. 그것은 천상의 구원이 아니라 척박한 지상에서 깨달음의 씨앗을 일구어 내려는 태도이다. 이는 예토(穢土) 밖에 정토(淨土)가 따로 있지 않다는 불교적 깨달음[13]과도 상통한다. 그러한 이성복의 가뭇없는 시적 사유의 여정을 '길 없는 길'이라 부를 수 있지 않을까. 이 지점에서 김수영의 시, '절망'이 불현듯 떠오르는 것은 이 시인에게 놓여 있는 길이 앞으로도 선배 시인의 여정만큼이나 고단할 거라는 예감 때문이다. "풍경이 풍경을 반성하지 않는 것처럼/ 곰팡이 곰팡을

---

13) 이와 관련하여 다음과 같은 견해를 참고할 수 있다. "『삼국유사』에는 하류사회의 신앙에 대한 기록이 적지 않다. 삶이 고통스러웠기 때문에 그들은 상류사회보다 더 절실하게 정토를 희망하였을 것이다. 고통을 느끼지 못하면 행복의 존재를 인식하지 못한다. 극락에도 어딘가에는 고통의 표시가 기록되어 있을 것이다. 정토는 고통이 없는 곳이 아니라 사랑으로 고통을 견딜 만한 것으로 변형할 수 있는 공간이다. …… 여기에 예토가 있고 저기에 정토가 있는 것이 아니라 예토와 정토가 하나의 세계 안에 동시에 존재한다." (김인환, 『한국고대시가론』, 고려대출판부, 2007, 65쪽)

반성하지 않는 것처럼/ 여름이 여름을 반성하지 않는 것처럼/ 속도가 속도를 반성하지 않는 것처럼/ 졸렬과 수치가 그들 자신을 반성하지 않는 것처럼/ 바람은 딴 데에서 오고/ 구원은 예기치 않은 순간에 오고/ 절망은 끝까지 그 자신을 반성하지 않는다."14) 그 길은 이제 '아, 갈 수 있을까 언제는 몸도 마음도 안 아픈 나라로'라는 이성복 시의 초월에 대한 열망이 '아, 갈 수 있을까 언제는 몸과 마음이 가는대로'라는 존재론적 질문으로 뒤바뀌는 지점에서 마련되고 있다.

---

14) 김수영, 「절망」, 『김수영 전집』 1, 민음사, 1981, 247쪽.

II. 홍상수 영화의 세계 인식과 미적 구조

1. 대중 기만으로서의 예술과 낯선 명명법

　새로운 매체인 영화의 대중적 파급력을 재빨리 간파했던 이들은 소비에트의 혁명가들이었으며, 이를 누구보다도 정치적으로 이용할 줄 알았던 이들은 파시스트들이었다. 그들은 20세기의 시작과 함께 등장한 영화를 자신들의 정치적 선전 도구로 삼음으로써 새로운 매체의 혁명적 잠재력을 배반하였다. 영화가 대중기만으로서 지배 이데올로기에 봉사하게 될 때, 영화는 더 이상 예술 고유의 '부정성(negativity)'을 획득하지 못한다. 예술의 고유한 힘인 부정성은 우리가 존재의 기반으로 삼고 있는 현실적 준거들에 의문을 제기함으로써 지배 질서를 교란시킨다. 우리를 길들이는 이데올로기의 음험한 힘을 폭로하고 지배 질서에 균열을 내는 것은 공적 체계로서 예술이 지니는 고유한 힘이다. 이러한 부정적 능력을 상실하는 순간 예술은 기술의 영역으로 타락하게 된다. 20세기에 영화는 과학기술의 눈부신 발전을 바탕으로 해서 대중에게 가장 친숙한 예술 장르가 되었다. 현대 세계에서 '정신분산'15)으로서의 영화는 대중에게 값싼 오락과 거짓 위안을 선사함으로써 자본주의적 생산 체계가 견딜 만한 것이라는 그릇된 믿음을 유포시킨다. 상품으로서 영화가 자본의 투입량과 산출량에 종속됨에 따라, 영화는 이제 예술에 고유한 부정성을 상실하게 되었다.

홍상수 영화는 일종의 낯선 체험이다. 초기작에 속하는 2002년 <생활의 발견>에 이르기까지 그는 기존의 것과는 다른 새로운 영화문법을 창조해 냈다.16) 홍상수 영화의 기본적 전략은 '낯설게 하기

---

15) 이와 관련하여 다음의 논의를 참고할 수 있다. "부르주아 사회의 퇴폐 속에서 관조적 침잠Versenkung이 비사교적 행동의 훈련장이 되었다면, 여기에 맞서서 나타난 것은 사교적 행동의 한 변형형태로서의 정신분산적(기분전환적) 오락Ablenkung이다. 실제로 다다이스트들은 예술 작품을 스캔들의 중심적 대상이 되게 함으로써 그들의 시위가 꽤 요란한 정신분산적 오락이 되도록 하고 있는 것이다…… 이러한 발언은 따지고 보면, 예술은 정신 집중을 요구하는 데 반해 대중은 정신분산(오락)을 원한다는 옛날부터 들어온 개탄에 불과하다. 또 그것은 우리가 늘 말하는 상투적 얘기이기도 하다. 그런데 문제는 이러한 상투적 얘기가 영화를 분석하는 하나의 관점을 제시해 줄 수 있느냐 하는 것이다. 이 문제는 보다 자세히 검토해 보아야 할 문제이다. 정신분산으로서의 오락Zertreuung과 정신집중Sammlung은 서로 상반되는 개념이다."(발터 벤야민, 「기술복제시대의 예술작품」, 『발터 벤야민의 문예이론』, 반성완 역, 민음사, 1983, 225~227쪽 참조)

16) 홍상수 영화에 대한 기존의 논의는 크게 세 가지로 대별될 수 있다.

① 서구 영화(주로 프랑스 영화)와의 관련 속에서 분석되는 것이 첫째이다. 이는 서구 영화와의 관련성을 고찰하는 것으로 상호 텍스트성의 논의라는 측면에서 의미가 있다. 그러나 그것은 한국영화의 맥락을 놓치고 서구 영화의 정전들과 비교하는 것에 그칠 위험이 있다(김의찬, 「역사적 시학을 통한 한국과 일본영화의 비교연구: 오즈 야스지로, 홍상수 영화 중심으로」 중앙대학교 첨단영상대학원 석사논문, 2003; 김호영, 「홍상수 영화의 프레임 연구-프랑스 영화 이론들을 중심으로」, 『프랑스학연구』 37집, 2006; 김호영, 「에릭 로메르의 〈녹색 광선〉과 홍상수의 〈생활의 발견〉 비교 연구」("La fonction narrative de l'image filmique-autour des films d'Eric Rohmer et de Hong Sang-soo"), 『프랑스문화예술연구』 28집, 2009; Aileen Blaney, "In and Out of Competition: Korean Cinema at the Cannes Film Festival"(「경쟁의 안과 밖-칸 영화제에서의 한국 영화-」), 『영상예술연구』 14집, 2009; Jean-Charles JAMBON, "Lieux, non-lieux et paysages dans le cinéma coréen contemporain"(「한국 현대 영화에 나타난 장소, 농-리외(non-lien), 풍경」), 『프랑스문화예술연구』 18집, 2006; Jeong, Seung-hoon, "Can We Talk about the Ontology of Images in National Cinema?"(「내셔널 시네마에서 이미지 존재론을 얘기할 수 있을까?: 정신분석의 도주선 그리기」), 『比較文化硏究』 제9권 1호, 2005).

② 문학텍스트와의 비교를 통한 연구가 두 번째이다. 소설 텍스트와 비교·분석하는 것은 문학과 연화의 차이와 공통의 기준을 세워 나가고 서사텍스트의 유형과 이론을 도출할 수 있는 거시적 연구의 토대를 이룰 수 있다. 그러나 영화와 원전이 되는 문학텍스트의 비교로 제한될 경우, 그것은 영향관계의 대조표를 작성하는 것에 그칠 가능성이 높다(이재복, 「소설 원작의 각색과 그 변용에 관한 연구-〈돼지가 우물에 빠진 날〉(홍상수 감독 1996, 구효서의 〈낯선 여름〉 원작)을 중심으로」, 『현대소설연구』 22

인물들로 하여금 먹고 마시는 일에도 '하다(do)'라고 의도적으로 말하게 함으로써 더욱 분명해진다. 성행위를 특정하게 지칭하는 동사 '하다'가 일반적인 기표로 사용됨으로써 먹고 마시는 일에도 원초적 의미가 첨가된다. <수정>에서 영호는 밥 먹으러 가자는 말을 '뭐든 하자'라고 표현하며 술 먹는 것도 '하다'라는 동사로 표현된다. '하다(do)의 수사학'은 홍상수의 인간학적 주제를 상징적으로 드러내고 있다. 이와 비슷한 모티브가 <생활>에서도 반복되는데 경수와 선영이 경주역 앞에서 사루비아를 '따먹는'(실제 경수와 선영도 '따먹는다'고 말한다.) 행위는 성행위를 나타내는 속어(俗語), '따먹는다'와 동일하게 발음된다. 이처럼 홍상수 영화에서 식생활과 성생활은 동일한 것으로 취급된다.

홍상수가 비판적 시선으로 그려 내고 있는 인간의 속물근성과 이기심, 허위의식과 자기기만 등은 홍상수 영화의 일상적 표면을 구성한다. 이는 그의 인간학과 맞닿아 있는 것으로 이 지점에서 그의 인간학은 '윤리학'으로 확장된다. <돼지>에서 보경에게 매달리는 효섭이 민재에게는 '더러운 똥'이라고 거침없이 말하며, 동우는 출장으로 찾아간 전주의 여관에서 다방여자를 사면서도 지갑에 담긴 가족사진에 집착한다. 민재는 효섭과 극장남자 사이에서 이중적인 태도를 보이며, 보경은 사랑하지도 않는 남편과 의무적인 섹스를 한다. <강원도>에서 상권의 후배는 상권의 안약을 사러 간 약국에서, 일제제품을 건네는 약사에게 평범한 국산은 없냐고 물어보며, <수정>에서 재훈과 영호와 수정은 적당한 가면과 위선으로 상대를 속이고 스스로를 속인다. <생활>의 발기된 영혼들은 자기가 구축한 환영에 사로잡혀서 이를 상대방에게도 강요한다. 차이와 반복의 구조를 통해 인간의 허위의식과 자기기만이 가장 선명하게 드러나는 것은 <수정>에서인데, 재훈과 수정에 대한 교차서술은 이들의 가면을 벗겨 내고 맨 얼굴을 폭로하게 된다. 인간의 위선적인 이중성은 <생활>에서도 드러나는데, 경수가 선영의 남편에게 보내는 편지는 선영 남편의 허위의식과 함께, 자신들의 불륜을 함께 폭로한다. 선영 남편의 위선적 이중성을 고발하는 이 편지는 단어 '감'과 실제 '감'을 대비시킴으로써 현상과 본질의 어긋남을 비유적으로 표현한다. 또한 점집에 가서 자신의 남편과 경수의 엇갈리는 사주를 듣고 나서, 뒤도 돌아보지 않고 걸음을 재촉하는 선영의 모습은 우리 안에 내재된 속물근성과 이기심을 여실히 보여 준다.

홍상수 영화에서 인물들의 일상을 지배하고 있는 것 중의 하나는 조직화된 관료제이다. 홍상수는 관료제의 비인간성과 경직성에 초점을 맞추면서 비판적인 입장을 취한다. <돼지>에서 출판사 사장은 효섭에게 정확한 날짜가 아니면 원고료를 지급할 수 없다고 하며, 전주에서 동우와 백화점 사장과의 면담은 사장의 계속되는 무성의 때문에 다음 날로 연기된다. <강원도>에서 상권은 교수임용서류를 접수하러 춘천대에 가게 된다. 서류를 제출한 후 상권은 미심쩍은 마음으로 접수가 이것으로 다 된 것인지를 재차 직원에게 묻는다. 하지만 직원은 무관심한 태도로 짧게 '됐다'고만 대답한다. 관료제의 문제는 권력의 배분과 어떤 식으로든지 관련되기 때문에 이는 곧 '미시정치학'과 연결된다. 홍상수 영화에서 거시정치의 결여를 비난하는 것은 단선적인 시각으로 보인다. 미시와 거시의 이분법적 택일이 중요한 것이 아니라, 어떤 지점에서 더 절실한 것이 무엇인가를 문제 삼아야 한다. 즉 영화적 요소들 간의 전체적인 '짜임관계(Konstellation)' 속에

가족사진 액자를 깨부수고 난폭하게 찢어 버리는 장면은 그 파괴적
인 의미에도 불구하고 매우 인상적이다. 이것은 두말할 것도 없이 가
족주의의 파괴와 해체를 상징적으로 보여 주는 것이다. 인간은 태어
남과 동시에 가족의 울타리 안에서 훈육되며, 이는 복수적인 욕망이
'엄마-아빠-나'라는 '오이디푸스 삼각형'23)에 갇히는 것을 의미한
다. 가족제도와 함께 우리의 욕망은 이제 일상의 규율에 따라 배분되
고 통제된다. 하지만 본래 여럿인 욕망의 복수적인 흐름이 자본주의
적 일상의 배치 속에서 완벽하게 제어될 수는 없다. 욕망은 자본주의
의 영토화의 움직임을 거부하고 일상으로부터의 탈주를 꿈꾼다. <돼
지>의 마지막 장면은 신문을 읽던 보경이 우연히 바라본 창밖의 하
늘에 이끌려서, 베란다 창문을 거칠게 여는 장면으로 끝난다. 보경은
여기에서 신문을 읽고 있는데 일간신문만큼 나날의 일상을 상징하는
것도 없을 것이다. 보고 있던 신문을 보경은 한 장씩 차곡차곡 창을
향해 펼쳐 놓는다. 그러고는 신문을 한 장씩 밟고 지나서 베란다의
창을 향해 천천히 걸어간다. 이 장면은 매우 의미심장한 것으로 보경
이 신문을 밟고 지나간다는 것은 일상적 삶의 거부와 파괴, 일상으로
부터의 일탈과 탈주를 강력하게 암시하고 있다. 창밖의 세계에 무엇
이 보경을 기다리고 있는지는 알 수 없다. 하지만 그것은 어떤 식으
로든 지금까지의 비루한 일상과는 다른 새로운 무엇일 거라는 불확
실한 추측만이 있을 뿐이다. 자본주의적 일상으로부터의 '차이'를 만
들어 내는 것은 자본주의의 영토화나 재영토화가 아니라 순정한 욕
망의 힘이다. 일상에 길들여지기를 거부하고 제도적 규준에 의해 고
형화되지 않는 전복적 욕망의 힘이 무책임한 반복의 궤적에 균열을

23) 질 들뢰즈 · 펠릭스 가타리, 『앙띠 오이디푸스』, 최명관 역, 민음사, 1994.

낸다. 잘못된 길이 지도를 만드는 것처럼 규준화되지 않는 욕망의 흐름이 차이의 지도를 생성해 내는 것이다. 이와 같이 홍상수의 영화는 일상과 욕망의 불협화음을 들려준다. 그 일상과 욕망의 이중주는 차이와 반복의 구조를 그 틀로 하고 있다. 차이와 반복의 구조는 욕망과 일상이라는 홍상수의 주제의식과 정확하게 대응하며, 이러한 주제의식을 추동하는 영화적 형식이다. 한편으로 홍상수 영화의 차이와 반복의 구조는 '존재(Sein)'24)의 빛을 포착하려는 감독 자신의 노력이 투영된 결과이기도 하다. '일상성(Alltäglichkeit)'25)이 지배하는 '존재자(das Seinde)'들의 세계에서, '세계-내-존재(In-der-Welt-sein)'로서 '현존재(Dasein)'인 인간에게 존재의 빛은 은폐되어 있다. 존재의 빛이 '현현(epiphany)'하는 순간은 기계적인 일상성을 벗어나서 존재자 자체로의 침잠(沈潛)이 이루어질 때 가능하다. 그 순간이 바로 '존재'가 개현(開顯)하는 지점이다. 그것은 동시에 '인간이 알 수 없는 것이 아니라 인간에게 알려질 수 없는', '실재계(the Real)'26)에 도달

---

24) 하이데거의 개념에서 '존재'는 '존재자를 존재자로서 규정하는 것'으로 정의된다. 존재는 존재자를 규정하거나 이해하기 위한 지평이다. 지평은 어떤 것이 자신을 내보이거나 드러낼 수 있는 '열린 공간'이다. '존재하는 것'은 다양한 의미의 '존재'에서만 자신을 나타낼 수 있다. 지평과 그 속에서 나타나는 것이 동일한 것이 아니듯 존재와 존재자는 서로 다른 것이다. 존재와 존재하는 것 사이에 존재론적 차이가 있다. 존재는 존재자와는 달리 눈에 보이지도 귀에 들리지도 손으로 만져지지도 않는 것이다. 존재론은 존재하는 것(존재자)의 존재를 드러내어, 존재 자체의 구조를 해명하려는 과제를 가진다.(이기상·구연상, 『『존재와 시간』 용어해설』, 까치, 1998, 246-249쪽 참조)

25) 하이데거에 따르면 일상적 현존재의 자기는, 우리가 본래적인 자기, 다시 말해서 고유하게 장악한 자기와 구별하고 있는 그들-자기이다. 그들-자기로서 그때마다의 현존재는 '그들' 속에 흩어져 있어서 이제 비로소 자기 자신을 발견해야 한다. 현존재의 세계는 만나게 되는 존재자를 그들에게 친숙한 사용사태 전체성으로 자유롭게 내어주며 그들의 평균성과 더불어 고정된 한계 안에서 내어준다. 우선 현사실적인 현존재는 평균적으로 발견된 공동세계 속에 존재한다. 우선 '나'는 고유한 자기의 의미에서 '존재하지' 않고 오히려 '그들'의 방식으로 타인으로 존재한다. 현존재가 그 자신에게 자기의 본래적인 존재를 열어 밝히는 경우, 이때 이러한 '세계'의 발견과 현존재의 열어 밝힘은 언제나 은폐와 암흑의 제거로서, 현존재가 그것으로써 자기 자신에 대해서 빗장을 걸어 잠그고 있는 그러한 위장의 분쇄로서 수행된다.(마르틴 하이데거, 『존재와 시간』, 이기상 역, 까치, 1998, 180쪽 참고)

26) 라캉에게 실재계는 세 가지 질서 가운데 하나로서 그 질서에 따라 모든 정신분석적 현상이 기술되는데, 다른 둘은 상징계와 상상계이다. 따라서 실재계는 단순히 상상계에 반대되는 것이 아니고 상징계를 넘어서 위치한다. 현존과 부재 사이에서와 같은 대립에 의해 구성되는 상징계와는 달리 '실재계에는 부재가

하려는 시도의 산물이다. 그러나 인간에게 '실재'는 포착되거나 감지될 수 없기에, 그것은 '궁극적 비합리'의 영역에 속한다. 그것은 무의식의 배꼽에 닿으려는 시도로서, 영원히 회복될 수 없고 인간에게는 불가능한 것으로 주어져 있는 것이지만, 그럼에도 실재를 붙잡으려는 열망은 포기될 수 없는 것이다. 그런 맥락에서, '실재'에의 열망이 불가능한 줄 알면서도 이를 포착하려는 인간적 노력의 산물이 홍상수의 영화라고 우리는 말할 수 있다.

4. '낯설게 하기(defamiliarization)'의 효과와 예술의 '부정성(negativity)'

앞서 홍상수 영화는 일종의 낯선 체험이라고 말한 바 있다. 그렇다면 그와 같은 홍상수 영화의 의도와 '낯설게 하기(defamiliarization)'의 효과는 무엇인가. '낯설게 하기'는 자동화되고 관습화된 우리의 지각체계를 각성시키는 예술적 체험과 효과를 일컫는다. 이를 통해 우리의 미적 판단력은 환기되고 자동화된 감각은 생기를 얻는다. 자본주의 체제의 상품으로서의 영화는 관객들에게 끊임없이 영화적 판타지를 제공함으로써, 값싼 오락물로서의 역할을 충실히 해내고 있다. 영화적 판타지는 실제와 환상과의 착각을 일으키게 함으로써 관객은 거짓 위안을 제공받는다. 영화가 구축해 놓은 환상은 '정신분산'을 통

없다'. 현존과 부재 사이의 상징적 대립이 상징계에서 그 무엇이 결여될 수 있다는 항구적 가능성을 의미하지만, 그 반면에 실재계는 '항상 제자리에 있다'. 실재계에는 절대적으로 틈이 없다. 의미화 과정에서 '실재계에 갈라진 틈'을 끼워 넣는 것은 상징계이다. 실재계는 상징화에 절대적으로 저항하는 것이고 상징화 밖에 존재하는 그것이 무엇이든 그의 영 실재계는 '불가능한 것'이다. 왜냐하면 그것은 상상할 수 없고 상징계에 통합할 수 없으며, 어떤 방법으로도 얻을 수 없기 때문이다. 실재계의 이런 불가능성이라든가 상징화에 대한 저항과 같은 특성 때문에 실재계는 본질적으로 외상적인 성질을 갖는다.(딜런 에반스, 『라깡 정신분석 사전』, 김종주 외 역, 인간사랑, 1998, 216-220쪽 참고)

해 환상을 실제로 착각하게 만드는 대중기만이다. 상업적 흥행에 관건이 되는 것은 얼마나 가짜를 진짜처럼 교묘하게 속이느냐의 문제가 된다.

얼마나 환상을 잘 조직하느냐의 문제는 영화의 사운드와도 깊이 관련된다. 대부분의 할리우드 영화들이 장면적 효과를 극대화하여 관객들의 마음을 사로잡기 위해, 음악적 효과에 세심한 관심을 기울인다는 것은 주지의 사실이다. 이런 시각에서 본다면 홍상수의 영화는 사운드의 사용을 극히 절제하는 편이다. 특히 <생활>의 경우 영화가 끝난 뒤 자막에 흐르는 음악을 제외하고는 영화에서 음악이 단 한 번도 사용되지 않는다. <돼지>의 경우도 사운드의 사용은 일상의 부조리함을 불협화음으로 표현하고 있는 주제곡으로 제한되어 있다. <강원도>의 경우 역시 단조(短調)의 느린 음악은 잔인한 일상 속에 갇힌 지숙과 상권의 사랑을 처연한 느낌으로 전해 주고 있다. <수정>은 홍상수의 초기작 중에 가장 낙관적인 편인데 영화의 주제곡은 그 발랄한 느낌을 경쾌한 피아노곡으로 표현해 내고 있다. 최소한 홍상수 영화에서 사운드의 사용은 관객을 불필요하게 흥분시키거나 거짓된 환영을 조장하는 데 사용되지는 않는다. 할리우드 영화가 유기적 구성을 지닌 '잘 짜인 각본(well-made story)'을 바탕으로 한다는 것은 널리 알려진 바다. 여기에서 의미 없는 세부는 당연히 생략되고 영화적 종결을 향한 서사의 전개는 의미화의 '고정점'을 따라 거침없이 진행된다. 홍상수 영화는 일상의 의미 없는 디테일을 묘사하거나 날것 그대로의 욕망을 여과 없이 전경화함으로써, 관습적인 영화문법에 익숙해져 있는 관객의 기대를 배반한다. 홍상수 영화에는 의미화의 고정점이 부재한다. 시간의 경과를 통해 의미화의 집중과 축적을 기대하는 관객은 홍상수 영화가 지닌 차이와 반복의 구조에 생경한 느낌을 가질 수밖에 없다. 반복을 통해 차이가 부각됨으로써 의미화의 중심이 해체되고 의미의 '산종(散種)'이 발생하게 된다. 그래서 의미 없는 일상의 집요한 클로즈업과 우리 안의 날것의 욕망을 마주 한 관객의 표정은 당혹스럽다. 영화에서 비루한 일상은 생략되거나 조작되어야 하고 부끄러운 욕망은 그럴듯하게 포장되어야 하기 때문이다. 그러나 홍상수는 여지없이, 무참하게 관객들의 기대를 배반한다. 이를 통해서 관객들은 영화적 판타지가 아니라 우리가 발 딛고 있는 '실재의 세계'를 재차 목도하게 된다. 어쩌면 그것은 잔인한 일일지도 모르겠으나, 상업영화에서 상실된 예술 고유의 '부정성(negativity)'을 환기한다는 점에서 홍상수의 영화는 한국 영화에 있어 소중한 자산이 아닐 수 없다.

III. Shaking 'The Symbolic'[27] and 'Radical Heteronomy'[28] of Existence
: A Psycho-analytic Approach to *Dreaming Marionette*

1. Heteronomy of World and Centripetal Energy of Self-denial

TV drama <Woman of My Man>,[29] which was very popular, depicted a family that met a tragic end because the husband had a love affair with

---

27) Dylan Evans, *An Introductory Dictionary of Lacanian Psychoanalysis*, London: Routledge, 1996, p.202. "The symbolic is also the realm of radical alterrity which Lacan refer to as the OTHER. The UNCONSCIOS is the discourse of this Other, and thus belongs wholly to the symbolic order. The symbolic is the realm of the Law which regulates desire in the Oedipus compex. It is the realm of culture as apposed to the imaginary order of nature. Whereas the imaginary is characterized by dual relations, the symbolic is characterized by triadic structures, because the intersubjective relationship is always 'meditated' by a third term, the big Other. The symbolic order is also the realm of DEATH, of ABSENSE and of LACK. The symbolic is both the PLEASURE PRINCIPLE which regulates the distance from the Thing, and the DEATH DRIVE which goes 'beyond the pleasure principle' by means of repetition(S2, 210); , in fact, 'the death drive is only the mask of the symbolic order'(S2, 326)."

28) Jaque Lacan, "The Agency of the letter in the unconscious or reason since Freud", Ecrits: A Selection, New York: W. W. Norton, p.172. "The radical heteronomy that Freud's discovery shows gaping within man can never again be covered without whatever is used to hide it being profoundly dishonest."

29) <Woman of My Man>, SBS, 2007. 04. 02~06. 19.

a friend of his wife's. Immoral affair has been a subject of drama for a long time. But the family system of Korean society based on monogamy tradition seems to be shaking now rather fundamentally. The family crisis can directly bring out the community crisis. The family based on the marital relation is the most fundamental unit of society and has the function to sustain and reproduce the society members.

In his book *Origin of the Family, Private Property and the State,*[30] Engels said, "If the marriage based on the love is moral, the marriage is moral only while the love is maintained." It may be just a romantic view which did not fully considered the complex interests between the reality and the morality of 'the Symbolic', but its ethical legitimacy cannot be denied. To be a family accompanies the glory and the misery at the same time. In his *Transformation*[31], Kafka made Gregor Samsa an ugly bug to sharply describe that a human being must be a single one even in its family the most primitive and basic group and that the radical solitude and the existential lack of human being can be filled by nothing. For human beings, the world is basically given as 'heteronomy' at all times. About this, Sartre said that to be born in the world of others itself is the radical sin. Romance or love between man and woman is the event to show most clearly that the human being a social animal is lying in this radical heteronomy. In this situation, the series of Gwon Jiye's novels dealing with the immoral affairs can be seen as the presentation of

---

30) F. Engels, *Origin of the Family, Private Property and the State*, International Pub, 1972.
31) F. Kafka, *Transformation and Other Stories*, trans. by Pasley, Malcolm, Penguin Books, 1995.

fundamental problem on the family system of our society and the consideration about the fateful heteronomy of human being.

Like this, Gwon's novels start from the recognition of heteronomy. It is a fateful heteronomy originated from the fundamental lack inside the human being and the radical heteronomy immanent in the life. Gwon's novels show that such a heteronomy is the unavoidable fate which human being as an existential being cast into this world has to bear and therefore any trial to overcome it just reveals one's own dishonesty.

It may be called a thorough pessimism about the life, but there can be about 3 exits here with different directions. First one is to expose oneself in naked to the self-division and fight honestly against the heteronomy. It inevitably requires the inner struggle of the subject. Next one is to refuse the self-division and to sink into the empty abyss of self-denial and self-destruction. Final one is to rely on some transcendent power or principle to escape from the chaotic state of self-division. Latter two ways express the psychological procedure or desire of the subject who wants to escape from the self-division and to overcome the heteronomy. Gwon's novels usually start from the first one and end with second or third one. In them, there is the self-division drama of the subject.

Gwon is more interested in abstract and fundamental than concrete and phenomenal. So, the themes of her novels are contacted with more universal questions. When dealing with the identity of a woman, she focuses it on her sexual identity as an individual being rather than the sexual identity of feminism. It is finally connected to the existential question about human being as a universal entity. Far from its own natural desire, human being has to live in a definite symbolic order or system. It is an inevitable existential fate of human being. The present situation of human being always turns out to be a lack, and the world of reality cannot be recovered forever. Therefore, the world is given as fundamentally incompatible. In Gwon's novels, the recognition of world heteronomy sometimes has the form of direct statement like 'the instant of split'(*Eel Stew*) or 'the accidentality of life'(*Vanished Witch*) and sometimes the parable or symbol about the relationship between characters like in *Island*. The author's recognition that the human existence is based on the radical heteronomy can be clearly seen in the expressions like "As if a fish is breathing with its gills on the land"(*Tree Fish*). In the world heteronomy, the life is just a record of suffering and wound and the cure means not "to remove the cause" but just "to get familiar with something."

Tree Fish is the work that expressed the radical heteronomy of the world and the fundamental lack of human existence with rich literary symbols in a rather mysterious tone. The title *Tree Fish* symbolizes the image of heroin who was leading a stuffed life without vitality. This novel deals with the love of 'she' who seems perfect in leading her middle-aged life and 'he' her swimming instructor. It traces the meanings in wounds and memories of 'she' related with water and vanishing and returning of 'she'. She is a woman who feels "some attraction in the water' and the fear of water at a same time. In her youth, all her family were drowned to save her in the water. Saved alone, she got a nickname 'water demon' from her grandmother. Her body that would not float on the water finally gets a buoyancy through 'his' sacrificial help. That night, the two hug each other passionately. But she disappears after paying his debt instead. One day, he hears about her vanishing from her husband. She wants to expiate her sin for the death of her family, and "to disappear in the world while making others believe her death." Considering herself "as a misborn animal", he is obsessed by defeatism to the world and the radical lack and constructs an autistic world as follows, even though it may be just an artificial and unrealistic "calm aquarium":

> I wanted to live another world. You may laugh at me, but I longed to live in a deep water with a lung of fish, breathing and swimming silently. In fact, I sometimes dream such a dream. Ha, ha... In the dream, I swim very well. I married my husband because he was to leave abroad to study. Life in a foreign country was one like in the calm aquarium without any reality. When came back, I was alone at all times. In the world, the crazy flows and the violent fish species always intimidated me, staring at me with aggressive noctilucent eyes.[32]

Dreaming the underwater world "like a Utopia", she wants to "disappear from this world without a trace." She wants "to erase her existence completely with just a click." Her vanishing is the desire to 'nothing' at all. Human beings have an antinomic tendency to follow

---

32) Gwon Jiye, *Tree Fish, Dreaming Marionette*, Changbi Publishers, p.124.

'Nirvana Principle'[33] contrary to the pleasure principle. It is 'the death instinct'[34]. The death instinct is an 'attractive Zero'[35] to which the subject is charmed in ecstasy. Of course, the nirvana principle of death instinct is still under the control of pleasure principle the basic instinct of life. In other words, even though the nirvana principle is a method to nullify the existence itself, it is one of the attempts to remove the heteronomy between the existence and the world, like the pleasure principle which tries to identify itself with the object. In *Tree Fish*, her desire to death is expressed with the longing for the underwater world. As the water signifies the radical maternity, it can be interpreted as the longing for returning to the radical state without any heteronomy or lack. One of the most frequent and important motifs in Gwon's novels is the desire to death, which is a way for the subject to overcome the heteronomy of the world. On the other hand, the death desire is the result that the subject could not stand the tension of self-division and release

---

33) S. Freud, "Beyond the Pleasure Principle(1920)", *The standard edition of the complete psychological work of SIGMUND FREUD Volume XVIII(1920-1922)*, London: The Horth Press, p.55. "The dominating tendency of mental life, and perhaps of nervous life in general, is the effort to reduce, to keep constant or to remove internal tensio due to stimuli(the 'Nirvana principle', to borrow a term Barbara Low[1920, 73]–a tendency which finds expression in the pleasure principle; and our recognition on that fact is one of our strongest reasons for believing in the existence of death instincts."

34) J. Laplanche & J.-B Pontalis, *The language of psychoanalysis*, trans. by Donald Nicholson–Smith, London: The Horgarth Press, 1983, p.97. "In the framework of the final freudian theory of the instincts, this is the name given to a basic category; the death instincts, which are opposed to the life instincts, strives towards the reduction of tensions to zero–point. In other words, their goal is to bring the living being back to the inorganic state. The death instincts are to begin with directed inwards and tend towards self destruction, but they are subsequently turned towards the out side world in the form of the aggressive or destructive instinct."

35) Anika Lemaire, "From Demand(or Directly–experienced Lack) to Instinct and Desire: Entry to Linguistic System", *Jacques Lacan*, Seoul: Moonye Publishers, 1994, p.245.

the rope. At that moment, the life energy stops to operate as a vital power and is converted to the passion of self-destruction.

2. Incompatible World and Centrifugal Energy of Eros

If *Tree Fish* shows that the centripetal energy of the subject who tries to escape from the heteronomy of the world is revealed through the death instincts, *Dreaming Marionette* shows the centrifugal energy of the subject through the desire of 'Eros.'[36] As a 'Seiende' cast to the world, human being is involved into the symbolic order and system in the radical lack, where the human desire is tamed to a systemized form. The

---

36) S. Freud, "Beyond the Pleasure Principle(1920)", *The standard edition of the complete psychological work of SIGMUND FREUD Volume XVIII(1920–1922)*, London: The Horth Press, pp. 60–61 footnote 1. "I will add a few words to clarify our terminology, which has undergone some development in the course of the present work. We came to know what the 'sexual instincts' were from their relation to the sexes and to the reproductive function. We retained this name after we had been obliged by the findings of psycho–analysis to connect them less closely with reproduction. With the hypothesis of narcissistic libido and the extension of the concept of libido to the individual cells, the sexual instinct was transformed for us into Eros which seeks to force together and hold together the portions of living substance. What are commonly called the sexual instincts are looked upon by us as the part of Eros which is directed towards objects. Our speculations have suggested that Eros operates from the beginning of life and appears as 'a life instincts' in opposition to the 'death instinct' which was brought into being by the coming to life og ignorance substance. These speculations seek to solve the riddle of life by supporting that these two instincts were struggling with each other from the very first. [*Added* 1921:] It is not so easy, perhaps, to follow the transformations through which the concept og 'ego–instincts' has passed. To begin with we applied that name to all the instinctual trends(of which we had no closer knowledge) which could be distinguished from the sexual instincts directed towards an object; and we opposed the ego–instincts to the sexual instincts of which the libido is the manifestation. Subsequently we came to closer grips with the analysis of the ego and recognized that a portion of the 'ego–instincts' is also of a libidinal character and has taken the subject's own ego as its object. These narcissistic self–preservative instincts had thenceforward to be counted among the libidinal sexual instincts was transformed into one between the ego–instincts and the object–instincts, both of a libidinal nature. But in its place a fresh opposition appeared between the libidinal(ego–and object–) instincts and others, which must be presumed to be present in the ego and which may perhaps actually be observed in the destructive instincts. Our speculations have transformed this opposition into one between the life instincts (Eros) and the death instincts."

desire should be changed into the linguistic dimension of demand,[37] and the conversive power of desire is incorporated into the system. What operates as 'the primal repression' to maintain the symbolic order of human being is 'the marital system'. While the human desire is essentially plural and surplus one, the marital system that permits only one desire basically presupposes the heteronomy and the split. It means that the symbolic order and system of human beings are constructed on the concealment of heteronomy.

Many works of Gwon Jiye are dealing with the immoral love affairs, which is an expression of jeer and protest against the symbolic order and system of human beings. Gwon's love affair is not a popular materialism. It is a problem in the existential dimension of human being as a universal 'Seiende' and an accusation against the fundamental heteronomy of human symbolic order. Unlike other female writers, Gwon Jiye does not deal with it in the viewpoint of feminism. She depicts the immoral love affair not as a concrete resistance against the violent patriarchal social system but as a romantic deviation of the individual subject who wants to escape from the fundamental heteronomy of symbolic order. All the

---

37) Jaque Lacan, "The signification of the phallus", *Ecrits: A Selection*, New York: W. W. Norton, pp.285-286. "Let us now examine the effects of this presence. In the first instance, they proceed from a deviation of man's needs from the fact that he speaks, in the sense that in so far as his needs are subjected to demand, they return to him alienated. This is not the effect of his real dependence(one should not expect to find here the parasitic conception represented but the notion of dependence in the theory of neurosis), but rather the turning into signifying form as such, from the fact that it is form the locus of the Other that its message is emitted That which is thus alienated in needs constitutes an Urverdrängung(primal repression), an in ability, it is supposed, to be articulated in demand, but it re-appears in something it give rise to that presents itself in man as desire(das Begehren)."

loves of characters in *Calm Days, Dreaming Marionette, Island, Blue Sword in Box* and *Eel Stew* belong to this category.

Dreaming Marionette is the work describing the crossed desire orbit of the husband who studies abroad in France and the wife who supports him by teaching students privately. Former part of the work is described in the viewpoint of husband and latter part in the viewpoint of wife. This crossed and repetitive pattern shows the split clearly. When meeting again after 2 years, husband and wife are strange to each other. One day, wife finds blond hairs and pubic hairs in the bed room and a condom box in husband's drawer. She knows that husband has another woman. Taken by the jealousy, she tries to hurt herself. And, when she has to go back to Korea, she has a sexual intercourse with her husband, saying that she wants to have a baby. But, who has a lover is not just the husband. Wife also has have another man named Q for a long time. Wife's obsession to have husband's baby in France was caused by the worry that she might have been pregnant with Q's baby. The reason why she could not see husband's face at first was also not because of long-time-no-see but because of guilty consciousness about the betrayal to her husband. The game between husband and wife was a draw. The quotation below shows that the marital relation called with the names of husband and wife is a part of fateful symbolic order that human beings have to accept, and that it is the relation of heteronomy and dryness which are estranged more and more from the radical desire of human beings:

> Landscape of the house where my wife and daughter live, the smell
> and the vibration of heart like a warm wave have disappeared from the
> memory, and what seems left is just a 'relation' the relation of
> marionette dolls tied by a thread of wife and husband which is
> dangling the two in the opposite side of the earth and from which
> nobody can hardly escape until the thread is cut down.[38]

Wife and husband dream to escape from the radical heteronomy of symbolic order and system called the marital relation and to united with others earnestly. Romantic deviation of the two through the love affair is the eruption of such erotic desire. Of course, the spatial distance between Korea and France becomes an important factor to stimulate the deviation of husband and wife. But such external conditions are merely secondary. That cannot explain the deviation desire of the two on the whole. The erotic desire is an expression of hope that the subject tries to remove the distance to the object and accomplish the perfect identity. It tries to escape from the world of heteronomy and split according to the pleasure principle. So, the title 'Dreaming Marionette' implies that the symbolic order of marital relation is the world of heteronomy, symbolizing the inconvenient relationship between wife and husband who are dreaming the deviation to follow the orbit of erotic desire. Here lies "another face of love-deep emptiness and loneliness."

---

38) Gwon Jiye, *Dreaming Marionette*, Ibid., p.38.

3. Construction of Reversal and Delay of Meaning

In this way, Gwon's novels start from the heteronomy of the world and the recognition of the incompatible world, which is not limited to the thematic dimension but operates the principle of novel composition. With this, her novels become more colorful and richer. In detail, her novels contain double description and complex description in the descriptive dimension and reversal and conversion in the compositional dimension. All these can be dealt in the compositional dimension of the novel. The composition of classical reversal can be seen in *King Oedipus,*[39)] where new truths are discovered through the reversal composition. In fact, while Oedipus does not know the truth, readers and spectators already know it. Unlike it, Gwon's novels are constructed in the way of deceiving the readers, too. Therefore, Gwon's novels should be read through to find out the outline of truth. It seems the author's intention to let the readers not to throw the novel away in the middle.

Novel is the genre to produce the signification through the concentration and the integration of meanings. By the way, in the reversal composition of Gwon's novels, all the hitherto meanings are proclaimed to be nothing and the conversion of meaning happens. According to this, the forcible correction and the readjustment are made for the conventional meanings. It is different from the effect of the works like Hyeon Jingeon's *Lucky Day* in Korean novel history. The reversal in *Lucky Day* occurs in the

---

39) Sophocles, *King Oedipus: The Oedipus Tyrannus of Sophocles*, Kessinger Publishing, 2009.

context and wave of hitherto integrated meanings. And it is deeply connected with the catastrophic conclusion in the dimension of novel composition. But, the reversal in Gwon's novels is connected not with the catastrophe in the composition but with the production of totally new meaning. Preceding meanings are blatantly betrayed and the conversion to a new meaning comes.

Conversion process of such meaning is made through the information battle between author and readers. Author keeps on giving readers insufficient information. Signs for discovery are kept secret till end, and the sufficient information is given to readers at the end. In the reading process, readers can be said to fight a disadvantageous battle. Such imbalance of information between author and readers becomes an important factor to create the tension in Gwon's novels. Readers are thoroughly betrayed by author. In author's view point, the reversal composition is a rhetoric strategy to approach the truth and a fictional setting to highlight the heteronomy of life and world. In this reversal structure, the characters in Gwon's novels draw out the orbit of different desires.

The collection *Dreaming Marionette* contains 8 short and medium-length stories. All the stories except *Bullfight* contain 'the delay of meaning' more or less. For example, 'I' in *Calm Days* comes to hear from the wife of 'you' that 'you' whom 'I' love has prepared the emigration for a long time. In *Dreaming Marionette*, the latter part is double-described in wife's viewpoint to convert the meaning of former part described in husband's viewpoint. In the conclusion of *Island*, it turns out that the love of 'I' and 'Seok Yongbin' was a means to repay the mental debt of husband to 'Seok'. And, in *Tree Fish*, 'he' comes to know the meaning in the vanishing of 'she' by the husband of 'she' later.

If *Dreaming Marionette* is maximizing the reversal effect by crossing the double description in viewpoints of husband and wife, *Island* is the work that contains the most drastic deviation and conversion of meaning. 'I' get a phone call from 'Seok Yongbin' who is a school junior of husband's and committed adultery with 'I' 7 years ago. 'I' have felt guilty and sorry to husband because of the love affair. Now, the novel goes back to 7 years ago and describes the love process between 'Seok' and 'I' till it reaches right before the conclusion. During the description, husband's position and viewpoint are hardly considered. With fluttering and fearing, 'I' goes out to meet him at night. To 'I' who has some hope about the meeting-again with him, Seok says an unexpected story. Husband had known the relation between he and 'I' for a long time but pretended ignorance. And Seok stopped by Paris during his honeymoon. What is more shameful is the fact that such husband's attitude came from his mental debt feeling toward Seok. The love between Seok and 'I' was a kind of repayment for husband. Knowing such husband's mind, Seok felt painful and left 'I'. And he says his leaving did not mean the lack of love toward 'I'. He stands up after leaving a word, "Difference between ignorance and awareness of truth is great."

7 years ago, 'I' broke "the loosely locked door of desire" before a

school junior of husband's and found that "there are bearable and unbearable things in the world." Tonight, 'I' still remembers his "mouth shape" of 7 years ago talking about two tickets for the 3rd country. But naive desire of 'I' is thoroughly betrayed by two men. The attitude of husband who does not recognize the desire of wife as a subjective being is nothing but a selfish satisfaction of self-desire disguised as an altruism. And the attitude of Seok who does not consider the position and the relation of lover but just insists the 'truth' is not far from childish self-righteousness. Both of husband and Seok do not respect their wife and lover as a person but objectify her. The following is the conclusion of the novel:

> I was getting tipsy. So, so was it······ you two······ sons of bitch! Curse for them. After shooting my frustrated mind, I moved steps. Swaying the body like a drunkard, I wanted to mock myself to the full. Then, I stepped on something slippery and fell down to the ground. That moment, I saw it was dog's shit. I used to be very careful to avoid it, but now I stepped on it······ Dazzling lights from the ship made the sky dark blue, in which I saw some clouds scattered here and there. Those looked like islands in the sea. Husband's island, his island and my island.[40]

Disillusion and self-contempt of 'I' toward human trust are expressed with above direct wording. But readers cannot be all pleasant with such unexpected conversion of end. It is an SOS signal from the cut-off of relation and a desperate reconfirm about the fundamental heteronomy of

---

40) Gwon Jiye, *Island*, Ibid, pp.112~113.

world. As shown in *Island,* the merit of Gwon's novels is that the conversion or betrayal of meaning in the composition of novel is indicating the thematic dimension of the novels. The reversal composition in Gwon's novels is a rhetoric strategy to reveal effectively the theme of novel-that is, the heteronomy of world and the incompatible world. Author will call the composition principle of Gwon's novels 'the rhetorics of betrayal.'

4. Still life goes on

Gwon's novels try to reveal the radical lack of human beings and the heteronomy of world through the strategy of 'the rhetorics of betrayal.' Her effort to overcome this heteronomy and recover the identity appears in two directions: the blind running toward the nothing through the death instinct and the identification with others through the eruption of erotic desire in love and romance. The former is the attempt to acquire the identity by erasing 'the self being', and the latter is one to acquire it by erasing 'the other's face.' While Gwon's novels start from the recognition of heteronomy, they cannot, as it were, stand the self-division and crack to the end but tend to return to stable and comfortable identity. Despite it, the efforts to acquire the identity turn to failure as in *Tree Fish,* or end to reconfirm the radical heteronomy as in *Island.* It is impossible for human beings to escape from the worldly order and system. Then, what is the possibility for characters in Gwon's novels?

The general structure of Gwon's novels can be summarized as 'desire to escape and return to system.' They start from the movement of the subject who tries to remove the heteronomy and finish with confirming the impossibility of escape and returning to transcendent one like fate or ordinary life and system. A typical one that shows the structure of Gwon's novels well is *Eel Stew*, the winner of 2002 Isang Literary Award. This novel depicts the desire orbit of 'she' who is swinging between husband and lover. In the relation with husband, there is no eros. She refuses any sex with her husband and continues the empty marital relation perilously. On the contrary, in the love with lover, there is only eros. When meeting together, they do just sex. In it, there is an attractive and romantic deviation but no stable life like home to institute their relation. So, she makes a complain as follows:

> But the woman met a man at her twenty and wanted him to confine her in him. She thought it would be OK if it was his prison. Maybe because of it she conceived the sin in secret to him. She bore a baby alone. But the man was not one who could build a house to protect her from wind. Though she was young, she knew it. And also knew that, despite it, she could never escape from him.[41]

The man was 'a pavilion' standing on the wilderness and not 'a house' with lockable doors. She is waving in front of two lures: 'the attraction' of deviation and 'the force' of system. The lure to the deviation is

---

41) Gwon Jiye, "Eel Stew", *2002 26th Isang Literary Award Winner Collection*, Munhak Sasang, 2002, p.50.

attractive, but the fruit of subjection to the system is sweet. Her desire contains a contradictory demand like "prison filled with love." But finally she cannot push the self-division thoroughly till the limit but hides herself into the shade of system that can protect the self safely. The system promises to secure the self. So, in the pendulum movement of desire, what she chooses at last is the system or institution which is symbolized by the husband in the marital relation. Such returning or regression is implied here and there in the novel. So, it is not difficult to predict it.

> Somehow, this painting 'eel stew' gives me a dreary impression. In it, I feel old artist's respect on the daily life and his courtesy to the last woman. Life is neither brilliant nor grandeur but just to boil out the passion like a struggle of eel silently... It may be to survive while withstanding the heat in the bottom of stew pot.// Once the instance of passion passes away, what will be left? Deep wound of one instance leaves a scar for a long time. During the years in together, husband will lick her scar, and it will be OK even though it may not be love. OK even if it is just a habit, patience or fidelity.// While the ginseng chicken broth is boiling, she is soaked into a quiet peace. Putting the vivid and jumping things into the stew pot and boiling them out slowly, or getting used to the peacefulness rather than the murderous intention or passion. That may be a forgiveness. Now she has come back home.[42]

This work, whose title was taken from the Picasso's painting painted in his old age, intensively shows to what conclusion the self-division drama in Gwon's novels is concluded. In the quotation, what is the

---

42) Gwon Jiye, Ibid., p.31.

meaning of "to boil out the passion like a struggle of eel silently", "to survive while withstanding the heat in the bottom of stew pot", "Putting the vivid and jumping things into the stew pot and boiling them out slowly" or "getting used to the peacefulness rather than the murderous intention or passion"? Needless to say, it is the return to daily life and given system. So is it even though it is not 'the love' originated from the self desire but just a conventional 'habit', 'the endurance' of dryness in life or 'the fidelity' consisting of duty and responsibility. Such a regressive message may be expressed directly with "That may be a forgiveness" or "the respect to the daily life."

We can neither ignore the steadfastness of daily life nor despise the power and beauty in 'forgiveness.' Daily life is more steadfast than we think, and the softness in reconciliation is such a gracious virtue that it can restore the human relation. The problem is that the gesture of such reconciliation and restoration can nullify the elements of human struggle and be deteriorated into the indiscriminate adaptation to the system. And it may lessen the merit of Gwon's novels and incapacitate the strong power to face the heteronomy and pain of life and to endure the self-division. Such a risk is connected with the fatalism alluded in *Calm Days*:

> By the way, that waves move up and down incessantly but obey to the gravity at last. They may soar in rage, but just for a while. As everything has its own orbit, every human being has one's destiny. Whenever I feel helpless, I usually come to sea. Whenever I need to

soothe and win over myself./ I think the human being has to admit
and love the inevitable things. It may be called the fate love.[43]

Deviation from the system or resistance against fate is just 'for a
moment' and we cannot escape from the field of 'gravity.' It is a kind
of fatalism. According to the fatalism, everything has its "predestined
orbit" and every human being has one's "inevitable" fate. Here, the
accidentality of life or 'the creative energy' in coincidental situations
must be reduced to the monolithic power in inevitability. This passive
acceptance or approval to the human inevitability is called 'the fate
love'(amor fati). If the deviation from orbit is considered as a process for
the normal entry into the predetermined orbit and the desperate battle
with fate is concluded to the reconciliation and the forgiveness called 'the
fate love', it may be a self-deception. It is not just a temporary one but
'the localization' of 'the flow of intensity.' In this meaning, Gwon's
novels are a 'song of returned prodigal son'. In *Eel Stew*, husband cooks
the ginseng chicken broth for wife who came back home after a
wandering. In her mind, wife promises the reconciliation with husband.
That must be, as it is, a "calm peace" that nobody wants to break. But
the departure predetermined to come back is a fake one in a strict
meaning. When the battle against the fateful heteronomy is returned to
'the fate love' and the deviation from the system is reduced to the
"respect to daily life", Gwon's novels cannot stay in the sensual world

---

43) Gwon Jiye, "Calm Days", *Dreaming Marionette*, p.20.

any longer but get ideologized. In that Gwon's novels are contacting more with fundamental and essential parts of life than with its concrete and phenomenal parts, the risk has always been immanent.

Strictly speaking, there is no politics in Gwon's novels. It does not necessarily denote the macroscopic dimension. In the problem how human being has to fight against the drastic heteronomy of life or how to execute 'the politics of sex' inevitably including the microscopic love affairs dealt with in the ontological dimension, the answer is left blank. It is the reason why the immoral love affair is depicted as just a romantic deviation of characters in Gwon's novels while the location of concrete real powers is eliminated. In the same context, her works like *Blue Sword in Box* and *Vanished Witch* show how Gwon's novels are apt to fall into the unrealistic and fantastic mysticism when the concrete tension with the reality is extinguished. *Fighting Bull* of Medium-length shows that Gwon's novels hesitate in involving in the concrete current situations and have a risk to be reduced to a transcendent and metaphysical ideology like fate or system at any time. Conventionally uniting the combatant image of 'fighting bull' and 'Hwang Byeongwu' as a symbol of people movement, this novel keeps on showing the evasive attitude of 'I' who neither opposed nor agreed to the logic of activists in college days. Hwang Byeongwu was a schoolmate in my art college days who used to shout out the people art but now is leading his life as a tour guide. In college days, 'I' liked Hwang's pure heart and passion but did not devote myself to the people art. Since then, I became a well-sold artist in the world. I am still looking at the people ideology represented by Hwang with a curious and envious eye. But, I am still just an 'observer.' I have never been painful with Hwang in my heart and have no intention to give up my vested rights. I'm just looking at Hwang pitifully. Pitiful sight without giving up one's vested rights may be an insult to the object. Therefore, the beautifully looking conclusion of the novel("Hwang squeezed his hand hard. I felt a numble pain at my little finger. I also squeezed my hand. In his big and innocent eyes like bull's, there was the red sun which had just sprung out of the horizon.") seems actually void, powerless or even irresponsible. *Fighting Bull* avoids the concrete involvement into the situation but only focuses the subjective and abstract image of Hwang which was captured by my envious eye. Thus, it shows the regression to the metaphysical horizon of people ideology.

5. Literature or Outward Speculation

Literature is the outward speculation. A novel as a literary text would not stay calm in here-and-now life and order but tries to search something in outside. It is a departure with no promise and a trust of existence to the uncertainty of life. Therefore, it contains not only the wonder of discovery about newness and difference but also the risk of chaos and self-division at the same time. In that the outward speculation accompanies the risk of painful self-exposure and division, the language of literature becomes the 'language of suffering'[44]. Like this, novels makes a crack on the fixed ruling order through the outward speculation and resists against it. In this respect, novels are 'deviation', 'escape' and new 'creation.' In a respect, novel is not an abstraction to the principle but the stay in the world of concrete and experiential fact however it may be trivial. The truth stays not only in the greenhouse but in the 'wet shade.' Novel would not rely on any transcendent or metaphysical principle but drifts on the region of uncertainty. In the meaning, novel can be called an immanent transcendence. When the novel stops being the form of immanent transcendence any longer and leaps into the world of metaphysical principle, it becomes an ideology. It is to reduce the factual region to the dimension of principle.

Gwon's novels intended to start from the recognition of heteronomy. And there were painful self-division dramas there. To recognize the radical heteronomy of world and expose oneself to the self-division is an honest attitude toward the life. But the writer cannot push the heteronomy and the self-division to the limit but takes the regression or reduction into the metaphysical region like 'daily life', 'system', 'fate' or 'ideology' at last. When the novel stops being the form of immanent transcendence and leaps into the external horizon, it does not belong to the earth any longer.

Of course, we cannot rashly despise stability, peacefulness, harmony and balanced sense coming from the restoration to daily life or the approval to system. But we can raise a question in that the restoration

---

44) T. W. Adorno, "Language of suffering", *Aesthetic Theory*, trna. by Robert Hullot—Kentor, Minneapolis: University of Minnesota Press, 1997, pp.18—19.

was predestined in the departure already. Nietzche said that human beings need 'the tenacity of the person who walks on the desert.' And he added it is like to dance in the deep sea of nothingness.[45] It is fearful and painful to expose oneself to the self-division. It is because there are both of creative happiness and destructive danger in it at the same time. It is easy to entrust one's existence to the external metaphysical region for fear of self-destruction. Therefore, to the person who knows well that the radical heteronomy is the fate of human beings but tries to overcome it, the courage to risk one's life is necessary.

---

45) F. Nietzche, *Thus Spoke Zarathustra*, edited by Luchte. James, Continuum, 2008.

이도연 ────────────────

고려대학교 국문과 및 동 대학원 졸업
문학평론가
고려대학교 강사
2005년 「채만식 소설의 세계 인식과 미적 구조」로 문학박사학위 취득
2007년 문학동네 신인상 평론부문 수상

『경험과 초월』(2007)
『정자나무 있는 삽화』(편저, 2008)
『채만식 문학의 인식론적 지형도와 구성 원리』(2011)
『허준』(공저, 2011)

현대 문학비평의 계보와
서사의 지형학

초 판 인 쇄 | 2011년 11월 25일
초 판 발 행 | 2011년 11월 25일

지 은 이 | 이도연
펴 낸 이 | 채종준
펴 낸 곳 | 한국학술정보㈜
주　　소 | 경기도 파주시 문발동 파주출판문화정보산업단지 513-5
전　　화 | 031) 908-3181(대표)
팩　　스 | 031) 908-3189
홈 페 이 지 | http://ebook.kstudy.com
E-mail | 출판사업부　publish@kstudy.com
등　　록 | 제일산-115호(2000. 6. 19)

ISBN　　978-89-268-2836-6 93810 (Paper Book)
　　　　　978-89-268-2837-3 98810 (e-Book)

내일을여는지식 은 시대와 시대의 지식을 이어 갑니다.